보라선 열차와
사라진 아이들

보라선 열차와 사라진 아이들

DJINN PATROL ON THE PURPLE LINE

디파 아나파라
DEEPA ANAPPARA
장편소설

한정아
옮김

북로드

셋

디브야 아나파라와 파람에게

하나.

이 이야기가 네 생명을 구할 거야

멘탈이 살아 있을 땐, 열여덟에서 스무 명쯤 되는 넝마주이 소년을 거느린 대장이었어. 멘탈은 아이들에게 손찌검한 적이 거의 없었어. 매주 아이들에게 파이브스타 초코바나 '꿈틀이' 젤리를 주면서 사이좋게 나눠 먹게 했지. 그리고 아이들이 위험한 사람들 눈에 띄지 않게 조심하도록 시켰어. 경찰들, 아이들을 거리에서 구하고 싶어 하는 전도사들, 그리고 선로로 뛰어들어 플라스틱 생수병을 주워 모으다 기차에 받히기 전에 도로 뛰어나오는 아이들을 탐욕스레 지켜보는 사람들 눈에 띄지 않게 말이야.

멘탈은 자기 밑에 있는 넝마주이 소년들이 비슬레리 생수병을 50개가 아니라 다섯 개를 갖다줘도 뭐라 하지 않았어. 일하고 있어야 할 시간에 제일 좋은 옷을 입고 그럴 형편도 안 되면서 개봉일 첫 회 상영 표를 사겠다고 영화관 앞에 줄 서 있는 아이들을 봐도 웃어넘겼고. 하지만 아이들이 수정액 냄새를 맡아 코가 빨개지고 눈은 보름달처럼 부은 채로 나타나서 혀 꼬부라진 소리를 냈을 땐 불같이 화를 냈어. 골드플레이크킹스 담배를 아이들 팔목이나 어깨에 비벼 끄면서, 너희 때문에 좋은 담배를 낭비했다고 말했지.

살이 타는 매캐한 연기가 소년들을 따라다니면서 덴드라이트*나 에라즈엑스 수정액**이 주는 잠깐의 달콤한 흥분감을 씻어냈어. 정신이 번쩍 들게 해준 거지, 멘탈이.

멘탈이 이 동네에 산 건 오래전의 일이라, 우리가 그를 직접 본 적은 없어. 그런데 멘탈을 아는 사람들은 아직도 그 사람 이야기를 해. 수십 년간 턱수염 면도를 해온 이발사도 그러고, 가슴에 재를 문지르면서 자기가 성인聖人이라고 주장하는 미치광이도 그러고. 멘탈의 아이들은 달리는 기차에 자기가 먼저 올라타겠다거나, 좌석과 등받이 사이에 박혀 있는 봉제 인형이나 레이싱 카 모형 같은 장난감을 자기가 갖겠다고 다투는 법이 절대 없었다고 하더라고. 멘탈이 자기 아이들은 다르게 행동하도록 가르쳤다는 거야. 전국의 수많은 기차역에서 일하는 넝마주이들 중에서 멘탈의 아이들이 가장 오래도록 살아남을 수 있었던 것도 그 때문이지.

하지만 정작 멘탈 본인은 어느 날 갑자기 죽었어. 아이들은 그의 죽음이 그의 계획이 아니라는 걸 알았지. 멘탈은 젊고 건강했거든. 장마가 시작되기 전에 차를 빌려서 타지마할에 데려가겠다고 약속도 했었고. 아이들은 몇 날 며칠을 울면서 멘탈의 죽음을 슬퍼했어. 메마른 땅에 핀 잡초가 아이들의 눈물을 먹고 꽃을 피울 정도였지.

그 후로 아이들은 멘탈과는 전혀 딴판인 대장들 밑에서 일해야 했어. 새 대장 밑에서는 초코바나 영화 같은 건 꿈도 꾸지 못했지. 이글거리는 태양에 선로가 녹아내릴 것 같은 한여름 대낮에도 손을 새까맣게 그을려가며 일을 해야 했어. 오전 11시만 돼도 기온이 45도까지 올라갔는데 말이야. 그러다가 겨울이면 1~2도까지 곤두박질치곤 했지. 먼지처럼 희

---

* 향정신성 흡입제.
** 본드처럼 환각을 목적으로 흡입하는 용도로도 쓰인다.

뿌연 안개가 자욱한 겨울날 아침에는 얼음처럼 차가운 선로의 날 선 가장자리에 물집 잡힌 손가락을 베이기도 했어.

날마다 쓰레기 뒤지는 일이 끝나면, 소년들은 기차역의 물 새는 파이프에서 똑똑 떨어지는 물로 얼굴을 닦은 다음 함께 모여서 멘탈에게 기도했어. 기차 바퀴에 깔려 몸이 가루가 되기 전에, 새 대장의 벨트가 휙휙 소리를 내며 날아와 웅크린 등뼈를 부러뜨려서 다시는 걸을 수 없게 만들기 전에, 어서 자기들을 구해달라고 간절히 기도했지.

멘탈이 죽고 나서 몇 달 사이에, 두 아이가 기차를 쫓다가 목숨을 잃었어. 토막 난 시신 위로 솔개가 맴돌았고, 검푸른 입술에 파리가 내려앉았지. 그 아이들을 고용한 대장은 시신을 수습해서 화장하는 건 돈 낭비라고 생각했어. 기차는 멈추지 않았고, 엔진이 밤늦도록 비명을 질렀어.

두 소년이 죽고 얼마 지나지 않은 어느 저녁, 멘탈의 아이들 세 명이 기차역 앞에서 길을 건너 상점과 호텔이 뒤섞여 있는 번화가로 향했어. 그곳의 건물들은 테라스마다 빨간색과 흰색이 섞인 휴대전화 통신 탑과 검은색 신텍스 물탱크가 꽉꽉 들어차 있었지. '유기농 채소 전문점', '스테이션뷰', '인크레더블!인디아', '패밀리컴포트'라고 적힌 네온 간판이 번쩍이고 있었고. 아이들은 거기서 멀지 않은 곳에 있는 벽돌 벽을 찾아가는 중이었어. 멘탈이 살아 있을 땐 그곳 철제 난간에 옷을 널어 말렸는데, 밤이면 그 밑에서 소지품을 죄다 담아 꼭꼭 싸맨 봉지를 마누라처럼 꽉 끌어안고 누워 잠을 청했지.

'호텔 로열핑크'라고 적힌 간판의 노란색과 분홍색 불빛 속에서, 멘탈이 벽감에 모셔놓은, 찰흙으로 만든 작은 신상들이 보였어. 가네시 신은 코끼리 코를 가슴 앞에 둥글게 만 모습이었고, 하누만 신은 한 손으로 산을 들어 올리고 있었지. 크리슈나 신은 피리를 부는 모습이었고. 신들의 발치에는 마른 금잔화가 돌에 눌린 채 놓여 있었어.

아이들은 벽에 이마를 박으면서 멘탈에게 꼭 죽어야만 했느냐고 물었어. 그중 한 아이가 자기들만 아는 멘탈의 진짜 이름을 속삭이자, 거리에서 그림자가 휙 지나갔어. 아이들은 고양이나 큰 박쥐일 거라고 생각했지. 공기 중에 전기가 흐른 것 같았고, 입에서 쇳내가 났고, 무지개색 불빛이 번쩍거렸지만, 순식간에 사라져버려서 잘못 본 거라고 생각했어. 하루 종일 플라스틱 병을 찾아 헤매느라 지칠 대로 지쳐 있었고, 배가 고파서 머리가 어질어질했거든. 하지만 그다음 날, 세 아이는 기차 객실 바닥을 뒹구는 쓰레기를 뒤지다가 각기 다른 좌석 밑에서 50루피 지폐를 발견했어.

아이들은 그 돈이 멘탈의 정령이 주는 선물이라고 생각했어. 주변 공기에서 멘탈의 따뜻한 숨결을 느낀 데다 그가 피우던 골드플레이크킹스 담배 냄새가 났거든. 아이들이 멘탈의 본명을 불렀기 때문에 나타난 거지.

소년들은 담배와, 은박지 그릇에 담은 양념한 병아리콩 요리를 '멘탈의 벽'에 갖다 놓기 시작했어. 멘탈은 라임 과즙으로 톡 쏘는 맛을 내고 고수 잎과 붉은 양파 조각을 고명으로 얹은 병아리콩 요리를 무척 좋아했거든. 아이들은 멘탈이 병아리콩을 250그램이나 먹은 날 그가 어떤 냄새를 풍기고 어떤 소리를 냈는지 이야기하면서 웃고 떠들었어. 그런 농담을 하는 아이들이 괘씸했던 걸까. 그 후 아이들은 자기들이 입고 있던 셔츠에서 담배 구멍을 발견했지.

멘탈의 아이들은 다 커서 도시 전역에 흩어져 살고 있어. 몇 명은 결혼해서 아이도 낳았다더군. 하지만 지금도 허기에 지쳐 멘탈의 진짜 이름을 부르다가 잠드는 소년은 다음 날 아이스크림을 사주는 백인 관광객을 만나거나, 아니면 파라타*를 손에 꼭 쥐여주는 아주머니를 만나게

---

*　이스트를 쓰지 않고 반죽해 기름을 바른 번철에 지져 만든 빵.

될 거야. 별건 아니지. 멘탈이 살았을 때 부자가 아니었으니 부자 정령이 됐을 리도 없잖아.

한 가지 재밌는 사실은, '멘탈'이라는 별명을 붙여준 사람이 바로 그의 아이들이었다는 거야. 아이들이 멘탈을 처음 만났을 때 받은 인상은 그가 여러 면에서 냉정한 사람이라는 거였어. 하지만 아이들은 그에게 자기 발에 발가락 한 개가 없는 것을 보여주었을 때, 그리고 넓적다리 뒤쪽에 있는, 시뻘겋게 단 쇠사슬로 맞아 죽어가는 물고기같이 몸부림을 치는 상처를 보여주었을 때 그가 안타까워하는 것을 보았지. 아이들은 '멘탈'*인 사람만이 이 더러운 세상에서 그나마 인간답게 사는 사람이라고 결론지었어. 그래도 처음에는 그를 '형'이라고 불렀고, 아주 어린 아이들은 '아저씨'라고 불렀어. 그러다가 한참 시간이 흐르고 나서 "멘탈, 내가 오늘 병을 몇 개나 모았게요"라고 말하기 시작했지. 그는 아이들이 자기를 그 이름으로 부르게 된 이유를 알았기 때문에 그렇게 불리는 걸 싫어하지 않았어.

그가 '멘탈'이 되고 몇 달이 지난 어느 봄날 밤, 대마 주스를 너덧 잔 마신 그는 아이들에게 찰흙 컵에 든 피르니**를 사주면서 부모님이 지어주신 자신의 진짜 이름을 알려주었어. 일곱 살 때 어머니한테 맞아서 가출한 이야기도 해줬지. 지나가는 여자애들한테 추근대기나 하는 동네 백수건달들을 따라다니려고 학교까지 땡땡이쳤다가 들켜서 흠씬 두들겨 맞았다고.

멘탈은 이 도시로 오고 나서 처음 몇 주 동안은 기차역에서 살았어. 승객들이 기차 창밖으로 버리는 먹다 만 음식들을 주워 먹었고, 경찰의 눈을 피해 육교 밑에서 잤지. 자려고 누우면 육교를 오가는 발걸음 소리

* '마음이 착하다'는 뜻.
** 연유에 쌀가루를 넣어 만든 인도식 푸딩.

가 천둥처럼 울려 퍼졌어. 한동안은 부모님이 기차를 타고 와서 자기를 찾아낼 거라고 믿었어. 이렇게 걱정시키면 어떡하냐고 혼을 낸 뒤 자기를 집으로 데리고 갈 거라고 믿었지. 밤에 잠들었다가도 어머니가 자기 이름을 부르는 것 같아 퍼뜩 깨기를 거듭했고. 알고 보면 바람 소리거나, 기차가 덜커덩거리며 달려오는 소리거나, 실롱에서 출발해 북동부를 관통하는 고속 열차가 네 시간 연착될 거라고 안내 방송하는 여자의 상냥한 목소리였어. 멘탈은 집으로 돌아갈까 생각했지만 그러지 않았어. 그러면 스스로가 부끄러울 것 같았고, 그는 어린아이로 사는 것에 질려서 어른이 되고 싶었거든. 도시는 소년을 남자로 만들어주는 곳이니까 그냥 남았던 거지.

멘탈은 정령이 된 지금에 와서야 다시 일곱 살로 돌아가기를 바라는 것 같아. 자기 본명을 듣고 싶어 하는 것도 그 때문일 거야. 그 이름을 들으면 부모님이 떠오르고, 기차에 몰래 몸을 싣기 전의 어린 자신이 생각나기 때문이겠지.

멘탈의 진짜 이름은 비밀이야. 멘탈의 아이들이 아무에게도 말해주지 않거든. 하지만 아주 좋은 이름일 것 같아. 멘탈이 여기로 오지 않고 뭄바이로 갔다면 영화배우가 되었을 좋은 이름.

이 도시에는 멘탈 같은 정령이 많이 있어. 그들을 두려워할 필요는 없어. 신들은 너무 바빠서 우리 기도를 들어주지 않지만, 정령들은 다르거든. 정령들은 기다리고 떠돌고, 떠돌고 기다리는 것밖에 달리 할 일이 없잖아. 심심해서 우리 이야기에 항상 귀를 기울이고 있어. 우리 이야기를 듣는 게 시간을 보내는 한 방법이니까.

기억할 것은, 세상에 공짜는 없다는 거야. 정령들은 뭔가 보상이 주어질 때만 우리를 도와준다는 얘기야. 멘탈에게는 그 보상이 진짜 이름을 불러주는 것이지만, 다른 정령에게는 술 한 잔이 될 수도 있고 재스민 화환이나 우스타드에서 사 온 케밥일 수도 있어. 신들이 요구하는 것과 크게 다르지 않아. 다만 정령들은 금식을 하거나, 램프에 불을 밝히거나, 공책에 자기들 이름을 계속 쓰는 건 원하지 않지.

제일 큰 문제는 자신에게 맞는 정령을 찾는 거야. 멘탈은 여자아이를 고용하지 않았기 때문에 남자아이들을 위한 정령이 되었지만, 여자아이를 지켜줄 수 있는 여자 정령들도 있어. 할머니 정령도 있고 여자 아기 정령도 있지. 어쩌면 누구보다도 정령을 필요로 하는 사람이 바로 우리일 거야. 우리는 부모도 집도 없이 기차역에서 사는 아이들이잖아. 우리가 아직도 여기에 있는 건 정령들을 마음대로 불러내는 방법을 알고 있기 때문이야. 비결은 그것밖에 없어.

우리가 초자연적인 존재를 믿는 것은 본드 냄새를 맡거나 헤로인을 흡입하고, 마시면 정신 줄을 놓을 만큼 강한 전통술을 마시기 때문이라고 생각하는 사람들이 있지. 하지만 그런 사람들은, 그러니까 바닥에 대리석이 깔려 있고 전기 난방기가 있는 집에서 사는 사람들은, 경찰이 멘탈의 아이들을 기차역에서 쫓아내던 그 겨울밤에 그 아이들과 함께 있어주지 않았어.

그날 밤 매서운 겨울바람이 불어닥쳤어. 멘탈의 아이들이 가진 돈을 다 합쳐도 여덟 시간 동안 누비이불 한 장을 빌릴 수 있는 20루피가 채 되지 않았지. 아이들이 외상으로 하나 빌려줄 수 있느냐고 물으니까, 이불 빌려주는 상인이 욕을 퍼부었어.

쉼터에도 남아 있는 공짜 침대는 없었어. 소년들은 쉼터 밖 가로등 밑에 웅크리고 앉아 오들오들 떨어야 했지. 가로등은 유리 갓이 깨져 있고 불도 들어오지 않아서 주변이 캄캄했어. 뺨은 살이 터질 듯이 아팠고, 손과 발은 얼어붙어서 감각이 없었어. 그 아픔을 참다 참다 안 되니까, 소년들이 멘탈을 불렀지.

자꾸 귀찮게 해서 미안한데요, 우리 죽을 것 같아요.

깨진 가로등에서 "치직" 하는 소리가 나더니 불이 켜졌어. 소년들이 올려다보니까, 꿀같이 달콤하고 따뜻한 빛줄기가 굴러 내려왔어.

"잠깐만." 멘탈의 정령이 아이들에게 말했어. "내가 어떻게 좀 해볼게."

나는 물구나무서서 우리 집을 바라보며…

…양철 지붕에 뚫린 구멍을 세어본다. 하나, 둘, 셋, 넷, 다섯. 더 있을 것 같은데, 검은 스모그가 하늘의 별을 지워버려서 더는 보이지 않는다. 나는 정령이 지붕에 웅크리고 앉아 한쪽 눈을 구멍에 대고 마치 자물쇠 구멍 속에서 열쇠가 돌아가듯이 눈알을 굴리며 우리를 훔쳐보는 모습을 상상한다. 정령은 내 영혼을 쏙 꺼내 가려고 엄마, 아빠, 루누 누나가 잠들기를 기다리고 있다. 정령 같은 건 없다고 하지만, 만약에 있다면 아이들의 영혼만 훔쳐 갈 거다. 왜냐하면 아이들의 영혼이 제일 맛있으니까.

침대를 받치고 서 있는 두 팔이 후들거려서 나는 두 다리를 벽에 기댄다. 루누 누나가 초 재기를 멈추고 말한다. "야, 야, 자이. 내가 보고 있는데도 속이냐. 얘가 부끄러운 줄을 몰라요." 아주 신이 났다. 내가 물구나무서기를 자기만큼 못 해서 기분이 너무 좋은 거다.

누나와 내가 물구나무서기 시합을 하고 있지만, 이건 공정한 시합이 아니다. 우리 학교에서 요가 수업은 6학년 이상 학생들만 받고, 루누 누나는 7학년이라서 진짜 선생님에게 요가를 배운다. 4학년인 나는 텔레비전에 나오는 데바난드 선생님한테 배워야 한다. 그 선생님이 말했는

데, 나 같은 어린이가 물구나무를 서면,

- 평생 안경을 쓸 필요가 없고,
- 흰머리나 충치가 생기지 않으며,
- 뇌에 물혹이 생기거나 팔다리의 움직임이 느려지지 않고,
- 학교, 대학, 회사, 가정에서 항상 최고가 된다.

나는 데바난드 선생님이 연꽃 자세로 하는 여러 동작보다 물구나무
서기를 훨씬 더 좋아한다. 하지만 지금 물구나무서기를 더 했다가는 목
이 부러질 것 같아서, 고수 가루와 양파와 엄마와 벽돌과 시멘트와 아빠
의 냄새가 섞여 나는 침대 위로 털썩 쓰러진다.

"자 이 어린이는 사기꾼인 것으로 밝혀졌는데요, 이런 사기꾼을 온
국민이 가만히 지켜보고만 있어야 할까요?" 루누 누나가 외친다. 매일
밤 텔레비전 카메라 앞에서 화나는 뉴스를 읽어야 해서 얼굴이 빨개진
아나운서 같다.

"아이고, 루누. 왜 그렇게 소리를 질러, 엄마 머리 아프게." 부엌으로
쓰는 한쪽 구석에서 엄마가 말한다. 엄마는 밀방망이로 로티*를 완벽하
게 둥근 모양으로 만들고 있다. 누나가 엄마 휴대전화로 외할아버지 외
할머니와 통화하는데 내가 큰 소리로 욕을 했다고 엄마가 내 엉덩이를
때릴 때 썼던 그 밀방망이다.

"이겼다, 또 이겼다." 이젠 아예 노래를 부른다. 누나의 목소리는 옆
집 텔레비전 소리보다도 크고, 옆집의 옆집에 사는 아기의 울음소리보
다도, 누구 물통의 물을 누가 훔쳐 갔느냐를 놓고 날마다 싸우는 이웃들

---

* 통밀 가루를 반죽해 번철에 구워 만든 납작한 빵.

목소리보다도 크다.

나는 손가락으로 귀를 막는다. 루누 누나의 입술이 움직이지만, 어항 속의 물고기가 뻐끔거리는 것 같다. 누나 말이 하나도 안 들린다. 우리가 큰 집에 산다면 귀를 막고 한 번에 계단을 두 단씩 뛰어 올라 2층 벽장 속에 숨어버릴 텐데. 하지만 우리는 빈민가에 살고 있어서 집에 방이 한 개뿐이다. 아빠는 우리 가족이 행복하기 위해 필요한 것은 모두 이 방 안에 있다고 말한다. 그 '모든 것'은 나와 누나와 엄마를 뜻한다. 텔레비전이 아니라. 텔레비전이 우리 집에 있는 것 중에 가장 좋은 거긴 하지만.

내가 누워 있는 곳에서는 텔레비전이 잘 보인다. 선반 위, 철제 접시와 알루미늄 그릇들 옆에서 텔레비전이 나를 내려다보고 있다. 화면에 뜬 둥근 글자들이 '경찰청장이 잃어버린 고양이 딜리, 목격자 나타나'라고 말한다. 피를 토하는 것 같은 모양의 글자로 힌디어 뉴스가 적혀 있을 때도 있다. 기자들이 우리에게 대답하기 어려운 질문을 할 때는 그 글자들이 특히 더 피를 토하는 것 같다. 예를 들면,

　　대법원에 정령이 살까?
　　또는
　　비둘기는 파키스탄에서 훈련받은 테러리스트인가?
　　또는
　　황소는 이 바라나시사리 상점의 최대 고객인가?
　　또는
　　여배우 비나의 이혼은 라스굴라* 때문이었나?
　　같은 질문들.

---

*　체나 치즈를 둥글게 빚어서 설탕 시럽에 끓여 만든 인도의 대표적 후식.

엄마는 이런 문제들에 대해서 몇 시간이고 아빠와 토론할 수 있기 때문에 이런 이야기들을 좋아한다.

나는 〈경찰 순찰대〉와 〈범죄의 도시〉 같은 드라마를 좋아하는데, 엄마는 내가 아직 어려서 그런 걸 보면 안 된다고 말한다. 가끔은 너무 끔찍하다며, 살인이 벌어지는 장면에서 텔레비전을 꺼버리기도 한다. 끄지 않고 그대로 둘 때도 있는데, 그건 범인이 누군지 엄마도 궁금한 데다 경찰이 자기만큼 빨리 범인을 찾아내지 못하는 걸 보면서 다들 눈이 삐었다고 욕하고 싶기 때문이다.

루누 누나는 입을 다물고 두 팔을 등 뒤로 뻗어 스트레칭을 하고 있다. 누나는 자기가 우사인 볼트인 줄 알지만 학교 계주 팀 선수일 뿐이다. 계주는 진짜 스포츠가 아니다. 달리기는 여자아이에게 흉이 될 뿐이라고 우리 동네 아줌마 아저씨들이 한마디씩 하는데도 누나가 달리기를 계속하도록 엄마 아빠가 허락하는 것도 그 때문이다. 누나는 자기 팀이 전국 육상 대회와 주州 선수권 대회에서 우승하면 동네 사람들이 찍소리도 못 할 거라고 말한다.

귀를 막은 손가락에 감각이 없어서, 손가락을 빼고 카고 바지에 쓱 문지른다. 바지에는 이미 잉크와 진흙과 기름이 얼룩덜룩 묻어 있다. 내 옷은 전부 이 바지처럼 더럽다. 교복도 마찬가지다.

나는 이번 겨울에 학교에서 공짜로 받은 새 교복을 입게 해달라고 엄마를 계속 조르지만, 엄마는 내 손이 닿지 않는 선반 꼭대기에 교복을 놓아두고는 꿈쩍도 안 한다. 아직 입을 만한 옷을 버리는 건 부자들이나 하는 짓이라면서. 내 갈색 바지 바짓단이 발목 위로 쑥 올라간 것을 보여주면, 엄마는 요즘엔 그런 게 유행이라 영화배우들도 그렇게 입는다고 말할 것이다.

엄마는 내가 어렸을 때 그랬듯이 지금도 나를 속이려고 이야기를 지어낸다. 엄마는 모른다. 매일 아침 파리와 파이즈가 나를 볼 때마다 웃으면서 내가 향香 같다고, 근데 방귀 냄새 나는 향 같다고 말하는 걸.

"엄마. 있잖아, 내 교복……." 갑자기 밖에서 비명이 들려 말을 멈춘다. 소리가 어찌나 큰지 우리 집 벽이 다 흔들리는 것 같다. 루누 누나가 흠칫 놀라고, 엄마는 실수로 뜨거운 프라이팬에 손을 스쳐서 얼굴이 여주 껍질처럼 일그러진다.

나는 아빠가 우리를 놀래려고 장난치는 거라고 생각한다. 아빠는 항상 옛날 노래를 목청껏 부르는데, 빈 LPG 가스통처럼 골목길을 구르는 그 목소리가 떠돌이 개들을 깨우고 아기들을 울린다. 그러나 그때 또 한 번의 비명이 벽을 흔들자, 엄마는 가스레인지를 끄고 우리와 함께 집 밖으로 뛰어나간다.

땅바닥의 차가운 기운이 내 맨발에서부터 온몸으로 기어 올라온다. 골목에서는 그림자들이 우왕좌왕하고, 목소리들이 뒤섞인다. 스모그가 매캐하고 축축한 손가락으로 내 머리를 빗질한다. 사람들이 소리친다. "무슨 일이야? 뭔 일 났어? 누구야? 누가 소리 지른 거야?" 감기 걸리지 말라고 주인들이 입혀준 낡은 스웨터와 셔츠 차림의 염소들이 골목 양쪽에 놓인 차르파이* 밑에 숨어 있다. 우리 동네 근처에 있는 고층 건물들의 불빛이 반딧불이처럼 깜박이다 사라진다. 전기가 나간 것이다.

엄마와 루누 누나가 어디 있는지 모르겠다. 딸랑거리는 유리 팔찌를 찬 여자들이 휴대전화의 손전등 앱을 켜서 들고 있거나 석유 등잔을 들고 있지만, 스모그가 심해서 불빛이 희미하다.

내 주위에 있는 사람들 모두 나보다 키가 커서, 그들이 비명 소리에 대해 서로에게 물어보는 동안 걱정하는 엉덩이와 팔꿈치가 자꾸만 내

---

* 면 같은 직물과 천연섬유, 나뭇잎 등을 엮어서 만든 침대.

얼굴을 때린다. 이제 우린 그 비명이 주정뱅이 라루의 집에서 나오고 있다는 걸 알아차린다.

"저 집에 무슨 일이 있나 봐." 우리 골목에 사는 아저씨가 말한다. "라루 마누라가 온 동네를 뛰어다니면서 자기 아들을 봤는지 묻더라고. 심지어 쓰레기장까지 가서 아들 이름을 부르더라니까."

"그것 봐. 맨날 마누라랑 애들을 두들겨 패니까 그렇지." 여자가 말한다. "두고 봐, 언젠가는 마누라도 사라지고 말걸. 그럼 저 한심한 인간은 뭘 해서 돈을 버누? 어디서 돈이 나와 술을 사지?"

주정뱅이 라루의 아들들 중 누가 사라졌는지 궁금하다. 맏이인 말더듬이 바하두르는 나랑 같은 반인데.

근처 어딘가에서 전철이 쿵쾅거리며 땅 밑을 지나가느라 지면이 들썩거린다. 전철은 터널을 기어 나가 공사가 덜 끝난 건물들 옆을 달려서 다리로 올라간 다음 지상의 전철역으로 들어갈 것이다. 여기가 '보라선線' 종착역이기 때문에 역에서 잠시 쉬었다가 도시로 돌아간다. 전철역은 새 건물이고, 그 빛나는 건물을 쌓아 올린 일꾼들 속에는 우리 아빠도 있다. 요즘에는 고층 빌딩 공사장에서 일하는데, 건물이 너무 높아서 꼭대기에 빨간 전등을 달아 비행기 조종사에게 낮게 날지 말라고 경고해야 할 정도라고 한다.

비명 소리가 멈췄다. 날이 너무 추워서, 이가 입안에서 자기들끼리 이야기를 한다. 그때 루누 누나의 손이 어둠 속에서 튀어나와 나를 잡아채 끌고 간다. 흡사 지금 계주를 하고 있고, 내가 다음 주자에게 넘겨줄 배턴이라도 된다는 듯이 나를 끌면서 빨리 달린다.

"잠깐만." 내가 브레이크를 건다. "어디 가는데?"

"사람들이 바하두르 얘기하는 거 못 들었어?"

"없어졌다고?"

"더 알고 싶지 않아?"

스모그 때문에 루누 누나에겐 내 얼굴이 보이지 않겠지만, 나는 고개를 끄덕인다. 우리는 누군가의 손에서 흔들리고 있는 등잔을 따라가지만, 설거지하고 버린 물이 고인 웅덩이를 보여줄 만큼 등잔불이 밝지는 않아서 발이 자꾸만 웅덩이에 빠진다. 더러운 물이라 기분 나빠서 돌아가고 싶지만, 바하두르에게 무슨 일이 일어났는지 알고 싶기도 하다. 바하두르가 말을 더듬기 때문에 선생님들은 바하두르에게는 절대로 질문하지 않는다. 나는 2학년 때 어버버하며 바하두르를 흉내 내다가 나무자로 손가락 마디를 맞은 적이 있다. 자가 회초리보다 훨씬 더 아프다.

나는 파티마 아줌마의 '물소 도사님'에 걸려 넘어질 뻔한다. 물소 도사님은 골목 한가운데 누워 있고, 날이 어두워 거대한 검은 얼룩으로만 보이는 탓에 스모그와 구별하기 힘들다. 엄마는 물소가, 해가 쨍쨍하든 비바람이나 눈보라가 몰아치든 수백 년을 한결같이 명상해온 도사님 같다고 말한다. 언젠가 파이즈와 나는 물소 도사님을 향해 "어흥" 하고 사자 흉내를 내보기도 하고 자갈을 던져보기도 했지만, 도사님은 그 커다란 눈을 끔뻑하지도 않았고 뒤로 구부러진 뿔을 우리를 향해 들이대지도 않았다.

모든 등잔과 휴대전화의 손전등 불빛이 바하두르의 집 밖에 멈춰 서 있다. 사람이 너무 많아서 아무것도 보이지 않는다. 나는 누나에게 기다리라고 말한 뒤, 바지와 사리*와 도티**에 싸인 다리들을 밀치고, 석유와 땀과 음식과 금속 냄새가 나는 손들을 젖히며 앞으로 나아간다. 바하두르의 엄마가 문간에 앉아서 울고 있다. 바하두르의 엄마는 종잇장처

---

* 긴 천으로 몸을 감싸듯이 둘러 입는, 인도의 여성용 전통 의상.
** 긴 천을 밑으로 늘어뜨린 다음 다시 허리춤으로 올려 동여 입는 형태의, 인도 남성들이 입는 전통 의상.

25

럼 몸을 반으로 접고 있고 우리 엄마가 한편에, 우리 옆집에 사는 샨티 아줌마가 다른 편에 앉아 있다. 주정뱅이 라루는 그 옆에 쪼그리고 앉아 빨개진 눈을 가늘게 뜨고서 우릴 올려다보며 고개를 까닥거리고 있다.

엄마가 어떻게 나보다 먼저 왔는지 모르겠다. 샨티 아줌마가 바하두르 엄마의 머리를 쓰다듬고 등을 문지르면서 말한다. "아직 어린애니까 근처에 있을 거야. 멀리는 못 갔을 거야."

바하두르 엄마는 울음을 멈추지 못하지만, 울음과 울음 사이의 간격이 점차 길어진다. 샨티 아줌마의 손이 마술을 부리기 때문이다. 엄마는 샨티 아줌마가 세계 최고의 산파라고 말한다. 태어난 아기가 파랗게 질려 있고 울지도 않을 때, 샨티 아줌마가 아기 발을 문지르는 것만으로 두 뺨에 핏기가 돌고 입술에서 울음이 터져 나오게 만들 수 있다고 한다.

엄마가 사람들 속에서 나를 발견하고 묻는다. "자이. 오늘 바하두르, 학교에 왔었어?"

"아니." 내가 말한다. 바하두르 엄마의 얼굴이 너무 슬퍼 보여서, 내가 그 아이를 마지막으로 본 게 언제인지 기억하지 못하는 것이 미안하게 느껴진다. 그때 파리가 다리들 사이로 고개를 쏙 내밀고 말한다. "학교에 안 온 지 며칠 됐어요. 지난 목요일에 마지막으로 봤어요."

오늘이 화요일이니까, 바하두르가 사라진 지 5일째다. 김이 모락모락 나는 차이* 잔을 손잡이가 있는 철사 쟁반에 담아 나르는 웨이터처럼 파리와 파이즈가 "비켜요, 비켜" 하고 중얼거리자, 사람들이 길을 비켜 준다. 그러자 친구들이 내 옆에 와서 선다. 둘 다 아직도 교복을 입고 있다. 우리 엄마는 내가 집에 오자마자 교복이 더 더러워지지 않게 집에서 입는 옷으로 갈아입게 하는데. 엄마는 너무 엄격하다.

---

*   인도인들이 즐겨 마시는 홍차로, 밀크티의 일종이다.

"어디 있었어?" 파리가 묻는다. "한참 찾았잖아."

"여기 있었는데." 내가 말한다.

파리는 앞머리를 뒤로 넘겨 아주 높이 핀을 꽂아서, 마치 이슬람 사원의 양파형 돔을 반으로 잘라놓은 것 같은 모습이다. 바하두르가 사라진 걸 왜 오늘까지 아무도 몰랐느냐고 내가 묻기도 전에 파리와 파이즈가 그 이유를 말해준다. 내 친구들이라 내 머릿속 생각을 다 들여다볼 수 있다.

"걔네 엄마가 일주일 정도 여기 없었잖아." 파이즈가 속삭인다. "그리고 걔네 아빠는……."

"…… 최악의 주정뱅이거든. 아마 주머니쥐가 자기 귀를 씹어먹어도 모를걸, 항상 술독에 빠져 있으니까." 파리는 주정뱅이 라루에게 들으라는 듯이 큰 소리로 말한다. "이웃집 아줌마들은 바하두르가 사라진 걸 알아차렸어야 하지 않아? 안 그래?"

파리는 늘 남을 비난하기 바쁘다. 자기는 완벽하다고 생각하니까.

"아줌마들은 바하두르 동생들을 봐주고 있었거든." 파이즈가 내게 설명한다. "바하두르는 친구네 집에 있다고 생각했겠지."

나는 파리를 손으로 쿡 찌르고 눈으로 옴비르를 가리킨다. 옴비르는 어른들 뒤에 숨어서 손가락에 낀 반지를 빙글빙글 돌리고 있다. 반지가 어둠 속에서 하얗게 반짝인다. 옴비르는 바하두르의 유일한 친구다. 5학년이고, 아버지를 도와야 해서 학교에 잘 나오지는 않지만. 옴비르의 아버지는 부자들의 옷을 주름 하나 없이 깔끔하게 다려서 갖다주는 '다림질사'다.

"옴비르 오빠, 오빠 바하두르가 어디 있는지 알지?" 파리가 묻는다.

옴비르는 적갈색 스웨터 속으로 움츠러들고, 바하두르 엄마의 귀가 그 질문을 듣는다. "모른단다." 바하두르 엄마가 말한다. "걔한테 제일 먼저 물어봤지."

파리가 양파 같은 앞머리로 주정뱅이 라루를 가리키며 말한다. "이게 다 저 아저씨 잘못이야."

주정뱅이 라루는 날마다 비틀거리며 동네를 휘젓고 다닌다. 아무 일도 하지 않고 침이나 흘리면서. 거지처럼 구걸을 하기도 한다. 카다크차이* 사 마시게 남는 동전이 있으면 달라고 파리나 나한테까지 손을 벌린 적도 몇 번 있다. 바하두르네 집에서 돈을 버는 사람은 바하두르의 엄마뿐이다. 우리 동네 옆에 있는 고층 아파트 부잣집에서 유모 겸 가정부로 일한다. 우리 동네에는 그 아파트 단지에서 일하는 아줌마가 많다. 우리 엄마도 그중 한 명이다.

나는 고개를 돌려 팜스프링스나, 메이페어, 골든게이트, 아테나 같은 멋진 이름을 가진 아파트들을 바라본다. 그 건물들은 우리 동네 가까이에 있지만, 그 사이에 쓰레기장과 꼭대기에 가시철사를 두른 높은 벽돌담이 있어서 되게 멀어 보인다. 엄마는 벽돌담이 쓰레기 산에서 나오는 악취를 막을 만큼 높지는 않다고 한다. 내 뒤쪽으로 어른들이 많이 있긴 하지만, 그들이 쓰고 있는 멍키캡** 사이로 전기가 들어온 고층 아파트들의 모습이 보인다. 저기엔 디젤 발전기가 있으니까. 우리 동네는 아직도 깜깜하다.

"내가 왜 거길 따라갔을까?" 바하두르의 엄마가 샨티 아줌마에게 묻는다. "애들만 남겨두지 말았어야 했는데."

"그 사모님네 가족이 님라나에 가면서 바하두르 엄마를 데리고 갔어. 아기들 돌보라고." 파리가 내게 말한다.

"님라나가 뭔데?" 내가 묻는다.

---

* 　찻잎을 많이 넣어 진하게 우려내어 만든 차이.
** 　얼굴만 내놓고 뒤집어쓰는 빵모자.

"라자스탄에 있는 요새처럼 생긴 왕궁." 파리가 말한다. "언덕 위에 있는."

"바하두르는 제 외할아버지 외할머니랑 같이 있을 거야." 누군가가 바하두르의 엄마에게 말한다. "아니면 삼촌이나 이모랑 있거나."

"전화해봤어." 바하두르의 엄마가 말한다. "거기 없대."

주정뱅이 라루가 한 손으로 땅을 짚고 일어서려고 애를 쓴다. 누군가가 부축해서 일으켜 세우자, 라루는 이리 비틀 저리 비틀 걸어 우리 쪽으로 다가온다. "바하두르는 어디 있냐?" 바하두르의 아빠가 묻는다. "바하두르랑 같이 놀잖아, 그렇지?"

우리는 뒷걸음질을 치다가 사람들과 부딪친다. 옴비르의 적갈색 스웨터가 사람들 속으로 사라진다. 주정뱅이 라루는 우리 앞에 무릎을 꿇다가 고꾸라질 뻔하지만, 금방 몸을 가누고 우릴 바라본다. 나와 눈이 마주친다. 라루가 내 두 어깨를 잡고 나를 앞뒤로 마구 흔든다. 마치 내가 탄산수 병인 것처럼, 내가 쉭 소리를 내며 거품을 뿜어내기를 바라는 것처럼. 나는 몸을 꿈틀거리며 그의 손아귀에서 벗어나려고 애쓴다. 파리와 파이즈는 나를 구해주지 않고 서둘러 자리를 뜬다.

"내 아들이 어디 있는지 알잖아, 그렇지?" 주정뱅이 라루가 묻는다.

나는 수사에 관해 아는 게 많기 때문에 주정뱅이 라루가 바하두르를 찾는 일을 도울 수 있겠다고 생각하지만, 입 냄새 고약한 숨이 내 얼굴로 훅 불어와서 그냥 도망치고 싶어진다.

"걔 건드리지 마." 누군가가 외친다.

주정뱅이 라루가 그 말을 안 들을 줄 알았는데, 손으로 내 머리를 헝클어뜨리며 중얼거린다. "알았어, 알았어." 그러고는 나를 놔준다.

아빠는 항상 아침 일찍, 내가 자고 있을 때 출근한다. 그런데 그다음 날 아침엔 아빠 셔츠에서 나는 테레빈유 냄새와 내 뺨을 쓰다듬는 거친 손길이 나를 깨운다.

"조심해라. 누나랑 같이 학교 갔다가 함께 돌아오는 거야, 알았지?" 아빠가 말한다.

나는 코를 찡그린다. 아홉 살 아들을 어린애 취급하는 아빠가 마음에 들지 않는다.

"학교 끝나면 곧장 집으로 와." 아빠가 말한다. "혼자서 유령시장 돌아다니면 안 된다." 아빠가 내 이마에 입을 맞추더니 말을 잇는다. "조심할 거지?"

아빠가 바하두르에게 무슨 일이 일어났다고 상상하는 건지 궁금하다. 정령이 납치했다고 생각하는 걸까? 그런데 아빠는 정령을 믿지 않는데.

나는 집 밖으로 나가 아빠에게 잘 다녀오시라고 인사를 한 뒤 양치질을 한다. 아빠 또래의 남자들은 얼굴에 비누칠을 하고, 기침을 하고, 목 안에 있는 것을 전부 뱉어낼 기세로 침을 뱉는다. 나는 치약 거품에 싸인 침이 어디까지 가나 보고 싶어서 입을 크게 부풀린 다음 침을 칵칵 뱉어낸다.

"그만해라, 자이." 엄마가 말한다. 엄마와 루누 누나가 여러 개의 냄비와 통에 물을 받아 오고 있다. 동네에서 물이 나오는 수도꼭지는 딱 한 개뿐인데, 그것도 아침 6시에서 8시 사이에만 물이 나오고 가끔은 저녁에도 한 시간씩 나온다. 누나가 우리 집 문 양쪽에 놓인 커다란 물통의 뚜껑을 열자, 엄마가 냄비와 통에 든 물을 그 안에 쏟는다. 급하게 쏟아서 물이 다 튄다.

나는 양치질을 마친다. "왜 그러고 있어? 또 지각하고 싶어?" 엄마가 잔소리를 한다.

사실 지각한 사람은 엄마다. 그래서 엄마는 쪽 찐 머리에서 빠져나온 머리카락을 매만지면서 뛰어간다. 엄마가 가정부로 일하는 부잣집의 사모님은 심술궂은 여자고, 엄마가 지각했다고 벌써 두 번이나 경고를 했다. 어느 날 밤 자는 척하면서 엄마가 아빠한테 하는 말을 들었는데, 또 지각하면 엄마를 아주 잘게 썰어서 아파트 건물을 맴도는 솔개들에게 먹이로 던져주겠다는 협박도 했단다.

루누 누나와 나는 비누와 수건과 컵을 던져 넣은 양동이를 들고 쓰레기장 근처에 있는 공중화장실로 간다. 검은 스모그가 아직도 심술을 부리고 있다. 스모그 때문에 눈이 따갑고 눈물이 절로 나온다. 누나는 내가 바하두르를 보고 싶어서 그러는 거라고 나를 놀린다.

"바하두르가 그렇게 보고 싶어?" 누나가 묻는다. 나는 누나에게 조용히 하라고 한다. 입장료로 2루피를 받는데도 화장실 앞에는 줄이 길게 늘어서 있다. 나는 똥이 터져 나오지 않게 하려고 한 다리에서 다른 다리로 무게 중심을 옮기는 데 집중한다.

공중화장실 주 출입구 앞, 남자 화장실과 여자 화장실로 갈라지는 곳에 책상을 놓고 앉은 관리인은 세월아 네월아 하면서 돈을 받고 사람을 한 명씩 안으로 들여보내고 있다. 근무시간은 새벽 5시부터 밤 11시까지지만, 자기 마음대로 아무 때나 문을 잠그고 자리를 비운다. 그러면 우린 쓰레기장으로 가야 한다. 쓰레기장은 공짜지만 누구라도 우리 엉덩이를 볼 수 있다는 게 문제다. 같은 반 친구, 돼지, 개, 소까지도. 외할아버지 외할머니만큼 나이가 많은 소는 우리 옷을 뜯어 먹으려고 할 거다.

루누 누나는 여자 줄에, 나는 남자 줄에 선다. 누나는 남자들이 자꾸만 여자 화장실을 훔쳐보려 한다고 말한다. 여자 화장실의 변기와 샤워실이 더 깨끗한지 궁금해서 그러는 걸 거다.

남자 줄에서는 바하두르 이야기가 오가고 있다. "어디 숨어 있는 게 틀림없어." 어떤 아저씨가 말한다. "어미가 아비를 쫓아낼 때까지 기다리는 게지." 다들 웅성거리면서 동의를 표한다. 바하두르가 쓰레기 더미에서 발견한 오래된 로티를 놓고 떠돌이 개들과 싸우다가 지치면 결국 집으로 돌아올 거라고 결론짓는다.

남자들은 어젯밤 바하두르 엄마가 지른 비명 소리가 너무 컸다고 한마디씩 한다. 너무 시끄러워서 유령시장에 사는 귀신들이 놀라 자빠졌을 거라고 말한다. 그러고는 자기 자식들 가운데 한 명이 사라진 걸 알아차리기까지 시간이 얼마나 걸릴 것 같냐며 농담을 주고받는다. 몇 시간? 며칠? 몇 주? 아니면 몇 달?

한 아저씨는 아이가 없어진 것을 알아차리더라도 모른 척할 거라고 말한다. "애들이 여덟이야. 하나 줄거나 하나 는다고 달라지는 게 있겠어?" 그 말에 다들 껄껄 웃는다. 스모그가 아저씨들 눈도 괴롭히고 있어서, 웃으면서 눈물을 흘리고 있다.

나는 줄 맨 앞에 이르러 관리인에게 돈을 내고 급히 볼일을 본다. 바하두르는 재스민 향기가 나는 깨끗하고 멋진 화장실과 욕실이 있는 곳으로 도망갔을까? 나도 그런 욕실이 있는 집에 산다면 매일 욕조에서 목욕을 할 거다.

❧

집으로 돌아오자 누나가 차이와 러스크로 아침을 차려준다. 러스크는 딱딱하고 아무 맛도 나지 않지만 군말 않고 열심히 씹어 삼킨다. 오후까지는 아무것도 못 먹을 테니까 먹어두는 거다. 그러고 나서 교복으로 갈아입고 누나와 함께 학교에 간다.

아빠는 그러지 말라고 했지만, 나는 기회가 되면 루누 누나를 따돌릴 생각이다. 하지만 물소 도사님 주위에 몰려든 사람들이 길을 막고 있다. 플라스틱 의자와 차르파이 위에 올라서서 목을 길게 빼고 구경하는 사람들도 있다. 어젯밤에 들었던 목소리가 또 들린다. "물소 도사, 내 아들 좀 찾아줘. 제발 내 아들을 찾아줘. 바하두르를 찾을 때까지는 여기서 한 발짝도 안 움직일 거야." 주정뱅이 라루가 소리친다.

"흥, 이젠 아들 없이 못 살겠나 보지?" 어떤 아줌마가 흥분해서 말한다. "개 패듯이 팰 땐 언제고."

"도와줄 사람은 경찰밖에 없어." 다른 아줌마가 말한다. "여섯 밤이나 집에 안 들어왔어. 너무 길어." 바하두르의 엄마인 것 같다.

"이러다 완전 지각하겠다." 루누 누나가 말한다. 누나가 책가방을 앞으로 메고 사람들한테 툭툭 부딪치니까 다들 길을 비켜준다. 나도 따라 한다. 무리에서 벗어나고 보니 누나나 나나 머리가 헝클어져 있고 교복도 많이 구겨진 채다.

루누 누나가 카미즈*를 매만진다. 나는 이때다 싶어서 뛰기 시작한다. 누나가 나를 잡기 전에 시궁창을 뛰어넘고, 소와 암탉과 개, 그리고 내 것보다 더 좋은 스웨터를 입은 염소를 지나쳐 달려간다. 이어폰을 귀에 꽂고 휴대전화로 시끄러운 음악을 들으면서 골목을 쓸고 있는 아줌마와 콩을 까고 있는 백발의 할머니 옆을 지나간다. 책가방이 플라스틱 의자에 앉아 있는 할아버지를 친다. 의자는 다리 하나가 나머지 것들보다 짧아서 벽돌을 괴어 균형을 맞춘 것이다. 그 의자가 뒤로 넘어가면서

---

* 인도의 남녀가 입는, 셔츠 형태의 긴 웃옷이 특징인 전통 의상.

할아버지도 넘어져 진흙탕에 엉덩방아를 찧는다. 나는 왼쪽 무릎이 조금 아파서 문지르다가 다시 뛰기 시작한다. 촐레바투레* 냄새가 풍기는 다음 골목으로 들어갈 때까지 할아버지의 쌍욕이 나를 쫓아온다.

타우지와 출불**, 마살라 향신료를 입힌 짭조름한 과자를 파는 가게 앞에서 파리와 파이즈가 나를 기다리고 있다. 빨간색 초록색 파란색의 남킨 과자 포장지가 스모그 때문에 칙칙한 빛깔로 보이고, 가게 주인 부부는 목도리로 얼굴까지 휘감은 채 카운터 뒤에 앉아 있다. 스모그가 크게 신경 쓰이지 않는 것을 보면, 나는 분명 강한 남자다.

"파이즈는 바보야." 내가 다가가자 파리가 말한다. 뾰족탑처럼 세운 앞머리가 금방이라도 무너져 내릴 것만 같다.

"바보는 네가 바보지." 파이즈가 말한다.

"봤어? 주정뱅이 라루가 물소 도사님에게 기도하고 있어. 물소가 진짜 신이라고 생각하나 봐." 내가 말한다.

"바하두르 엄마는 경찰을 찾아갈 거래." 파리가 덧붙인다.

"그 아줌마 완전 미쳤네." 파이즈가 말한다.

"불평하면 경찰이 우릴 다 쫓아낼 거야." 내가 말한다. "우리 동네를 불도저로 밀어버리겠다고 맨날 협박하잖아."

"말은 그래도 그렇게 못 할 거야. 우린 배급 카드를 갖고 있잖아." 파리가 말한다. "그리고 하프타***를 주고 있고. 우릴 쫓아내면 어디서 돈을 빼앗겠니?"

"돈 뺏을 데는 많지." 내가 말한다. "세계에서 인구가 두 번째로 많은

---

*   튀긴 빵을 전통 펀자브식 매운 완두콩 카레에 찍어 먹는 음식.

**   과자 상표명.

***   원래는 '매주'라는 의미로, 보호를 받는 대가로 매주 경찰에게 주는 뇌물을 뜻하는 은어.

나라가 인도잖아. 중국 다음으로 말이야." 그리고 혀를 움직여 잇새에 낀 러스크 조각을 빼낸다.

"파이즈는 바하두르가 죽었을 거래." 파리가 말한다.

"바하두르는 우리랑 동갑이야. 우린 죽을 만큼 늙지 않았고."

"내가 언제 죽었다고 그랬냐?" 파이즈가 성질을 내더니 기침을 한다. 칵 하고 침을 뱉고는 두 손으로 입가를 훔친다.

"어쩌면 스모그 때문에 천식이 심해졌고, 도랑에 빠졌는데 빠져나올 수 없었던 건지도 몰라." 파리가 말한다. "기억 안 나? 2학년 때 숨을 못 쉬던 거?"

"그거 보고 너 울었잖아." 내가 말한다.

"안 울었거든." 파리가 말한다. "엄마는 울보지만, 난 아니야."

"바하두르가 도랑에 빠졌다면 누가 꺼내줬겠지. 봐봐, 사람이 얼마나 많아." 파이즈가 말한다.

나는 지나가는 사람들을 보면서 남을 도와줄 것 같은 사람을 찾아본다. 그러나 스모그가 귀와 코와 입으로 들어가는 걸 막기 위해 다들 손수건으로 가리고 있어서 얼굴이 잘 보이지 않는다. 손수건으로 입을 가린 채 휴대전화에 대고 큰 소리로 통화하는 사람들이 여럿 있다. 길가에 졸레바투레 노점상이 있는데, 얼굴을 스카프로 가리지는 않았지만 빵을 튀기는 뜨거운 기름통에서 올라오는 연기에 가려져 역시 보이지 않는다. 공장과 공사장으로 출근하는 노동자, 청소부, 목수, 기계공, 야간 근무를 마치고 퇴근하는 쇼핑몰 경비원이 지나가다 졸레바투레를 사 먹는다. 남자들은 마스크를 턱으로 내리고 쇠숟가락으로 졸레를 떠서 우적우적 씹어 먹는다. 다들 뜨거운 음식이 담긴 접시만 보고 있다. 지금 악마가 그들 앞으로 걸어온대도 알아차리지 못할 것이다.

"있잖아, 우리가 바하두르 찾아볼까?" 내가 말한다. "아파서 병원에 누워 있거나……."

"걔네 엄마가 우리 동네 주변에 있는 병원이란 병원은 다 가봤대." 파리가 말한다. "공중화장실에서 아줌마들이 그랬어."

"납치된 거라면, 우리가 사건을 해결하면 되잖아." 내가 말한다. "〈경찰 순찰대〉를 보면 실종자를 찾는 방법이 다 나오거든. 먼저……."

"어쩌면 정령이 데려갔을 수도 있어." 목에 건 닳아빠진 검은 줄 목걸이에 달린 금색 타위즈*를 만지면서 파이즈가 말한다. 그 부적이 파이즈를 사악한 눈과 못된 정령들로부터 안전하게 지켜준다.

"정령이 어디 있다고 그래. 아기들도 안 믿겠다." 파리가 말한다.

파이즈가 이마를 찡그린다. 왼쪽 관자놀이에서 눈 밑까지 길게 난 흰색 흉터가, 안에서 뭔가가 피부를 잡아당기는 것처럼 깊어진다.

"가자." 내가 말한다. 두 친구의 말싸움을 지켜보는 것이 세상에서 가장 지루한 일이다. "조회에 늦겠어."

파이즈는 빠른 걸음으로 걷고, 유령시장에 이르러서도 속도를 늦추지 않는다. 유령시장은 사람들과 개들과 릭샤**와 삼륜 택시와 전기 릭샤로 발 디딜 틈이 없다. 파이즈와 속도를 맞추려니까 평소에 시장에서 하는 일들을, 이를테면 아프살 아저씨네 정육점에서 파는 피 묻은 염소의 발굽을 센다거나 과일 차트*** 노점상에서 멜론 한 조각을 슬쩍한다거나 하는 일들을 할 수가 없다.

아무도 내 말을 안 믿겠지만 내가 시장에 있을 땐 시장의 냄새 때문에, 즉 차와 생고기와 번 빵과 케밥과 로티에서 나는 냄새 때문에 내 코가 길어진다고 100퍼센트 확신한다. 그리고 시장에서 나는 소리 때문

---

*　쿠란이나 이슬람 기도문 구절을 담은 펜던트.
**　뒤에 지붕을 씌운 손님용 좌석이 두 개 있는, 삼륜 자전거 형태의 인력거.
***　과일이나 야채에 향신료를 섞어 만든 요리.

에, 국자가 프라이팬을 긁는 소리와 정육점 주인의 칼이 도마 위의 고기를 탁탁 자르는 소리와 릭샤나 스쿠터가 내는 경적 소리와 오락실의 더러운 커튼 뒤에 숨어 있는 게임기로부터 흘러나오는 총소리와 욕 소리 때문에, 내 귀도 더 커진다고 자신한다. 하지만 오늘은 바하두르가 사라졌고 친구들 기분도 좋지 않은 데다 스모그로 모든 것이 흐릿하게 보이기 때문에, 내 코와 귀가 원래의 크기 그대로 있는 것일 뿐이다.

시장 위 전깃줄에 튼 새 둥지에서 불꽃이 우리 앞으로 툭 떨어진다.

"알라의 경고야." 파이즈가 말한다. "우리더러 조심하라고 말씀하시는 거야."

파리가 눈을 동그랗게 뜨고 나를 쳐다본다.

혹시 바하두르가 도랑에 빠졌을지 몰라서, 나는 학교까지 가는 동안 도랑을 들여다보며 걷는다. 눈에 보이는 건 빈 포장지와 구멍이 숭숭 뚫린 비닐봉지와 달걀 껍데기와 죽은 쥐와 죽은 고양이, 그리고 허기진 어떤 입이 알뜰하게도 발라 먹어 살점 한 조각 붙어 있지 않은 닭 뼈와 양 뼈뿐이다. 정령의 흔적도, 바하두르의 흔적도 보이지 않는다.

우리 학교는 꼭대기에 가시철조망이 있는…

…2미터 높이의 벽과, 보라색 페인트를 칠한 출입문이 달린 철제 교문에 갇혀 있다. 밖에서 보면 영화에 나오는 감옥 같다. 우리 학교에도 수위 아저씨가 있지만 교문 앞에 서 있는 경우는 거의 없다. 교장 선생님의 심부름을 하느라고 바쁘게 뛰어다니기 때문이다. 유령시장에 있는 양장점에 가서 교장 선생님 사모님의 블라우스를 찾아오기도 하고, 사모님과 두 아들을 위해 굴랍자문*을 사 오기도 한다.

  오늘도 수위 아저씨의 모습은 보이지 않는다. 그 대신 교문에 달린 작은 출입문 앞에 학생들이 한 줄로 서 있다. 출입문이 너무 좁아서 여럿이 같이 들어갈 수가 없다. 교장 선생님은 낯선 사람이 학생들 속에 끼어서 들어올 수 있다며 교문을 활짝 열어놓지 않는다. 교장 선생님은 날마다 전국에서 실종되는 어린이가 180명에 이른다고 입버릇처럼 말씀하신다. "낯선 사람은 위험해"라고 자주 말씀하시는데, 유명한 힌디 영화에 나온 노래 가사를 갖다 쓰시는 거다. 그런데 정말로 낯선 사람이

---

*   분유나 밀가루 등을 경단 모양으로 빚어 기름에 튀긴 뒤 설탕물이나 시럽에 재운 후식.

들어올까 봐 걱정된다면, 수위 아저씨를 심부름 보내서는 안 되는 거 아닌가?

교장 선생님은 우리를 싫어하시는 게 분명하다. 그렇지 않고서야 스모그가 자욱하고 너무 추워서 숨을 쉴 때마다 하얀 입김이 나오는 겨울날 아침에 우리를 교문 밖에 이렇게 세워둘 이유가 없다. 우리 머리 위, 축 늘어진 전깃줄에 줄지어 앉아 있는 뚱뚱한 비둘기들조차 아직 눈도 뜨지 않았는데.

"얘네들은 왜 줄도 제대로 못 설까?" 원래 줄에서 가지를 친 여러 짧은 줄들을 노려보면서 파리가 말한다. "이러다 여기 온종일 서 있겠다."

파리는 날마다 그렇게 말한다.

파리의 생각이 틀렸다는 걸 증명하기라도 하듯 가장 짧은 줄이 천천히 앞으로 나아간다. 나는 종종걸음으로 가서 루누 누나와 같은 반인 형 뒤에 선다. 그 형 바지 뒷주머니에 밀크티 색깔의 빗이 꽂혀 있다. 형은 빗을 꺼내 머리를 쓱쓱 빗은 뒤 빗살에서 머리카락을 뜯어내 버린 다음 다시 뒷주머니에 꽂는다. 얼굴은 상한 바나나처럼 여드름이 잔뜩이다.

파리와 파이즈가 내 앞으로 끼어든다. "어쭈, 죽을래?" 내가 말한다. 농담인 걸 아니까 두 아이가 씩 웃는다. 나도 따라서 씩 웃는다. 바하두르가 왔는지 보려고 주위를 둘러본다. 자기 엄마가 경찰을 부르려 한다는 걸 바하두르는 모를 것이다. 바하두르의 모습은 보이지 않는다. 지금 바하두르 이야기를 꺼내고 싶진 않다. 그 이야기를 하면 파리와 파이즈의 얼굴에서 웃음이 사라질 테니까. 둘은 2, 3분 전만 해도 서로 티격태격했다는 사실을 벌써 잊은 것 같다.

쿼터가 교문으로 걸어가는 모습이 보인다. 쿼터는 9학년이지만 9학년 진급시험에 두세 번 낙제했다. 쿼터의 아버지는 우리 동네 촌장이고, 무슬림을 혐오하는 극우 정당인 힌디사마지 당 당원이다. 촌장은 고층 아파트를 사서 이사했고 거기 사는 부자들하고만 어울리기 때문에 우리 동네에서는 잘 볼 수가 없다. 그 말이 사실인지, 아니면 동네 수도가 말라 물탱크를 사기 위해 동네 사람 모두가 조금씩 돈을 모아야 했을 때 엄마가 그냥 한 말인지는 잘 모르겠다.

쿼터는 교문 옆에 서서 번잡한 도로에 서 있는 교통경찰처럼, 줄 선 아이들을 상대로 교통정리를 하고 있다. 긴 오른손 손바닥을 들어 보이면서 우리 줄 아이들한테 멈추라고 지시한다. 우린 즉각 지시에 따른다.

쿼터는 교내 폭력 조직을 이끌면서 선생님들을 폭행하고, 교장 선생님으로부터 부모님 모시고 오라는 말을 들은 문제 학생들에게 가짜 엄마 아빠를 빌려준다. 쿼터가 그런 일을 공짜로 하지는 않는데, 학생들이 가짜 엄마나 아빠를 살 돈을 어디서 구하는지 모르겠다. 이상한 아르바이트를 많이 하는 파이즈는 모은 돈 대부분을 엄마에게 주고, 나머지는 조금씩이라도 자기가 좋아하는 퍼플로터스와 크림럭스 비누, 선실크 스터닝블랙샤인 샴푸를 사기 위해 저축한다. 가짜 엄마 아빠를 빌리는 값은 그런 비누와 샴푸 열두 개 가격보다 훨씬 더 비싸다고 파이즈가 말한다.

남학생 몇이 쿼터와 잡담을 나누고 있어서 줄이 앞으로 나아가지 못한다. 그 학생들은 자기도 사납고 거칠다는 것을 보여주기 위해 선생님이나 경찰관에게 소리쳤던 일을 자랑스럽게 떠든다. 그러나 그 누구도 쿼터를 따라잡을 수는 없는데 왜냐하면 쿼터는,

- 날마다 유령시장에 있는 술집에 들러 술을 4분의 1 페그*씩 마시기 때문이다. 쿼터라는 별명이 붙은 것도 그 때문이다. 쿼터

---

*   인도에서 술의 양을 측정하는 단위. 1페그는 30밀리리터다.

의 눈은 항상 충혈되고 부어 있으며, 입에서는 늘 술 냄새를 풍긴다.

• 교복을 절대 입지 않기 때문이다.

• 항상 검은 옷만 입기 때문이다. 검은색 셔츠에 검은색 바지를 입고, 추우면 검은색 목도리를 두른다.

• 매일 아침 조회가 끝나면 교복을 입지 않았다는 이유로 교장 선생님의 지시에 따라 학교 밖으로 쫓겨나기 때문이다. 선생님들은 출석률이 '0'인 쿼터를 출석부에서 아예 지우겠다고 위협하지만 지금까지도 지우지 않고 있다.

학교에서 쫓겨난 쿼터는 유령시장을 어슬렁거리며 돌아다니다 점심 시간이 되면 학교로 돌아온다. 그는 당당하게 학교로 걸어 들어와 운동 장의 멀구슬나무 아래 선다. 그러면 쿼터의 조직에 들어가고 싶어 하는 학생들과 조직원을 고용하고 싶은 학생들, 그리고 손가락으로 서로를 향해 총을 겨누는 시늉을 하며 스스로를 '리볼버 라니'*라고 부르는 멍 청한 고학년 여학생들이 쿼터를 에워싼다. 하지만 대다수의 여학생들은 항상 추파를 던지면서 다니는 쿼터를 멀리한다.

쿼터는 내가 가까이서 본 사람들 중에서 유일하게 범죄자처럼 보이 는 사람이다. 경찰에 체포된 적은 한 번도 없지만, 그건 촌장인 아버지가 경찰에게 뇌물을 주기 때문일 거다. 누군가 쿼터를 고용해서 바하두르 를 사라지게 만든 것은 아닐까, 하는 생각이 든다. 하지만 누가 그런 일 을 할까?

우리 줄이 천천히 앞으로 움직인다.

---

*   '리볼버 여왕'이라는 뜻으로, 2014년에 개봉한 영화 제목이자 극 중 주인공의 호 칭이다.

나는 쿼터가 주요 용의자라고 결론짓는다. 쿼터와 정령들. 하지만 정령들을 조사할 수는 없다. 정말로 존재하는지도 확실하지 않으니까.

교문 앞에 다다르자, 나는 용기를 내어 쿼터에게 말한다. "우리 동네 남자애가 사라졌어, 형." 이제까지 쿼터와 한 번도 말해본 적이 없었지만, 조회에서 국가를 부를 때처럼 나는 똑바로 서서 말한다. 그러면서 쿼터가 흠칫하는 기색이 있는지 표정을 살핀다. 유능한 경찰과 탐정은 눈을 깜박이거나 입을 앙다무는 것만 봐도 그 사람이 거짓말을 하는지 어떤지 알 수 있다.

쿼터는 내 뒤에 서 있는 고학년 여학생을 향해 느끼하게 웃는다. 그러면서 입술과 뺨에 뾰족뾰족 돋아난 수염을 어루만진다. 나이가 굉장히 많은 것 같지만, 아마 열일곱 살 정도는 됐겠지만, 수염이 듬성듬성 나서 콧수염이나 턱수염이라고 할 정도는 아니다. 쿼터가 내 등을 툭툭 치고 나를 교문 쪽으로 밀면서 말한다. "자. 가자, 가자."

"이름이 바하두르야." 내가 말한다.

쿼터가 두 손가락을 내 귀에 가까이 대고 맞부딪쳐 소리를 낸다. 그러다 손끝이 내 귀를 찌른다. "꺼져라." 쿼터가 으르렁거린다.

나는 운동장으로 뛰어든다.

"너 미쳤냐?" 파이즈가 묻는다. "왜 저 형한테 말을 걸었어?"

"쿼터가 네 팔을 부러뜨려서 이 쓰레기통에 던져버리면 어쩌려고." 파리가 우리 옆에 있는 펭귄 쓰레기통을 가리키며 말한다.

펭귄의 노란 부리가 어찌나 넓게 벌어져 있는지, 우리 머리통도 들어갈 것 같다. 불룩 나온 하얀 배에는 '쓰레기는 나한테 줘, 나 달라고!'라고 적혀 있다. 쓰레기통 주위에 사탕 포장지가 많이 떨어져 있다. 학생들이 멀리서 펭귄 입을 향해 쓰레기를 던지지만 골인을 시키지 못하기 때문이다.

"신문 한번 해봤어." 내가 파리에게 말한다.

꙰

뉴스에서 언제든 터질 거라던 인도-파키스탄 전쟁이 우리 반에서
터졌다. 〈사라가마파* 어린이 노래자랑〉에서 누가 우승해야 하느냐를
놓고 싸움이 난 것이다. 인도 쪽 아이들은 목소리가 끈적하고 달콤해서
잘레비**라는 별명으로 불리는 통통한 사내아이 안키트가 노래를 제일
잘한다고 주장한다. 파키스탄 쪽 아이들은 사이라라는 이름의, 히잡을
쓴 무슬림 소녀가 우승하기를 바란다. 나보다 머리 하나 정도가 작은 그
여자아이는 오전에는 학교에 다니고 오후에는 뭄바이 거리에서 노래를
불러 가족을 먹여 살릴 돈을 번다. 파리와 나는 바하두르의 실종 사실을
모두에게 전하려고 한다. 우리 반 아이들 중 절반은 우리 동네에 살기
때문에 그 일을 이미 알고 있다. 하지만 지금은 한창 전쟁 중이라 바하
두르는 관심 밖이다.

"사이라 쪽 사람들은 소를 죽이고, 힌두교도들도 죽여." 가우라브가
말한다. 가우라브의 엄마는 아침마다 아들이 전쟁터에 나간다고 생각하
는지 이마에 빨간 틸라크***를 그려준다.

파이즈는 절대로 나를 죽이지 않을 거다. 가끔은 자기가 무슬림이라
는 것도 잊어버리는 애니까.

"가우라브는 멍청이야." 내가 파이즈에게 속삭인다.

우리 반에 무슬림은 파이즈 말고도 아홉 내지 열 명이 있다. 그 아이

---

*   '도레미파솔'과 비슷한 인도 고유의 음계.

**   밀가루 반죽을 기름에 튀겨 설탕물에 재워서 만드는 간식.

*** 힌두교도가 이마에 그리는 표식.

들은 얼굴 앞에 교과서를 펼쳐 들고 조용히 앉아 있다.

파이즈와 나는 세 번째 줄 책상에 나란히 앉는다. 파리는 우리 옆 책상에 앉는다. 파리의 짝은 탄비라는 여자아이인데, 핑크 바탕에 까만 씨가 점점이 박힌 수박 조각 모양의 배낭을 메고 다닌다.

"정말로 쿼터가 바하두르를 유괴했으면 어떡하지?" 내가 파리에게 묻는다. "새 사업으로 어린이 납치를 시작한 걸지도 몰라. 우리한테 가짜 부모님을 빌려주는 것처럼 부모한테 가짜 자식을 빌려주는 장사."

"쿼터는 바하두르가 누군지도 몰라. 근데 왜 유괴를 하겠어?" 파리가 말한다.

"쿼터가 바하두르 놀리는 거 본 적 있는데." 탄비가 고양이 쓰다듬듯 책가방을 쓰다듬으면서 말한다. "바하두르를 '바-바-바-바하두르'라고 불렀어."

키르팔 선생님이 교실로 들어온다. "조용, 조용." 선생님이 몽땅한 분필을 손가락 사이에 끼우고 칠판을 향해 돌아서면서 소리친다. 1년 전에 뼈가 부러진 뒤 아직까지 제대로 붙지 않은 손을 떨고 있다. 선생님은 칠판 꼭대기에 '지도'라고 쓰고 그 밑에 '인도'라고 쓰더니, 구불구불한 인도 지도를 그리기 시작한다.

"살려줘, 살려줘." 내가 파리에게 속삭인다. "난 불쌍한 몽당분필. 선생님이 날 목 졸라 죽이려고 해."

다른 아이들도 친구들과 속닥거리고 있는데, 파리는 얼굴을 찌푸리면서 "쉬, 쉬" 한다.

나는 오른손을 구부려 코브라 머리를 만들어서 파리의 왼쪽 어깨에 송곳니를 박아 넣는다.

"선생님, 저기요, 선생님." 파리가 소리친다.

나는 의자에서 살금살금 몸을 낮춰 거의 몸 전체가 책상 밑으로 내려가게 숨는다. 키르팔 선생님한테는 이제 내가 안 보일 거다. 교실은 스모그 때문에 평소보다 어둡다.

파리는 손을 든 채로 일어서서 "선생님" 하고 다시 한번 외친다.

"왜?" 선생님이 짜증 섞인 목소리로 묻는다. 지도 그리기가 너무 싫어서 그러는 것 같다.

"출석부터 불러야 한다고 생각하지 않으세요?" 파리가 묻는다.

몇몇 아이들이 킥킥거린다. 파이즈는 우리가 앉은 책상에 컴퍼스 끄트머리로 욕설 문구를 새기다가 고개도 들지 않고 재채기를 한다.

"출석을 부르면 누가 학교에 왔고 누구는 오지 않았는지 알 수 있잖아요." 파리가 말한다.

나는 몸을 일으켜 똑바로 앉는다. 그러면 그렇지, 파리는 나를 고자질할 아이가 아니다.

키르팔 선생님이 분필을 교탁에 내려놓자, 펼치는 일이 거의 없는 출석부 쪽으로 분필이 또르르 굴러간다. 선생님이 코를 씰룩거린다. 나무자를 꺼내 허공에 휘두르기 전에 늘 저런다.

"선생님, 바하두르 기억하시죠? 저기 앉았던 아이요." 파리가 몸을 돌려 자기 분단 맨 마지막 줄 자리를 가리키며 말한다. "걔가 닷새째 집에 들어오지 않았다는 걸 어제 알게 됐어요."

"그래서 나더러 어쩌라는 거냐? 찾으러 나서라는 거야? 실종 신고는 부모가 해야지."

"학생이 2, 3일이나 결석하면 학교 측이 부모에게 알려야 하는 것 아닌가요?"

파리는 눈을 최대한 크게 뜨고 노래하는 목소리로 말하고 있지만, 파리의 연기에 속아 넘어갈 키르팔 선생님이 아니다.

"어허, 큰일 났네." 파이즈가 계속 컴퍼스로 책상에 욕을 새기면서 중얼거린다. "파리 이제 큰일 났네."

우리는 왜 파리가 키르팔 선생님에게 이런 질문을 하는지 안다. 누군가의 실종 사실을 알게 되기까지 닷새나 걸려서는 안 되는 거니까. 하지만 이제 와서 키르팔 선생님이 출석을 부른다고 해도 바하두르에게 도움이 되진 않는다. 너무 늦었다.

바하두르를 도울 수 있는 사람은 나뿐이다. 나는 수백 편의 텔레비전 드라마를 봤고, 브윰케시 박시* 같은 탐정들이 어린이를 납치하거나 금, 아내, 다이아몬드를 훔치는 나쁜 놈들을 어떻게 잡는지 정확히 알고 있다. 그러니까 내가 바하두르를 찾아낼 수 있다.

키르팔 선생님은 고개를 숙인 채, 조용히 기도하며 신전 주위를 도는 것처럼 교탁 주위를 돈다.

"아침마다 내가 출석을 부르면 수업은 누가 하냐? 너? 네가 가르칠 거야? 너?" 키르팔 선생님이 앞줄에 앉은 학생들을 한 명 한 명 가리키며 묻는다. 그러고는 오른 팔목을 문지른다.

파리가 아랫입술을 쑥 내미는데, 곧 울음을 터뜨릴 것 같다. 파이즈는 책상에 '개새끼'를 다 새기지 못했지만, 컴퍼스를 수학 도구 상자에 집어넣는다. '개새끼' 옆에 새겨진 화살표가 파이즈 왼쪽에 앉은 남자아이를 가리키고 있다.

"너희들 전부 몇 명이야? 40명? 50명?" 키르팔 선생님이 묻는다. "한 명씩 그 이름을 다 부르면 시간이 얼마나 걸리는지 알아?"

파리는 자리에 앉아서 뾰족탑 같은 앞머리를 연필로 쿡쿡 찌른다. 머리카락 몇 개가 핀에서 빠져 흘러내린다. 파리는 울음을 삼키려 애쓰고 있다. 파리에게는 굉장히 낯선 상황일 거다. 파리는 선생님에게 큰 소리

---

*   동명의 원작 추리소설과 그것을 바탕으로 제작한 텔레비전 드라마 및 영화 시리즈의 주인공.

로 혼나는 것에 우리처럼 익숙하지 않다.

"그리고 너희 부모님들은 툭하면 학교에 와서는 고향에 간다면서 너를 데리고 가잖냐. 교사들한텐 말 한마디 없이." 키르팔 선생님이 말한다. 파리는 학교를 한 번도 빠진 적이 없는데. "내가 정부 지침을 따른다면 여기 앉아 있을 학생은 한 명도 없을 거다."

"선생님, 선생님이 우릴 결석 처리해도 우린 선생님 안 때려요." 내가 말한다. "우린 아직 작잖아요."

"야, 이 미친놈아." 파이즈가 숨죽인 목소리로 말한다. "입 좀 다물어."

갑자기 교실이 조용해진다. 코 훌쩍이는 소리와 기침 소리만 간간이 들린다. 다른 교실에서 선생님들이 질문하고 학생들이 크게 한목소리로 대답하는 소리가 들린다. 키르팔 선생님의 눈썹이 아래로 기울어져 팔자 눈썹이 된다. 잠시 후 선생님이 가루가 폴폴 날리는 분필을 집어 들고 칠판을 향해 돌아선다.

"딴 선생님이었으면 너 엄청 맞았을 거야." 파이즈가 속삭인다.

나는 그렇게 생각하지 않는다. 틀린 말 한 게 하나도 없는데, 뭐.

작년에 쿼터가 키르팔 선생님에게 저주를 걸어 선생님을 생쥐로 만든 적이 있었다. 선생님이 넉 달이나 학교에 오지 않은 고학년 학생 세 명의 이름을 출석부에서 지우고 나서 그 일이 벌어졌다. 학생들 이름을 지우고 일주일 후 키르팔 선생님이 낡은 바자즈 체탁 오토바이를 타고 집에 가고 있을 때, 쿼터의 부하들이 선생님을 따라갔다. 선생님이 정지 신호에 걸려 멈춰 서자마자 그 부하들이 쇠파이프로 선생님의 머리를 때렸다. 선생님은 헬멧을 쓰고 있었기 때문에 그 부하들이 선생님을 죽일 의도는 없었다고 나는 생각한다. 그것은 일종의 경고였다. 내가 엄마를 화나게 하는 일을 할 때 엄마가 몇 초간 나를 노려보면서 내가 그걸 그만두는지 확인하는 것과 비슷하다. 그런데도 내가 그 일을 계속하면 엄마는 소리를 지르기 시작한다.

쿼터의 부하들은 선생님의 오른손 뼈를 부러뜨렸다. 그 후로 선생님들이 정부에 보호를 요청하며 며칠간 파업을 해서 우리도 학교에 가지 않았다. 그러나 결국 선생님들은 학교로 돌아왔고 우리 또한 어쩔 수 없이 돌아와야 했다. 선생님 폭행 사건으로 경찰이 체포한 청소년 두 명은 우리 학교 학생이 아니었고, 그래서 쿼터는 퇴학당하지 않았다. 그날 이후로 키르팔 선생님은 출석을 부르지 않는데, 그러면서도 출석부는 항상 옆구리에 끼고 다닌다. 누가 결석했다고 키르팔 선생님이 그 아이를 퇴학시키는 일은 다시는 없을 것이다. 이건 비밀이 아니다. 교장 선생님도 알고 있다.

키르팔 선생님의 분필이 또 꺅꺅 비명을 지르고 있다. 맨 앞줄에 앉은 남자애들 몇 명이 고개를 돌려 나를 본다. 나는 윗입술을 말아 올려 앞니를 드러낸다. 남자애들이 낄낄거리며 다시 앞을 본다.

파리는 사회 교과서를 싼 신문지에 뭔가를 휘갈겨 쓰고 있다. 파이즈는 연거푸 재채기를 한다. 나는 날아오는 파이즈의 콧물 총알을 피하려고 옆으로 몸을 비킨다.

"조용." 키르팔 선생님이 우리를 돌아보며 외친다. 선생님은 다른 어떤 단어보다도 '조용'이라는 말을 더 많이 한다. 자다가도 "조용" 하고 소리칠 것 같다. 선생님이 나를 향해 몽땅한 분필을 던진다. 분필이 빗나가 내 책상과 파리의 책상 사이에 떨어진다.

"왜요, 선생님. 아무 짓도 안 했는데요." 내가 말한다.

선생님이 왼손으로 출석부를 들고 떨리는 오른손으로 페이지를 획획 넘긴다.

"여기 있네." 선생님이 말하더니 눈을 치켜뜨고 나를 바라본다. 그러고는 셔츠 주머니에 꽂혀 있던 펜을 꺼내 출석부에 뭔가를 적더니, 출석부를 탁 소리 나게 덮고 교탁으로 던진다. "자, 했다. 됐냐?"

뭐가 됐냐는 건지 모르겠다.

"뭐 하고 있니, 자이?" 키르팔 선생님이 말한다. "어서 가방 싸지 않고. 네가 원하던 대로 결석 처리했다. 학교에 하루 빠졌다는 뜻이니까……." 이제 선생님은 두 손을 들어 교실 문을 향해 비질을 하는 시늉을 한다. "어서 가세요, 자이 씨."

"우와, 좋겠다. 하루 휴가를 주신다잖아. 어서 가, 자이." 파이즈가 말한다.

나는 하루 휴가를 바라지 않는다. 점심을 거르는 걸 원치 않는다. 그러면 저녁때까지 쫄쫄 굶어야 하는데, 내 손가락으로 셀 수 있는 것보다 더 많은 시간을 기다려야 한다.

"빨리 나가라니까." 키르팔 선생님이 소리를 지른다. 교실 안이 찬물을 끼얹은 듯 조용해진다. 선생님이 평소처럼 참지 않고 화를 내서 모두 충격을 받은 것일 테다.

"선생님……."

"여기 배우고 싶어 하는 학생들 많아. 너와는 다르게 말이야. 그 아이들은 의사나 기술자가 되기를 희망하고, 열심히 하면 그렇게 될 거다. 하지만……." 선생님은 입가에 거품을 물고 있다. "너는 뭐가 될까? 잘해봐야 청부 폭력배겠지. 학교 밖에서 달리 뭘 배우겠니."

배 속에서 생겨난 분노가 가슴으로, 팔과 다리로 달려간다. 쿼터의 부하들이 키르팔 선생님을 죽여버렸어야 했는데, 안타깝다. 정말 최악의 선생님이다.

나는 책가방을 싸서 복도로 나간다. 발끝으로 서서 학교 밖을 내다본다. 쿼터가 아직 있을지 모른다. 있으면 나를 부하로 받아주겠냐고 물어봐야지.

키르팔 선생님이 씩씩거리며 복도로 나온다. 겨울인데도 얼굴이 땀으로 번들거린다. "야, 건달. 어서 가라고 했을 텐데. 오늘은 공짜 점심 없다."

전에도 숙제를 안 했거나 친구와 싸워서 교실 밖으로 쫓겨난 적은 있지만, 학교 밖으로 쫓겨난 적은 한 번도 없다. 나는 교문을 향해 걸어가다가 걸음을 멈추고 펭귄 쓰레기통을 발로 찬다. 그러고는 다시 걸으면서 한 번도 뒤를 돌아보지 않는다. 이대로 영원히 학교를 떠나 쿼터처럼 범죄자의 삶을 살 생각이다. 인도에서 가장 악명 높은 폭력배 두목이 될 거다. 그러면 다들 나를 무서워하겠지. 내 얼굴이 텔레비전에 나오겠지만 커다란 검은 선글라스를 쓰고 있어서 다들 나를 못 알아볼 거다. 심지어 엄마나 아빠, 루누 누나조차도.

나는 범죄자가 된 내 모습을 상상하며…

…유령시장을 돌아다닌다. 범죄자가 되는 것도 쉬운 일이 아니다. 키와 덩치가 더 커야 한다. 그래야만 사람들이 나를 무시하지 않을 것이다. 지금은 가게 주인들조차 나를 지저분한 떠돌이 개로 여긴다. 오렌지색 카라치할와*와 초록색 카르다몸 향신료 가루로 장식한 반달 모양의 구지야**가 든 유리 진열대에 코를 박고 있으면, 주인들이 빗자루로 내 머리를 콕콕 찌르면서 찬물을 끼얹기 전에 어서 꺼지라고 협박한다.

포장도로 여기저기에 있는 움푹 팬 곳에 자꾸 발이 빠진다. "조심해, 아들." 어떤 아저씨가 말한다. 돌아보니, 얼굴에 내 셔츠처럼 주름이 가득하다. 아저씨는 골목길로 삐죽 튀어나와 있는 찻집에 앉아 차이를 마시는 중이다. 찻집 라디오에서 아빠가 좋아하는 옛날 힌디 영화 음악이 흘러나온다. "이 여행은 정말 아름다워요." 남자 주인공이 노래한다.

친절한 아저씨 옆에 앉아 있는 다른 아저씨들은 나를 보지 않는다. 다들 무릎 높이의 둥근 통이나 플라스틱 상자를 뒤집어놓고 그 위에 앉

---

*   거친 밀가루나 당근에 아몬드와 생강을 섞어 만든 간식.
**   밀가루 반죽에 각종 채소를 넣어 만두처럼 빚어 튀긴 음식.

아 있다. 하루 일을 공쳐서 눈에는 근심이 가득하다. 아침 일찍 고속도로 근처 교차로에 나가, 지프와 트럭을 타고 와서 벽돌공이나 페인트공을 데리고 가는 공사장 감독들을 기다렸을 것이다. 일꾼은 너무 많은데 공사장 감독은 너무 적어서 모두가 다 일을 구하지는 못한다.

아빠도 보라선 전철역과 고층 빌딩 건설 공사장에서 좋은 일자리를 얻기 전에는 고속도로 교차로에서 현장감독들을 기다렸다. 아빠는 일꾼들의 임금을 떼어먹는 것으로도 모자라 낡아빠진 밧줄에 매달려서 고층 빌딩 창문을 닦게 하는 못된 공사장 감독이 많다고 말했다. 너는 그렇게 위험한 일을 하지 않기를 바란다면서, 열심히 공부해서 사무직 일을 하고 너 자신이 부자가 되라고 내게 말하곤 한다.

내가 범죄자가 되면 아빠가 얼마나 창피해할까 생각하니 눈이 따끔거린다. 아무래도 제2의 쿼터가 되지는 말아야겠다.

✿

우리 동네로 이어지는 골목길로 접어든 후로는 손으로 입을 가리고 기침을 한다. 이렇게 해야 동네 아줌마들 중 누군가가 나를 보고 수업을 빼먹었다고 엄마한테 이르더라도 굉장히 아파 보이더라고 덧붙여 말할 테니까.

그런데 내 기침 소리가 비행기 소리만큼 크다. 뭔가 이상한 것 같은데 그게 뭔지는 모르겠다. 나는 걸음을 멈추고 주위를 돌아본다. 숨을 참고 귀를 기울인다. 심장이 갈비뼈에 부딪힌다. 나는 텔레비전에서 데바난드 선생님이 하는 것처럼 입을 크게 벌리고 숨을 들이쉰 뒤, 천천히 내쉰다. 가슴 속에서 막힌 것이 서서히 뚫리는 것 같다. 그제야 뭐가 이상한지 알겠다.

바로, 골목길이 조용하고 비어 있다는 거다. 할아버지들이 신문을 읽고, 백수 아저씨들이 카드놀이를 하고, 엄마들이 낡은 페인트 통에 옷을 담그고, 어린아이들이 다리에 흙을 묻힌 채 뒤뚱거리며 걸어 다니고 있어야 하는데…… 아무도 없다. 집집마다 문 앞을 지키는 플라스틱 물통 주위에 더러운 그릇들과 씻다 만 그릇들이 널려 있다. 스모그 뒤쪽에서 덜컹거리는 소리가 난다. 정령일까? 갑자기 무서운 생각이 든다. 오줌이 마렵다.

내 왼쪽에 있는 집 문이 끼익 소리를 내며 열린다. 나는 펄쩍 뛸 듯이 놀란다. 곧 납치되는 거 아닌가 하는 생각이 퍼뜩 든다. 하지만 문을 열고 나온 사람은 사리를 입은 아줌마다. 머리 가르마에 빨간색 가루 반죽이 붙어 있고 얼굴 곳곳에도 빨간 얼룩이 묻어 있다.

"얘, 넌 뇌가 없니?" 아줌마가 소리친다. "경찰이 동네에 쫙 깔렸는데. 경찰한테 잡혀가고 싶어?"

나는 고개를 가로젓지만, 오줌 마려운 느낌은 사라진다. 경찰이 무섭기는 해도 정령만큼 무섭지는 않다. 나는 아줌마에게 경찰이 왜 여기에 왔는지, 우리를 겁주려고 불도저를 몰고 온 건 아닌지, 누군가 양동이를 들고 다니면서 경찰에게 줄 뇌물을 모아야 하는 건지 묻고 싶지만, 그러는 대신 이렇게 말한다. "뺨에 신두르* 묻었어요."

"네 엄마가 어떻게 생각하겠니?" 아줌마가 말한다. "엄마는 신전에서 기도할 시간도 없이, 너를 볼 시간도 없이 열심히 일하는데. 너는 수업이나 빼먹고 놀러 다니고, 응? 그러지 마라, 얘야. 엄마를 실망시키지 마. 지금 당장 학교로 돌아가고. 안 그러면 나중에 후회할 거야. 무슨 말인지 알겠어?"

* 얼굴에 바르는 주황색 가루로, 기혼 여성들이 유부녀임을 표시하기 위해 가르마에 바른다.

"네." 내가 말한다. 이 아줌마, 우리 엄마 친구도 아닌 것 같은데.

"내 눈에 또 띄면 안 돼." 아줌마가 문을 탁 닫고 들어간다.

바하두르의 엄마가 경찰을 불러들였다니 믿기지 않는다. 그래서 모두 숨어버린 거다. 나도 숨어야 하는데, 경찰이 뭐 하고 있는지 궁금하기도 하다. 경찰은 우리에게 '봉사'하고 우리를 '보호'해야 하지만, 유령시장에서 내가 본 경찰들은 그와는 정반대의 일을 한다. 가게 주인들을 괴롭히고, 노점상에서 공짜 음식으로 배를 채우며, 하프타 뇌물을 제때 바치지 못하는 사람에게는 경찰봉으로 등을 맞을 건지 불도저로 집을 쓸어버리게 할 건지 고르라고 한다.

이번에는 스모그도 쓸모가 있다. 스모그 덕분에 몸을 숨길 수 있기 때문이다. 나는 길가, 물통 가까이 바짝 붙어서 걷는다. 설거지 뒤끝이라 길이 질척질척하지만 어쩔 수 없다. 나는 채소와 과일이 담긴 손수레를 방수포로 덮어놓은 노점 두 군데를 지나간다. 구두 수선공 세 명이 근처에 쭈그리고 앉아 있는데, 구둣솔의 검은 털이 어깨에 멘 배낭에서 삐죽삐죽 삐져나와 있다. 그들은 문제가 있는 것 같으면 언제라도 도망칠 준비가 되어 있는 것 같다.

나는 이 아저씨들처럼 겁을 먹지 않았다. 샨티 아줌마의 두 번째 남편처럼 줏대가 없지도 않다. 동네 사람들은 샨티 아줌마 남편이 아줌마가 시키는 일은 무엇이든 한다고 말한다. 아줌마를 위해 요리를 하고, 아줌마의 속치마를 빠는 것은 물론 골목 사람들이 다 보는데도 그걸 빨랫줄에 널기까지 한다고 말한다. 하긴 산파인 아줌마가 직업이 두 개인 남편보다도 돈을 훨씬 더 많이 번다.

골목 한복판의 늘 같은 자리에 물소 도사님이 있고, 카키색 경찰복을 입은 순경도 보인다. 자기 물소에게 해코지를 할까 봐 걱정이 되는지 파티마 아줌마가 순경을 지켜보고 있고, 할아버지들은 가슴팍에 팔짱을 끼고 서서, 엄마들은 아기를 안고 서서 순경을 보고 있다. 학교에 다니지 않고 집에서 수를 놓거나 과자 만드는 일을 하는 어린아이들도, 이 골목에 살지 않는 바하두르의 엄마와 주정뱅이 라루도 순경을 보고 있다.

나는 젖은 셔츠와 사리가 널려 있어 축 늘어진 빨랫줄 밑을 기어서 조금씩 앞으로 나아간다. 머리가 빨래를 스치고 지나간다. 사람들이 모여 서 있는 곳에서 두 집 떨어진 집의 닫힌 문 옆에 커다란 검은색 물통이 놓여 있다. 숨기에 딱 좋은 장소다. 나는 책가방을 내려놓고 물통 뒤에 쪼그리고 앉아 아무도 내 숨소리를 듣지 못하도록 얕게 숨을 쉰다. 그러면서 고개를 옆으로 살짝 내밀고 한 눈으로 엿본다.

순경이 물소 도사님을 발로 툭툭 차면서 주정뱅이 라루에게 묻는다. "그래서 그 말이 사실이야? 이 물소가 일어나질 않는다고? 그럼 먹는 건 어떻게 먹지?"

순경은 물소 도사님이 더러운 엉덩이 밑에 바하두르를 숨겨놓고 있다고 생각하나 보다.

두 번째 순경이 어느 집에서 걸어 나온다. 카키색 셔츠를 입고 있는데, 어깨에 아래쪽을 향한 빨간 화살촉 모양의 경찰 배지가 붙어 있다.

저런 배지는 경장이나 되어야 다는 것이다. 지난달에 〈범죄의 도시〉에서 봐서 안다. 경장 제복을 입은 사기꾼 이야기였다. 그 가짜 경찰은 심지어 경찰관 숙소에 가서 진짜 경찰들과 차를 마시고 지갑을 훔쳐 달아나기까지 했다.

"물소랑 친하게 지내려고? 좋아, 아주 좋아." 경장이 카키색 셔츠 소매에 배지를 달지 않은 순경에게 말한다. 그러고는 물소 도사님의 꼬리를 넘어가 바하두르 엄마 앞에 선다.

"들어보니 당신 아들한테 문제가 좀 있더구먼." 경장이 말한다. "머리가 잘 안 돌아간다며?"

"무슨 말을 그렇게 해요? 얼마나 착실한 앤데." 바하두르의 엄마가 말한다. 계속 울고 소리쳐서 목이 쉰 데다 화까지 나서 날카로운 목소리다. "학교에 가서 물어봐요, 다들 얘기해줄 거니까. 말이 좀 어눌하긴 하지만 나아지고 있다고 선생님들이 그런다고요."

경장은 입술을 꾹 다물고 바하두르 엄마의 얼굴을 향해 콧김을 내뿜는다. 바하두르 엄마는 움찔하지도 않는다.

"내 생각엔, 며칠 기다려 보는 게 제일 좋을 것 같은데." 순경이 말한다. "이런 경우 많이 봤거든. 이런 애들은 자유롭고 싶어서 집을 뛰쳐나가버린다고. 하지만 자유가 밥 먹여주지 않는다는 걸 깨닫고는 금방 돌아오지."

"근데 내가 보기엔, 아줌마 남편이…… 그 뭐랄까……." 경장이 주정뱅이 라루를 흘끗 쳐다본다. 라루는 고개를 푹 숙이고 있다. "아들한테 폭력적이었던 것 같은데?"

갑자기 골목 안이 조용해진다. 철사를 얼기설기 엮어 만든 닭장에서 도망친 암탉들이 꼬꼬댁거리는 소리와, 어느 집 안에서 염소가 우는 음매 소리만 들린다.

주정뱅이 라루가 감옥에 가기를 바라는 사람은 아무도 없다. 하지만 경장이 똑똑한 사람이니까 거짓말하면 안 된다. 대학생처럼 젊은데 벌써 경장이 된 걸 보면 똑똑한 사람임이 틀림없다. 경장은 텔레비전에 나오는 유능한 형사들처럼 질문을 하고 있다. 그는 우리의 뇌물을 바라지 않는다. 나쁜 놈들을 감옥에 처넣는 것이 그의 유일한 사명이다.

"경장님, 자식 놈 한두 번 안 때려본 아비가 어디 있겠어요?" 주정뱅이 라루 곁에 서 있던 아저씨가 라루 편을 든다. "그렇다고 가출을 하는 건 말이 안 되죠. 애들은 우리보다 똑똑해요. 다 저희 잘되라고 그런다는 걸 애들도 안다고요."

경장이 그 아저씨의 얼굴을 뚫어지게 보자, 아저씨는 어색하게 웃으면서 고개를 돌린다. 그러고는 길바닥에 널려 있는 남긴 과자 포장지의 은빛 속지를 내려다보다가 다시 고개를 돌려, 자기들 뒷덜미를 붙잡은 엄마의 손아귀에서 벗어나려고 애쓰는 아이들을 바라본다.

주정뱅이 라루가 입을 연다. 그러나 아무 말도 나오지 않는다. 그러다 갑자기 땅에서 전류가 솟구쳐 다리와 손으로 흐르는 것처럼 몸을 부르르 떤다.

파리와 파이즈는 지금 내가 보고 있는 장면을 얘기해줘도 믿지 않을 것이다. 다행인 것은, 내가 입고 있는 회색 교복 덕에 스모그 속에서 내 모습이 잘 보이지 않는다는 거다.

"너, 이리 와봐." 경장이 나를 가리키며 소리친다.

재빨리 몸을 숙이다가 물통에 머리를 박는다. 행동이 충분히 빠르지 못했다. '내 입에 똥을 처넣으면 어떡하지.' 나는 생각한다. 무슬림을 싫어하는 우리 반 가우라브가 언젠가 한 말이 생각났기 때문이다. 가우라브는, 쿼터는 자기한테 덤비는 사람이 있으면 그 사람 입에 똥을 처넣는다고 말했다. "어디 갔어? 꼬마야, 어딨니?"

나는 길 건너 주석 지붕 끝에 매달린 접시형 안테나를 뚫어지게 쳐다본다. 안테나의 하얀 접시가 하늘을 보고 있다. 두 눈으로 그것을 보면, 온 정신을 집중해서 열심히 보면, 다른 것은 사라질 것이다. 모두가 사라질 것이다. 순경들도.

그러나 경장이 내 옆에 서서 물통 뚜껑을 톡톡 두드리고 있다. 그러다 카키색 경찰 모자를 벗는다. 모자 속 고무 밴드가 너무 탱탱한지 이마 중간에 빨간 줄이 생겼다.

"이 모자가 너한테 더 잘 맞는지 한번 볼까." 경장이 웃으면서 모자를 내 얼굴 앞에서 흔든다.

나는 모자에서 나는 겨드랑이 땀 냄새와 감옥 냄새 같은 것에 놀라 몸을 움츠린다.

"싫어?" 경장이 묻는다.

"네." 내가 말한다. 목소리가 너무 작아서 나한테도 잘 안 들린다.

경장이 다시 모자를 쓰지만 꾹 눌러쓰지는 않는다. 신고 있는 검은 가죽 구두를 벽돌에 대고 문질러 진흙을 긁어낸다. 왼쪽 구두 밑창이 떨어져 입을 벌리고 있고, 헐거워진 실밥이 침방울처럼 매달려 흔들린다. 경장의 구두가 내 신발만큼이나 낡았다.

"오늘 학교 안 가니?" 경장이 묻는다.

기침을 안 했기 때문에 다른 핑계를 댄다. "배가 아파서요. 선생님이 조퇴하래요."

"저런, 뭘 잘못 먹었구나." 경장이 말한다. "엄마가 맛없는 걸 해줬어?"

"아뇨, 엄마가 해주는 건 다 맛있어요. 아주 맛있어요."

오늘은 일이 계속 이상하게 돌아간다. 이게 다 바하두르 때문이다.

"우리가 찾는 아이 말인데." 경장이 말한다. "그 아이 아니? 같은 학교야?"

"같은 반인데요."

"가출할 거라는 얘길 했었어?"

"바하두르는 말 못 해요. 말을 더듬거든요. 다른 애들처럼 말을 못 해요."

"걔 아빠는?" 경장이 목소리를 낮춘다. "아빠가 자길 때린다고 얘기하던?"

"그럴 수도 있어요. 그래서 바하두르가 가출한 거예요. 근데 파이즈는 정령들이 데려간 거래요."

"정령?"

"파이즈는 알라신이 정령을 만들었대요. 좋은 사람, 나쁜 사람이 있는 것처럼 좋은 정령, 나쁜 정령이 있대요. 나쁜 정령이 바하두르를 납치했을지도 모른대요."

"파이즈는 네 친구니?"

"네."

나는 경장에게 친구를 고자질한 것 같아 약간 죄책감을 느낀다. 하지만 나는 지금 수사를 돕고 있는 것이다. 내가 말한 것이 큰 단서가 되어 경장이 사건을 해결할 수 있도록 도울 것이다. 그러면 〈경찰 순찰대〉가 이 사건을 텔레비전 드라마로 만들 것이고, 아역 배우가 내 역할을 할 것이다. '슬럼가 소년의 실종 미스터리'나 '실종된 말더듬이를 찾아서, 빈민가 소년의 가슴 아픈 사연'이라는 제목의 에피소드가 나올 것이다. 〈경찰 순찰대〉는 매회 굉장히 멋진 제목으로 드라마를 내보낸다.

"안 그래도 감옥이 부족해서 나쁜 인간들도 다 못 잡아넣을 판인데, 정령까지 체포하면 어디다 가두냐?" 경장이 묻는다.

경장이 나를 놀린다는 걸 안다. 뭐, 그래도 상관없다. 내가 무슨 말을 하길 바라는지 알고 싶다. 그럼 그 말을 해줄 것이고, 경장은 바하두르를 찾을 수 있을 테니까. 그리고 경장을 계속 올려다보고 있으려니까 목이 아프다.

경장이 뺨을 긁는다. 내 배에서 꼬르륵 소리가 난다. 파이즈가 있었다면 주머니에 항상 넣고 다니는, 설탕을 입힌 회향 씨를 내게 줘서 배를 조용히 시키게 도와줄 텐데. 파이즈는 일요일에 가끔 웨이터로 일하는 펀자브 음식 식당에서 회향 씨를 훔쳐 오곤 한다.

"바하두르가 여기 사는 게 심심했나?" 경장이 묻는다.

배에서 다시 꼬르륵 소리가 난다. 나는 배를 조용히 시키려고 두 손으로 꾹 누른다. "바하두르 엄마가 그랬어요?" 내가 묻는다. "그 아줌마가 신고했잖아요, 그렇죠? 우린 절대로 경찰 안 찾아가는데."

내가 너무 많은 말을 했는데도 경장의 얼굴엔 표정이 없다. 경장은 카키색 제복 바지를 추켜올리고 모자를 바로 쓰고는 돌아선다.

"이 다음다음 골목에 구두 수선공이 있어요." 내가 경장의 등에 대고 말한다.

경장이 걸음을 멈추고 나를 돌아본다. 마치 나를 처음 보는 것 같은 표정이다.

"구두 말이에요." 내가 말한다. "그 수선공 진짜 솜씨 좋아요. 술라이만 아저씬데, 그 아저씨가 구두를 꿰매면 꿰맨 자국도 안 보이고……."

"구두 수선 잘한다고 대통령 훈장이라도 받았니?" 경장이 묻는다. 나는 대답하지 않는다. 농담이라는 걸 알지만 재미없는 농담이다.

경장은 사람들이 모여 있는 곳으로 거들먹거리며 걸어간다. 그는 순경에게 고개를 세 번 빠르게 끄덕인다. 크리켓 구장에서 투수와 야수들이 주고받는 것과 같은 비밀 사인이 틀림없다. 파리와 파이즈와 나도 그런 암호를 만들어야겠다.

"뭐 구경났어?" 순경이 소리친다. "다들 집으로 돌아가."

아빠들과 엄마들과 아이들이 서둘러 자기 집으로 들어간다. 물방울 무늬 스웨터를 입고 있어 표범 같아 보이기도 하는 갈색 염소 한 마리가 어느 집에서 걸어 나오더니 머리로 순경의 다리를 들이받는다.

"빌어먹을 염소 새끼." 순경이 화를 내며 염소를 발로 찬다.

나는 깔깔 웃는다. 웃음소리가 너무 컸다.

"뭘 봐?" 순경이 묻는다. "휴대폰으로 동영상 찍고 있는 거 아냐?"

"휴대폰 없어요." 순경이 나를 체포하기 전에 내가 외친다. 나는 그를 향해 총을 빼든 영화 속 주인공처럼 천천히 물통 뒤에서 걸어 나와 바지 주머니를 뒤집어 보여준다. 내가 가진 거라곤 학교에 반납하지 않은 카롬* 스트라이커밖에 없다는 걸 보여준다.

"걔 그러다 똥 싸겠다." 경장이 순경에게 말한다. "보내줘라."

나는 책가방을 집어 들고 내가 숨어 있었던 집 앞의 모퉁이를 돌아 좁은 골목으로 뛰어든다. 어린아이와 염소와 개만 지나다닐 수 있을 만큼 좁고 바닥은 염소 똥 천지지만, 안전하다.

어깨가 벽을 스쳐서 교복에 더러운 얼룩이 묻는다. 엄마가 엄청 화낼 것 같다.

나는 골목 입구로 기어가서, 속삭이는 소리까지 들으려고 귀를 쫑긋 세우고 밖을 내다본다. 순경이 길에서 주운 게 틀림없는 나뭇가지를 흔든다. "다들 들어가라니까." 순경이 길에 서 있는 사람들을 향해 소리친다. "당신들 둘은 남고." 순경이 바하두르의 엄마와 주정뱅이 라루에게 말한다.

경장이 바하두르의 부모에게 다가가 무슨 말을 하는데 나한테까지는 들리지 않는다. 바하두르 엄마가 목에 걸고 있던 금목걸이를 움켜쥐더니 걸쇠를 끄르려 애쓴다. 주정뱅이 라루가 도와주려고 손을 뻗지만 바하두르의 엄마가 뿌리친다. 바하두르 엄마는 금목걸이를 사랑한다.

몇 달 전 바하두르 엄마한테 유령시장에서 파는 싸구려 금도금 목걸이가 아니라 진짜 24케이 순금 목걸이가 생겼다는 소문이 돌았을 때, 아빠는 바하두르의 엄마가 자기가 일하는 부잣집에서 목걸이를 훔친 게 틀림없다고 말했다. 하지만 바하두르 엄마는 사모님한테 선물로 받은 거라고 말하고 다녔다.

엄마는 바하두르의 엄마가 결혼 생활은 불행해도 직장 운은 있다면

* 가로세로 90센티미터 크기의 판에서 손가락으로 스트라이커를 튕겨 말을 네 모서리의 구멍에 집어넣는 게임.

서, 누구나 잘 풀리는 일이 있는가 하면 잘 풀리지 않는 일도 있다고 말했다. 착한 자식이 있는가 하면 나쁜 자식도 있고, 친절한 이웃이 있는가 하면 못된 이웃도 있고, 쉽게 치료할 수 있는 통증이 있는가 하면 치료가 불가능한 병을 앓기도 한다는 것이다. 그러고 보면 신들이 인간에게 공평하려고 애쓴다는 걸 알 수 있다고 했다. 엄마는 아빠에게 자기는 순금 목걸이보다는 때리지 않는 남편이 더 좋다고 말했다. 그 말을 들은 뒤로 아빠 키가 좀 더 커진 것 같았다.

바하두르의 엄마가 목걸이를 빼 한 손에 꼭 쥐었다가 손을 펴고 경장에게 내민다. 경장은 아줌마가 불을 쥐어보라고 말하기라도 한 양 화들짝 놀라 뒤로 물러선다. 아줌마가 주정뱅이 라루를 돌아본다. 라루는 다시 몸을 떨기 시작한다. 아무짝에도 쓸모없는 사람이다. 아줌마는 남편 대신, 자기가 일하는 집 사모님이 곁에 있기를 바랄 것 같다.

"어떻게 여자한테 선물을 받나?" 경장이 말한다. "그렇게는 못 하지. 암, 못 하고 말고." 경장의 목소리는 아침마다 사과 장수가 반들반들하게 윤을 낸 가판대에 올려놓는 사과처럼 밝고 윤기가 난다.

바하두르의 엄마가 앙다문 이 사이로 숨을 들이마시더니, 주정뱅이 라루의 팔목을 툭 치고 금목걸이를 라루에게 건넨다. 경장은 보는 사람이 있는지 확인하려는 것처럼 주위를 둘러본다. 골목에는 나뭇가지로 땅바닥에 선을 그리고 있는 순경과 물소 도사님, 그리고 나뿐이다. 경장은 내가 있다는 걸 모른다.

"바하두르 엄마, 진짜?" 주정뱅이 라루가 목걸이를 꼭 쥔, 떨리는 주먹을 머리 위로 들어 올리면서 묻는다.

"괜찮아." 바하두르 엄마가 말한다. "그까짓 거."

"싸우고 싶으면 집에 들어가서 싸워." 경장이 바하두르의 부모에게 말한다. "당신들 부부싸움 말리려고 온 거 아니니까. 근데 계속 그러고 있으면 공적불법방해 혐의로 체포할 거야."

"죄송합니다, 경장님." 주정뱅이 라루가 말한다. 그리고는 금목걸이를 경장에게 건네자, 경장은 잽싸게 낚아채 주머니에 넣는다.

〈범죄의 도시〉에 나오는 경찰들은 절대로 뇌물을 받지 않는다. 남자에게서도 받지 않는다. 경장의 사악한 마음을 꿰뚫어 보지 못한 내가 무능한 탐정 같다는 느낌이 든다.

"아들은 한 2주 정도 시간을 갖고 기다려봐." 경장이 말한다. "그때까지도 안 돌아오면, 다시 연락하고."

"경장님, 아까는 지금 당장 찾아보겠다고 하셨잖아요." 바하두르 엄마가 말한다.

"모든 게 다 때가 있는 법이야." 경장이 말한다. 그리고는 순경에게 이른다. "여기서만 죽치고 있을 수는 없지. 가자, 서둘러."

"당신들은 정말 문제야. 당신들 전부." 순경이 주정뱅이 라루에게 말한다. "송전선에서 전기를 훔치질 않나, 집에서 밀주를 담가 먹질 않나. 가진 건 도박으로 다 날리고. 계속 그렇게 막가파로 살아봐. 정부가 불도저를 보내서 집들을 싹 다 밀어버릴 거니까."

경찰들이 떠난 후 파티마 아줌마가 집에서 나와 물소 도사님의 뿔 사이를 살살 긁어주고 시금치를 한 움큼 먹인다.

나는 우리 동네가 불도저에 밀려 사라지는 것을 원하지 않는다. 바하두르를 찾으면 왜 문제를 일으켰냐고 세게 한 대 때려줘야겠다. 그래도 바하두르가 나를 막지는 못할 것이다. 자기가 맞을 짓을 했다는 걸 알테니까.

바하두르

소년은 멀찌감치 떨어져 서서, 담요를 어깨에 두른 남자 세 명이 모닥불 앞에 모여 앉아 있는 것을 보고 있었다. 건설 공사장에서 시멘트를 나르는 데 쓰였던 커다란 금속 대야에서 불길이 재를 날리며 타올랐다. 남자들은 성스러운 의식을 행하듯 모닥불 위로 두 손을 펼쳐 들고 있었다. 노란 불꽃이 얼굴보다 더 높이 튀어 오를 때도 있었지만, 그들은 손을 거둬들이지 않았다.

이 남자들 사이에서는 말하지 않아도 통하는 우정 같은 것이 느껴졌고, 바하두르는 자기도 나이가 많아서 그들과 함께 앉아 있을 수 있다면 좋겠다고 생각했다. 그러나 바하두르는 구아바 냄새가 나는 손수레 뒤에 숨어 있는 어린 소년일 뿐이었다. 은은하게 달콤한 냄새가 탄내 나는 겨울 공기에 섞여 바하두르의 콧속으로 흘러들어 왔다.

수레 주인은 근처 땅바닥에 누워 자고 있었다. 맹꽁이자물쇠로 잠근 상점 셔터 쪽으로 뒤돌아 누워 있었고 마치 시체처럼 머리부터 발끝까지 시트를 덮은 채였지만, 시트가 코 고는 소리를 덮어줄 만큼 두껍지는 못했다. 바하두르는 수레에 접어놓은 방수포 아래쪽과 배낭을 조심스럽게 더듬어보았다. 구아바는 한 개도 남아 있지 않았다. 주인의 장사 수단이 굉장히 좋은 것 같았다.

바하두르는 그 남자들을 얼마나 오랫동안 지켜보고 있었는지 알 수 없었다. 자정을 훨씬 넘긴 시각이었고 자기도 자야 한다는 걸 알았지만, 너무 추워서 조금 걸으며 몸을 녹이고 싶었다. 숨어 있던 수레에서 기어 나와 다시 남자들을 돌아보았다. 그들은 병에 든 술을 나눠 마시고 있었다. 한 사람이 한 모금 마신 후 스웨터 소매로 병의 입 닿은 부분을 닦고 다음 사람에게 넘겨주었다. 또 한 시간이 지나면, 다들 불 옆에 누워 벽돌을 베개 삼아 베고 담요는 반은 깔고 반은 다리를 덮은 채로 자고 있을 것이다.

바하두르 앞에는 유령시장 골목들이 떡 벌어진 악마의 입처럼 사방으로 뻗어 있었다. 바하두르는 무섭지 않았다. 예전에는 무서웠다. 엄마가 가정부로 일하는 부잣집의 열이 나는 아기를 돌보기 위해, 혹은 사모님이 연 파티에 온 손님들 시중을 들기 위해 그 집에서 자고 올 때마다 밖에 나와 자기 시작했던 초기에는 겁이 났다. 그때까지는 시장을 낮에만 보았기 때문이다. 낮에는 시장이 사람들과 동물들과 탈것들로 붐볐고, 힌두교 신전과 시크교 구루드와라 사원과 이슬람 사원의 확성기로부터 흘러나오는 기도에서 불리는 신들까지 가세해 소란스럽기 이를 데 없었다. 이 모든 소리와 냄새가, 흡사 바하두르가 거즈로 만들어지기라도 한 것처럼 바하두르에게 스며들었다.

그래서 일곱 살의 바하두르가 아버지를 피해 처음으로 밤늦게 유령시장으로 숨어들었을 때는, 그 쥐 죽은 듯한 고요함 때문에 너무나 무서웠다. 얼키설키한 전선줄과 희미한 가로등 위로 검푸른 하늘이 펼쳐져 있었다. 시장은 웅크리고 자는 남자들의 형체를 제외하고는 거의 비어 있었다. 그때부터 바하두르의 귀는 멀리 고속도로에서 들려오는 차

소리에 익숙해졌다. 그의 코는 몇 시간 전에 팔린 상품들의 희미한 냄새까지도 맡을 수 있게 되었다. 금잔화 화환, 차트 가루를 얹은 파파야 조각, 기름에 튀긴 푸리* 냄새 들이 바하두르를 어두운 골목길 여기저기로 이끌었다. 그의 눈은 어두운 골목길에서도 꼬리가 말린 모양이나, 검은색이나 갈색 털에 나 있는 흰 얼룩무늬로 떠돌이 개들을 분간할 수 있었다.

이제 바하두르는 열 살이 다 되어가고 있었다. 엄마한테는 절대 말하지 않겠지만, 독립할 나이가 되었다는 생각이 들었다. 엄마는 바하두르가 여기에 온 것을 몰랐다. 아버지의 술에 찌든 눈에서는 아주 오래전에 세상이 사라졌고, 그래서 아버지는 실체와 환상을 구분할 수조차 없었다.

엄마가 집을 비운 밤이면 바하두르의 동생들은 이웃집 아줌마들에게 잠자리를 부탁했다. 동생들은 바하두르도 자기들처럼 친구네 집에 갔을 거라고 생각했다. 하지만 바하두르는 누구네 집에서건 간에 비좁은 바닥 한구석에 끼어 자고 싶지 않았다. 어느 집이든, 심지어 유일한 친구인 옴비르네 집에서도, 그 집 아저씨는 연신 혀를 끌끌 차면서 바하두르에게 내린 저주를 거두어달라고 신들에게 기도했고 아이들은 바하두르가 떼어내려고 아무리 열심히 노력해도 혀에 딱 달라붙어 좀처럼 떨어지지 않는 말을 비웃었다. 그 아이들에게 바하두르는 "멍청이"거나 "얼간이"거나 "카카카카" 혹은 "히히히로로"였다. 아이들은 바하두르가 쥐를 잡아먹는다고 모함했고, 엄마가 공중화장실 변기에 들러붙은 똥을 닦느냐고도 물었다. 밤의 시장에는 그런 아이들이 없었다. 누구와도 이야기할 필요가 없었다. 원한다면 자신이 거지로 가장한 채 왕국을 정찰

---

*   밀가루 반죽을 동그란 모양으로 얇게 밀어 기름에 튀긴 빵.

하는 왕자라고 상상할 수도 있었다.

가게마다 내려진 셔터에 물결 같은 잔주름이 있었다. 바하두르가 아무리 빨리 걸어도 추위에 따라잡혔다. 바하두르는 릭샤의 승객석에 누워 담요를 덮고 자는 운전사 옆에서 걸음을 멈췄다. 점심이나 저녁으로 먹을 음식을 싸 올 때 사용한 듯한 흰 비닐봉지가 핸들에 걸려 있었는데, 봉지 아래쪽에 고여 있는 걸쭉한 무언가가 보였다. 바하두르는 최대한 소리를 내지 않고 봉지를 끄른 다음 멀리 도망가서 안에 든 내용물을 살펴봤다. 검은색 달*이 한 국자 정도 남아 있었다. 바하두르는 고개를 하늘로 쳐들고 그걸 쭉쭉 짜서 먹었다.

지금은 바하두르가 시장을 떠도는 셋째 날 밤이었다. 제대로 된 식사는 엄마가 집에 돌아오는 화요일 저녁에나 가능할 텐데, 이제 겨우 토요일이었다. 시간이 검푸른 하늘처럼 광활하게 펼쳐져 있었다. 바하두르는 손에 든 비닐봉지를 시궁창으로 던져 버린 후, 무릎을 꿇고 앉아 노점 가판대 옆에 쌓여 있는 쓰레기 더미를 뒤졌다. 낮에는 노점상들이 가판대에서 파프디차트**, 응고한 우유와 타마린드 소스를 바른 감자 크로켓을 팔았다. 시장의 동물들이 바하두르보다 한발 빨랐다. 바하두르는 버려진 은박 그릇 바닥에 손을 문질러 닦고 일어섰다.

가슴이 답답했다. 어디선가 담배 냄새가 난 뒤로 금세 콧속이 간질간질한 걸 보니, 기침이 시작될 모양이었다. 기침을 한참 하고 나면 숨을 헐떡이게 될 것이다. 그것도 2, 3분 후면 가라앉겠지만. 말하고 숨 쉬는 것처럼 남들에겐 너무나 당연한 것을 가지고 이렇게 힘들어하는 자신을 보면 세상이 정말 불공평하다는 생각이 들었다. 그러나 신을 원망하는 것도 지쳤고, 기도를 해서 신들을 자기편으로 만들려고 애쓰는 데도 지

---

* 녹두와 비슷한 콩이 들어간 카레.

** 과자에 차트를 올려 먹는 인도의 대표적 길거리 음식.

쳤다.

　바하두르는 하킴 전자 제품 수리점 쪽으로 걸어갔다. 그곳은 유령시장에서 바하두르가 제일 좋아하는 곳이었다. 하킴 아저씨는 바하두르에게서 매끄러운 말을 기대하지 않았고, 고장 난 축전기나 끊어진 전선을 고치는 법을 가르쳐주었다. 그리고 바하두르에게, 자기 일을 돕는 것의 대가를 지불했다. 물론 바하두르는 돈을 받지 않고도 일을 도왔을 것이다. 언젠가 바하두르의 엄마는 청소년 두 명을 고용해서, 자기가 일하는 집 사모님이 동네 쓰레기장에 내다 버린 고장 난 냉장고와 텔레비전을 자기 집으로 갖고 오게 했다. 바하두르가 그것들을 금방 고쳐서 새것처럼 만들어놨다. 하킴 아저씨는 바하두르에게 재능이 있다고 말했다. 나중에 커서 기술자가 될 것이고, 부자로 살 거라고.

　바하두르는 하킴 아저씨 같은 사람이 아버지라면 얼마나 좋을까 생각했다. 지난 이틀 동안, 바하두르가 수리점에 갈 때마다 아저씨는 아이스크림콘 모양으로 만 신문지에 가득 담겨 있는, 소금을 뿌려 구운 따뜻한 땅콩을 사주었다. 바하두르가 배가 고프다는 사실을 몰랐을 텐데도 사주었다. 바하두르는 나중에 먹을 요량으로 땅콩 몇 알을 청바지 주머니에 넣어두었지만 그것도 지금은 다 먹고 없었다. 기대도 없이 다시 한 번 두 손을 바지 주머니 깊숙이 찔러넣었다. 손을 다시 뺐을 땐 종이처럼 얇은 땅콩 껍질 몇 개가 손톱에 붙어 나왔다. 바하두르는 짭조름한 껍질을 혀로 핥았고, 그러면 목이 마를 거라는 걸 너무 늦게 깨달았다.

　가로등 불빛에 스모그가 밀려오는 것이 보였다. 바하두르는 숨을 크게 들이마시고 수리점 밖 높은 발판 위에 웅크리고 앉았다. 무릎을 세워 가슴에 대고 두 팔로 끌어안아보았지만 그래도 추웠다. 일어서서 주위를 둘러보니 바로 옆 가게 밖에 빨간 나무 상자 두 개가 먼지를 뒤집어쓴 채 쌓여 있는 게 보였다. 바하두르는 그것들을 가져와 무릎 위에 올려놓았다. 하지만 불편하기만 할 뿐 추위가 덜해지지는 않았다. 바하두르는 상자들을 옆으로 치우고 다시 앉았다.

스모그는 마치 악마가 내쉬는 숨결 같았다. 거리의 불빛을 가리고 어둠을 더 어둡게 만들었다. 바하두르는 마음을 가라앉히기 위해 좋아하는 것들을 떠올려보았다. 파란색 엄마 코끼리의 주황색 귀를 잡아당기기, 엄마 코끼리의 콧속에 들어앉아 있는 골가파* 크기의 아기 코끼리— 이 코끼리 인형은 유령시장 가판대에서 충동적으로 산 거다—, 칫솔나무** 나뭇가지에 매단 고무 타이어로 그네 타기, 추운 밤에 엄마가 헝겊에 싸서 주었던 따뜻한 벽돌 안고 있기 등등. 바하두르는 엄마가 빅스 베이포럽 감기 연고를 가슴에 발라주는 모습을 상상했다. 사실 텔레비전으로만 본 거고 집에는 그 연고가 없었다. 그래도 그런 상상을 하니 마음이 편안해져서, 바하두르는 잠들 때까지 계속 그 상상 속 모습을 붙들고 있기로 했다.

그때 골목길 어귀에서 어떤 움직임이 느껴졌다. 바하두르는 발소리가 들리는지 귀를 기울였지만, 아무 소리도 들리지 않았다.

기억하고 싶지 않은 기억이 되살아났다. 2년 전 어느 여름밤, 콧수염이 다람쥐 꼬리만큼 두껍고 담배 냄새를 심하게 풍기는 남자가 한 손으로 바하두르를 벽에 밀쳐 누르고 다른 손으로는 자기가 입고 있던 살와르***의 허리끈을 풀었다. 바하두르는 아직도 그 남자 손바닥의 압력이 느껴지는 듯해 부르르 몸을 떨었다. 다행히 집으로 가던 일꾼들이 그 장면을 목격하고 남자를 쫓아왔고, 바하두르는 그때를 틈타 도망쳤다. 그 후

---

    *   속이 텅 빈 과자에 구멍을 내 카레 따위의 소스를 넣어 먹는 길거리 음식.

   **   중동, 아프리카, 인도에 서식하는 상록수로, 나뭇가지가 '미스왁'이라는 천연 칫솔로 사용된다.

  ***   이슬람교도가 입는 허리가 풍성하고 발목이 좁은 낙낙한 바지.

로 몇 달 동안, 두려움에 무뎌지고 아버지가 다시금 분노를 폭발시킬 때까지, 바하두르는 유령시장을 헤매는 일을 하지 않았다.

바하두르는 다른 잘 곳을 찾아볼까 생각해보았다. 수리점 밖 골목길이 너무 텅 비어 보였다. 스모그가 없는 밤이라면 괜찮겠지만, 어떤 짐승이 스모그 속에 숨어서 바하두르의 다리를 물려고 기다리는지 누가 안단 말인가? 이 스모그는 어디서 왔을까? 이렇게 심한 스모그는 처음이었다. 바하두르의 머리 위에 얹혀 있는 지붕에서 비둘기들이 구구거리며 이리저리 옮겨 다녔다. 그러다 무언가 겁나는 일이 있는 것처럼 일제히 날아올랐다.

바하두르는 몸을 똑바로 세우고 앉아 어둠 속을 노려보았다. 두 손바닥을 땅바닥에 대고 있으니 자갈에 배겨 아팠다. 고양이가 가냘프게 야옹야옹하고 울자, 조용히 하라는 듯이 개가 멍멍 짖어댔다. 바하두르는 이곳에 '유령시장'이라는 이름이 붙게 만든 유령들에 대해서, 수백 년 전 무굴제국 때 이 지역에 살았던 사람들의 친절한 영혼들에 대해서 생각했다. "알라신께 맹세하는데, 이 정령들은 절대로 우릴 해치지 않을 거다." 언젠가 하킴 아저씨가 바하두르에게 말했다.

시장에 사는 정령이 바하두르에게 다가오고 있는 거라면, 바하두르가 숨을 잘 쉬도록 돕고 싶은 것이거나 아니면 이런 밤에 밖에서 자는 건 어리석은 짓이라고 말하고 싶기 때문일 것이다. 하지만 바하두르가 얼굴에 난 아버지의 손자국을 보여주면, 정령도 사정을 이해하고 여기 있으라고 할 것이다. 하킴 아저씨는 바하두르의 몸에 난 상처나 엄마가 붙여준 밴드를 보고도 아무 말도 하지 않았다. 하지만 전날, 바하두르가 수리점에 있는 낡은 텔레비전 화면에 비친 자기 모습을 보니 눈 주위에 커다란 멍이 나 있었다. 그 멍은 이 도시를 반으로 가르며 흐르는 강물처럼 시커멓고 반짝거렸다. 바하두르는 그 낡은 텔레비전 뒤쪽에 집에

다 둘 수 없는 소중한 것들을 숨겨놓고 있었다.

바하두르는 자기가 어리석다고 혼잣말을 했다. 정령과 괴물은 사람들이 지어낸 이야기 속에만 살았다. 하지만 공기는 두려움으로 팔딱이고 있었고, 정전기처럼 손에 만져질 것만 같았다. 바하두르는 자신의 시끄러운 숨소리를 듣고 입술 없는 입을 크게 벌린 정령들이 흰 두 팔을 벌린 채 자기를 향해 다가오는 것을 보았다고 생각했다.

일어나서 집으로 뛰어가야 할 것 같았다. 아니면 오늘 밤엔 옴비르네 집 문을 두드려야 할 듯싶었다. 그러나 뼈가 추위에 얼어붙었는지 조금만 움직여도 툭 하고 부러질 것만 같았다. 바하두르는 어둠이 사라지고 달빛이 비치기를, 모닥불 옆에 앉아 있던 남자들이 이 골목을 어슬렁거리기를 바랐다. 스모그가 시체를 묶는 끈처럼 고리를 만들어 바하두르의 목에 걸고 옥죄었다.

음식 부스러기를 찾아 반디쿠트*가 떼로 몰려다니는 소리, 말이 히힝 우는 소리, 고양이나 개가 금속 양동이를 쓰러뜨리는 소리가 어디선가 들렸다. 그리고 '무엇'이 아니라 '누군가'가 바하두르를 향해 천천히 걸어오는 발소리가 들렸다. 바하두르는 비명을 지르려고 입을 벌렸지만 소리를 낼 수가 없었다. 이제까지 바하두르가 말할 수 없었던 다른 모든 말처럼, 비명 소리도 목구멍 안에 딱 들러붙어 입 밖으로 튀어나오지 않았다.

---

*   커다란 쥐처럼 생긴 잡식성의 육상성 유대류.

오늘 밤이 이 동네에서 지내는 마지막 밤이야…

…라고 엄마가 말한다. 그렇게 호들갑 떨 필요는 없어, 라고 아빠가 말한다. 모든 걸 잃으면 어떡해, 라고 루누 누나가 말한다.

나는 침대에 책상다리를 하고 앉아 엄마가 바닥 한쪽을 깨끗이 치우는 것을 지켜본다. 엄마는 우리 책과 플라스틱 발 받침대와 수도에서 물 길어 올 때 쓰는 물통들을 벽에 차곡차곡 쌓는다. 그러고는 새로 마련한 공간에 검은색 꽃무늬가 있는 분홍색 홑이불을 편다. 홑이불은 너무 많이 빨아서 너덜너덜하고 색깔도 회색 비슷하게 변해버렸다. 엄마는 우리에게 꼭 필요한 것들을 홑이불 위에 쌓는다. 우리 가족의 제일 좋은 옷들, 비닐로 싼 내 교복, 엄마가 로티 만들 때 쓰는 밀방망이와 도마, 오래전에 친할아버지가 아빠에게 준 작은 가네시 신 조각상. 텔레비전은 선반에 그대로 있다. 너무 무거워서 갖고 다닐 수 없기 때문이다.

"우리 집이 언제부터 힌디 영화 세트장이 된 거냐, 자이?" 아빠가 묻는다. 아빠는 리모컨을 쥐고 내 옆에 앉아 있다. 나는 아빠의 비뚤어진 셔츠 깃을 똑바로 펴준다. 루누 누나가 그랬는지 엄마가 그랬는지는 몰라도 목에 묻은 때와 페인트 얼룩을 지우려고 너무 심하게 비벼 빤 탓에 깃이 많이 닳았다.

누나가 엄마를 도우려고 애쓰지만 계속 방해만 되고 있다. 그래도 엄마는 화내지 않는다. 그 대신 바하두르의 엄마가 경찰을 찾아간 건 참 바보 같은 짓이었다고 구시렁거린다.

"머리가 어떻게 됐나 봐." 엄마가 말한다. "하긴 병원이란 병원은 다 찾아다녔으니 멀쩡한 사람이라도 돌아버릴 거야. 벵골인한테까지 아들이 어디 있냐고 물어봤다니 말 다 했지, 뭐. 돈까지 싸다 바치면서. 아까 저녁때 루누하고 수돗가에 가니까 다들 그 얘길 하더라고."

벵골인은 헝클어진 머리에 진흙투성이 맨발로 돌아다니기 때문에 히말라야의 동굴에서 방금 걸어 나온 사람처럼 보이지만, 컴퓨터를 사용한다. 언젠가 유령시장 안에 있는 데브사이버 인쇄소 앞에서 벵골인을 봤는데, 광고 전단을 한 아름 안고 있었다. 벵골인은 전단을 시장 곳곳에 붙여놓았다. 전단에서 그는 바람난 아내, 바람난 남편, 고부 갈등, 장모와 사위 간 갈등, 배고픈 귀신들, 흑마술, 악성 채권, 질병 등 심각한 문제들을 해결해준다고 주장했다.

엄마는 방 안을 돌아다니며 홑이불에 쌀 것을 더 찾는다. 시간이 맞지 않는 알람시계를 집어 들었다가 다시 선반에 내려놓는다.

"그래서, 벵골인이 뭐랬대?" 내가 묻는다.

"바하두르가 돌아오지 않을 거라고 했대." 루누 누나가 말한다.

"그 새끼 사기꾼이야." 아빠가 말한다. "남들의 불행을 이용해 돈을 벌다니."

"여보. 그 사람을 믿지 않는 건 좋은데, 나쁜 말은 하지 마." 엄마가 말한다. "저주를 걸면 어떡하려고."

그러고 나서 엄마는 발 받침대에 올라서더니 맨 꼭대기 선반에서 파라슈트의 파란색 '순도 100퍼센트 코코넛오일' 통을 꺼낸다. 그 안에 있던 코코넛 기름은 이미 다 쓰고 없다. 그 대신 '무슨 일이 생길' 경우에 대비해서 엄마가 모아둔 100루피짜리 지폐가 몇 장 들어 있다. 그런데 그 '무슨 일'이 어떤 일을 말하는지는 엄마가 통 이야기를 안 해준다. 엄마는 그 통을 망고 가루 통 위에 올려놓는다. 어두울 때 급하게 집을 떠나야 할 경우 쉽게 들고 나갈 수 있도록 옮겨놓은 것이다. 그 기름통은 엄마의 지갑이라고 할 수 있지만, 엄마가 그걸 여는 것은 한 번도 보지 못했다.

"마두, 내 사랑." 아빠가 엄마에게 말한다. "경찰은 우리한테 아무 짓도 안 할 거야. 주정뱅이 라루의 마누라가 경찰들한테 금목걸이를 갖다 바쳤잖아. 그러니 불도저를 끌고 와서 동네를 밀어버리는 짓은 안 할 거라고."

조금 전에 집에 온 아빠가 금목걸이 일을 벌써 알고 있는 걸 보고 나는 깜짝 놀라 입을 떡 벌리고 아빠를 쳐다본다. 키르팔 선생님이 나를 학교에서 쫓아낸 일도 알고 있으면 어쩌지?

지금까지 내게 왜 일찍 집에 왔느냐고 물은 사람은 없었다. 남편이 만든 카디파코라* 밥 한 접시를 우리 집에 갖다준 샨티 아줌마도, 나를 잘 지키는 것이 최고의 임무라는 말을 아빠에게서 들은 루누 누나도 묻지 않았다. 엄마는 내 교복에 새로 생긴 흙 얼룩을 알아차리지 못했다. 온 동네가 바하두르와 경찰 일로 뒤숭숭해서 걱정하며 이야기를 나누느라 나에 대해서는 잊어버린 게 틀림없었다.

"조심해서 나쁠 건 없잖아." 엄마가 말한다. "불도저가 올 수도 있고 안 올 수도 있겠지. 확실한 건 아무도 몰라." 엄마는 루누 누나네 육상 팀의 주 선수권 대회 우승 상장을 끼운 액자를 면 스카프 두 장으로 잘 싸

---

*   채소 튀김이 들어간 카레.

서, 쌓아두었던 짐의 맨 위에 올려놓는다. 그러나 액자는 금세 옆으로 미끄러져 밀방망이 위에 비스듬히 놓인다. 엄마는 입술 안쪽을 깨물고 한숨을 쉬며 액자를 다시 똑바로 놓는다.

천장에 매달린 전구가 "치직" 소리를 내면서 흔들리고 있다. 그 전구의 그림자가 선반들, 그리고 벽에 생긴 갈라진 틈과 장맛비에 젖은 자국들을 훑고 지나간다. 젖은 자국은 엄마가 양은그릇들과 접시들을 원래 자리에서 치워버리면서 드러난 것이다. 엄마는 집 안이 깨끗한 걸 좋아해서 내가 학교 책과 옷을 엄마가 두라고 한 자리에 놓지 않으면 혼을 낸다. 그런데 지금은 엄마가 집 안을 어지르는 중이다.

페인트와 스모그 냄새를 풍기는 아빠가 한 팔로 내 어깨를 끌어안는다. "여자들은 아무것도 아닌 일을 가지고 걱정이 많다, 그치?"

"아무것도 아닌 게 아니지, 아빠." 내가 말한다.

"자이, 경찰이 무턱대고 철거 작업을 시작할 수는 없어. 주민들한테 미리 경고를 해야 돼." 아빠가 말한다. "안내문도 붙여놓고, 촌장하고 협의도 해야 하고. 우린 오래전부터 여기서 살아왔어. 주민증도 있고 권리도 있지. 우린 방글라데시 사람이 아니거든."

"무슨 권리?" 엄마가 묻는다. "정치인들과 공무원들은 선거 일주일 전에만 우릴 기억하잖아. 그리고 사기꾼 같은 촌장을 어떻게 믿어? 이젠 여기 살지도 않는데."

"진짜야?" 내가 묻는다. 쿼터가 고층 아파트에 사는 모습이 상상이 되지 않는다. 쿼터에게는 감옥이 잘 어울린다.

"여보, 경찰이 우리 동네를 철거하면 어디서 뇌물을 받겠어?" 아빠가 말한다. 파리도 그렇게 말했는데. "그 뚱뚱한 경찰 마누라들이 어떻게 매일 치킨을 먹겠냐고."

아빠가 닭 다리를 뜯는 시늉을 한다. 그러고는 후루룩 쩝쩝 소리를 내며 손가락을 빠는 시늉도 한다.

나는 깔깔거리지만, 엄마는 입술을 비죽거리더니 계속 짐을 싼다. 짐 싸기를 마치자 보따리를 문 옆에 갖다 둔다. 너무 많은 것을 쟁여 넣어서 보따리를 두 손으로 들고 옮겨야 한다. 그걸 어깨에 둘러메고 달려 나갈 수 있는 사람은 아빠밖에 없을 거다.

그러고 나서 우리는 저녁을 먹는다.

"우리 동네가 철거되면 나랑 자이, 할머니 할아버지랑 살게 할 거야?" 루누 누나가 묻는다. "거긴 안 가, 알았지? 지금 분명히 말했어. 퍼다*니 뭐니 하는 거 안 지킬 거라고. 언젠가는 국가대표로 대회에 나가서 메달을 딸 거야."

"그런 날이 오면 당나귀가 지타 두트처럼 노래를 부르겠다." 내가 말한다.

지타 두트는 아빠가 좋아하는 여자 가수다. 흑백 화면 속에서 노래를 부른다.

"얘들아, 앞으로 일어날 최악의 상황은 너희들의 대단히 현명하고 대단히 아름다운 어머니께서 보따리를 풀어 밀방망이를 꺼내실 때까진 우리가 로티를 먹을 수 없을 거라는 거다. 그게 다야, 알겠니?" 아빠가 말한다.

아빠가 엄마를 보며 미소짓지만, 엄마는 웃지 않는다.

아빠는 왼손으로 내 머리카락을 귀 뒤로 넘겨준다. "하프타도 제때 꼬박꼬박 받았고, 이젠 금목걸이까지 받았잖아. 디왈리** 보너스인 셈이지. 한동안은 우릴 귀찮게 하지 않을 거야."

---

　*　이슬람 국가에서 여자들이 남자들의 눈에 띄지 않도록 집 안의 별도 공간에 살거나 얼굴을 가리는 것.
　**　힌두교의 신들에게 감사 기도를 올리는 인도의 전통 축제.

저녁 식사가 끝나고 설거지를 마친 엄마는 사리에 손의 물기를 닦고 나서, 오늘 밤엔 침대에서 자라고 내게 말한다. 아빠가 깜짝 놀란다.

"왜?" 아빠가 묻는다. "내가 뭐 잘못했어?"

"등이 아파서 그래." 엄마가 아빠를 보지 않고 말한다. "바닥에서 자는 게 더 편할 것 같아서."

누나가 나와 함께 깔고 자는 매트를 침대 밑에서 끌어낸다. 홱 잡아당기니까 엄마가 거기에 쌓아놓은 봉지들이 쏟아진다.

"조심 좀 해라." 아빠가 눈살을 찌푸리며 말한다.

나는 누나를 도와 쏟아진 것들을 봉지에 도로 담는다. 오래전에 갖고 놀았던 플라스틱 장난감 총과 나무로 만든 원숭이 인형, 이제는 작아서 못 입게 된 누나와 내 옷들이 다시 봉지 속으로 들어간다. 나는 누나와 함께 바닥에 매트를 깐다. 매트 가장자리가 계속 침대 다리에 닿아서 동그랗게 말려 있다.

아빠가 텔레비전을 켠다. 오늘 뉴스는 재미있는 내용이 하나도 없다. 전부 정치 이야기다. 나는 문간에 서서 이웃들이 경찰과 뇌물에 대해, 그리고 우리 동네가 철거될 것인가를 놓고 옥신각신하는 것을 듣고 있다.

내가 바하두르를 찾아내면, 사람들은 이런 어리석은 말싸움을 하지 않을 거다. 그 대신 지구상에서 가장 위대한 탐정인 나, 자수스 자이에 대해 이야기하느라 바쁠 것이다.

내일 파이즈에게 내 조사원이 되라고 말해야겠다. 우리는 브욤케시 박시 탐정과 조사원 아지트 같은 환상의 짝꿍이 되어, 스모그로 어둑어둑한 유령시장 골목들을 조사하고 다닐 것이다. 심지어 둘만의 암호도 만들 거다. 순경들이 주고받았던 신호보다 훨씬 더 멋지게.

아빠도 뉴스가 재미없는지 그만 자자고 한다. 나는 문을 닫고 불을 끈다. 엄마는 매트에, 누나 옆에 눕는다. 아빠는 금방 코를 골지만 나는 몸을 꼬집으며 깨어 있으려고 애쓴다. 불도저 이야기는, 아빠 생각이 틀린 거면 어떡하지? 나는 우리 동네 지도를 머릿속에 그리면서 가장 빠른 대피로를 찾아본다.

나는 아빠가 벽에 붙여놓은 시바 신과 크리슈나 신 포스터 쪽으로 돌아눕는다. 어두워서 보이지 않지만, 신들이 거기에 있다는 걸 안다. 나는 그 신들과, 이름을 알고 있는 다른 모든 신들에게 우리를 도와달라고 기도한다. 내가 얼마나 간절히 기도하는가를 신들이 알 수 있도록 같은 기도를 아홉 번 하기로 결심한다. '9'가 신들이 좋아하는 숫자라고 엄마가 그랬다.

신들이시여, 우리 동네에 불도저를 보내지 말아주세요.

신들이시여, 우리 동네에 불도저를 보내지 말아주세요.

신들이시여, 우리 동네에 불도저를 보내지 말아주세요.

바하두르를 찾으면, 그 자식 입에 똥을 처넣어야지.

기도하면서 나쁜 생각을 하고 있다는 걸 깨닫고 내 이마를 찰싹 때린다.

"모기 있니?" 엄마가 묻는다.

"응."

엄마의 유리구슬 팔찌가 딸랑거리더니 담요 바스락거리는 소리가 난다. 엄마가 담요를 코까지 끌어당겨 덮었나 보다.

신들이시여, 불도저 보내지 마세요. 제발요, 제발요, 제발요.

❧

다음 날 아침, 학교에 지각할 것 같아 뛰는 바람에 파이즈에게 조사원으로 고용하겠다는 말을 하지 못한다. 덕분에 조회 시간 내내 너무 피곤하고 졸린다. 교실에서도 자꾸만 눈이 감겨서, 손가락으로 눈꺼풀을 들어 억지로 뜨고 있어야 한다. 다른 아이들처럼 종이비행기를 날리거나 팔씨름을 하면 눈을 뜨고 있기가 좀 더 쉬울 것이다.

키르팔 선생님은 우리를 막으려고 하지 않는다. 선생님은 어제 아무 일도 없었던 것처럼 행동한다. 파리를 혼내지도, 나를 쫓아내지도 않은 것처럼 행동한다. 나도 아무 일 없었던 것처럼 행동할 수 있다. 학교 밖 도로에서 불릿 오토바이가 "다다다다" 하면서 지나가는 소리가 들리자, 나는 연필을 일부러 떨어뜨린 후 그걸 집으려고 허리를 굽힌다. 머리가 책상 밑에 있을 때 나는 오토바이 흉내를 낸다. 다다다다. 입안에서 폭죽이 터지고 불꽃이 이는 것 같다. 잠이 확 깬다. 다른 애들이 깔깔거리며 웃는다. 키르팔 선생님이 "조용, 조용" 하고 소리 지르지만 웃음소리만 더 커질 뿐이다.

가우라브도 나를 따라 불릿 오토바이 소리를 낸다. 키르팔 선생님이 자를 꺼내더니 교탁을 탁탁 친다. 교실 안이 서서히 조용해진다.

키르팔 선생님이 한 시간 동안 사회를 가르치고, 그다음 한 시간은 수학을 가르친다. 학교에서 키르팔 선생님에게는 고학년 수업에 못 들어가게 하기 때문에, 선생님은 우리 반에서 모든 과목을 가르친다. 점심 시간 종이 울릴 때만 선생님이 말을 멈춘다.

우리는 복도로 나와서 벽에 등을 기댄 채 책상다리를 하고 앉는다. 바하두르에 대해서 물어보려고 옴비르를 찾아보지만 어디서도 보이지 않는다.

급식 아줌마들이 우리 앞에 스테인리스 접시를 놓는다.

"키르팔 선생님이 그린 인도 지도 말이야. 동쪽에 해를 그린 거." 내가 말한다. "진짜 이상하게 생기지 않았냐? 해가 꼭 삶은 달걀 같았어."

"오늘 달걀 나왔으면 좋겠다." 파이즈가 말한다.

"달걀이 나온 적이 있었던가?" 내가 묻는다. 파이즈가 내 말을 끝까지 듣지 않아서 짜증이 났지만, 달걀이 나오면 뭐 나도 싫지는 않다.

급식 아줌마들이 뭘 갖고 왔는지 알아보려고 코를 킁킁대본다. 사방에서 스모그 냄새밖에 안 난다.

"난 푸리섭지*." 파리가 말한다. 그러고는 "푸리섭지, 푸리섭지, 푸리섭지" 하고 외치자, 다른 학생들도 킥킥거리면서 따라 소리친다. 그러나 급식 아줌마들은 채소를 넣은 달리야**를 우리 접시에다 한 국자씩 퍼줄 뿐이다. 너무 묽어서 귀리죽처럼 접시를 들고 후루룩 마셔야 한다. 접시는 금방 비었지만, 배에서는 더 달라고 아우성이다.

"급식 아줌마들, 정부 돈으로 자기네만 잘 먹고 잘사는 것 같아." 파리가 말한다. "좋은 음식은 따로 놔뒀다가 자기 애들 주고 우리는 이런 거 주고." 파리는 자주 불평하지만, 그러면서도 접시는 항상 깨끗이 비운다.

"불평 좀 그만해, 친구." 파이즈가 말한다. "적어도 비하르에서처럼 살충제를 넣어서 만들지는 않잖아."

비하르에서 학교 급식을 먹고 죽은 아이들이 있다는 이야기를 해준 사람이 바로 자신이기 때문에 파리는 아무 대꾸도 하지 못한다. 파리는 읽는 것이 많아서 아는 것도 정말 많다. 난과 파파드***를 싸서 기름이 밴 신문지, 가판대에 걸려 있는 잡지 표지, 파이즈가 기도하러 가는 모스크 근처 도서관에 있는 책들을 모조리 읽어낸다.

언젠가 도서관 사서 선생님이 파리의 엄마에게 파리는 아주 똑똑해

---

* 통밀 가루로 만든 푸리를, 감자와 호박 등의 채소를 향신료에 매콤하게 조려낸 섭지 카레에 찍어 먹는 음식.
** 통밀 가루를 넣은 인도식 오트밀.
*** 인도식 크래커.

서 공립학교에 다니기엔 아까운 아이니까 사립학교의 '저소득층 배려 전형'에 지원해보라고 했다. 파리 엄마는 이미 지원해봤는데 안 됐다고 대답했다. 파리 본인은 어디서 공부하든 상관없다고 주장했다. 파리는 우리 동네 같은 슬럼가 출신으로 공무원 임용고시에 수석으로 합격해 지방행정관이 된 남자의 인터뷰를 뉴스에서 본 적이 있다면서, 그 사람 이 할 수 있다면 자기도 할 수 있다고 말했다. 나는 파리의 말에 동의했 지만, 동의한다고 말하지는 않았다.

우리가 달리야를 더 달라고 애원해보지만 급식 아줌마들은 귀를 닫 아버린다. 그래서 우리는 손을 씻고 운동장으로 몰려 나간다. 유령시장 에서 와자지껄한 소리가 들려온다. 그래도 우리가 더 시끄럽다.

루누 누나가 복도에 서서 친구들과 이야기하고 있다. 누나는 나처럼 졸리지는 않은 것 같다. 누나는 땅이 흔들리고 갈라져도 코를 골며 잘 수 있다. 누나의 좋은 점 한 가지는 일단 학교에 가면 나를 모른 척한다 는 거다. 학교에서 내가 무슨 짓을 해도 부모님에게 일러바치지 않기 때 문에, 누나가 나를 모른 척해주는 게 좋다.

남학생 네 명이 이를 드러내고 느끼하게 웃으면서 음흉한 눈길로 루 누 누나와 친구들을 보고 있다. 그중 한 명은 어제 나와 같은 줄에 서 있 던 여드름투성이 남학생이다. 그 형이 무슨 말을 하자 친구들이 큰 소리 로 웃는다. 루누 누나와 다른 누나들이 그 형들을 쏘아본다.

쿼터가 오후 집회를 열고 있는 멀구슬나무 근처에서 나는 잔가지 한 개를 집어 든다. 이걸 씹으면 음식이 더 들어가는 것처럼 배를 속일 수 있다. 고학년 남학생 몇 명이 추운지 두 손을 겨드랑이에 끼고 쿼터 주 위에 모여 서 있다. 우리 동네에 사는 6학년 파레슈 형이 쿼터에게 경찰 과 바하두르 이야기를 하고 있다. 파레슈 형은 그 일이 일어났을 때 나 처럼 그곳에 있지도 않았는데.

"경찰이 동네 아줌마들한테 가진 거 다 내놓으라고, 금이든 현금이든 다 내놓으라고 했어." 파레슈가 말한다. "경찰봉으로 물소 도사님을 때리기도 했고."

그게 아니라고 파레슈 형의 말을 고쳐주고 싶지만, 쉬는 시간이 얼마 남지 않았고 내게는 해야 할 중요한 일도 있다. 나는 파리와 파이즈에게 봄이면 운동장 바닥을 노란 꽃들로 수놓는 사배나주엽나무 밑으로 따라오라고 명령한다. 수박 모양 배낭을 멘 탄비가 우리를 따라오려 하지만, 내가 손을 내저어 막는다.

"불쌍한 바하두르 실종 사건 말인데." 내가 파리와 파이즈에게 말한다. "재미없는 힌디 영화처럼 너무 늘어지고 있어."

카바디* 시합을 하는 어린애들이 꽥꽥 소리를 질러서 나도 목소리를 높여야 한다. 아이들의 치타처럼 빠른 발들이 갈색 먼지의 회오리바람을 일으키고 있다.

"내가 탐정이 돼서 바하두르를 찾으려고." 내가 낼 수 있는 가장 어른스러운 목소리로 말한다. "그러니까 파이즈, 넌 내 조사원이 되어야 해. 탐정은 다 조사원을 두잖아. 브윰케시한테는 아지트가 있고 펠루다에게는 톱셰가 있고."

파리와 파이즈가 서로를 쳐다본다.

"펠루다는 탐정, 톱셰는 펠루다의 사촌이야." 내가 설명한다. "벵골인이고, 유령시장에서 사탕 가게 하는 벵골인 알지? 아프살 정육점 옆집 말이야. 너네도 봤을걸. 사탕 있는 데로 가까이 가면 빗자루 휘두르는 나이 많은 아저씨. 그 아저씨 아들이 펠루다 만화책을 읽거든. 그 형이 펠루다 이야기를 해줬어."

---

*   술래잡기, 격투기, 피구를 혼합한 형태의 인도 스포츠.

"펠루다? 무슨 이름이 그러냐." 파이즈가 말한다.

"네가 어떻게 탐정이 된다고 그래?" 파리가 묻는다.

"그러게 말이야." 파이즈가 말한다. "차라리 내가 탐정 하고 네가 조사원 하는 게 어때?"

"야, 탐정에 대해 뭘 알기나 해? 〈경찰 순찰대〉도 안 보면서."

"난 셜록 홈스랑 왓슨도 아는데." 파리가 말한다. "너넨 들어본 적도 없지?"

"왓썬?" 파이즈가 묻는다. "그것도 벵골인 이름이야?"

"어휴, 그냥 넘어가자." 파리가 말한다.

"네가 책 많이 읽는다고 세상 모든 걸 다 아는 건 아니야." 파이즈가 파리에게 말한다. "난 일을 하잖아. 삶의 경험이야말로 최고의 선생님이지. 다들 그렇게 말해."

"꼭 책 못 읽는 사람들이 그렇게 말하더라." 파리가 말한다.

이 둘은 결혼한 지 너무 오래된 부부처럼 만나기만 하면 싸운다. 하지만 커서도 이 둘은 결혼할 수 없다. 파이즈가 무슬림이기 때문이다. 힌두교도가 이슬람교도와 결혼하는 것은 너무 위험하다. 다른 종교나 다른 카스트 계급의 사람과 결혼했다는 이유로 살해당한 사람들의 피가 낭자한 현장 사진을 텔레비전 뉴스에서 종종 본 적이 있다. 그리고 파이즈는 파리보다 키가 작다. 그러니까 어차피 둘은 어울리지 않는다.

"조사원 하면 급료는 얼마나 주는데?" 파이즈가 묻는다.

"돈 안 받고 하는 거야." 내가 말한다. "바하두르 엄마는 가난해. 금목걸이가 있었는데 이젠 없거든."

"그럼 내가 그 일을 왜 해야 되냐?" 파이즈가 묻는다.

"바하두르 엄마가 계속 경찰을 찾아갈 거고, 그러면 경찰은 화가 나서 우리 동네를 철거하려고 할 테니까." 파리가 내 생각을 파이즈에게 잘 설명한다. "하지만 우리가 바하두르를 찾으면, 그 엄마가 경찰에 가는 걸 막을 수 있잖아."

"난 시간 없어." 파이즈가 말한다. "일해야 하거든."

"샴푸 사서 머리카락을 비단결처럼 부드럽게 만들려고?" 파리가 묻는다. "아니면 놀랄 정도로 까맣게?"

"내 몸에서 퍼플로터스랑 크림 비누 냄새 나게 하려고." 파이즈가 말한다.

"그런 건 없어. 다 지어낸 얘기야. '삶의 경험'이라는 선생님이 그런 건 안 가르쳐줬니?" 파리가 비웃는다.

"잘 들어봐." 내가 말하자, 둘은 싸움을 멈춘다. "내가 몇 가지 물어볼게. 가장 많이 맞히는 사람이 조사원이 되는 거야."

파리와 파이즈는 커다란 돌멩이를 발로 찬 것처럼 큰 소리로 신음한다.

"자 이, 이제까지 뭘 들은 거야?" 파리가 말한다.

"미쳤어, 쟤." 파이즈가 말한다.

"좋아, 첫 번째 질문. 인도에서 유괴되는 어린이의 대다수는, 1번, 아는 사람에게 유괴된다, 2번, 모르는 사람한테 유괴된다."

파리는 대답하지 않는다. 파이즈도 입을 다물고 있다.

종이 울린다.

"같이 바하두르를 찾아볼 수는 있어." 파리가 내게 말한다. "하지만 네 조사원은 안 해. 절대로."

파이즈가 조사원을 하지 않겠다니 슬프지만, 여자도 유능한 조사원이 될 수 있다. 오래전에 방영된 〈카람찬드〉라는 탐정 드라마 이야기를 아빠에게 들은 적이 있다. 카람찬드에게는 키티라는 여자 조사원이 있었는데, 불행하게도 키티가 멍청한 여자여서 카람찬드는 드라마 내내 키티에게 입 다물고 있으라고 말해야 했다. 이런 드라마를 파리가 보면 엄청 화를 낼 거다. 내가 파리에게 입 다물라고 하면, 파리는 아마 내 정강이를 걷어찰 거다.

"사인은 어떻게 하는 게 좋을까?" 내가 파리에게 묻는다. "탐정은 암호를 갖고 있어야 하거든."

"그게 첫 업무야? 암호 만드는 거?" 파리가 묻는다. "농담하지 마."

"농담 아닌데."

파리가 눈을 부라린다. 우리는 교실로 들어간다.

"아이가 실종된 지 24시간이 넘어가면, 경찰은 사건을 접수하고 수사를 시작해야 해." 내가 말한다.

"네가 그런 걸 어떻게 알아?" 파리가 묻는다.

"티브이에서 봤지." 내가 말한다. "근데 경찰은 바하두르 사건을 접수하지 않았어."

"네가 읽는 책에는 경찰 업무에 대해서는 안 나오냐?" 파이즈가 파리에게 묻는다.

"인도에서 유괴당하는 어린이 대부분이 낯선 사람에게 유괴돼." 내가 두 친구에게 말한다. 확실한 건 아니지만, 왠지 그럴 것 같다.

탐정으로서 우리의 첫 번째 업무는…

…옴비르를 조사하는 것이다. 옴비르는 바하두르에 대해 누구보다도 많이 알고 있을 것이다. 그게 친구니까. 우리가 부모님한테 숨기는 것들을 친구들은 알고 있다. 디왈리 축제 전에 조회에서 〈자나가나마나〉* 대신 〈반짝반짝 작은 별〉을 불렀다고 내가 교장 선생님에게 따귀를 맞은 걸 엄마는 모르지만, 파리와 파이즈는 안다. 그 애들은 며칠간 나를 '반짝이'라고 부르더니 곧 잊어버렸다. 하지만 엄마는 절대 잊지 않을 것이다. 그래서 엄마한테 말을 못 하는 거다.

파이즈는 우리 탐정 팀이 아닌데도 내가 조사 계획을 내놓자마자 딴지를 건다.

"쿼터부터 조사해야지." 하굣길에 파이즈가 말한다. 스모그가 파이즈 입안에 들어갔다 나왔다 하면서 결국 기침을 터뜨린다. "쿼터가 주요 용의자잖아. 맞지, 자이? 그래서 어제 네가 말을 건 거잖아."

"네가 뭘 안다고 그래? 넌 정령이 바하두르를 데려갔다고 생각하잖

* 인도의 국가國歌.

아."

나는 모기 목소리로 말한다. 정령이 정말 있다면, 내 얘길 들을까 봐 겁이 난다.

"조사할 사람은 다 하면 되지." 파리가 말한다. "술집에 들러서 거기 손님들한테 쿼터에 대해 물어보자. 취해 있으면 진실을 말해줄지도 모르잖아."

"아하, 이젠 주정뱅이 전문가가 됐네?" 파이즈가 말한다.

무슨 일을 할지 결정하는 건 내가 할 일이지만, 내가 말하기도 전에 파이즈가 불끈 쥔 주먹으로 검은 공기를 찌르면서 외친다. "가자, 술집으로!"

파이즈는 식료품 가게에서 선반에 상품을 진열하고 쌀과 렌틸콩을 봉지에 담는 일을 한다. 술집에 함께 가면 가게 일에 늦게 될 텐데, 그래도 괜찮은가 보다. 술집에서 형들과 마주치기를 바라는 거다.

무슬림은 술을 마시면 안 되는데, 타리크 형과 와지드 형은 하루에 다섯 번 기도하는 착한 무슬림이면서도 가끔은 몰래 술집에 드나든다. 파이즈가 술집에서 형들을 보면, 형들은 엄마에게 비밀을 지켜달라며 용돈을 많이 쥐여줄 것이다. 그러지 않으면 파이즈가 그날 밤 엄마에게 일러바칠 테니까. 엄마한테 형들 얼굴 가까이 냄새를 맡아보라고 할 것이다. "술 냄새 같은 거 나지 않아, 엄마?" 파이즈가 돌직구를 날릴 거다.

전에도 몇 번 그렇게 재미를 본 적이 있다.

파리와 파이즈는 나를 기다려주지 않고 술집이 있는 골목으로 씩씩하게 걸어 들어간다. 수사는 시작도 안 했는데 벌써부터 딴 길로 새고 있다.

골목에는 의심스러운 사람들과 냄새들이 가득하다. 금잔화를 귀에 꽂은 할머니가 비디*와 판** 노점을 하고 있는데, 남자들이 돈을 주니 담배 대신 갈색과 녹색이 섞인, 말린 무언가가 가득 든 비닐 주머니를 건넨다.

"딴 데 보지 말고." 파리가 내 귀에 대고 소리치더니 나를 끌고 간다.

술 취한 사람들이 술집 밖에 쭈그리고 앉아 있거나, 땅바닥에 드러누워서 노래를 부르거나, 횡설수설하고 있다. 술집에서 흘러나오는 시끄러운 음악에 땅이 들썩들썩하는 것 같다.

"이 주정뱅이들하고 무슨 얘기를 하냐." 파리가 말한다.

파이즈가 수레에 달걀과 빵을 쌓아놓고 음식을 만들어 파는 남자를 가리킨다. "달걀 장수한테 물어봐. 항상 여기 있으니까."

우리는 수레 옆으로 가서 선다. 앞쪽에 달걀판이 잔뜩 쌓여 있어서, 키 작은 우리가 거기에 서 있으면 달걀 장수가 우리를 볼 수 없기 때문이다.

"아저씨, 쿼터 알아요?" 내가 묻는다. 달걀 장수가 칼을 갈고 있는데, 칼 가는 소리가 술집에서 나오는 음악 소리보다 더 크다. 달걀 장수는 고개를 들지 않는다.

"쿼터는 검은 옷만 입어요. 우리 동네 촌장 아들이고요." 파리가 말한다. 그러고는 파이즈를 돌아보며 속삭인다. "쿼터 진짜 이름이 뭐야?"

파이즈가 어깨를 으쓱인다. 쿼터의 진짜 이름은 나도 모른다.

"빨리빨리 좀 줘요." 수레 앞쪽에 선 손님이 말한다.

달걀 장수가 칼을 내려놓고 프라이팬에 버터 한 조각을 던지더니 양파와 토마토, 풋고추 다진 것을 한 움큼 집어넣는다. 그런 다음 소금, 고

---

*   담배 가루를 특수한 나뭇잎으로 만 연초.

**   베틀후추 잎으로 초콜릿 등 달콤한 음식과 각종 향신료 혼합물을 싼 간식, 혹은 씹는 담배. 인도의 대표적 기호 식품이다.

춧가루, 가람마살라 향신료를 뿌린다. 입안에 군침이 가득 돌아서 질문을 할 수가 없다. 아까 점심때 달걀 이야기를 했는데, 지금 달걀 음식 노점 앞에 서 있다. 브욤케시도 너무 배가 고파서 수사를 못 했던 적이 있었을까?

"아저씨, 혹시 쿼터 본 적 있어요?" 파이즈가 묻는다. 말하면서도 눈은 형들을 찾아 골목을 살피고 있다. 형들 모습이 보이지 않는다. 오늘은 운이 좋지 않다.

"조금 있으면 나타날 거다." 달걀 장수가 말한다.

"전에도 온 적 있어요?" 파리가 묻는다. 그러더니 손가락을 접어가며 무언가를 센다. "일곱 밤 전에요. 지난 목요일에."

인정하기 싫지만 좋은 질문이다. 바하두르가 실종되던 날 밤에 쿼터가 술집에 있었다면, 그가 바하두르를 납치할 수는 없었을 것이다.

"아마 그럴걸." 달걀 장수가 달걀 두 개를 깨서 한꺼번에 팬에 넣으며 말한다. "쿼터가 어디 있었는지 왜 그렇게 관심이 많니?"

"실종된 친구를 찾고 있거든요." 파리가 말한다. "그 친구가 촌장 아들하고 같이 있었을 수도 있을 것 같아서요. 친구가 너무 걱정돼서 이러는 거예요."

진짜로 걱정스러운 표정이다. 파리의 눈이 가늘어지고 입술이 파르르 떨리는 게 금방이라도 울음을 터뜨릴 것만 같다.

달걀 장수가 국자를 들어 어깨에 걸친다. 셔츠에 달걀노른자 얼룩이 잔뜩이다. "쿼터랑 걔 친구들은 내가 새벽 2, 3시에 장사를 끝내고 갈 때도 보통 여기 있어. 하지만 어린애랑 있는 건 한 번도 못 봤는데. 나이가 몇인데 애들하고 친구를 할까."

"쿼터가 지난주에 계속 여기 있었다고요? 밤마다?" 내가 묻는다.

"물론 여기 있었지. 술값을 안 내도 되거든. 공짜로 마실 수 있는데 마시지, 당연히. 너라면 안 마시겠니?"

나는 기대에 가득 찬 얼굴로 달걀을 바라본다. 달걀 장수는 버지*를 종이 접시에 산같이 담아 쌓고 그 위에 숟가락을 꽂아 성질 급한 손님에게 건네준다.

"왔다, 왔어." 파이즈가 속삭인다.

쿼터가 흥미롭다는 듯이 우리를 보면서 비틀거리는 걸음으로 수레 앞을 지나간다. 벌써 취한 것 같다. 쿼터가 가까이 있는데 쿼터에 대해 물어보고 다닐 수는 없어서, 우리는 자리를 뜬다.

꿎

파이즈는 유령시장에서 많은 시간을 보내기 때문에 시장에 대해 모르는 게 없다.

"촌장이 술집 뒤를 봐주고 있어." 우리가 쿼터에게서 멀리 떨어졌을 때 파이즈가 말한다. "불법 영업이지만, 촌장이 경찰한테 건드리지 말라고 했거든."

우리 동네 골목마다 촌장의 손길이 미치지 않은 데가 없다. 그에게는 언제든지 동네 소식을 밀고하는 정보원이 여럿 있다. 엄마는 이런 사람들이 우리를 지켜보고 있다가 촌장에게 달려가 일러바친다면서 그들을 경멸한다. 누구네 집에 새 텔레비전이나 냉장고가 들어왔다고, 부자 동네의 어떤 사모님이 디왈리 축제 때 보너스를 후하게 주었다고 이른다는 것이다. 그리고 촌장이 경찰을 보내 우리 동네 사람들이 누리는 작은 행복마저 빼앗아 간다고 말한다.

---

* 양파와 향신료 등을 넣은 인도식 스크램블드에그.

파이즈는 아르바이트를 하는 식료품 가게로 출발한다. 파이즈는 오늘 운이 별로 좋지 않았다. 달걀도 못 먹었고, 술집에서 형들을 보지도 못했으며, 우리와 수사를 계속하지도 못했으니 말이다.

"쿼터가 매일 밤 술집에서 시간을 보낸다면, 바하두르를 납치하지 않았다는 뜻일까?" 비틀거리며 달려가는 전기 릭샤에 부딪힐까 봐 파리를 뒤로 잡아끌면서 내가 묻는다.

"달걀 장수는 100퍼센트 확신을 못 했어." 파리가 말한다. "쿼터가 밤이면 '보통은' 거기에 있다고 했잖아. 그리고 바하두르가 몇 시에 사라졌는지도 모르고. 새벽 4시에 사라졌을 수도 있어."

수사란 원래 이렇게 하는 거다. 처음에는 모든 것이 추측일 뿐이다. 브욤케시 박시에게도, 셜록 홈스에게도 그럴 것이다.

우리는 옴비르의 집을 향해 걷는다. 한 남자아이가 떠돌이 개의 목에 목줄을 매어 끌면서 우리와 나란히 걷는다. 개가 말 대신인가 보다. 말고삐를 잡듯 목줄을 잡고 입으로 "따가닥따가닥" 하고 말발굽 소리를 낸다.

"우리도 개가 한 마리 있어야겠어." 내가 파리에게 말한다. "범인 잡는 걸 도울 수 있거든."

"한 가지에 집중 좀 해라." 파리가 말한다. "쿼터가 바하두르를 납치했다면, 그 이유는?"

"몸값을 원하기 때문이겠지."

"누가 바하두르 엄마에게 몸값을 요구했다면, 벌써 소문이 돌았을걸."

"바하두르 엄마가 아무한테도 얘기 안 한 거지." 내가 말한다.

옴비르의 집에 가보니, 옴비르가 없다.

"친구가 사라지고 나서 유령시장을 돌아다닌다, 걔가. 어디서 우연히라도 마주칠까 싶은지." 옴비르의 엄마가 말한다. 엄마 품에 안긴 사내아이가 작은 주먹으로 자꾸만 엄마 얼굴을 때린다.

옴비르의 남동생이 집 밖 하수구에 오줌을 누고 있다. 자기가 사는 집 앞에서 오줌이나 똥을 싸면 긴 벌레가 배로 들어갈 수 있다. 그래서 엄마는 항상 공중화장실에 가야 한다고 주장한다. 옴비르의 엄마는 아기 권투 선수의 펀치에 질려서 아이를 재우려고 집 안으로 들어간다. 그러고는 문 대신 달아놓은 커튼을 친다.

우리보다 키가 작은 옴비르의 남동생이 오줌을 다 누고 청바지 지퍼를 올린다.

"옴비르 형, 휴대폰 있어?" 파리가 그 아이에게 묻는다. "얘기할 게 있는데."

"형은 아빠랑 같이 있어. 아빠한테 휴대폰이 있고. 아빠 번호 알려줄까?"

"아니." 내가 말한다. 우리가 수사하는 것을 어른에게 설명하기는 힘들 것 같다.

"옴비르 형은 학교 안 다닐 거래?" 파리가 묻는다.

"형이 바빠서 그래. 하루 종일 아빠를 도와야 해서. 손님들한테서 다림질할 옷을 받아 오고, 다림질 끝난 옷은 다시 갖다줘야 하거든. 쉬는 시간이 있으면 춤을 추겠지, 공부를 하는 게 아니라."

"춤?" 파리가 묻는다.

"맨날 춤 얘기만 해. 자기가 리틱*이라고 생각하나 봐."

소년은 리틱이 부른 노래를 흥얼거리며 손을 흔들고, 머리를 까딱거리고, 다리를 흔든다. 좀 지켜봐야, 춤을 추고 있다는 걸 알겠다.

"내가 왜 이럴까?" 소년이 즐겁게 몸을 흔들면서 구슬픈 목소리로 노래를 한다. "내가 왜 이럴까?"

파리가 생긋 웃는다. 쇼를 즐기고 있다.

"우리 일 안 끝났거든." 내가 파리에게 말한다.

❧

바하두르네 집 문이 열려 있다. 안을 들여다보니 우리 집과 비슷한데, 우리 집보다 모든 것이 더 많다. 빨랫줄에 옷도 더 많이 걸려 있고, 부엌 조리대로 쓰는 낮은 단에 엎어놓은 냄비와 프라이팬도 더 많다. 신들의 그림을 담은 액자도 더 많이 벽에 걸려 있는데, 향이 액자 귀퉁이를 향해 있어서 유리에 그을음이 끼어 있다. 우리 것보다 더 큰 텔레비전이 있고, 심지어 냉장고까지 있다. 우리 집엔 냉장고가 없어서, 여름에 엄마가 음식을 만들면 그날 다 먹어 없애야 한다. 바하두르의 엄마는 우리 엄마 아빠보다 돈을 더 잘 버나 보다.

주정뱅이 라루는 고급스러워 보이는 침대에서 담요를 어깨까지 끌어당겨 덮은 채 자고 있다. 바하두르의 동생들은 바닥에 앉아 쇠 접시에 쏟아놓은 쌀에서 돌을 골라내고 있다.

"나마스테." 파리가 문간에 서서 인사한다. 누구에게도 저렇게 상냥하게 인사하지 않는 아이인데, 신기하다. "잠깐 밖으로 나올래? 바하두

---

* 리틱 로샨. 인도의 영화배우이자 안무가.

르에 대해 물어볼 게 있는데."

"오빠 여기 없어." 여동생이 순순히 일어나면서 말한다. 파리와 내가 바하두르와 똑같은 교복을 입고 있는데도 입을 딱 벌리고 놀란 눈으로 우리를 바라보고 있다. 바하두르의 남동생도 따라 나온다.

"바하두르 오빠가 어디 있는지 아니?" 파리가 묻는다. 어리석은 질문이다. 그걸 알았다면 벌써 엄마한테 말했겠지.

"이름이 뭐야?" 내가 바하두르의 여동생에게 묻는다. 유능한 탐정은 진실을 알아내기 위해 먼저 모든 사람과 친구가 된다. 여동생이 몸을 꼼지락거린다. 남아용 바지를 입고 있는데 너무 커서, 길고 커다란 옷핀으로 허리를 조여놓았다.

"우린 오빠랑 같은 반 친구야." 파리가 말한다. "나는 파리, 이쪽은 자이. 우리가 네 오빠를 찾으려고 하는 거야. 오빠가 방과 후에 잘 가는 데가 있었니?"

"유령시장." 남동생이 말한다. 흰 프릴이 달려 있고 분홍색 자수가 놓인 여아용 블라우스를 입은 채다. 여동생과 옷을 바꿔 입었는데 엄마가 알아차리지 못한 건지도 모른다.

"시장 어디?" 파리가 묻는다.

"바하두르 형은 하킴 아저씨네 수리점에서 일했어. 우리 티브이랑 냉장고랑 냉풍기도 형이 다 고쳤어."

"바하두르가 수리를 한다고?" 내가 묻는다. 집 밖 벽돌 위에 놓인, 거미줄을 뒤집어쓴 분홍색 냉풍기가 벽에 있는 창문 같은 틈을 향하고 있다. 거기서 집 안으로 차가운 공기를 불어 넣어 주고 있는 것이다.

파리가 눈을 동그랗게 뜨고 경고하는 눈길로 나를 본다. 우리가 암호를 만들어두었다면 지금 내게 입 다물고 있으라는 신호를 보냈을 것이다.

"우린 형이 도망갔다고 생각해." 남동생이 말한다.

"어디로?" 내가 묻는다.

여동생은 손으로 콧날을 꾹꾹 잡아 누른다. "내 이름은 바르카야." 여동생이 말한다. 그러고는 콧속으로 손가락을 밀어 넣는다.

"형이 마날리로 도망갈 거라고 여러 번 그랬어." 남동생이 말한다. "다림질사 아저씨네 아들하고. 옴비르 형 말이야."

"마날리 아니고 뭄바이." 여동생이 말한다.

"마날리야, 뭄바이야?" 파리가 묻는다.

남동생이 귀를 긁는다. 여동생은 콧속에서 손가락을 꺼내더니 손톱을 들여다본다.

"옴비르 형은 리틱 로샨을 보러 뭄바이로 가고 싶댔어." 남동생이 말한다. "하지만 바하두르 형은 마날리에 가서 눈을 보고 싶다고 했고. 지금 겨울이라 거긴 눈이 많대."

"옴비르는 아직 여기 있잖아." 내가 말한다.

"응. 형 혼자 마날리로 갔나 보지." 남동생이 말한다. "눈 속에서 실컷 놀고 나면 돌아올 거야."

"집에서는 아무 일 없었니?" 파리가 묻는다. "바하두르를 학교에서 마지막으로 봤을 땐 약간……." 파리가 적당한 단어를 찾으려고 애쓰면서 얼굴을 찡그린다. "얼굴에 멍이 든 것 같았는데?"

"아빠가 우릴 엄청 패니까." 바하두르의 남동생이 아무 일도 아니라는 듯이 말한다. "형이 그게 싫었다면 벌써 도망쳤을걸."

"바하두르를 괴롭히는 다른 사람은 없었고?" 파리가 묻는다.

"적이 있었느냐고." 내가 드디어 한번 끼어들어본다.

"형은 문제를 일으키지 않아, 절대로." 남동생이 말한다.

"형 사진 갖고 있어?" 파리가 묻는다.

내가 먼저 그 생각을 못 한 게 화가 난다. 사진은 수사에 있어서 가장 중요한 요소다. 경찰은 실종 아동의 사진을 자기들 컴퓨터에 올리는데, 그러면 인터넷이 그 사진을 전국의 다른 경찰서에 전달해준다. 우리 몸속 혈관이 팔, 다리, 두뇌 등 몸 전체로 혈액을 보내주는 것과 같다.

바하두르 여동생의 바지를 조이고 있던 옷핀이 툭 풀어진다. 여동생이 울기 시작한다. 남동생은 활짝 웃는다. 앞니 서너 개가 빠져 있다.

파리는 "하" 하고 짜증 섞인 한숨을 쉰다. 그러나 곧 여동생에게 말한다. "울지 마. 내가 금방 꽂아줄게. 1분이면 돼." 그리고는 단 2초 만에 옷핀을 다시 꽂아준다.

"아빠한테 사진이 있을 거야." 남동생이 블라우스의 프릴을 쓰다듬으면서 말한다.

우리는 발뒤꿈치를 들고 조심조심 집 안으로 들어간다. 집 안에서는 시큼털털하고 썩어가는 과일의 단내 같은 냄새가 난다. 바하두르의 동생들은 침대에서 멀찍이 떨어져 바닥에 앉는다. 주정뱅이 라루를 깨워주면 좋겠는데, 아이들은 벌써 쌀을 내려다보고 있다. 쌀은 두 무더기로, 돌을 골라낸 것과 아직 골라내지 않은 것으로 나뉘어 있다.

"네가 해." 파리가 내게 속삭인다.

주정뱅이 라루는 얼굴만 담요 밖으로 삐죽 내밀고 있다. 입을 반쯤 벌린 채고 눈도 반쯤 뜨고 있다. 자면서도 우리를 보고 있는 것 같다.

"겁먹지 말고." 파리가 속삭인다.

말은 쉽다. 주정뱅이 라루에게서 나보다 더 멀찌감치 떨어져 있으면서.

어쩔 수 없다. 내가 브윰케시이고 펠루다고 셜록 홈스고 카람찬드다. 나는 담요에 덮여 있는 주정뱅이 라루의 오른팔을 조심스레 흔든다. 팔이 거칠고 울퉁불퉁하다. 담요가 미끄러져 내린다. 라루의 손을 만져보니 너무 따뜻하다. 열이 있는 것 같다. 라루가 옆으로 돌아눕는다.

이번에는 주정뱅이 라루를 세게 흔든다.

주정뱅이 라루가 벌떡 일어난다. "뭐야?" 라루가 소리친다. 놀란 눈이 수척한 얼굴에서 튀어나올 것만 같다. "바하두르? 돌아왔니?"

"같은 반 친구예요." 내가 말한다. "바하두르 사진, 갖고 있어요?"

"누구니?" 여자 목소리가 묻는다. 바하두르의 엄마가 양손에 비닐봉지를 들고 문가에 서 있다. 아줌마가 일하는 부잣집의 착한 사모님이 날마다 준다는 아주 맛있는 음식이 그 봉지에 가득 들어 있을 것 같다. 아줌마가 전등 스위치를 켜자 주정뱅이 라루가 눈을 깜박이더니, 불빛이 자기를 찌르는 창이라도 되는 양 두 손을 눈 위에 대고 그늘을 만든다.

"저희는 바하두르 친구예요." 파리가 말한다. "바하두르 사진이 있는지 궁금해서 왔어요. 시장에 가서 바하두르를 본 사람이 있는지 물어보려는데, 사진이 있으면 도움이 될 것 같아서요."

파리는 책을 많이 읽고 머릿속에 이야기가 가득해서 그런지 거짓말도 금방 잘 지어낸다.

"시장에서는 벌써 물어봤어." 바하두르의 엄마가 말한다. "본 사람 없더라."

"기차역은요?" 파리가 묻는다.

"기차역?"

바하두르의 동생들이 공포에 사로잡힌 눈으로 우리를 올려다본다. 바하두르의 계획에 대해 엄마에게 말하지 않은 것이다. 바하두르에게서 뭄바이나 마날리로 갈 계획이라는 말을 듣고도 알려주지 않았다고 엄마에게 혼날까 봐 겁이 나는 모양이다.

"저희가 다시 물어볼게요." 파리가 말한다. "다시 확인하는 게 좋잖아요, 그죠?"

바하두르의 엄마가 우리를 내쫓을 거라고 생각했는데, 아줌마는 비닐봉지를 바닥에 내려놓고는 찬장을 열어 그 안에서 수첩을 꺼내더니 수첩 속에서 사진 한 장을 꺼내 파리에게 건넨다. 나는 파리 곁으로 가 함께 사진을 본다. 바하두르다. 빨간 셔츠를 입고 있고 머리에는 기름을 발라 가운데 가르마를 탔다. 칙칙한 크림색 탓에 셔츠의 빨간색이 더 밝아 보이고 어쩐지 행복해 보이지만, 바하두르는 웃고 있지 않다.

"나중에 돌려줄 거지?" 바하두르의 엄마가 묻는다. "바하두르 사진이 별로 없어서."

"그럼요." 내가 말한다.

파리는 사진의 한 귀퉁이를 만지더니 종이에 손이 베기를 바라는 것처럼 가장자리에 손가락을 대고 아래위로 움직인다.

"사람들은 바하두르가 가출했다고 하는데," 바하두르의 엄마가 말한다. "내 아들은 엄마를 걱정시키는 아이가 아니야. 하킴 수리점에서 일해서 번 돈으로 맛있는 과자를 사 들고 오는 아이란다, 걔가. 내가 너무 피곤해서 저녁 준비를 못 하겠다고 하면 '엄마, 잠깐만 기다려' 하고 뛰어나가서 온 식구를 위해 차오멘 볶음국수를 사 오기도 하고. 마음씨가 비단결 같은 아이지."

"바하두르가 제일 착해요." 파리가 말한다. 또 거짓말이다.

"경찰 말대로 가출을 했다면, 뭘 가지고 가지 않았을까? 돈, 아니면 먹을 거라도? 근데 집에서 아무것도 들고 나가지 않았어. 옷도 그대로 있고, 책가방도 그대로야. 교복을 입은 채로 가출할 이유가 뭐겠냐고."

바하두르의 엄마가 우리 머리 위를 바라본다. 아마도 벽에 있는 무언가를 보는 것 같다. 그렇게 한곳을 지그시 바라보는 눈에 금방 눈물이 그렁그렁해질 것 같다. 아줌마가 앞뒤로 몸을 흔든다. 나는 고개를 숙이고 땅이 움직이나 살펴본다. 하지만 발밑의 땅은 단단해서 꿈쩍도 하지 않는다. 우리 뒤에서 주정뱅이 라루가 트림을 한다.

"뭘 요구하는 사람이 아무도 없었어요, 아줌마?" 파리가 묻는다. "바하두르를 돌려보낼 테니 돈을 달라든가 하는 사람이요."

"바하두르가 납치됐다고 생각하니?" 바하두르의 엄마가 묻는다. "벵골인 말로는……."

"아줌마, 점쟁이도 틀릴 때가 있대요. 우리 엄마가 그랬어요." 파리가 말한다.

"돈을 요구한 사람은 없었어." 바하두르의 엄마가 말한다.

"전 바하두르가 돌아올 거라고 믿어요." 파리가 말한다.

"뭐라도 먹었을까?" 바하두르의 엄마가 말한다. "배고플 텐데." 그러고는 주정뱅이 라루가 앉아 있는 침대 쪽으로 휘청하며 쓰러진다. 라루가 다리를 비켜 공간을 만들어준다.

파리가 입을 열지만 내가 먼저 외친다. "네, 그럼 안녕히 계세요. 저희 갈게요." 그러고는 최대한 빨리 집 밖으로 뛰어나간다. 그 집 안에 있으려니 더운 여름날 땀에 젖은 셔츠처럼 슬픔이 내 마음에 달라붙었기 때문이다.

어두워지려면 아직 시간이 꽤 남아서…

…유령시장으로 가 하킴 전자 제품 수리점의 하킴 아저씨를 만나볼 수 있을 것 같다. 다리가 더 이상 말을 듣지 않아서 질질 끌고 가야 한다.

시장이 점점 더 커지는 것 같다. 나는 한 번도 와본 적 없는 골목들을 지나간다. 파리도 지쳐 있어서 우리는 거북이처럼 느리게 걷는다.

"우리, 공부는 언제 하지?" 파리가 묻는다. 쓸데없는 걱정을 하는 게 딱 파리답다.

파리가 또 탐정인 척 나서지 못하도록, 나는 질문할 내용을 미리 머릿속에 정리한다. 그러나 하킴 아저씨를 만나 우리가 무슨 말을 하기도 전에 아저씨가 먼저 바하두르 이야기를 꺼낸다.

"금요일에는 분명히 봤고 토요일에도 본 것 같은데 일요일엔 확실히 못 봤다." 하킴 아저씨가, 끝부분은 헤나로 염색한 오렌지색이고 위로 올라갈수록 머리 색과 같은 흰색이 되는 뾰족한 턱수염을 어루만지면서 말한다. "나중에 알고 보니까 그날이 걔 동생들이 그 앨 마지막으로 보고 나서 이틀 후였더구먼. 계속 교복을 입고 있더라. 친구들이 괴롭혀서 학교에 안 가나 보다 생각했지. 애들이 괴롭히는 걸 너희들은 봤겠구나,

그렇지? 불쌍한 놈. 너희들 차 한잔 마실래? 좋은 일을 하고 있으니 보상을 받아야지."

우리가 대답하기도 전에, 하킴 아저씨는 근처에 있는 노점 가판대에서 카르다몸* 차를 주문한다. 잠시 후 높다란 유리잔에 담긴 차가 배달된다. 이 차는 위쪽에 거품이 많이 있고 고급스러운 맛이 난다. 향긋한 수증기가 차를 마시는 우리의 뺨을 따뜻하게 어루만진다.

"바하두르는 여기에 없는 게 분명해. 동네에도 없고, 시장에도 없고." 하킴 아저씨가 말한다. "있다면 벌써 나를 보러 왔겠지."

하킴 아저씨는 내가 만난 사람 중에 가장 착한 사람이라서, 나는 그 말을 믿는다. 심지어 아저씨는 수사에 성실하게 협조해준다. 아저씨 말에 따르면 바하두르는,

- 다른 사람과 싸움을 단 한 번도 한 적이 없다. 심지어 말더듬이라고 놀리는 애들과도 싸운 적이 없다.
- 가게에서 무언가를 훔친 적이 없다.
- 뭄바이나 마날리로 도망갈 계획을 갖고 있지 않았다.

나는 바하두르를 괴롭힌 사람들 가운데 쿼터도 있는지 하킴 아저씨에게 묻는다. 아저씨는 쿼터는 모르고, 촌장만 안다고 대답한다. "그 인간은 돈 생기는 일이면 무슨 짓이든 할 거다." 어디서 구린내라도 나는 것처럼 코를 찡그리며 아저씨가 말한다.

"애들을 납치하는 일도요?" 내가 묻는다.

아저씨가 어리둥절한 표정을 짓는다. 카르다몸 향기를 퍼뜨리는 수

---

*   서남아시아산 생강과 식물의 씨앗을 말려 만든 향신료.

증기 뒤편에서 파리가 나를 노려본다.

"정령이 바하두르를 데려갔을 수도 있지 않을까요?" 내가 묻는다.

"정령들 중에는 인간의 영혼을 지배하려는 못된 정령들도 있지." 아저씨가 말한다. "하지만 그런 정령들이 어린애를 납치하는 경우는 매우 드문데. 그래도 가능성이 전혀 없다고는 말 못 하겠다. 어떤 정령들은 진짜 골칫거리거든."

그때 골목에서 소동이 나 하킴 아저씨의 관심이 그곳으로 옮겨 간다. 내가 전에 본 적 있는 거지 두 명이 보인다. 특이한 건 한 명은 휠체어에 앉아 있고, 안짱다리를 한 그의 친구가 휠체어를 밀면서 비틀비틀 걷고 있다는 거다. 휠체어 뒤쪽에 붙어 있는 확성기에서, 녹음된 여자 음성이 쏟아져 나온다. *우리 둘 다 다리가 불편해요. 한 푼만 도와주세요. 우리 둘 다 다리가 불편해요. 제발⋯⋯.* 여자는 지치지도 않는 것 같다.

"여기, 여기." 하킴 아저씨가 손짓해서 거지들을 부르고는, 그들에게도 차를 사준다.

"어두워진다." 가로등이 하나둘 들어오며 검은 스모그 조각들을 노란색으로 바꾸는 것을 보고 파리가 말한다.

우리는 하킴 아저씨에게 인사를 하고 집으로 걸어간다.

"내 직감으로는, 바하두르가 가출한 것 같아." 파리가 탐정처럼 말한다. "우리 동네에는 바하두르를 납치할 이유가 있는 사람이 아무도 없잖아. 하킴 아저씨 밑에서 일하면서 돈을 많이 번 게 틀림없어. 그래서 이젠 다른 티브이 수리점에서 일하려고 집을 나간 거지. 자기 아버지가 있는 이 동네를 떠나 멀리 떨어진 곳에 있는 수리점에서 일하려고 말이야."

"마날리?"

"그럴 수도 있지. 마날리 사람들도 티브이는 볼 테니까."

골목에서 놀던 학교 애들이 우리를 보고 반갑게 손을 흔든다. 나는 손을 흔들어주지 않는다. 손을 흔들면 다가와서 수사 팀에 합류하겠다고 할까 봐 걱정이 되기 때문이다.

"바하두르 엄마한테 바하두르가 마날리로 갈 계획이었다는 거 말해주는 게 어떨까?" 파리가 말한다. "아니면 우리가 기차역으로 가서, 사람들한테 사진 보여주면서 바하두르 본 적이 있는지 물어보든가."

"걔네 부모님한텐 말하면 안 되지. 화가 나서 바하두르 동생들을 때리면 어떡해."

"그럼 우리가 기차역에 가자." 파리가 말한다. "바하두르가 기차를 타기 전에 막아야 하니까."

"그래. 근데 벌써 마날리에 도착하지 않았을까?"

"바하두르가 마날리행 기차를 탔다는 걸 확인하면, 마날리 경찰이 바하두르를 찾을 거야. 거기 경찰은 우리 동네 경찰만큼 무능하진 않겠지, 안 그래? 지금으로선 바하두르가 여기 있는지, 어디 있는지 모르잖아. 마날리로 갔는지 어떤지 단서를 찾아야 해."

기차역에는 CCTV가 있다는 사실이 기억난다. 〈경찰 순찰대〉에 나오는 경찰이 범인과 가출 청소년을 잡기 위해 CCTV 영상을 확인하는 장면을 많이 봤다. 그러나 그 얘기를 파리에게 하지는 않는다. 그러는 대신 이렇게 말한다. "잊었나 본데, 첫째, 그러려면 기차역에 가야 하는데 역이 여기서 엄청 멀거든. 그리고 둘째, 기차역까지 보라선 전철을 타고 가야 하는데 표가 없으면 전철역 플랫폼에도 못 들어가. 전철역은 기차역하고 다르다고."

"알아."

"너네 아빠 부자야? 전철 표를 사줄 수 있을 만큼?"

"파이즈한테 돈 달라고 하자."

"꿈도 꾸지 마."

"48시간이 지나면 실종 아동을 찾기가 점점 더 어려워진다고 네가 그러지 않았어?"

그런 말을 한 기억은 없지만, 했을 것 같기는 하다.

❦

어두울 때 집에 도착하지만, 다행히 엄마 아빠는 아직 퇴근 전이다. 집 앞에서 루누 누나가 오른 다리로 서고 왼 다리는 무릎을 접은 학 자세로 스트레칭을 하면서 샨티 아줌마와 대화를 하고 있다.

"밥 안 해?" 내가 누나에게 묻는다.

"얘 말하는 것 좀 보세요." 누나가 샨티 아줌마에게 말한다. "지가 왕자고 나는 시녀인 줄 안다니까요."

"나중에 커서 운이 좋으면 나 같은 마누라를 만날 거야. 직접 해 먹든지 굶든지 알아서 하라고 말해줄 마누라를."

샨티 아줌마의 첫 남편이 아줌마를 버리고 떠난 거나, 다 큰 자식들 세 명이 어머니를 보러 오지 않는 게 아무래도 그 때문인 것 같다. 하지만 나는 그런 말을 할 만큼 어리석지는 않다.

"난 절대 결혼 안 해." 집으로 들어온 후 내가 루누 누나에게 말한다.

"걱정하지 마. 어떤 여자든 1킬로미터 밖에서도 네 냄새를 맡으면 줄행랑을 칠 거니까."

나는 내 겨드랑이 냄새를 맡아본다. 암내가 그리 심하지는 않은데.

엄마와 아빠가 늦게, 그러나 함께 귀가한다. 엄마 아빠는 골목에 서서 이웃들과 이야기를 나눈다. 얼굴에 근심이 가득하고 기분이 안 좋아 보여서, 둘이 어디서 만나 같이 오는 거냐고 차마 물을 수가 없다. 루누 누나가 저녁으로 밥과 달을 다 만들고 나서 엄마 아빠를 부르지만, "좀 있다가 들어갈게, 루누"라는 대답이 돌아온다.

"아, 진짜. 배고파 죽겠는데." 내가 배를 손으로 누르면서 말한다.

루누 누나가 밖으로 나간다. 나도 따라 나가면서 "내가 왜 이럴까?" 하고 노래를 부른다. 여러 집에서, 달과 뱅간바르타* 냄새가 진하게 배어 있는 연기가 기어 나온다.

아빠가 나를 가리키며 말한다. "이 작은 악동을 잘 감시하지 않으면 다음 차렌 얘가 될지도 몰라."

"무슨 차례?" 내가 묻는다.

"다림질사 아들이 사라졌대." 엄마가 말한다. "불과 이틀 전에도 그 아일 봤는데. 그렇지, 자이. 기억나지?" 그러고는 다른 사람들을 돌아보며 말한다. "우리가 그 아이한테 물었거든. 바하두르가 어디 있는지 아느냐고. 근데 모른다고 하더라고. 어떻게 얼굴색 하나 안 바꾸고 거짓말을 할 수가 있지? 이해가 안 되네."

"옴비르가 사라졌다고?" 내가 묻는다.

"바하두르랑 다 짜고 그랬을 거야." 엄마가 말한다.

"애들이 어쩜 그렇게 이기적이지?" 한 아줌마가 말한다. "지네 부모가 얼마나 걱정할지는 생각도 안 했을 거야. 이젠 경찰이 나서겠네. 불도저 몰고 들이닥치겠구먼. 우리 모두 집을 잃게 생겼네."

"너무 앞서가지는 말자고." 샨티 아줌마가 말한다.

"그래, 맞아." 엄마가 맞장구를 친다. 저럴 땐 피난 보따리를 싸서 문 옆에 놔둔 사람이 아닌 것 같다.

"동네 사람들이 애들을 찾고 있어." 샨티 아줌마가 말한다. "그러니

---

*　가지와 토마토를 주재료로 써서 만든 카레.

까 오늘 밤 안으로 애들을 찾아서 데리고 올 거야, 분명히."

"걔네들 뭄바이에 갔을지도 모르는데." 내가 작은 소리로 중얼거린다. "아니면 마날리."

내가 비밀을 폭로하고 있다. 하지만 전부는 아니다.

"뭐라고?" 아빠가 두 손으로 엉덩이를 짚은 채 묻는다.

"파리네 집에 갔다 와도 돼?" 내가 엄마에게 묻는다. 지금 할 말은 아니라는 것을, 그 말을 입 밖에 내자마자 깨닫는다.

"뭘 하려는지는 몰라도, 내일 해." 엄마가 말한다.

"그럼 휴대폰 사주든가." 내가 퉁명스럽게 말하고 집으로 들어가려고 돌아선다.

"잠깐만." 아빠가 내 어깨를 잡는다. "바하두르가 그랬어? 마날리에 갈 거래?"

"걔랑 말해본 적 없어." 내가 말한다. 사실이다. 파리한테 거짓말하는 법을 가르쳐달라고 해야겠다.

아빠의 손가락이 내 뼛속으로 파고드는 것 같다. "옴비르는 같은 반도 아니고." 내가 말한다.

"애들이 그렇게나 멀리 가면 찾을 수 있을까?" 한 아줌마가 눈을 가늘게 뜨고 머리가 아픈지 이마를 손으로 꾹꾹 누르면서 말한다.

"우리 아들은 두바이가 보고 싶다던데, 곧 거기로 가겠다는 뜻은 아니겠지?" 다른 아줌마가 말한다.

"그놈들 부자 동네 근처에 있는 공원에 숨어 있을 거야." 어떤 아저씨가 말한다. "거기 풀이 우리 차르파이보다 부드럽잖아."

"숙제." 아빠의 신문을 피하기 위해 내가 입 모양으로 말한다. 아빠가 나를 놔준다.

집 안으로 들어온 나는 엄마가 파라슈트 기름통을 놓아두는 부엌 선반 앞에 선다. 엄마가 통 위치를 바꿔놓아서 이젠 쉽게 손이 닿는다. 검은색 눈물방울 모양의 빈디*가 통 뚜껑에 붙어 있다. 엄마가 나중에 다시 이마에 붙이려고 거기에 임시로 붙여놓고는 잊어버린 게 틀림없다. 엄마와 루누 누나는 잠자기 전이나 세수하기 전에 이마에서 빈디를 떼어 손 닿는 곳 아무 데나 붙여놓는다. 침대 옆면이나 물통, 텔레비전 리모컨에 붙여놓기도 하고, 심지어 내 교과서에다 붙여놓을 때도 있다.

나는 기름통 뚜껑을 열고 그 안에 든 지폐를 모두 꺼낸다. 전부 합쳐 450루피다. 이렇게 많은 돈은 처음 본다. 나는 50루피만 도로 집어넣고 뚜껑을 닫은 다음, 기름통을 망고 가루 통 위에 다시 올려놓는다. 400루피는 카고바지 주머니에 넣어 숨긴다.

손에 땀이 나고, 입안의 혀가 불에 덴 듯 뜨겁다. 돈을 훔치니까 가슴이 너무 떨린다. 하지만 400루피가 주머니 안에 있다고 생각하니 기분은 최고다. 이 돈이면 향신료가 든 스크램블드에그와 버터 바른 빵을 1년 내내 먹을 수 있다. 아니, 1년 내내는 무리고 한 달 정도?

돈을 도로 넣어두어야 한다. 주머니 속 지폐를 만져본다. 빳빳하면서도 매끈매끈하다. 부자가 된 느낌이다. 전기가 통한 듯 손끝이 찌릿찌릿하고 주정뱅이 라루처럼 몸이 흔들거린다.

"도대체 언제 끝이 날까?" 엄마가 집 안으로 들어오면서 말한다. "안 그래도 걱정할 거 천진데."

엄마가 나를 쳐다본다. 엄마의 최고 걱정거리는 바로 나다.

"이리 와, 아들. 밥 먹자." 엄마가 나를 보고 웃으면서 말한다. "배고프겠다."

엄마가 내 목 뒷덜미를 간질인다. 나는 엄마의 손을 밀어낸다.

---

*　힌두교도 여자들이 이마 중앙에 찍거나 붙이는 장식용 점.

나는 탐정이다. 그리고 방금 범죄를 저질렀다.

그래도 좋은 목적으로 저지른 거다. 파리와 내가 바하두르와 옴비르를 찾아서 데려오면, 우리는 집을 잃지 않을 것이다. 우리 집은 400루피보다 훨씬 더 가치 있다.

꽃

다음 날 아침, 스모그를 뚫고 등교하면서 우리는 옴비르 이야기를 한다. 아직도 옴비르를 찾지 못했다. 나는 루누 누나한테서 돈을 빌렸다고 파리에게 말한다. "육상 대회 우승해서 상금 탔잖아." 물론 거짓말이다.

"얼마나?" 파리가 묻는다.

"보라선 전철 표 한 장 살 정도?" 내가 말한다. 전철료가 얼마인지는 모르겠지만, 400루피보다 더 비싸진 않겠지. 내 돈을 다른 사람과 나눠 쓸 생각은 없다. 심지어 파리와도.

"루누 언니 진짜 착하네." 파리가 말한다. "나도 여자 형제가 있으면 좋겠다." 그러고는 파이즈를 바라본다. "넌 더 좋겠다. 형들도 있고 누나도 있고."

"응, 다들 착해." 파이즈가 까치집을 주저앉히려고 자꾸만 머리를 어루만지면서 말한다. 오늘은 씻지 않고 나온 거다. 늦게까지 일하다가 집에 갔기 때문에, 아침에 엄마나 파르자나 누나가 깨우는데도 늦잠을 잔 게 틀림없다.

파리가 내 거짓말에 너무 쉽게 속아 넘어간다. 어쩌면 내가 거짓말 능력자일지도 모른다. 정작 나는 모르고 있었지만 말이다. 루누 누나가 육상 대회에서 우승했다는 건 거짓말이 아니다. 다만 상금 대신 우승 상장과 금도금한 메달을 받았는데, 엄마가 메달을 해바라기씨유 2리터와 바꿨다. 그걸 알고 루누 누나가 몇 날 며칠을 울어대서 엄마는 우승 상장을 액자에 끼웠고, 지금은 문 옆에 놔둔 피난 보따리 속에 고이 모셔두었다.

"자이, 잘 들어." 파리가 말한다. "오늘 수업 빼먹고 보라선을 타야 해."

"뭐?" 내가 말한다. "수업을 빼먹는다고? 네가?" 이제껏 파리가 수업을 빼먹은 날은 단 하루도 없을 것이다.

"정령한테 영혼을 먹힌 건가." 파이즈가 말한다.

"시끄러워." 파리가 파이즈의 팔을 꼬집으면서 말한다.

"네 표는 어떻게 사려고?" 내가 파리에게 묻는다. 내가 훔친 정확한 액수를 파리가 알고 있는지 궁금하다.

"미적거릴 시간이 없어." 파리가 말한다. "이게 걔네 계획이었는지도 몰라. 바하두르 먼저 기차역에 가고 옴비르가 따라가는 거. 지금쯤 옴비르도 기차역에 도착했을걸." 파리가 말을 더 빨리하려고 몇 음절을 삼키면서 급하게 말한다. "어쩌면 이번엔 주정뱅이 라루가 너무 심하게 때려서 이 동네에선 하루도 더 못 있겠다고 바하두르가 생각했을 수도 있고."

"근데 전철 표는……."

"파이즈가 도와주겠지." 파리가 말한다.

파이즈가 인상을 팍 쓴다. "싫은데."

"오늘 아침에 공중화장실에서 파이즈를 봤거든." 파리가 말한다. "우리 전철 표 살 돈을 자기가 주겠대. 맞지, 파이즈?"

"아마도."

"아마도라니? 분명히 그렇게 말해놓고는." 파리가 나를 바라본다. "주머니에 120루피를 넣고 졸레바투레 골목에 왔더라고. 그거면 한 명이 시 기차역까지 왕복 전철 표를 사고도 남을걸, 안 그래?"

"비싸구나." 내가 말한다.

"그럼, 비싸지. 여기가 시에서 얼마나 멀리 떨어져 있는데. 게다가 전철 표는 할인도 안 해주고."

그건 나도 안다. 키가 1미터가 안 되는 어린이만 전철을 공짜로 탈수 있다고 아빠가 그랬다.

"나 혼자 기차역에 가야겠다고 생각했는데 누나가 돈을 줬다니, 둘이 같이 가면 되겠네." 파리가 말한다.

"조사원 혼자 수사를 하는 게 어딨냐?" 내가 말한다.

"그만 싸워." 파이즈가 개똥을 폴짝 뛰어넘으면서 말한다.

"왜 돈을 주는 거야?" 내가 파이즈에게 묻는다. "샴푸랑 비누는 어떻게 사려고?"

"샴푸랑 비누 따위 필요 없어." 파이즈가 말한다. "난 원래 좋은 냄새가 나거든, 너랑은 다르게. 맡아볼래?"

"됐어."

"꼭 갚을게." 파리가 파이즈에게 말한다.

"어떻게?" 내가 묻는다.

파리는 대답하지 못한다.

파이즈의 말이 옳다. 파리가 좀 이상하다. 규칙을 어기는 법이 없고 어른이 하라는 일은 아무리 어리석은 일이라도 꼭 하는 아이인데. 예를 들어, 엄마가 하란다고 밤마다 1분씩 코를 꾹꾹 누른다. 파리 엄마는 파리의 코가 너무 크니까 꾹꾹 누르면 작고 오뚝해질 거라고 한다. 파리는 말도 안 되는 소리라고 생각하면서도 어쨌든 엄마가 하라는 대로 한다.

우리는 학생들이 줄 서 있는 교문 앞에 도착한다. 구겨진 흰색 면 남방에 구겨진 카키색 바지를 입은 남자가 손에 든 사진을 학생 한 명 한 명의 코앞에 들이대면서 비틀비틀 움직이고 있다. "우리 아들 본 적 있니? 봤어?" 남자가 다급하게 묻는다. 몇 시간이나 소리를 지른 사람처럼 쉰 목소리다. "옴비르 알아?"

다림질사 아저씨다.

내가 사진을 보려 하지만 옴비르 아빠가 손을 떨고 있어서 사진 속 얼굴이 파란색과 갈색의 얼룩으로 보인다. 손 좀 떨지 말고 가만히 있으라고 말하려는데, 벌써 아저씨는 뒤로 가서 다음 아이에게 말을 걸고 있다.

"저러다 쓰러지겠다." 파이즈가 속삭인다. 옴비르 아빠는 걸음을 내디딜 때마다 점점 더 작아지는 것 같다.

"이런 일을 끝내기 위해 우리가 뭔가 해야 해." 파리가 말한다. "그렇지, 자이?"

"먼저 옴비르 형네 반 애들하고 얘기해보자." 내가 말한다. 엄마의 돈을 쓰는 게 겁이 나기 때문이다. "어쩌면 자기네 반 애들한테 어디로 갈 건지 말했을 수도 있어. 수사 절차상 친구들을 만나보는 게 먼저야."

나는 옴비르의 아빠를 바라본다. 내가 수학 도구 상자에 넣어둔 엄마의 비상금이 생각난다. 목에 뭔가 걸려 있는데 기침을 해도 내려가지 않는다.

꽃

옴비르네 반 아이들은 옴비르가 학교에 거의 오지 않아서 본 적이 별로 없다고 말한다.

파리는 수첩을 꺼내 아이들이 하는 말을 받아 적는다. 수첩에 쓴 메모를 슬쩍 보니, 물음표가 많다.

- 댄서?

- 리틱?

- 주후? 뭄바이?

- 부기우기 키즈?

〈부기우기 키즈〉는 텔레비전에서 하는 댄스 경연 대회인데, 옴비르가 그 오디션을 보려고 뭄바이까지 갈 필요는 없다. 전국 각지에서 오디션을 여니까. 심지어 외할머니 외할아버지가 사는 마을 근처에 있는, 쇼핑몰이 하나밖에 없는 마을에서도 오디션이 열릴 정도다.

옴비르네 반 아이들은 옴비르가 사라진 걸 두고 진짜 잘된 일이라고 말한다.

"이제 티브이에서 옴비르를 보게 될 거야. 토요일 밤 8시 30분에." 한 형이 헐떡거리면서 말한다.

"은색 셔츠에 금색 바지를 입고 있을 거고." 다른 형이 거든다.

그 형들은 우리보다 나이가 많지만 우리보다 어리석다. 파이즈는 우리를 돕지 않는다. 교실 밖 복도에서 혼자 크리켓 놀이를 한다. 눈에 보이지 않는 타자를 향해 눈에 보이지 않는 크리켓 공을 던지고 있다.

조회 시간에 교장 선생님은 우리에게 가출하지 말라고 훈계하신다. "요즘 우리 학교에 유행병이 번지고 있다." 교장 선생님이 천둥같이 고함을 치신다. "기차를 타고 뭄바이에 가면 유명인으로 살 수 있을 거라고 착각하는 학생들이 있다. 공부 안 해도 되고, 시험도 없고, 선생님도 없으니 아주 살판났다 싶겠지." 누군가 와와, 하고 함성을 지르자 다들 누가 그러는지 보려고 고개를 돌린다. "너희들은 모를 거다. 이 학교라는 울타리 밖에서 얼마나 무서운 세상이 너희들을 기다리고 있는지를."

나는 파리의 수첩에 대해 생각한다. 나도 수첩을 갖고 다녀야 할까 보다. 근데 나는 글쓰기를 싫어하고 철자도 다 틀린다.

"정부가 스모그 때문에 오늘부터 화요일까지 전국 모든 학교에 폐쇄령을 내렸다." 교장 선생님이 말씀하신다. "가히 살인적인 스모그라고 아니할 수 없다."

학생들이 환호성을 지른다. "조용." 교장 선생님이 외치지만 환호성은 더 커져만 간다. 이래서 교장 선생님은 훈화 때 가장 중요한 발표는 가장 나중에 하시는 거다.

조회가 끝나자, 다들 가방을 가지러 교실로 우르르 몰려간다.

"자이, 시내 기차역에 오늘 가야 해." 파리가 말한다. "갔다가 부모님이 퇴근하시기 전에 돌아오자. 이런 기회가 다시는 없을 것 같아."

"네가 집에 없는 걸 알면 너희 엄마가 비명을 지르면서 엉엉 울 텐데, 괜찮겠어?" 내가 파리에게 말한다. 사실이다. 파리 엄마는 툭하면 운다. 텔레비전 연속극에서 슬픈 장면이 나와도 울고, 파리가 학교에서 최고 성적을 받아 와도 울고, 파리 아빠가 감기에 걸려도 울고, 이웃이 결핵이나 뎅기열이나 장티푸스에 걸려 죽어도 운다. 수많은 질병이 사람들의 목숨을 앗아 갈 기회를 엿보면서 우리 동네를 돌아다닌다.

"엄마가 어떻게 아니? 모르지." 파리가 말한다.

"같이 갈래?" 파이즈의 전철 푯값을 대신 치르고 싶진 않지만, 내가 파이즈에게 묻는다.

"내가 말했잖아, 정령이 데리고 갔다고." 파이즈가 말한다. "보라선에서 정령을 어떻게 잡니."

"정령이 바하두르와 옴비르를 데려가서 뭘 하려고?" 파리가 묻는다.

"정령들은 어두운 곳을 좋아하니까, 애들을 빈 지하 동굴에 끌어다 놓고 긴 이빨로 쩝쩝거리며 잡아먹겠지." 파이즈가 말한다.

"진짜 너무 바보 같은 생각이다. 아무리 네 머리에서 나온 생각이라고 해도." 파리가 파이즈에게 말하더니 나를 돌아본다. "자, 진짜 수사를 해볼 기회인데 무서워서 도망가는 거야?"

"난 아무것도 무섭지 않아." 내가 말한다. 이것도 거짓말이다. 나는 불도저와, 시험과, 만약 진짜로 존재한다면 정령들과, 그리고 엄마한테 얻어맞는 것을 무서워한다.

옴비르

옴비르는 메이플타워가 부자들이 사는 아파트라는 것을 잊을 때가 종종 있었다. 건물 내부가 썩어가고 있기 때문이었다. 엘리베이터에서는 삐걱거리는 소리가 나고, 벽에서는 페인트가 벗겨져가고, 더러운 기저귀가 쓰레기 활송滑送 장치를 타고 내려와 복도에 떨어져 있기도 했다. 잔뜩 구겨진 옷이나 다림질한 옷을 양손 가득 들고 있지 않을 때 이용하는 계단에서는 죽은 쥐가 썩는 냄새가 났다. 창문 밖에서는 스모그가 옴비르를 향해 얼굴을 찡그리고 있었다. 그 두꺼운 외투 뒤에 있는 세상은 살았는지 죽었는지 알 수 없었다.

출입구 앞에서 경비가 옴비르의 몸을 건성으로 툭툭 만지며 아무것도 훔치지 않았음을 확인했다. 몸수색은 메이플타워가, 새로 칠한 페인트 냄새를 풍기며 이 동네 최초의 고층 빌딩이자 부의 상징으로 들어섰을 때부터 실시해온 관행이었다. 현재 이 건물에는 연봉을 충분히 받지 못한다고 불만을 품고 있는 젊은 사무직 종사자들과, 외국에 돈 벌러 간 자식들이 방문 간호사를 고용해 매주 건강을 살피고 있는 은퇴한 노인들이 살고 있었다.

옴비르는 이 청년들과 노인들의 집을 들여다본 적이 있었다. 그들은 부유하지도, 가난하지도 않았다. 살이 찐 사람도 있고, 마른 사람도 있었으며, 성질이 급해 손가락을 맞부딪쳐 소리를 내며 채근하는 사람들도 있었고, 지팡이를 짚고 있는 사람들도 있었다. 백내장으로 눈이 희뿌옇게 변한 사람들이 있는가 하면, 콘택트렌즈를 껴서 눈이 파란색인 사람들도 있었다. 그러나 그들 대다수는 옴비르가 구겨진 옷을 받아 들거나 또는 숯다리미의 온기가 남아 있는 옷을 건네주고 나면, 즉시 아이를 내쫓았다. 아주 가끔, 잠깐 기다리라고 하는 사람들도 있었다. 바지와 셔츠와 블라우스를, 그리고 무슨 이유에선지, 다림질을 맡긴 팬티와 러닝셔츠를 검사하기 위해서였다. 그들은 옷에 재나 얼룩이 묻어 있지 않은지 확인한 다음에야 옴비르를 보내주었다.

옴비르의 아버지는 다림질사가 유선전화나 두르다산*이나 녹음기처럼 유행이 끝나간다고 걱정하면서, 손님들이 별난 행동을 해도 신경 쓰지 말라고 옴비르에게 일렀다. 옴비르의 아버지는 비바람에 그대로 노출된 허름한 노점 가판대에서 다림질을 하면서, 영화관과 식당과 상점이 한데 모여 있는 쇼핑몰에 자리 잡은 편리하고 깔끔한 빨래방과, 24시간 세탁 및 다림질에다 깔끔한 포장 서비스까지 제공하는 인터넷 빨래방과 경쟁하고 있었다.

옴비르의 아버지는 다림질한 옷을 깨끗한 침대 시트에 잘 싸서 아들에게 배달을 시켰다. 옴비르는 지금 그 시트를 망토처럼 어깨에 두르고 있었다. 옴비르의 아버지는 옷걸이와 자연 분해되는 비닐 옷 커버를 쓰겠다고 손님들에게 약속할 때가 종종 있지만, 옴비르는 아버지가 그 약속을 지킬 수 없을 거라는 걸 알았다. 항상 침울해 있는 아버지는 빚에

---

*   인도의 국영방송이자 전국 지상파 텔레비전 방송국.

허덕이고 있었고, 혼탁한 강물 속에 미동도 없이 서 있는 왜가리의 인내심으로 곧 다가올 파국을 기다리고 있었다.

가출하지 않으면 메이플타워 같은 고층 아파트의 그늘에서 평생을 살아야 할 거라고, 옴비르는 생각했다. 아버지의 부서진 희망이 고작 열 살인 자신의 가녀린 어깨를 무겁게 짓누르는 것을 느꼈다. 바하두르가 가출한 것이 맞는다면, 왜 가출을 했는지 옴비르는 이해할 수 있었다.

옴비르는 어깨에 두른 망토 양쪽을 단단히 여미면서, 말을 더듬던 친구 바하두르를 떠올렸다. 다른 사람들은 바하두르의 말 더듬는 버릇을 잔인하게 조롱받아야 할 약점으로, 전생에 죄를 많이 지은 증거로 여겼다. 그러나 옴비르는 그것을 장점으로 생각했다. 리틱 로샨의 오른손 엄지가 두 개인 것이 장점이듯이. 그 배우가 자연스럽게 리듬을 타고 척추와 뼈가 없는 것처럼 팔다리와 몸을 자유자재로 놀리는 것은, 다른 사람들이 기이하게 여기는 그 두 개의 엄지손가락 덕분이라고 옴비르는 생각했다. 신이 주신 것이 결점일 리는 없었다. 신이 주신 것은 언제나 선물이었다. 옴비르는 세상 모든 일에 이유가 있다고 믿고 싶었다. 그렇지 않다면 그 모든 일이 일어날 이유가 뭐란 말인가?

떠돌이 개 몇 마리가 옴비르 옆을 지나 쏜살같이 달려가더니 도롯가에 늘어선 멀구슬나무 밑동에 멈춰 서서 멍멍 짖었다. 옴비르는 왼손 집게손가락에 낀 반지의 반짝이는 부분이 개들을 자극할까 봐 반지를 돌려 그 부분이 손바닥 쪽으로 가게 했다. 한 무리의 새들이 꽥꽥거리며 스모그 속으로 날아오르자 죽은 잎들이 나풀나풀 땅으로 떨어졌다. 원숭이 한 마리가 나뭇잎 사이로 옴비르를 빤히 보다가, 눈이 마주쳐 옴비르가 깜짝 놀라자 재빨리 사라졌다.

옴비르는 개의 이빨이 청바지를 뚫고 들어올 만큼 날카로울까 궁금해하면서 개들을 지켜보았다. 자동차 한 대가 지나갔다. 개들이 차 바퀴를 쫓아갔고, 다행히도 옴비르를 물러 돌아오지 않았다.

새들은 둥지로 돌아갔다. 시간을 정확히 알 수는 없지만, 낮이 바하두르처럼 재빨리 그리고 조용히 사라져버린 것 같았다. 바하두르는 지금 어디에 있을지 궁금했다. 바하두르와 옴비르는 몇 달 전부터 아버지들이 찾아올 수 없는 도시로 도망가자고 농담을 주고받곤 했었다. 뭄바이에서, 길거리에 소년 둘이 더 있다고 해서 전혀 문제가 되지 않을 그 도시에서, 공기에선 바다의 짠 내가 나고 도로 교차로에서 전기 모기채를 파는 아이들조차도 자동차 창문에 얼굴을 갖다 대고 들여다보면 안에 앉아 있는 배우를 볼 수 있는, 언젠가는 리틱을 볼 수도 있는 그 도시에서, 다시 시작하자고 두 소년은 이야기했었다. 그래놓고 바하두르는 왜 옴비르에게 같이 가자고 하지 않은 걸까?

바하두르의 집에서 뭔가 끔찍한 일이 있었던 게 틀림없다. 우울증을 앓고 있는 옴비르의 아버지는 밤마다 훌쩍여서 아직 아기인 옴비르의 남동생을 깨우고 결국엔 엄마까지 더 피곤하게 만들곤 하지만, 그래도 주정뱅이 라루처럼 못된 남편이자 아버지는 아니었다. 옴비르의 아버지는 가족에게 폭력을 행사하지 않았고, 번 돈을 술로 탕진하지도 않았다. 새벽부터 밤늦게까지 서서 뼈 빠지게 일했다. 다림질하다가 팔에 화상을 입거나 이마에 재가 묻어도, 스모그와 추위와 황사가 하루에도 수백 번씩 코와 목과 귀를 따갑게 해도 불평 한마디 하지 않았다.

그러나 옴비르가 시험 걱정을 하거나 결석이 잦아 학교에서 퇴학당할까 봐 걱정하면, 아버지는 학교를 빠지고 다림질 일이나 도우라고 목소리를 높였다. "다 너희들을 위해서 하는 일이야." 주인과 마찬가지로 곧 쓰러지게 생긴 가판대를 가리키며 아버지는 그렇게 말하곤 했다. 옴비르는 다림질사가 되고 싶은 생각이 전혀 없다고 말할 용기가 없었다. 옴비르는 길거리에서 누구나 알아보는 유명한 댄서가 될 생각이었다.

옴비르가 두 팔을 활짝 벌렸다. 텔레비전에서 보았던 춤 동작들을 따라 하고 싶었다. 리틱이 보여주었던, 두 팔과 두 다리를 활짝 벌린 채 공중으로 점프하는 동작이나 물구나무를 선 채로 회전하는 동작을 따라 해보고 싶었지만 아직은 역부족이었다. 지금으로선 자신에게만 들리는 노래의 리듬에 맞춰 몸을 움직여보는 정도가 다였다. 옴비르의 두 팔이 보이지 않는 꼭두각시 줄에 당겨지듯 뻣뻣하게 끌어 올려졌다가 툭 떨어졌다. 가슴을 앞뒤로 움직이면서 발뒤꿈치로 서서 무릎을 꺾고 산들바람에 흔들리는 빨래처럼 다리를 흔들었다. 더 가볍고 더 자유롭고 더 행복한, 다른 사람이 된 것 같은 느낌이 온몸을 휘감았다.

"어디 아프냐?" 출입구 뒤에서 경비원이 소리쳐 옴비르의 춤을 방해했다. 옴비르는 손을 내젓는 것으로 대답을 대신했다. 지금 옴비르는 부자 동네에 있었다. 한 단 높게 만들어진 보행로는 메이플타워보다 더 높고 더 웅장한 고층 아파트들로 이어지고 있었다. 아파트 이름도 더 멋있었다. 선셋불러바드, 팜스프링스, 골든게이트. 이 길을 따라 쭉 내려가면 아버지가 주황색 숯불에 손을 녹이면서 옴비르를 기다리고 있을 터였다. 옴비르가 왜 이렇게 오래 걸리나 궁금해하면서.

찻길에는 가로등이 하나도 없었다. 부자들에게는 가로등이 필요 없었다. 헤드라이트와 스모그 라이트가 달린 자가용을 타고 돌아다니기 때문이었다. 운동할 때 빼고는 걷는 일도 없었다. 그마저도 외부와 단절된 자기들 아파트 단지 안에서, 불을 환히 밝힌 정원을 거닐 뿐이었다.

옴비르는 고층 건물들을 올려다보며 저렇게 밝은 곳에서 생활하면 얼마나 편안할까 상상하느라, 개들이 혀를 내밀고 거칠게 숨을 쉬며 자기를 지켜보고 있다는 사실을 알아차리지 못했다. 한 마리가 갑자기 컹컹 짖자 다른 개들도 따라 짖었다. 옴비르는 도망치기 시작했다.

옴비르의 슬리퍼가 땅을 찰싹찰싹 때렸다. 돌에 발바닥이 배겨서 아팠다. 어깨에 두른 침대 시트 망토의 무게 때문에 속도가 점점 느려졌다. 개들이 이를 갈았다. 옴비르는 다른 방향으로, 아버지의 노점으로부터 멀어지는 방향으로 뛰고 있었다. 망토가 갈수록 더 무거워졌다. 그걸 끌러서 버리고 싶었다. 그래서 개 한두 마리가 그 시트에 걸려 넘어지게 하고 싶었다. 하지만 아버지가 화를 낼 것 같아 겁이 났다. 옴비르가 늦었다고, 부주의하게 시트를 잃어버리고 왔다고, 비싼 광견병 예방주사를 맞게 생겼다고 화를 낼 것 같았다.

개들이 옴비르에게 가까워지고 있었다. 한 마리가 펄쩍 뛰어올라 옴비르를 향해 날아왔고, 옴비르의 뒷덜미로 침이 떨어졌다. 만약 옴비르가 영화 〈슈퍼히어로 크리쉬〉 시리즈에 나오는 리틱 로샨처럼 슈퍼히어로였다면, 멋진 검은 망토를 펄럭이며 하늘로 날아올라 비행기 날개를 손으로 잡았을 것이다. 그러나 옴비르의 발은 아직도 땅을 딛고 있었고, 숨은 폐가 터질 듯이 가빴으며, 눈앞이 흐려지고 있었다.

노란색 헤드라이트 불빛이 스모그를 뚫고 나타났고, 은색 SUV 한 대가 옴비르 앞에 멈춰 섰다. 운전자가 경적을 울렸다. 예상치 못한 방해물의 출현에 개들이 화가 나서 짖어댔다. 차 뒷문이 활짝 열리더니, 열린 그대로 있었다. 마치 누군가가 옴비르를 위험에서 구하기 위해 팔을 뻗은 것처럼 보였다. 심장이 터질 듯이 두근거리고 입술이 바짝 말라서 혀에서 가시가 돋는 기분이었지만, 옴비르는 아버지와는 달랐기 때문에 그 순간에도 희망을 느꼈다.

파리와 내가 이런 이야기는 안 하지만…

…우리끼리 학교보다 더 멀리까지 가본 적은 한 번도 없다. 아니, 파리는 시내에 가본 적이 있다고 한다. 강 건너에 사는 파리의 친할아버지가 파리를 시내에 데려간 적이 있었다. 하지만 그땐 파리가 두 살이었고 보라선이 운행되지도 않을 때여서 하나도 기억나지 않는다고 한다.

우리는 고속도로 옆 릭샤 정류장에서 걸음을 멈춘다. 릭샤 운전사들이 승객용 뒷좌석에 앉아 손님을 기다리며 동료들과 잡담을 하고, 비디를 피우고, 도로변 찻집에서 사 온 차이를 마시고 있다. 파리가 배낭에서 바하두르의 사진을 꺼내 운전사들에게 보여주며 바하두르를 전철역까지 태워다 준 사람이 있는지 묻는다.

"이거 내일 하자." 내가 파리에게 말한다.

하지만 파리는 내 말을 들은 척도 않고, 놀고 있는 삼륜 택시 운전사들에게도 바하두르에 대해서 묻는다. 바하두르를 본 사람은 아무도 없다. 시간이 너무 지체돼서 전철역까지 릭샤를 타고 가기로 한다. 걸어가면 시간이 두 배는 걸릴 테니까. 릭샤는 돈 있는 사람들이나 타는 것이고 두 다리가 바퀴의 역할을 하게 하는 것이 건강에 좋다고 엄마는 자주 말하곤 한다. 나는 엄마가 부잣집 아파트에서 일하다 아래를 내려다보고 나를 발견할까 봐 걱정이지만, 위에서 내려다보면 거인도 개미처럼 보인다던 엄마의 말이 기억나서 금방 걱정을 거둔다.

우리가 탄 릭샤가 덜컹대며 달려가면서, 도로변 노점 가판대 밖에서 감자를 까고 양파와 토마토를 깍둑썰기하는 사람들 곁을 지나간다. '가까이 붙지 마라, 나 부르스 리다'라든가 '나는야 도로 위의 자랑스러운 힌두인' 같은 기발한 문구의 범퍼 스티커를 붙인 차들이, 신호등이 빨간색과 주황색과 초록색 불빛을 동시에 깜박이는 교차로에서 브레이크를 밟고 끼익 멈춰 서며 경적을 울린다. 키가 채 1미터도 되지 않아 전철을 공짜로 탈 수 있는 난쟁이가 도로 한가운데서 발끝으로 선 채 차창을 두드리며 구걸을 한다.

도로는 달처럼 분화구가 가득해서, 나는 넘어지지 않으려고 릭샤 옆면을 꼭 잡고 있다.

"교통량이 이렇게 적은데 어떻게 사고가 나지?" 파리가 중앙분리대에 뒤집혀 있는 혼다 시티를 보면서 말한다. 우리가 탄 릭샤의 바퀴가 차에 치여 죽은 까마귀를 밟고 지나간다.

릭샤에서 내릴 때쯤, 파리는 자기는 전철 표 살 돈밖에 없으니까 릭샤 타는 값은 나보고 내라고 한다. 내가 말한 것보다 더 많은 돈을 갖고 있을 거라고 생각하는 게 틀림없다. 엄마의 루피는 나를 비난하듯 노려보면서 내 손에서 릭샤 운전사의 손으로 건너간다. 그리고 운전사의 주머니 속으로 사라진다. 40루피가 그렇게 가버렸다.

전철역에 가기 위해서는 계단을 올라야 한다. 나는 생전 처음 보는 광경들과 소리들을 잘 보고 잘 듣기 위해 눈과 귀를 한껏 열고 있다. 계단을 다 오른 다음 고층 건물들을 가리키며 파리에게 말한다.

"여기 이 땅, 예전엔 전부 공터였대." 내가 말한다. 아빠에게 들은 이야기다. 처음에 이 땅에는 바위가 가득했는데, 농부들이 트랙터로 바위를 쪼개고 땅을 갈아서 겨자를 재배했다. 그러나 몇 년 열심히 일한 뒤에는 도시에서 온 건축업자들에게 땅을 팔아넘겼고, 지금 그 농부들은 집에 퍼질러 앉아 물담배나 피우면서 입과 코로 지루함을 뿜어내고 있다.

"표는 어떻게 사지?" 파리가 묻는다. 농부들한테는 아예 관심이 없는 모양이다.

표 파는 곳은 문이 닫혀 있고 유리창 안쪽에 'CLOSED'라고 적힌 팻말이 붙어 있다. 우리보다 키도 크고 덩치도 큰 전철 표 자판기는 파리도 풀 수 없는 복잡한 퍼즐 기계처럼 보인다. 파리가 빨간색과 검은색이 섞인 줄무늬 셔츠를 입은 아저씨에게 도움을 청하자 아저씨는 우리 돈을 받아 들면서 꼬치꼬치 캐묻는다. 학교 안 가? 왜 너희들끼리만 있어? 어디 가려고? 시내가 얼마나 위험한지 아니? 누가 너희들 돈 뺏어 가면 어쩌려고? 누가 유괴하면?

파리가 있어서 다행이다. 파리는 아저씨의 질문이 끝나기 무섭게 거짓말을 지어낸다.

"할머니 댁에 가는 길이에요." 파리가 말한다. "우릴 데려오라고 할머니가 역으로 심부름하는 아이를 보낼 거예요."

부자들만이 심부름꾼 아이를 고용해 집안일을 시키지만 파리의 할머니 이야기는 아주 그럴듯하게 들려서 정말로 할머니 냄새가 나는 것 같고, 얇고 건조한 할머니 피부가 보이는 것 같고, 얼굴과 목에 있는 주름에 분가루가 끼어 있는 것도 보이는 것 같다. 아저씨도 파리의 말을 믿는 눈치다.

아저씨가 버튼을 몇 개 누른다. 화면에 전철 노선도가 나타나자, 아저씨가 어디서 내릴 거냐고 묻는다. 그러고는 버튼을 몇 개 더 누른다.

자판기가 우리 돈을 꿀꺽 삼키더니 플라스틱 동전을 뱉어낸다. 아저씨는 그게 '전철 표'라고 알려준다. 그러고는 전철을 타면 방송을 잘 듣고 있다가 내리라고 한다.

"정신 바짝 차리고." 아저씨는 이 말을 끝으로 우리 곁을 떠난다.

안 그래도 정신 바짝 차리고 있다. 나는 역 안을 둘러보며, 아빠가 어느 쪽에서 일했을까 궁금해한다. 어쩌면 페인트칠하기 전의 시멘트 벽 속에 아빠의 지문이 찍혀 있을지도 모른다. 바깥 도로의 소음이 역 안으로 흘러 들어오는 것을 벽이 막고 있다. 마치 외국에 와 있는 느낌이다. 여기서는 스모그조차도 힘을 잃은 것 같다.

파리가 내 소매를 잡고 말한다. "왜 사방을 둘러보고 그래? 이러고 있을 시간 없어. 정신 좀 차려."

우리는 앞에 가는 사람들이 하는 대로 짧은 베개처럼 생긴 기계에 전철 표를 댄다. 가방이 엑스선으로 촬영되고, 우리는 삐삐 소리를 내는 금속 탐지기 문을 지나간다. 여자 경관이 커튼 뒤에서 여자들을 몸수색하고, 남자 경관은 탐지기 문 앞에서 남자들을 몸수색한다.

"이 안에 뭐 들었어요?" 어떤 남자의 청바지 주머니에서 삐죽 나온 지갑을 톡톡 건드리며 남자 경관이 묻는다. 하지만 우리는 검문하지 않고 그냥 보내준다. 어린이가 폭탄을 갖고 다니는 테러범일 수는 없다는 걸 알고 있기 때문이다.

플랫폼에 가려면 움직이는 계단을 타거나 일반 계단을 올라가야 한다. 빨간색 사리를 입고 금팔찌를 여러 개 찬 할머니가 움직이는 계단 앞에 멈춰 서더니, "어머, 이걸 어떻게 타. 난 못 타, 여보"라고 말한다. 할머니보다 훨씬 더 구부정한 남편은 부인의 손을 잡고 움직이는 계단으로 할머니를 끌어당겨 함께 탄다. 그러고는 하늘을 나는 법을 방금 배운 아기 새들같이 행복한 얼굴로, 움직이는 계단을 타고 위로 올라간다.

파리와 나도 움직이는 계단을 탄다.

"무서우면 내 손 잡아도 돼." 파리가 말한다.

"됐거든." 나는 토하는 시늉을 한다.

전철이 플랫폼으로 미끄러지듯 들어오고, 우리는 가장 가까이 있는 문을 통해 전철로 뛰어 들어간다. 전철 바닥은 엄마가 보면 좋아할 만큼 깨끗하다. 사람들이 전부 휴대전화로 무언가를 하고 있다. 통화를 하거나, 사진을 찍거나, 음악을 듣거나, 영화를 보거나, 〈가야트리 만트라〉같은 기도문 동영상을 본다. 기도하는 사람들의 입술이 화면에 올라오는 기도문에 맞춰 달싹이고 있다. 천장 어딘가에 달린 스피커에서 남자의 목소리가 힌디어로 방송을 하고 여자 목소리가 그 말을 영어로 통역한다.

파리와 나는 전철 문에 달린 유리창을 통해 밖을 내다본다. 유리가 손자국으로 얼룩덜룩하다. 전철이 잠깐 지하로 내려가서 아무것도 보이지 않다가, 금방 지상으로 올라온다. 전철이 고층 건물들을 지나치는데, 너무 빨리 지나가서 건물 안을 들여다볼 수가 없다. 시계탑과, 말로만 듣던 거대한 롤러코스터가 보이는 놀이공원을 지나간다. 스모그 속에서 회색으로 변해가는 나무들을 지나친다. 녹색 세로줄 세 개가 확 다가왔다가 사라진다. "잉꼬야." 파리가 말한다. 나는 꼭 꿈을 꾸는 것 같다.

전철을 타니까 기분이 최고다. 엄마 아빠한테 100대를 맞아도 될 만큼 가치가 있다. 아니 100대는 너무했고, 열 대나 다섯 대.

사람들 말을 들으니, 스모그 때문에 전철 운행이 지연되고 있다고 한다. 하지만 얼마나 늦는지는 모르겠다. 남자 아나운서와 여자 통역사도 운행 지연에 대해서는 아무 말 하지 않고, 그 대신 전철에서 해야 할 일과 하지 말아야 할 일에 대해서만 끝없이 강조하고 있다. 전철에서는,

- 자리에 앉기 전에 주변에 의심스러운 물건이 있는지 살펴봐야 한다. 장난감이나 보온병, 서류 가방이 폭탄일 수도 있다.
- 음식을 먹거나 음료를 마시거나 담배를 피워서는 안 된다.
- 음악을 크게 틀어서는 안 된다.
- 검표할 때 직원에게 협조해야 한다.
- 장애인이나 임산부, 노인에게 자리를 양보해야 한다.
- 문을 막아서는 안 된다.
- 전철 표 없이 이용해서는 안 된다.

그러고 나서 그들은, 다음 역에서는 왼쪽 문이 열릴 거라고 말한다. 결혼식에라도 가는지 화려한 살와르카미즈*를 입고 곱게 화장을 한 아가씨들이 자리에서 일어서더니 문 앞으로 간다. 그 아가씨들의 향수 냄새 때문에 공기가 달콤해진다.

"걔, 배가 너무 나오지 않았니?" 한 아가씨가 말한다. "근데 핫요가랑 다른 운동도 한다던데." 또 다른 아가씨가 말한다. "많이 빼먹나 보지." 세 번째 아가씨가 말한다. "야, 그렇게 밥 먹듯이 빼먹으면 어떻게 살을 빼냐." 네 번째 아가씨가 말한다.

다음 역에서 전철이 멈춰 서자 마법처럼 문이 저절로 열린다. 아가씨들이 내리고 향수 냄새도 따라 내린다. 파리와 내가 아가씨들이 앉았던 자리에 앉는다. 우리 주위에서 여러 사람이 통화 중이다. 몇 마디가 내 귀에도 들린다. *15분 안에 갈게. 5분 걸릴까요? 제발 당신 태도 좀 바꿔. 여보세요. 여보세요. 아니, 진짜, 진지하게 말하는 거야. 이미 삭감됐다고. 아니, 아니, 지금 무슨 말을 하는 거야? 여보세요?*

* 무릎까지 내려오는 헐렁한 웃옷과 발목만 조이는 헐렁한 바지로 구성된 인도의 전통 의상.

전철이 다시 지하로 미끄러져 들어간다.

❧

우리는 불을 환히 밝힌 터널처럼 생긴 지하철역에 내린다. 방송과 사람들 목소리가 메아리처럼 울려 퍼진다. 사람들이 바짓가랑이를 펄럭이고 구두 굽으로 또각거리는 소리를 내면서 바삐 걸어가고 있다. 나는 한 아저씨의 쿠르타* 끝자락을 잡아끌면서 묻는다. "기차역으로 가려면 어느 쪽으로 가야 돼요?" 아저씨가 웃는다. "네가 지금 서 있는 여긴 어딘데?" 아저씨가 되묻는다.

"기차역이요, 지하철역이 아니라." 파리가 날카롭게 맞받는다.

남자가 움직이는 계단을 가리킨다. 우리가 지상에서 얼마나 밑으로 내려와 있는지 모르겠다. 파리가 내 손을 잡는다.

"손이 왜 얼음과자 같냐." 내가 말한다.

파리가 내 손을 놓는다.

우리는 도시의 모든 곳에 스멀스멀 스며들어 있고 우리의 혀를 재로 덮는 스모그 속으로 걸어 들어간다. 낯선 사람들에게 다시 길을 물어야 한다. 한 아저씨는 기차역이 도로 건너편에 있다면서, 파출소와 삼륜 택시 정류장 위에 있는 육교를 건너가야 한다고 말한다. 나쁜 공기가 코로 들어가는 것을 막으려고 흰색 해골이 그려진 검은색 마스크를 쓰고 있어서, 목소리가 악당 목소리처럼 굵고 무섭게 들린다. 도시 사람들은 마스크도 고급스러운 것을 쓰고 있다. 검은색 단추가 달린 분홍색 마스크, 그물망으로 된 끈이 달리고 빨간색과 초록색이 섞인 마스크. 또, 입 부분

---

* 주로 인도에서 남자들이 입는 길이가 긴 셔츠.

과 끈만 노란색이고 나머지는 하얀색인 마스크도 보인다. 그런 마스크를 쓰고 있으니, 사람들이 꼭 두 발로 걷는 거대한 곤충들같이 보인다.

"여기 시내 공립학교들은 진짜 좋아." 육교를 걸으면서 파리가 말한다. "거기 학생들이 수업료로 수천 루피를 내는 사립학교 학생들보다 성적이 훨씬 더 좋대."

나는 우리가 가는 길에 학교가 나타나지 않기를 간절히 바란다. 학교가 보이면 파리는 안에 들어가보자고 할 게 뻔하다.

우리는 무거운 가방을 메고 삐딱하게 걸으며 우리를 어깨로 치고 지나가는 사람들을 피해 조심조심 육교를 내려간다. 기차역은 우리 왼쪽에 있고 엄청나게 크다. 내가 밖에서 얼이 빠져 바라보던 쇼핑몰만큼이나 거대하다. 여기 있는 사람들은 왜 일을 하지 않는지, 일도 안 하면서 기차를 탈 돈은 어디서 나는 건지 궁금하다. 엄마도 평일에 쇼핑몰에 가는 사람들에 대해 같은 것을 궁금해했다.

우리는 역 안을 돌아다니며 열차 도착 시각과 출발 시각을 알리는 전광판 밑에서 바하두르와 옴비르를 찾는다. 나와 파리 사이에는 딱 파이즈가 들어갈 만한 공간이 있다. 파이즈가 우리와 함께 왔다면 역 곳곳에 누워 있는 개들 속에서 정령을 발견했을 것이다. 파이즈는 정령이 개나 뱀, 또는 새로 변신하는 경우가 많다고 말하곤 한다.

나는 천장에서 사람들 일에 참견하는 보안 카메라를 발견하지만, 어딘가에서 경찰이 CCTV 화면으로 나를 지켜보며 의심스러운 인물로 생각할까 봐 카메라를 너무 오래 쳐다보지는 않는다. 역에는 경찰이 많이 보이는데, 수많은 출입문 앞에 서서 승객들의 가방을 검사하고 있다.

"바하두르나 옴비르를 봤냐고 경찰한테 물어볼까?" 내가 말한다.

"이렇게 멀리까지 와서 뭐 하는 거냐고 물을걸. 그리고 널 체포할 수도 있어." 파리가 말한다.

파리의 계획은 계속 걷는 것인 듯한데, 바보 같은 계획이다. 우리는 여행 가방 위에 앉아 있는 사람들, 바닥에 수건을 깔고 누워서 머리맡이나 발치엔 소지품을 넣어 꽉 묶은 비닐봉지나 천 가방을 두고 잠을 자는 사람들의 얼굴을 일일이 확인한다. 역 안에 100만 명은 있는 것 같은데, 모두에게 바하두르와 옴비르에 대해 물어보려면 몇 달은 걸릴 것이다. 하지만 경찰은 CCTV 영상을 느리게 재생해 보거나 빨리 돌려 보면서 바하두르와 옴비르를 쉽게 찾아낼 수 있을 거다.

역사와는 떨어져 있지만 역 구내에 있는 낡은 2층 건물이 보인다. 건물 옆면에 간판이 붙어 있다.

어린이 복지 협회
어린이가 먼저다
어린이의, 어린이에 의한, 어린이를 위한

"저기 가보자." 내가 파리에게 말한다.

"다양한 종류의 어린이를 보유한 동물원 같은데."

"어린이가 어린이지, 뭐." 말은 그렇게 하지만, 자신은 없다. 진짜 어린이 동물원이라면, 파이즈는 우리와 함께 오지 않은 걸 엄청 후회하겠지.

우리는 기차 엔진 모형과, 일렬로 세워놓은 가방을 지키고 있는 어린 소녀와, 머리에 여행 가방을 세 개나 이고 걸어가는 빨간 셔츠를 입은 짐꾼과, 휴대전화를 귀가 아니라 입 가까이 대고 잡아먹을 것같이 으르렁거리는 남자 옆을 지나간다. 기차역 곳곳에 숨겨진 스피커에서 폭탄 테러 위협에 관한 경고 방송이 요란스럽게 울려 퍼진다.

이제 우리는 그 건물 앞에 있다. '예약 접수' 팻말이 붙은 출입문은 잠겨 있다. 문 옆에 작은 물웅덩이가 있고, 찌르레기 두 마리가 몇 초 동안 물속에 얼굴을 쏙 들이밀었다가 꺼내면서 고양이 세수를 하고 있다. 나랑 똑같다. 건물 바깥에 있는 이끼 낀 계단을 올라가니 테라스가 나온다. 테라스는 거대한 창문들이 있는 커다란 방을 둘러싸고 있다. 어디선가 웅얼거리는 소리는 나는데, 사람은 보이지 않는다.

앞머리로 이마를 덮은 남자가 방에서 나오더니 우리에게 묻는다. "길을 잃었니? 어디에서 왔어?"

"우리 동네에서 사라진 남자애 둘을 찾고 있어요." 파리가 바하두르의 사진을 보여주면서 말한다. "얘가 그중 하나예요. 얘 동생들 말로는 뭄바이행 기차를 타려고 가출한 것 같대요."

"마날리행일 수도 있어요." 내가 말한다.

"다른 한 명은 얘를 만나러 어제 여기로 왔을 거예요. 아니면 오늘 왔든가요." 파리가 말한다.

"너희도 가출했고?" 남자가 묻는다. 사진은 거들떠보지도 않는다.

"아뇨." 파리가 말한다.

"우린 친구들을 찾고 싶어요. 친구들이 이 역에 있다고 생각하고요." 내가 말한다. 말 많은 아이가 조사원으로 있으니까 한마디 하기가 이렇게나 어렵다.

"그렇구나. 난 또 가출한 애들인 줄 알았네." 남자가 말한다. "부모님은 어디 계시는데? 학교는 왜 안 갔어?"

"부모님은 출근하셨고, 오늘은 학교 쉬는 날이에요. 스모그 때문에 정부에서 휴일을 선포했대요." 파리가 말한다.

"진짜?"

"네, 오늘 아침에요." 파리가 말한다. "못 믿겠으면 딴 사람한테 물어보세요."

정말로 확인할 거라고는 생각 못 했는데, 남자는 휴대전화를 꺼내더니 화면을 몇 번 톡톡 건드린 후에 감탄하듯 말한다. "정말이네. 휴일이구나."

"그렇다고 했잖아요." 내가 말한다. "왜 우리 말을 못 믿어요."

"못 믿어서 미안해." 남자가 웃으면서 내게 말한다. "난 여기, 어린이복지 협회 간사야. 우리 센터는 무슨 이유에서든 도시로 오는 너희 같은 아이들을 돕고 있어. 부모 없이 혼자 다니는 아이들, 위험에 빠질 가능성이 있는 아이들을 돕고 있지. 아까 너희를 처음 봤을 때 길을 잃었구나 생각했던 것도 그 때문이야."

기차역을 돌아다니면서 아이들을 돕는 것도 직업이라니 신기하다. 정말 이상한 직업도 다 있다. 파이즈가 있었으면 급료는 얼마나 주느냐고 물었을 것이다.

"이 도시는 안전하지 않아." 남자가 말한다. "온갖 종류의 못된 사람들이 여기 살거든. 차마 자세히 설명은……."

"어린이 유괴범 얘기는 많이 들었어요." 파리가 말한다.

"난 본 적도 있는데." 내가 말한다. "〈경찰 순찰대〉에서."

파리가 눈을 부라린다.

"현실은 훨씬 더 끔찍해." 남자가 말한다. "티브이에 내보낼 수 없을 정도로 끔찍하지. 너희들이 부모님 없이 여기 와서는 안 됐기 때문에, 그래서 얘기해주는 거야. 이런 일을 또 하면 안 되니까. 어린이를 유괴해서 노예로 삼는 사람들이 있다는 걸 알고 있니? 어린이를 화장실에 가둬놓고 집 안 청소를 시킬 때만 풀어주는 거야. 아니면 국경 너머 네팔에 팔아넘겨서 숨 쉬기도 힘든 벽돌 가마에서 하루 종일 벽돌을 만들게 하든가. 아이들한테 휴대폰이나 지갑을 훔쳐 오게 시키는 범죄 조직에 팔아넘기는 사람들도 있지. 진짜야, 내 말이 사실이라니까. 난 인생에서 일어날 수 있는 최악의 일들을 다 봐왔거든. 어린이들이 어른과 동행하지 않고 돌아다녀서는 안 된다는 것도 다 그 때문이란다. 너희한테 이렇게 설교를 늘어놓는 것도 그 때문이고. 지금 너희들이 하는 짓은 대단히 무모한 행동이야. 진짜 위험한 일이고."

"얘, 본 적 있어요?" 파리가 바하두르의 사진을 들어 보이며 얼음처럼 차가운 목소리로 묻는다. "여기 왔었어요? 얘 친구는요?"

"이런 일은 경찰이 해야지, 왜 너희가 하냐." 남자가 말한다.

"가난하다고 경찰이 신경을 안 써주니까요." 내가 말한다.

훈계자 아저씨가 혀를 끌끌 차면서도 사진을 가져가서 자세히 들여다본다.

"몇 살인데?" 남자가 묻는다.

"아홉 살이요." 파리가 말한다. "열 살인가?"

"못 본 것 같은데. 집을 나올 때 이 옷을 입고 있었니?"

"교복을 입고 있었어요. 지금 얘가 입고 있는 거요." 파리가 내 스웨터를 쿡 찌르면서 말한다.

파리의 교복은 내 것과 색깔은 같지만 바지 대신 치마를 입고 긴 양말을 신는다. 6학년이 되면 파리도 루누 누나처럼 살와르카미즈를 교복으로 입을 것이다. 그러나 남학생 교복은 바뀌지 않아서, 엄마는 내가 나무에서 자문*을 딸 만큼 키가 큰 후에도 이 바지를 계속 입으라고 할 것이다.

"교복 입은 애들은 너희 말고는 본 적이 없는데." 남자가 말한다. "그애들이 플랫폼에서 혼자 기차를 기다리고 있었다면 차이 장수나 짐꾼이 우리한테 알려줬을 거다." 남자가 바하두르 사진을 파리에게 돌려준다. "솔직히 말하면 하루에도 수천 명의 아이들이 여기에 오거든. 그래서 그

---

* 자바플럼 또는 쿠미니자두라고도 불리는 여름 과일.

아이들 모두와 이야기를 나눌 수는 없어. 물론 노력은 하지. 하지만 너무 많아서 말이야."

파이즈가 같이 있었다면 아무짝에도 쓸모없는 사람이라고 할 텐데.

"어쨌든 여기까지 왔으니까, 안에 들어가서 우리 아이들한테 물어보자. 너희 친구들을 본 애가 있을지도 모르니까."

파리와 나는 서로를 쳐다본다. 파리도 나처럼, 이 남자를 알지도 못하고 테라스에 있는 이 방도 함정일지 모르는데 괜찮을까 하는 생각을 하고 있다.

"아이들이 원하면 언제든 참여할 수 있게 여기서 수업을 하거든. 수업 안 하고 티브이를 보여줄 때도 많지만."

이야기를 들어보니 딱 내가 다니고 싶은 학교이긴 한데, 과연 그런 학교가 있을 수 있을까?

"이곳은 거리의 아이들이 와서 몇 시간 동안 안전하게 머물다 가는 곳이야." 남자가 말한다. "원하는 아이들은 우리가 운영하는 쉼터에 들어와 살 수도 있고, 집에 갈 수도 있지. 우린 무엇이든 아이들이 하고 싶은 대로 하게 도와준단다."

"만나볼게요." 파리가 말한다.

방 안에는 남자가 말했던 것처럼 작은 텔레비전이 벽에 붙어 있지만, 지금은 꺼져 있다. 그 아래에 나와 나이가 같거나 또는 더 많거나 혹은 더 적은 아이들이 바닥에 매트처럼 펼쳐놓은 침대 시트 위에 앉아 있다. 그 아이들이 고개를 들고 우리를 보더니 한 아이가 말한다. "관광객? 1달러만." 하지만 우리가 자기들과 비슷한 처지라는 걸 금방 깨닫고는 선생님에게로 눈길을 돌린다. 교실 안에 여자아이는 두 명밖에 없다.

"얘들아, 이 아이들이 실종된 친구들을 찾고 있거든." 훈계자 아저씨가 말한다. 그러고는 우리를 돌아보며 말한다. "사진 보여줘라." 그런 다음 선생님에게 말한다. "잠깐 쉬시죠, 선생님." 선생님은 한숨을 쉬더니 안경을 벗고 눈을 비빈다.

파리와 나는 바닥에 책상다리를 하고 앉아 자기소개를 한다. 파리는 여자아이 두 명과 이야기한다. 남자아이들과 이야기하는 것은 내 몫이 된다. 남자아이가 열다섯에서 스무 명은 되기 때문에 쉬운 일이 아니다. 바하두르의 사진이 이 손에서 저 손으로 옮겨 간다.

"사진 잘 나왔네." 한 남자아이가 말한다. 하지만 자기는 바하두르를 보지 못했다고 말한다.

"넌 어디서 왔니?" 내 옆에 앉은 아이에게 내가 묻는다.

"비하르." 그 아이가 말한다.

"어떻게 여기까지 왔어?"

"당연히 기차 타고 왔지. 비행기 표를 살 만큼 내가 부자로 보이냐?"

"왜?" 아이의 태도가 너무 거만하지만, 내가 묻는다. 그 아이는 파이즈를 좀 닮았는데, 얼굴에 파이즈의 것보다 최근에 생긴 것 같은 흉터가 한 개 있다. 왼쪽 귀 끝에서 입가까지 길게 나 있는 흉터다. "여기에 왜 왔어?" 내가 다시 묻는다.

그 아이가 흉터를 만지면서 말한다. "그냥." 말문이 막힌다. 더 물어볼 것도 없다. 수사는 헛수고로 돌아갔다. 엄마의 비상금을 헛되이 날려버린 것이다.

"구루*한테 얘기해봐." 우리가 떠나려는데 한 여자아이가 파리에게 말한다. "표 파는 곳 앞에 있을 거야, 제자들이랑 같이. 이 역에서 일어나는 일은 다 알고 있어. 우린 구루를 못 봐도 구루는 우리를 보고 있거든. 신과 같은 사람이야."

---

* 힌두교에서 스승이나 지도자를 일컫는 말.

어린이 복지 협회에서 나와 기차역으로 돌아가보니…

…사람이 훨씬 많아진 것 같다. 승객이 많이 탄 기차가 곧 도착할 예정이거나, 아니면 벌써 도착한 모양이다. 왜 어떤 기차는 승객으로 붐비고 다른 기차는 그렇지 않을까? 분잡한 기차는 수백만 명이 일하는 도시로 가고, 빈 기차는 사람보다 물소가 더 많은 데다 텔레비전을 가진 집도 거의 없는 시골로 가기 때문일 것이다. 우리 외할머니 외할아버지가 사는 곳 같은.

매표소 근처에 구루와 제자들은 보이지 않는다. 하지만 그건 사람이 너무 많아서 잘 찾아볼 수 없기 때문이다. 날씬한 사람, 뚱뚱한 사람, 자처럼 꼿꼿한 사람, 낫처럼 구부러진 사람…….

"쿼터에 대해서 내가 생각한 게 맞는 것 같아." 내가 파리에게 말한다. "쿼터가 애들을 납치해서 물건을 훔쳐 오게 시키고 있는 거야. 아까 그 '훈계자' 아저씨가 말한 것처럼 말이야. 쿼터가 새로운 범죄 조직을 만든 거지."

파리가 말을 하려고 입을 여는 순간, 누군가의 손이 내 어깨를 꽉 잡는다. 얇은 금목걸이를 두 개나 하고 있고, 금으로 된 링 귀걸이를 달랑거리는 아줌마다.

"길을 잃었니, 너희들?" 아줌마가 묻는다. "이리 오렴, 내가 부모님한테 데려다줄게."

"괜찮아요." 파리가 말한다. "곧 친구들이 올 거예요."

아줌마가 생긋 웃는다. 판을 얼마나 씹었는지 이와 잇몸이 시뻘겋게 물들어 있다.

"배고픈가 보네, 아들." 아줌마가 날카로운 손톱으로 내 뺨을 꼬집으며 말한다. "너도." 파리에게도 말한다. 그러고는 사리 허리띠 안쪽에 끼워두었던 주머니를 꺼내 끈을 푼다. 정신을 잃게 만드는 향수를 갖고 다니다 사람들에게 뿌리고 지갑을 훔쳐 가는 도둑이 있다는 이야기를 들은 적이 있다. 이 아줌마도 그런 못된 사람 같다. 나는 옆으로 비켜선 뒤 파리를 밀쳐 아줌마에게서 떨어뜨려놓는다.

"자." 아줌마가 셀로판지로 싼 오렌지 사탕을 주머니에서 꺼낸다. 진짜 오렌지 과육이 박혀 있고 겉에 설탕을 하얗게 입혀놓은 거다.

"괜찮아요." 파리가 말한다.

"싸울 필요 없어." 여자가 말한다. "네 것도 있으니까."

"사탕 만지지 마." 어떤 목소리가 우리를 향해 외치더니, 우리 옆으로 다가와 아줌마를 비난한다. "아줌마, 이제 은퇴할 때 안 됐어요? 바라나시로 가서 갠지스강에 몸을 담가야 하는 거 아닌가? 람* 님의 이름을 밤낮으로 불러야 하지 않아요?"

아줌마가 기분이 상한 듯 옆에다 침을 뱉자 분홍색 침이 가늘게 늘어뜨려진다. 그리고 잠시 후 아줌마는 아무 말 없이 우리 곁을 떠난다.

"낯선 사람한테서 사탕 받아먹으면 절대로 안 돼." 아까 그 목소리가

---

*   힌두교의 최고신 가운데 하나인 비슈누의 일곱 번째 화신. 정의, 선의, 용기의 신으로 숭배된다.

말한다. 돌아보니 한 소년이 서 있고, 한 걸음 뒤에는 다른 두 소년이 경호원처럼 서 있다. "세상에서 가장 오래된 속임수야."

"괜찮다고 했어요." 파리가 말했다. "우리, 바보 아니거든요."

소년은 파리의 말대꾸에 깊은 감명을 받은 것처럼 미소를 짓는다. 소년은 홀쭉하고 긴 얼굴에, 머리카락은 구리색이고 눈은 고양이처럼 회녹색이다. 팔목에 거즈 조각을 붙이고 있는데, 거즈는 먼지와 말라붙은 피로 갈색으로 변해 있다.

"형이 구루예요?" 내가 묻는다. "어린이 복지 협회에서 어떤 여자아이가 구루한테 가보라고 했는데."

"너희들 가출했구나, 그렇지?" 소년이 다른 사람들과 똑같은 질문을 한다. 같은 질문 계속 받는 것도 정말 지친다.

"아뇨, 가출 안 했어요." 파리가 말한다.

"아까 너희랑 얘기한 아줌마, 밀매업자 밑에서 일해. 밀매업자가 뭔진 아니?" 고양이 눈 소년이 묻는다.

"아이를 벽돌로 만들어버리는 사람이요." 내가 말한다. 말하고 나니 이게 아닌데 싶다.

고양이 눈은 소리 내어 웃지만 금방 그친다. "아줌마가 주는 사탕을 먹으면 너희는 잠들 거야. 그럼 저 아줌마 윗사람이 너희를 어딘가로 데려가서 노예로 팔아버리는 거야. 운 좋은 줄 알아. 우리가 마침 그때 나타났으니 말이야."

"그 아줌마가 나쁜 사람인 거 알면서 왜 경찰에 신고하지 않았어요?" 파리가 묻는다. "감옥에 보내야 하는 거 아닌가요? 지금 또 다른 애한테 사탕을 주고 있을 것 같은데."

"경찰도 나쁜 짓을 하는 현장을 잡아야 아줌마를 체포할 수가 있어." 고양이 눈이 파리에게 참을성 있게 설명한다. 파리가 나에게 설명할 때와 똑같은 모습이다. 심지어 말투도 똑같다. 짜증이 섞여 있으면서도 부드럽고 자만심이 느껴지는 어조다. "오렌지 사탕이 가득 든 주머니를 갖고 있다는 이유만으로 아줌마를 감옥에 보낼 수는 없어. 저 아줌마 얼마나 영리하고 교활한데. 아이를 유괴한 걸 누가 알아차리기도 전에 감쪽같이 사라져버리거든. 절대 체포되지 않을 거야."

"형이 그 아줌마랑 한패가 아니라는 건 우리가 어떻게 알죠?" 내가 묻는다.

"똑똑한 애들이구나." 고양이 눈이 말한다. "근데 부모님도 없이 너희들끼리 이 큰 기차역에서 뭐 하는 거냐?"

"친구들을 동네로 데려가려고 왔어요." 파리가 말한다. "그 친구들이 여기 있을지도 몰라요."

"그럼 당연히 구루에게 물어봐야지." 경호원 소년 한 명이 말한다. "여긴 구루의 영역이거든."

"오빠가 구루예요?" 파리가 고양이 눈에게 묻는다. 소년이 고개를 끄덕인다. 파리가 고양이 눈에게 바하두르의 사진을 보여준다. "이 아이 본 적 있어요? 지금 우리가 입고 있는 것과 똑같은 교복을 입고 있었을 거예요."

구루는 마른 입술을 깨물어 앞니로 흰 각질을 벗기면서, 바하두르의 사진을 오랫동안 노려본다.

구루와 제자들은 나이가 우리보다 훨씬 많아 보인다. 열네 살, 아니면 열여섯 살, 아니 열일곱 살일지도 모른다. 몇 살인지 정확히는 모르겠다. 여러 해 동안 거리에서 살아서 얼굴이 까맣게 탔고, 턱에는 수염이 꺼칠꺼칠하게 났으며, 입가에도 무성한 덤불처럼 털이 돋아나고 있다.

"이 아이가 너희들 동생이야?" 구루가 묻는다.

"바하두르는 같은 반 친구예요." 파리가 말한다. "같은 반 친구!" 매표소 앞에 생긴 여러 개의 긴 줄이 하도 소란스러워서 파리가 큰 소리로 말한다. 사람들이 빨리 앞으로 가려고 서로에게 욕을 하며 비틀비틀 나아가고 있다. 공기 중에서 땀에 전 발 냄새와 담배 내가 난다. 우리 학교의 줄이 훨씬 덜 소란스럽고, 우리 학생들이 훨씬 더 질서 있게 행동한다. 우리 나이는 이 사람들 나이의 절반도 채 되지 않는데.

구루가 우리를 매표소에서 멀리 데리고 와서 묻는다. "반 친구가 언제 사라졌는데?"

"지난주요." 파리가 말한다.

"어디서 사라졌어?"

"학교요." 내가 말한다. "아니다, 유령시장이요."

"우리 동네에 있는 시장이에요." 파리가 말한다. "바하두르가 먼저 사라졌고, 그다음에 바하두르 친구도 사라졌어요. 옴비르라는 애요. 어제. 그 둘이 뭄바이나 마날리로 도망갈 계획을 세웠던 것 같아요."

구루가 사진을 다시 보고 나서 파리에게 돌려준다. "못 본 것 같은데." 구루가 말한다. "너희 학교 교복을 입은 애들은 본 적이 없어. 그건 확실해. 하지만 역에 있는 경찰한테 CCTV 영상을 보여달라고 부탁해줄 수는 있어. 우리가 놓친 걸 잡아낼지도 모르지. 경찰한테 말해봤니?"

"파리가 싫어해서 안 했어요." 내가 말한다.

"그건 잘한 거야." 구루가 말한다. "경찰은 낯선 사람들에게 못되게 굴 수 있거든. 하지만 우리가 잘 아는 경관이 한 명 있어. 우리와 비슷한 처지였는데, 어린이 복지 협회가 받아줘서 거기 쉼터에서 몇 년 살다가 경찰이 됐지."

우리는 아까 경찰들을 봤던 역 출입문으로 구루와 함께 간다. 걸어가면서 구루는 파리에게 착하다고 칭찬한다. 실종된 친구를 찾으려고 이렇게 멀리까지 오는 사람은 없다면서. 심지어 파리의 책가방까지 대신

들어준다. 마치 공기가 속에다 책을 한 권씩 더 채워 넣는 것처럼 내 책 가방이 점점 무겁게 느껴진다.

구루가 우리에게 기다리라고 하더니, 부르카* 입은 여자의 짐을 검사 중인 경관에게 가서 말을 건다.

"저 구루는 왜 자기를 '우리'라고 불러?" 내가 파리에게 묻는다. "자기가 왕이라고 생각하는 건가?"

"네 책가방 안 들어줘서 화났구나." 파리가 말한다.

구루와 이야기하던 경관이 우리를 돌아본다. 구루보다 한두 살 많아 보이는 젊은 청년이다. 그는 무슬림 여성을 보내준 뒤 동료 경관에게 5분 안에 돌아오겠다고 손짓까지 하면서 말한다.

"얘들아, 너희 친구들이 사라졌다는 이유만으로 CCTV 영상 일주일 분을 확인할 수는 없어." 경관이 솔직하게 말한다. "너희 동네 경찰서에 실종 신고를 해. 그럼 거기 경찰이 우리한테 영상을 보여달라고 협조를 구할 거고, 그럼 우리가 보여줄 거야. 절차가 그래."

"우리 동네 경찰은 우릴 도와주길 거부해요." 파리가 말한다.

"불도저로 우리 동네를 싹 밀어버리겠다고 협박해요." 내가 말한다.

"규칙은 규칙이라서, 얘들아." 그가 말한다.

"형제여, 먼 길을 달려온 이 아이들을 도울 방법이 정말 없을까?" 구루가 말한다.

경관이 슬픈 표정으로 구루를 바라보더니 말한다. "사실은……." 그러면서 눈을 내리깔고 목소리를 낮춘다. "역에 있는 보안 카메라가 한 달 전에 고장 났어. 수리 신청을 하긴 했는데, 일 처리가 어떻게 되는지 알잖아."

---

*　　큰 천을 머리부터 뒤집어써 온몸을 가리는, 무슬림 여성들의 전통 복장.

나는 일 처리가 어떻게 되는지 모르지만, 설명해달라는 말은 차마 입 밖으로 내지 못한다.

"어쩔 수 없지." 구루가 말한다. "형 잘못이 아니잖아."

"일급비밀이야." 경관이 말한다. "다른 사람한테 말하면, 이 얘기가 방송국 기자들 귀에 들어가면, 난 그날로 잘리는 거야."

"얘기 안 해." 구루가 말한다.

"우리도 안 할게요." 파리가 말한다.

경관이 떠난 후 내가 말한다. "이제 집에 가자."

"너희 동네를 돌아다닐 때도 조심해라." 구루가 말한다. 두꺼운 눈썹이 계속 꿈틀거리고, 눈은 회색으로 빛나기도 하고 때론 녹색으로 빛나기도 한다. "동네 사람들 중에 납치범이 있을 수 있어. 너희는 돌봐주는 부모님이 있으니까 사람들이 얼마나 나쁜 짓을 할 수 있는지 잘 모르겠지만, 우리는 거리에서 우리끼리 살기 때문에 잘 알거든."

"네, 혼자서 모든 걸 다 하는 건 정말 힘들 것 같아요." 파리가 말한다. 자기가 교실에서 그러면서. 파리는 선생님의 사랑을 받는 학생이 되기 위해 눈을 동그랗게 뜬 채 선생님 말씀에 귀를 기울이고, 선생님이 무슨 말을 할 때마다 고개를 끄덕이고, 선생님이 질문을 끝내기도 전에 대답을 한다.

"우리가 어떻게 사는지 알고 싶니?" 구루가 묻는다. "다른 사람들한 텐 비밀인데, 너희는 힘든 시기를 겪는 착한 사람들이니까, 우리도 돕고 싶다."

"바하두르의 엄마가 힘든 시기를 보내고 있어요." 내가 말한다. "옴비르의 아빠도요. 우리가 아니라."

"구루는 좋은 이야기를 해줘." 1번 제자가 말한다.

"아주 좋은 이야기." 2번 제자가 말한다.

"자이, 지금 당장 출발할 필요는 없어." 파리가 말한다. "보라선 막차가 밤 11시 30분에 있어. 아직 오후밖에 안 됐잖아. 시간 많아."

모든 것을 알고 있는 것이, 심지어 열차 시간표까지 알고 있는 것이, 역시 파리답다.

"그렇게 늦게 집에 가면 안 되지." 내가 말한다.

"오래 붙잡진 않을게." 구루가 말한다. "우리 집에서 차이 한 잔 대접 못 하고 어떻게 너희를 그냥 보내니?"

"차이 없는데." 1번 제자가 걱정스러운 표정으로 말한다.

"팔레지 비스킷은 있어." 2번 제자가 말한다.

나는 구루와 제자들을 믿어선 안 된다고 생각하지만, 파리는 벌써 구루와 나란히 걸으면서 유령시장에 대해 설명하고 언제 한번 놀러 오라고 초대까지 한다. 이젠 구루와 절친한 친구가 된 것 같다. 구루의 제자들은 엄지손가락을 주머니에 찔러넣고 언젠가 내가 텔레비전에서 본 적 있는 캥거루처럼 콩콩 뛰면서 구루를 따라간다. 그러면서 오른쪽에서 왼쪽으로, 왼쪽에서 오른쪽으로 경호하는 위치를 바꾸기도 한다. 원래 새로운 곳을 본다고 생각하면 기뻐야 하는 게 당연한데, 웬일인지 꺼림칙한 느낌이 든다. 몸속에서 벌레가 기어 다니는 느낌이다. 어쩌면 엄마의 비상금을 써버린 게 걱정되는 건지도 모른다. 어쩌면 오렌지 사탕을 주던 아줌마가 따라올까 봐 걱정되는 건지도 모른다. 나는 뒤를 돌아보며 아줌마가 따라오고 있지 않은지 확인한다.

우리는 도로의 차들이 우리를 치지 않도록 손을 들고 길을 건넌다. 잔뜩 화난 경적 소리가 내 귀를 때린다. 어깨 위로 높이 솟은 배낭을 메고 그물망 마스크를 쓴 백인들 옆에서 삼륜 택시들이 속도를 줄인다. 운전사들이 백인 관광객들을 향해 소리친다. "어디 가? 내가 태워줄게, 내가." 관광객들을 쫓아가면서 소리치는 남자들도 있다. "저기요, 아가씨?

싸게 잘해줄게요. 아주 싸게."

도로 건너편에는 스모그 속에서 '호텔 로열핑크'와 '인크레더블!인
디아' 같은 상호의 네온 간판에 불을 밝힌 호텔이 즐비하다. 구루와 제
자들은 밤처럼 깜깜한 도로를 건너간다. 가게 점원들이 리본으로 묶은
판, 감자 칩, 난카타이 비스킷, 케밥, 그리고 'I Love You'와 'Just for You'
를 가슴에 새긴 분홍색 테디베어 인형 같은 갖가지 상품을 우리에게 들
이민다.

구루는 다층 건물들 사이의 좁은 길로 뛰어 들어간다. 노상 방뇨를
막기 위해 누군가 양쪽 건물 타일 벽에 신들의 그림을 붙여놓았다. 갈색
얼굴의 예수 그리스도, 시크교 구루, 무슬림 지도자, 호랑이 등에 올라탄
두르가마타*, 그리고 시바 신. 길이 끝나는 곳에 공터가 있다.

"여기가 우리가 사는 데야." 구루가 말한다. "우리 집. 환영한다."

나는 주위를 둘러본다. 집이라고는 한 채도 보이지 않는다. 지붕도
없고 벽돌 벽도 없다. 뿌리가 뽑혀 뒤집힌 바니안나무 아래 펑크 난 자
동차 타이어가 여러 개 놓여 있고, 그 옆에 납작하게 눌린 판지 상자들
이 쌓여 있을 뿐이다. 바니안나무 뿌리 두 개 사이에 쳐진 빨랫줄에 크
림색 셔츠가 다섯 장 널려 있는데, 때가 타서 목 부분이 새카맣다. 바니
안나무 잎들이 스모그 속에서 떨고 있다. 구루의 제자들이 땅바닥에 판
지 상자를 쫙 깔더니 우리에게 앉으라고 권한다. 1번 제자가 나무 위에
올라가 움푹 들어간 구멍에서 자루를 하나 꺼내 내려온다.

파리는 가지가 무성한 바니안나무 아래에서 비누 거품을 잔뜩 바른
손님의 턱을 면도하는 이발사를 가리킨다. 이발사 뒤에 있는 키 큰 탁자
에는 거울과 튜브와 병과 솔과 빗이 가지런히 놓여 있다. 손님은 이발사

---

*   전쟁의 여신으로, 칼리의 화신이기도 하다.

가 자기 목을 찌를까 봐 무서운지 의자 팔걸이를 꽉 붙들고 있다.

2번 제자가 1번이 들고 있는 자루에서 먹다 남은 팔레지 비스킷 봉지를 꺼낸다. "하나 먹어." 2번이 선심 쓰듯 말한다.

"배 안 고파요." 파리가 말한다. 파리가 한 말 중에 최고의 거짓말일 거다. 나도 안 먹겠다고 하지만, 비스킷에 수면제를 넣었을까 봐 걱정돼서가 아니다. 군데군데 검은 곰팡이 얼룩이 보이기 때문이다.

"우린 밤마다 여기서 이야기를 들려줘." 구루가 말한다. "우리 이야기를 들으려고 곳곳에서 아이들이 몰려오지."

"티브이를 볼 데가 없어요?" 내가 말한다.

파리가 팔꿈치로 내 가슴을 쿡 찌른다.

"구루는 이야기하는 걸 좋아해." 1번 제자가 말한다. "이야기를 들어줄 사람이 없으면 혼잣말을 하기도 하고, 까마귀나 고양이나 나무에게 이야기를 들려줄 때도 있지. 근데 구루의 이야기가 끝나면 애들이 고맙다면서 항상 뭔가를 주더라."

2번 제자는 우리가 1번 제자의 말을 제대로 이해했는지 확인하려는 듯 눈을 가늘게 뜨고 우리를 바라본다. 그러더니 이해를 돕기 위해 엄지손가락을 집게손가락에 대고 비빈다. 와, 충격이다. 우리가 들려달라고 하지도 않은 이야기를 들려준 대가를 요구하고 있는 것이다. 우리 동네에 왔던 부패한 경장보다 더 못된 인간들이다. 다들 돈에 미쳤다.

"너희들이 생각하기에 이 정도면 되겠다 싶은 만큼만 주면 돼." 구루가 말한다.

우리가 돈을 내지 않으면 어떻게 될까 생각해본다. 파리와 둘이서 기차역으로 도망갈 수 있을 것이다. 기차역에서 여기 오는 데 10분도 안 걸렸다. 근처에 이발사와 손님이 있기 때문에 구루가 우리를 어떻게 하지는 못할 것이다.

"집에 갈 전철 표 살 돈밖에 없어요." 파리가 기어드는 목소리로 말한다. 이젠 구루가 가장 절친한 친구가 아닌 모양이다.

"단돈 5루피도 없어?" 1번 제자가 묻는다.

"됐어, 그럼. 신경 쓰지 마." 구루가 말한다. 구루는 손목에 붙인 거즈가 재스민꽃이라도 되는 양 거즈에 코를 대고 냄새를 맡는다. "너희를 여기로 데려온 건 멘탈 이야기를 해주기 위해서니까. 너희 동네에도 멘탈 같은 정령이 있을 거야. 그런 정령을 찾아서 도와달라고 부탁해봐."

구루는 판지 상자 위에 결가부좌를 틀고 앉아 양 무릎을 짚는다. 루누 누나처럼 요가를 하는 것 같다.

"몇 년 전만 해도 멘탈이 살았던 곳에 가볼 수 있었는데, 지금은 미용실로 바뀌었어." 1번 제자가 말한다.

"멘탈? 무슨 이름이 그래요?" 내가 묻는다. 파이즈도 같은 질문을 할 것이다.

구루가 내 질문을 무시하고 이야기를 시작한다. "멘탈이 살아 있을 땐, 열여덟에서 스무 명쯤 되는 넝마주이 소년을 거느린 대장이었는데……."

이 이야기가 네 생명을 구할 거야

우린 그 여자를 '교차로의 여왕'이라고 불러. 근데 그 여자가 엄마였을 때…….

그 여자가 엄마였을 때라니? 자식이 죽었다고 엄마가 아니게 되는 건 아니잖아.

무슨 짓이야. 이야기의 결말을 미리 말해버리면 어떡해.

그게 어떻게 결말이야? 화내지 말고, 구루. 처음부터 시작해.

어디가 처음인데? 그냥 네가 얘기하지 그러냐. 이런 일에 전문가가 다 된 것 같은데.

아, 왜 그래, 구루. 화내지 마. 다신 방해 안 할게. 다들 기다리고 있잖아. 구루의 이야기를 듣고 싶어. 다른 누구의 이야기가 아니라.

우린 그 여자를 '교차로의 여왕'이라고 불러. 근데 그 여자가 엄마였을 땐……. 뭐가 좀 안 맞는 것 같다.

구루. 전에는 안 그러더니, 왜 그래. 하긴 그땐 아주 센 걸로 목부터 축이고 시작했었지.

다시 한번 해볼게.

사람들 말로는 본명이 '맘타'였다는데, 우린 그냥 '교차로의 여왕'이라고 불러. 그 여자는 항상 고속도로 교차로에 서 있었어. 누군가 논에서 뽑아 와 신호등 밑에 우스갯거리로 세워놓은 허수아비처럼. 가녀린 두 팔을 자타유*의 날개처럼 활짝 펴고 서서 지나가는 차들을 향해 엄청난 저주를 퍼부어댔어. 그러자 그 저주가 강력한 사이클론이 되어 자동차 창문을 부수곤 했지.

사이클론이라고? 내가 거기 있었는데. 네 휠체어 바로 뒤에. 난 사이클론은 구경도 못 했는데 진짜처럼 얘기하네. 나도 믿고 싶어질 정도로.

입 다물어.

우리가 '교차로의 여왕'을 처음 봤을 땐, 그 아줌마가 새로운 구걸 방법을 발견한 거라 생각하고 부러워했어. 사람들이 차창을 내리고 막 웃어대면서 휴대폰으로 아줌마 사진을 찍었어. 사람들 얼굴이 시궁창이라도 되는 것처럼 아줌마가 침을 탁 뱉으면 그걸 피하려고 문짝 아래로 몸을 숨겼지. 하지만 사람들은 아줌마를 '봤어'.

기적이었지.

이제 누구도 시간을 내서 우리 같은 거지들을 봐주지 않아. 세월과 배고픔에 상해버린 우리 얼굴을 보고, 무릎 아래 잘려 나간 곳에 붕대를 감은 우리 다리를 보고, 꽃다발처럼 품에 안고 있는 콧물 범벅의 아기를 보고 불쌍하게 여겨주질 않지. 우리 둘은 휠체어에 확성기를 매달아 놓고 한 푼만 달라고 구걸을 해. 하지만 우리가 아무리 크게 떠들어대도 사람들은 들은 척도 안 해. 온 세계가 귀를 먹은 게 아닌가 싶은 생각이 들 정도로 말이야.

우린 사람들의 관심을 끌려고 필사적으로 노력해. 차들 사이를 몰

---

*   인도 신화에 나오는 신성한 새.

래 기어 다니면서 보닛을 두드리기도 하고, 얼음처럼 서늘한 차창에 얼굴을 갖다 대고 눈물을 흘리기도 하지. 차 안에 있는 아이가 휴대폰으로 만화를 보다가 고개를 들어 우릴 보고 "엄마, 저 사람 봐봐. 저 사람한테 아이스크림 사주자"라고 외쳐주기를 바라면서.

맞아, 우린 필사적이야.

옛날에는 거지들이 이 집 저 집 돌아다니면서 문을 두드리고 "아줌마, 혹시 남은 음식 좀 있어요?"라고 묻곤 했어. 그러면 사람들은 전날 저녁으로 먹고 남은 마른 로티나, 부엌 행주로 쓰려던 낡은 쿠르타를 내주었고, 아들이 시험에서 좋은 성적을 받았거나 딸의 좋은 신랑감을 찾았을 경우에는 동전도 주곤 했지. 하지만 요즘 우리한테 적선을 베풀 만큼 돈이 많은 부자들은 우리 키보다 두 배는 높은 담으로 둘러싸여 경비가 철통같은 단지 안에 살고 있어. 담벼락에는 '개 조심'이라든가 '여기 주차하는 건 꿈도 꾸지 마라'라든가 '주차 금지, 주차하면 타이어 펑크 내버림'이라는 경고문을 붙여놓고. 그런 부자들의 대저택은 경비원들이 지켜주지. 겨울날 오후에는 출입문 밖에 플라스틱 의자를 내다 놓고 앉아 햇볕을 쬐면서 말이야.

지금 거지에 대해 강의하는 거야? 교차로의 여왕 얘기는 왜 안 해?

방해 좀 하지 마라, 제발.

정말 미안해, 구루.

우린 교차로의 여왕이 우리 같은 거지라고 생각했는데, 아니라고 누가 얘기해주더라고. 교차로의 여왕은 녹색 바탕에 흰색 줄무늬가 있는 사리를 입고 교차로에 떡 버티고 서 있었어. 사리는 날이 갈수록 끝자락이 닳아서 실오라기가 풀렸고, 자동차 배기가스 때문에 색깔은 더 짙어졌지. 아줌마 머리는 신들의 빛처럼 흰 머리칼과, 그림자처럼 검은 머리칼이 섞여 있었어. 아줌마는 아주 크고 분명하게 말했고 욕을 어찌나 천천히 또박또박 하던지 '나쁜'과 '년' 사이에, '개'와 '새끼' 사이에 불편한 침묵이 있었지. 사실 아줌마는 훨씬 더 살벌하게 욕을 했는데, 지금 그 말을 다시 하는 건 적절하지도 않고 필요도 없을 것 같아.

그래도 재미있잖아.

지금은 아니야.

그냥 계속해. 이 바보의 횡설수설은 무시하고.

교차로의 여왕은 공중도덕 따위는 신경도 쓰지 않았어. 때로는 사리와 속치마를 들어 올리고 팬티를 내린 다음 도로에서 볼일을 보기도 했지. 비위가 상한 사람들이 경찰에 신고했고, 그렇게 아줌마는 체포됐다가 풀려나곤 했어. 몇 번이나 그랬는지는 모르겠네. 달이나 별이나 하늘에 떠 있는 연들이 세어봤는지는 모르겠지만.

교차로의 여왕은 감옥에서 나올 때마다 다른 교차로에 가서 자리를 잡았어. 아줌마의 발치에 동전이 모였지. 아줌마의 저주를 축복으로 착각한 사람들이, 저주를 제대로 이해했지만 아줌마를 불쌍히 여긴 사람들이, 티브이 뉴스에 나온 아줌마를 알아본 사람들이 동전을 던져줬거든. 하지만 교차로의 여왕은 돈을 건드리지도 않았어. 그 돈으로 음식이나 차 한 잔 사 먹지 않았지. 아줌마가 집 없는 개나 고양이, 염소를 잡아먹는다는 소문이 돌았어. 석유 냄새가 나는 무지개색 물웅덩이의 물을 할짝할짝 핥아 먹는다는 소문도 돌았고. 우린 그런 소문에 대해서는 걱정도 하지 않았어. 우린 마치 소 등에 붙은 진드기를 잡아먹는 왜가리 같았거든. 아줌마의 동전을 우리가 다 가져왔고, 그러고는 그걸 나누는 방법을 놓고 우리끼리 싸웠지. 교차로의 여왕에 대해서는 신경도 쓰지 않았어.

아줌마가 죽을 때까지는.

결말을 미리 알려주는구나, 바보.

하지만, 구루. 그게 결말이 아니잖아.

누가 그랬는데…….

…… 릭샤꾼이었나? 아니면 땅콩 장수?

제발 좀 조용히 해줄래?

우린 구걸 행위 단속반이 떠서 숨어 있던 곳에서도, 매서운 추위에 뼈가 시리던 밤에 줄을 섰던 쉼터에서도, 람나바미*나 잔마슈타미**에 부자들이 나눠 주는 공짜 음식을 받으려고 길게 늘어섰던 줄에서도 교차로의 여왕은 한 번도 보지 못했어. 하지만 가슴 아픈 사연은 다 들어서 알고 있었지.

아줌마는 한때 여덟에서 열 집에서 요리사로 일했어. 남편은 알코올 중독으로 세상을 떠났고. 아줌마 아들은 열여덟 살 생일날 뭄바이 항구에서 두바이로 가는 화물선에 몰래 숨어들었지만 나이지리아에서 시신으로 발견됐지. 그 후 교차로의 여왕은, 낮에는 대학에서 공학을 공부하고 밤에는 가정교사 일로 돈을 벌던 딸에게 모든 희망을 걸었어. 그런데 어느 날 밤 그 딸이 걸어서 집으로 돌아오다가 남자 네 명에게 납치됐어. 남자들은 나중에 딸을 납치했던 장소에 도로 가져다 놨는데, 그땐 이미 딸의 육신이 수습 불가능할 정도로 훼손된 뒤였지.

딸을 화장할 때 교차로의 여왕은 화장용 장작더미에 직접 불을 붙였어. 타고 있는 장작을 집어 들어 딸의 영혼을 자유롭게 해줄 다른 사람이, 남자가 없었거든. 그 뒤 아줌마는 뜨거운 잉걸불을 맨손으로 뒤져서 죽은 딸의 타고 남은 뼛조각과 재를 모았어. 그것들을 작은 단지에 담아 바라나시로 가서 신성한 갠지스강에 뿌린 것도 아줌마였지.

교차로의 여왕은 자기 딸을 죽인 범인들을 경찰이 찾아줄 거라고 믿

* 라마 신의 탄생일.
** 크리슈나 신의 탄생일.

었어. 오랫동안 그렇게 믿었지. 아줌마는 신문 기자들과 인터뷰하고 티브이 방송에 출연해서도, 자기 딸은 엔지니어가 되려 했는데 이제는 절대로 그렇게 될 수 없는 운명이 되고 말았다고 하소연을 했어. 하지만 신문은 버려지고, 소들이 먹어버리거나 빗자루가 쓸어내버렸지. 100여 명의 사상자를 낸 폭탄 테러 사건이 티브이를 온통 차지하는 바람에 딸의 얼굴은 뉴스에서도 사라졌어. 경찰은 아줌마의 딸이 도덕적으로 해이하지 않았나 의심했어. 특정 시간 이후에 혼자 거리를 걷는 여자는 평범한 여자가 아니라고 생각했던 거지.

교차로의 여왕은 전에 일했던 여덟에서 열 개 가정의 요리사로 돌아갔어. 사모님들은 자기들의 언어로, 벵골어나 펀자브어나 힌디어나 마라티어로, "그런 비극이 자꾸 생기니 어떡하면 좋아, 아줌마"라고 말했어. 그러고는 아줌마에게 요리할 때 고추씨는 빼라고 지시했어. 아줌마가 자리를 비운 짧은 기간 동안 아기 혹은 할머니가 위산과다증에 걸렸다고 설명했고. "위산과다가 얼마나 심했는지 난 걔가 심장마비를 일으키는 줄 알았다니까." 그런데 교차로의 여왕이 요리한 모든 음식에서 딸의 시신을 태우고 남은 재 맛이 났어. 아줌마가 아무리 손을 빡빡 씻어도 연기와 불, 그리고 타는 살 냄새가 손에서 도무지 사라지지 않았지. 결국 아줌마는 쫓겨났어.

그때부터 아줌마는 교차로에서 지나가는 사람들에게 욕설을 내뱉기 시작했어. 모든 남자의 얼굴에서 딸을 죽인 살인범의 얼굴을 본 거지.

아줌마의 분노 덕분에 우리는 부자가 됐고.

누가 부자가 됐다고 그래. 그때도 우린 거지였고 지금도 거지잖아.

교차로의 여왕은 딸이 죽고 나서 1년을 더 살았어. 아니 2년인가? 우리처럼 집 없이 사는 사람들은, 세월의 흐름을 알게 하는 게 날씨 외엔 아무것도 없는 사람들은 시간을 알아내기가 어려워. 더구나 날씨도 조금 더 덥거나 조금 더 추울 뿐이지 1년 내내 비슷비슷하잖아. 우린 자기 생일이 언젠지도 몰라.

경찰이 승합차를 보내 아줌마의 시신을 수습해 갔어. 영안실에서 시신을 토막 내 강가 화장터에서 화장을 했다더라고. 나무가 타닥거리며 타들어서, 불길이 그 불쌍한 여자를 깨끗이 태워버리는 광경을 경찰이 모두 지켜봤대. 우린 아줌마가 마침내 평화를 찾았다고 생각했어.

충격적인 이야기라는 거 알아. 잠자리에서 부모님이 들려주는 옛날 이야기와는 차원이 다르지. 하지만 들어두는 게 좋아. 우리가 사는 세상이 어떤 곳인지 너희도 알아야 하니까.

강의 다 끝났냐?

어, 이런. 미안해, 정말.

교차로의 여왕이 죽고 나서 몇 달 동안은 그 아줌마 이야기를 별로 듣지 못했어. 그런데 그 이후로 계속 이야기가 들리는 거야.

교차로의 여왕이 제일 많이 찾던 교차로 옆에는 비와 매연과 비둘기 똥으로 덮인 반구형의 무덤이 있었어. 무덤 위에는 이름도 모를 가시 돋친 잡초가 무성했지. 교차로의 여왕이 생전에 고속도로에서 사람들을 향해 저주를 퍼붓다가 지치면, 다리가 후들거려 더는 서 있을 수 없게 되면, 그 무덤으로 가서 쉬었다고들 하더라고.

예전에는 도시 곳곳에서 온 불륜 남녀가 무덤 뒤로 사라져 오후 내내 머물다 가곤 했는데, 교차로의 여왕이 죽은 후로는 오래 머무르지 못하고 금방 떠나버렸어. 급히 자리를 뜨던 남자들 말로는 공기 중에 모래 알갱이 같은 것들이 있더래. 천둥 같은 목소리가 남자들을 혼냈고. 그러고는 죄를 짓던 순간을 상기시키는 냄새가 났다고 해. 화가 나서 던진 향수병이 깨지며 나는 향수 냄새나, 뒤집힌 달 접시에서 풍기는 아위 풀 냄새나, 감기 기운이 있을 때 아내가 가져다준 따뜻한 우유에서 피어오르던 강황 냄새 따위가 말이야. 그런데도 그들은 아내가 아닌 다른 여자와 그곳에 와서 또다시 죄를 짓고 있었던 거지. 그리고 공기 중에 전류가 흐르는가 싶더니, 갑자기 불끈 쥔 주먹이 그들의 뺨을 후려쳤대.

11월의 어느 날 저녁, 그들이 의심하던 것이 사실로 확인됐어. 여느 겨울날처럼 그날도 빨리 어두워졌지. 해가 지는 서쪽에는 아직도 붉은 기운이 남아 있었지만, 하늘은 검은 물감을 풀어놓은 것 같은 빛깔이었어. 집 안에서 남편들은 티브이 앞에 다리를 뻗고 앉아 위스키나 차를 홀짝이고 있었고, 아내들은 그날 저녁과 다음 날 점심에 먹을 오크라*를 썰고 있었지.

어느 교차로에서, 청년 여러 명이 탄 차가 속도를 줄이더니 인도를 걷고 있는 아가씨를 느릿느릿 따라가면서 타겠느냐고 물었어. 아가씨가 타지 않겠다고 했는데도 계속 따라왔지. 아가씨는 핸드백을 가슴에 꼭 끌어안고 휴대폰으로 친구한테 전화를 걸었어. "별일 아냐. 그냥, 어떤 남자들이 치근거려서." 아마 그 친구는 전화를 끊지 않고 계속 통화를 했을 거야. "내가 경찰에 신고해줄게"라고 말했을지도 모르지. 그러고는 '여성 긴급 전화'에 신고하려고 전화를 끊었을 거야. 경찰이 신문에 홍보하는 수신자 부담 상담 전화 있잖아. 그런데 아무도 전화를 안 받은 거야.

두파타**가 땅에 끌렸지만 아가씨는 그걸 들어 올리지 못했어. 손목을 조금이라도 움직였다가 맨살이 드러나면 남자들을 자극할까 봐 무서웠던 거지.

어쩌면 그 아가씨는 가장 가까이 있던 남자의 애프터셰이브 로션 냄새를 맡았을지도 몰라. 바람이 불어도 스타일이 흐트러지지 않게 젤을

* 아욱과 채소. 단면이 별 모양이어서 고명으로 많이 쓰인다.
** 주로 인도 여성이 착용하는 망토 형태의 스카프.

덕지덕지 바른 머리를 봤을지도 모르고. 어쩌면 자기가 아직 치르지 않은 시험이나 자신과 결혼하지 않은 남자, 자기 명의로 사지 못한 아파트와 자신이 영원히 낳을 수 없는 아이들에 대해 생각했는지도 모르고.

어쩌면 교차로의 여왕을 떠올리며 자기 엄마도 뜨거운 햇볕과 차가운 겨울비 아래서 교차로에 서 있을까 궁금해했을지도 몰라. 그러면 어린 동생들은 누가 돌보고 아버지에게 혈압약을 제때 복용하라고 말해주는 건 누가 할까 걱정했을지도 모르지.

그때 벼락같은 힘으로 뺨을 때리는 소리가 날카롭게 울려 퍼졌어. 머리에 젤을 바른 남자가 비명을 질렀지. 남자의 뺨이 빨개졌어. 자동차 와이퍼가 저절로 움직이며 창문을 미친 듯이 닦더래. 차 지붕엔 거대한 손 모양으로 움푹 팬 자국이 생겼고 말이야. 운전자가 가속페달을 밟았지만 차는 움직이지 않고 진흙탕에 빠진 것처럼 바퀴만 계속 헛돌았다고 하더라고.

남자들은 연달아 뺨을 맞고 주먹으로 얻어맞았어. 눈에 보이지 않는 손이 그들의 목을 졸랐지. 입에서 피가 터져 나왔고, 얼굴은 눈물과 콧물 범벅이 됐지.

미안해. 남자들이 아가씨에게 울면서 애원했어. 이것 좀 멈춰줘. 제발. 미안해.

바퀴가 앞으로 굴러가기 시작했어. 아가씨는 여전히 벌벌 떨면서 차의 미등 불빛이 사라지는 것을 지켜봤지. 그러고는 집으로 뛰어갔어.

자신에게 얼마나 엄청난 일이 일어난 것인지 깨달은 아가씨는 교차로의 여왕이 자기를 구해준 사연을 친구들에게 털어놨어. 친구들은 다른 사람들에게 말했고, 다른 사람들은 어느 상점 주인 앞에서 그 이야기를 했고, 그 상점 주인은 차이 장수에게 그 이야기를 전했고, 차이 장수는 우리가 아는 사람에게 그 이야기를 해줬지.

교차로의 여왕은 마치 여신처럼, 두르가마타처럼 숭배를 받아야 마땅하지만 다들 무서워해. 가끔은 밤에 교차로의 여왕이 우는 소리가 들리기도 하고, 오후가 되어 태양이 어떤 각도로 무덤을 비추면 교차로의 여왕이 남긴 눈물 자국이 보이지. 무덤을 찾는 사람은 거의 없어. 무덤 뒤쪽에서 포즈를 취하고 사진을 찍어서 친구에게 자랑하려는 사내애들만 가끔 갈 뿐이고.

그러나 이 도시의 어딘가에 사는 소녀가, 강 건너에 살거나 이 근처 동네에 사는 소녀가, 아니 이 나라의 모든 소녀가, 인적이 끊긴 길을 혼자 걸어가다가 두려움을 느끼는 순간이 있을 거야. 뒤에서 오토바이가 굉음을 내며 달려오거나, 또는 털이 북슬북슬한 손이 지프차에서 쑥 나오거나, 혹은 어딘가에서 남자의 땀 냄새가 나서 두려움을 느낄 수도 있겠지. 그럴 때 교차로의 여왕에게 도움을 청하면, 여왕의 정령이 나타나서 소녀를 도울 거야. 소녀를 괴롭히려던 남자는 소위 '참교육'을 받게 되는 거고.

교차로의 여왕은 이야기 속 주인공이 아니야. 실제로 살아 있는…….

…… 영혼이 살아 있다는 뜻이야.

교차로의 여왕은 살아서 아직도 딸을 죽인 놈들을 찾고 있어. 그리고 할 수만 있다면 이 도시의 모든 여자, 모든 소녀에게 이렇게 말할 거야. *두려워하지 마. 나를 생각해. 그러면 내가 네 옆에 있을게.*

네가 교차로의 여왕을 부를 필요가 없기를 바랄게. 아, 그런 일이 절대로 일어나지 않기를! 하지만 혹시라도 그런 순간이 오면, 그때는 교차로의 여왕이 반드시 너를 도와줄 거야. 우리 말 믿어도 돼.

이 이야기는 부적이야. 마음에 소중히 간직해.

정말 좋은 이야기였지? 좋았지? 안 그래? 가끔 너무 폭력적인 부분이 있긴 하지만 말이야. 이야기를 너무 오래 했는지 목구멍이 타들어가

는 것 같은데. 말라이*를 얹은 차이 한 잔씩 사줄래? 그리고 사모사**도 한 접시? 유령시장에서 파는 사모사는 여기서도 유명해. 사이좋게 나눠 먹을게. 나눠 먹을 거지, 친구들?

*   수제 크림.
**   감자와 채소, 카레 등을 넣어 삼각형 모양으로 튀긴 인도식 만두.

3주 전에 나는 그냥 학생이었지만…

…지금은 탐정이자 찻집 종업원이기도 하다. 엄청 바쁜데 파이즈는 자기가 훨씬 더 바쁘다고 한다. 내가 두타람 아저씨네 찻집에서 오늘처럼 일요일에만 일하기 때문이다. 그래도 일이 힘든 건 똑같다. 냄비 한 개를 닦는 데도 시간이 아주 오래 걸린다. 냄비 바닥에 차와 향신료와 설탕이 눌어붙어 있어서 끈적끈적하다. 계속 박박 문질러야 하는데 물이 얼음같이 차가워서 손이 얼 것 같고, 계속 쪼그리고 앉아 있으려니 다리도 아프다.

파이즈는 내 몸의 근육이 그런 상황에 곧 적응할 거라고 말한다. 오늘은 내가 찻집에 나와서 일하는 두 번째 일요일이다. 파이즈는 도둑은 벌을 받아 마땅하니까 아프다고 징징거리지 말라고 한다. 그래도 그 애한테 입 닥치라고 말할 수는 없다. 두타람 아저씨한테 나를 쓰라고 추천한 사람이 파이즈이기 때문이다. 파이즈는 내가 엄마의 파라슈트 기름통에서 비상금을 훔친 일이나 찻집에서 일하는 것을 파리를 비롯해 어느 누구에게도 말하지 않겠다고, 자기 아빠의 이름을 걸고 맹세했다. 파이즈의 아빠는 오래전에 돌아가셨지만 파이즈가 아직도 무서워하기 때문에, 나는 내 비밀이 안전하게 지켜질 거라고 굳게 믿는다.

냄비 닦기를 끝냈는데, 두타람 아저씨가 내게 일어나지 말라고 손짓하더니 사용한 차 여과기와 유리잔 몇 개를 건넨다. 두타람 찻집에 테이블이라곤 유령시장 골목에 내놓은 바퀴 달린 테이블 한 개가 전부지만, 차향이 어찌나 강한지 교장 선생님 사모님이 입을 블라우스를 만드는 양재사와 호로파 잎 가격을 놓고 흥정하는 손님들을 끌어들인다. 저 멀리 시장 반대쪽에 있는, 눈썹에는 항상 피가 튀어 묻어 있고 손톱 밑에 분홍색 살점이 껴 있는 정육점 주인들도 차향에 끌려 차를 주문할 정도다.

파리가 지금 내 모습을 보면, 이래서 우리나라가 미국이나 영국처럼 세계 최고의 선진국이 되지 못하는 거라고 말할 거다. 그런 나라에서는 어린이에게 일을 시키는 게 불법이다. 사실 그건 여기서도 불법이지만 다들 법을 어긴다. 가끔 파리가 파이즈를 고용한 사람들을 경찰에 신고하겠다고 위협하지만, 그러면 파이즈가 크게 화를 낼 걸 아니까 실제로 신고하지는 않을 거다.

나는 이 일을 하게 돼서 기쁘다. 파리와 내가 보라선 전철을 타고 여행한 날 쓰고 남은 돈 200루피는 파라슈트 기름통에 도로 넣어두었다. 그날은 우리가 신나는 모험을 한 최고의 날이었지만, 빨리 200루피를 벌지 않으면 내가 엄마의 비상금을 몰래 가져갔다는 걸 엄마가 알아차릴 것이다. 계산해보니 찻집에서 다섯 번만 일하면 그 돈을 벌 수 있었다. 하지만 근무 첫날이었던 지난 일요일에 두타람 아저씨는 자기가 약속한 40루피 대신 20루피만 주었다. 잔을 너무 많이 깼다는 이유로. 두타람 아저씨는 구두쇠다.

하지만 찻집 종업원 일은 탐정에겐 환상적인 잠복근무다. 소문과 증거를 수집할 수 있기 때문이다. 사람들은 차를 마시면서 세상 살기 힘들다고 불평을 해댄다. 바하두르의 엄마가 왜 자꾸 경찰을 귀찮게 하는지

161

모르겠다고, 경찰이 집마다 10루피씩 하프타를 올렸다고, 또 옴비르의
아빠에 대해서는 울기만 하면 아들이 돌아오느냐고 흉을 보며 투덜거린
다. 다들 실종 사건보다는 하프타의 인상에 더 화가 난 것 같다. 엄마는
마음의 평화를 위해서라면 10루피쯤 더 내는 것도 아깝지 않다고 하지
만, 마음이 그다지 평화로운 것 같지도 않다. 문 옆에 놓아둔 피난 보따
리에서 밀방망이와 로티 도마를 꺼내면서도 다른 물건들은 그대로 싸둔
것을 보면.

"야 이놈아, 왜 이렇게 오래 걸려?" 두타람 아저씨가 내 머리를 때리
려는데 내가 피하는 바람에 아저씨의 손이 스모그로 자욱한 공기를 때
린다.

내 설거지 실력은 루누 누나의 실력만큼 좋지는 않다. 하지만 찻집
손님들은 유리잔에 희끄무레한 손자국이 묻어 있어도 별로 신경 쓰지
않는다. 엄마가 보면 난리가 날 텐데.

설거지를 끝낸 다음에는 차와 비스킷을 손님들에게 나른다. 추워서
차이 한 잔 마시면 참 좋겠는데, 사장님은 아무것도 주지 않는다. 뛰어다
니는 중에 뜨거운 차가 찰랑거리며 내 손목에 튄다. 검은 코를 가진 갈
색 개가 발을 걸어 나를 넘어뜨리려 하더니, 재밌는지 씩 웃는다. 그러고
는 근처에 있는 사모사 수레 밑에 숨는다.

누군가가 내게 루누 동생이냐고 묻는다. 나는 얼굴을 보지 않고 내게
서 차이 잔을 받아 드는, 흙이나 페인트나 시멘트가 묻은 손만 보기 때
문에 누군지 알려면 고개를 들어야 한다. 루누 누나를 어디든 쫓아다니
는 여드름투성이 형이다.

"유명한 육상 선수잖아, 네 누나. 맞지?" 비웃는 어조가 아니다. 엄마
가 신들에게 기도할 때처럼 경외심이 가득한 목소리다.

"무슨 얘긴지 모르겠는데요." 내가 단호하게 말한다. 혹시라도 엄마

가 보고 있을지 몰라 다른 사람인 척하는 거다.

오후의 바쁜 시간대가 시작된다. 손님은 주로 거지들인데, 돈 있는 사람들이 점심으로 사 먹는 로티섭지[*]보다 차이가 훨씬 더 싸기 때문에 몰려드는 거다. 나는 그들에게 아이들을 납치해서 훈련시킨 다음 휴대 전화와 지갑을 훔치게 한다는 범죄 조직에 대해 물어본다.

"어린 것들이 영화를 너무 봐서 탈이야." 머리카락은 별의 꼭짓점처럼 삐죽삐죽 솟아 있고, 누렇게 변한 이는 물소 도사님의 뿔처럼 옆으로 혹은 뒤로 굽어 있는 거지가 말한다. "헛소리하지 말고 가서 차이나 더 가져와라."

꽃

일은 해도 해도 끝이 없다. 피곤하니까 성질이 나지만, 내 기분이 엉망이라는 걸 알아주는 사람은 아무도 없다. 지금쯤 경찰 놀이나 크리켓이나 비사치기를 하고 있어야 하는데, 이게 뭐 하는 짓인가 싶다. 엄마의 돈을 훔친 게 후회가 된다. 안 훔친 척하고 싶지만 파라슈트 기름통이 생각날 때마다 겨드랑이에서 땀이 흐르고 눈앞이 흐려진다.

저녁때쯤 파이즈가 헝겊으로 만든 마스크를 끼고 엄지손가락엔 밴드를 붙인 채 찻집에 나타난다. "생강을 써는데 칼이 너무 잘 들었어." 대수롭지 않다는 듯이 설명하더니, 잔을 씻고 있는 내 옆에 쭈그리고 앉는다.

"웨이터가 생강도 썰어야 돼?" 내가 묻는다.

"요리사가 병이 나서 다들 주방 일을 거들어야 했어."

오늘 파이즈는 고속도로 옆에 있는 식당에서 일했다. 트럭 운전사들

[*] 로티 빵에 감자와 호박 등을 넣고 만든 섭지 카레를 곁들여 먹는 요리.

이 점심과 저녁을 사 먹는 곳이다. 파이즈는 상처와 흉터를 팁처럼 모으고 있다. 오늘 나는 아무에게서도 팁을 받지 못했다. 찻집 손님들은 팁을 주지 않는다.

"저 개를 우리 수사 팀에 끼워줄까 생각 중이야." 사모사 수레 밑에 있는 개를 가리키며 내가 파이즈에게 말한다. "바하두르와 옴비르의 흔적을 찾는데 도움이 될 것 같거든."

파이즈는 마스크를 내려서 스카프처럼 목에 두른다.

"개들은 멍청해." 파이즈가 말한다. "개장수가 샴미케밥*을 들고 꾀면 좋다고 따라갈걸."

"개들은 범죄자의 발 냄새나 머리에 바른 코코넛 기름 냄새를 맡을 수 있어. 세상에 존재하는 10억 가지의 냄새들 가운데서 말이야." 내가 말한다. "네 코는 그런 일 못 하잖아."

"여기가 놀이터냐, 일터냐?" 두타람 아저씨가 내게 말한다. 억울하다. 말을 하는 동안에도 내 손은 쉴 새 없이 잔을 닦고 있는데. "이거 저기 저 손님들 갖다줘라." 두타람 아저씨가 차이 잔이 가득 든, 철사로 만든 쟁반을 가리킨 뒤 다시 빈 수레 주위에 서 있는 남자들을 가리킨다.

"제가 할게요." 파이즈가 말한다.

"그래." 두타람 아저씨가 말한다.

파이즈는 아침마다 찻집이 문을 열자마자 향수 냄새를 풍기며 나타나는 아름다운 여인에 대해 떠드는 남자들에게 차이 잔을 하나씩 건네준다. 남자들은, 엄마의 표현을 빌리면 "애들이 들으면 안 되는 말"을 하고 있다.

"두타람, 비용 줄이려고 애들을 고용하는 거야?" 키가 크고 가슴이

---

*   달걀과 병아리콩을 넣어 만든 인도식 미트볼.

우리 집 문보다 넓어 보이는 건장한 남자가 묻는다. 달걀과 기버터*를 먹고 매일 아침 체육관에 가는 레슬링 선수 같다. 그리고 아동 고용 행위를 경찰에 신고하는 사람인 것 같기도 하다.

레슬링 선수 같은 남자가 두타람이 마지못해 건네는 차이 잔을 받아들며 나를 유심히 본다. 그가 입고 있는 스웨터의 소매가 조금씩 올라간다. 털이 북슬북슬한 손목에 금시계를 차고 있다. 순금인지 도금한 것인지는 모르겠다. 털이 적고 살결이 흰 손목 안쪽에는 손톱에 긁힌 자국이 빨간 줄처럼 죽죽 그어져 있는데, 가장자리는 고름이 잡힌 듯 누런색을 띠고 있다. 아마도 자다가 모기에 물려서 박박 긁어댄 것 같다.

"일하기 힘들지 않니?" 레슬링 선수가 내게 묻는다. "저 아저씨가 괴롭히지 않아?"

"두타람 아저씨는 좋은 사장님이에요." 내가 말한다.

"이럴 시간에 공부를 해야지. 아니면 놀든가."

"공부도 해요."

"학교에 다니니?"

"그럼요."

"숙제도 꼬박꼬박하고? 아니면 밤까지 크리켓 같은 거 하면서 놀다 들어가나?"

교장 선생님도 아니면서 별걸 다 물어본다. 나는 고개를 가로젓는다. 그렇다는 의미일 수도 있고, 아니라는 의미일 수도 있다. 마음대로 생각하라지.

"초콜릿 먹을래?" 남자가 금시계를 찬 손을 바지 주머니에 넣으면서 말한다.

----

* 　인도 요리에서 자주 사용하는 정제 버터.

"아뇨, 괜찮아요." 내가 말한다. 낯선 사람에게서 사탕이나 초콜릿을 받아선 안 된다는 구루의 말이 기억난다.

"그래, 그럼." 남자가 말한다.

"자 이, 넌 내 찻집에서 일하잖니. 그럼 내 찻집이 네 게 된다고 생각하냐?" 레슬링 선수가 향수 여인에 대해 토론하는 남자들 쪽으로 어슬렁거리며 걸어가자 두타람 아저씨가 말한다.

"왜요, 사장님?"

"말한 그대로야. 저 친구는 고층 아파트에 사는 사람 밑에서 일하거든. 그래서 자기도 부자라고 착각하는 것 같단 말이지."

"무슨 일을 하는데요?" 내가 묻는다. 부자들 집에서 청소하고 요리하는 남자가 우리 동네에 있다는 얘기는 들어보지 못했다.

"그거야 나도 모르지." 두타람 아저씨가 말한다.

"어떤 아파트요?" 파이즈가 빈 쟁반을 두타람 아저씨의 테이블에 내려놓으며 묻는다.

"골든게이트. 엄청나게 크다더라. 한 집이 한 층을 다 쓸 정도로."

나는 눈이 휘둥그레져서 파이즈를 본다. 엄마는 고층 아파트에 사는 사람들에 관해 이런 놀라운 사실을 말해준 적이 한 번도 없다. 못된 사모님에 대해서 투덜거리기만 하지.

※

한 시간도 채 지나지 않아, 두타람 아저씨가 20루피를 건네면서 그만 가보라고 한다. 파이즈는 내가 항의하려는 것을 못 하게 막고 나를 끌고 간다.

"잔 안 깨뜨리면, 제대로 줄 거야." 파이즈가 말한다.

딱 한 개 깼다. 가격이 20루피나 하진 않을 텐데.

난카타이 쿠키를 한 개 훔치긴 했다. 두타람 아저씨가 나를 보지 않고 있는 것을 확인한 뒤, 과자 부스러기를 사모사 수레 밑에 숨어 있는 개에게 던져준다.

"야, 여기. 먹어." 내가 개에게 말한다. 개의 눈은 물기로 촉촉하고 다크서클이 있는 것처럼 눈가가 까맣다. 꼬리는 'C'자 모양으로 구부러져 있다. 몸 군데군데 털이 한 움큼씩 빠져 있고 갈비뼈가 다 드러나 있긴 하지만, 개는 나를 보고 웃으면서 과자를 순식간에 먹어치운다.

난카타이 부스러기를 조금씩 떨어뜨리면서 걸으니까 개가 핥아먹으며 나를 따라온다.

"저 개가 못된 정령이면 어떡하려고?" 파이즈가 묻는다.

못된 정령이라니, 이렇게 착한데.

"난 이 개랑 옴비르네 집으로 갈게." 내가 말한다. "넌 파리를 데리고 그리로 올래?"

"나, 네 조사원 아니거든. 명령하지 마."

"제발, 친구, 부탁이야." 내가 기도하듯 두 손을 합장하며 말한다.

"알았어." 파이즈가 말하지만 썩 내키지는 않는 것 같다. 파이즈가 갑자기 뛰어간다.

나는 개를 '사모사'라고 부르기로 결정한다. 사모사 수레 밑에서 살고 사모사처럼 좋은 냄새가 나기 때문이다.

사모사와 나는 많은 이야기를 나눈다. 사모사에게 현재까지의 수사 상황을 설명해준다. 우린 학교에 가야 하고, 해야 할 숙제도 있고, 어두워진 다음에는 밖에 있으면 안 되기 때문에 수사를 많이 하지 못했다. 쿼터가 술집에 가는 것을 두 번 미행하기는 했다. 그러나 쿼터는 술만 마셨지 의심스러운 행동은 전혀 하지 않았다. 다른 술꾼들과 달리 쿼터는 술을 마실수록 더 조용해졌다.

"그래서 네 도움이 필요한 거야." 내가 사모사에게 말한다. "옴비르와 바하두르가 어디로 갔는지 네가 냄새로 찾아줄 수 있잖아."

그 아이들의 냄새가 아직도 우리 동네에 남아 있는지, 혹시 새로운 냄새가 그 아이들의 냄새를 몰아낸 건 아닌지 잘 모르겠다.

사모사가 꼬리를 흔든다. 사모사는 파리보다 훨씬 더 유능한 조사원이 될 것이다. 사모사와 나만의 암호를 빨리 생각해 정해야겠다.

🐾

옴비르의 엄마는 문간에 앉아, 무릎에 앉힌 권투 선수 아기에게 노래를 불러주고 있다. 오른손으로 아기의 배를 어루만진다. 나는 뭐라도 좋으니 옴비르의 물건을 잠깐 봐도 되겠느냐고 묻지만 옴비르의 엄마는 "훠이, 훠이" 하면서 사모사와 나를 쫓아낸다. "더러운 개를 아기 옆에 데리고 오면 어떡해." 옴비르의 엄마가 말한다.

권투 선수 아기가 항상 화를 내서인지 옴비르의 엄마도 항상 화가 나 있다. 사모사는 더러운 개가 아닌데.

춤 못 추는 남동생은 보이지 않는다. 옴비르가 그랬듯이 다림질사인 아버지를 돕고 있는 게 틀림없다. 두 다리를 쭉 뻗어 차르파이에 올려놓고 앉아 있던 이웃집 할머니가 나를 부른다.

"착하기도 해라. 친구 걱정을 다 해주고." 할머니가 늙어서 그런지 갈라지는 목소리로 말한다.

"학교 조회 때마다 옴비르 형하고 바하두르를 위해서 기도해요." 내가 말한다.

사모사는 할머니가 앉아 있는 차르파이의 다리에 코를 대고 킁킁거리며 냄새를 맡고 있다. 암탉 한 마리가 놀라서 꼬꼬댁 소리를 내며 도망간다.

"너도 들었겠지만, 옴비르 아빠는 일을 그만뒀단다." 할머니가 말한다. "옴비르 사진을 들고 골목골목을 헤매고 있지. 옴비르 동생까지 데리고 말이야. 집에는 돈 한 푼 갖다주지 않고. 그럼 뭘 먹고 살겠니? 어떻게 먹고살겠어? 애 엄마는……." 할머니가 고갯짓으로 옴비르의 엄마를 가리킨다. "…… 자기가 일하러 나가야겠다고 하는데, 그럼 아기는 누가 보냐? 내가 봐주길 바라는 건가? 이 나이에?" 할머니의 목소리가 갈수록 높아진다.

옴비르 엄마는 아기의 언어를 써서 권투 선수 아기에게 뭐라 말하는 중이고, 아기는 주먹으로 엄마 머리카락을 잡아당기고 있다. 할머니는 계속 옴비르 아빠 흉을 본다. "돈을 얼마나 끌어다 썼는지, 아침마다 빚 갚으라고 깡패들이 찾아오더라." 할머니가 말한다. "그런데도 일할 생각은 안 하고."

슬픈 이야기지만, 나는 한 귀로 듣고 한 귀로 흘린다. 파이즈와 파리는 왜 이렇게 늦는 걸까?

"옴비르 아빠는 항상 끔찍한 일이 자신에게 일어날 거라고 믿었어." 할머니가 말한다. "일자리를 잃게 되고, 마누라와 자식들은 굶주리게 될 거라고 생각했지. 그리고 진짜 그런 일이 일어나고 있고."

"개가 어딨어?" 파리 목소리다.

"저기." 나는 차르파이 아래로 삐죽 나와 있는 사모사의 검은 코를 가리킨다.

파이즈는 내가 부탁한 대로 파리를 데리고 왔다. 파리는 책을 들고 있다. 잘난 척하는 아이라는 건 알고 있지만 이건 좀 심하다. 파리는 도서관에서 책을 100권 이상 읽은 사람에게 주는 녹색 카드를 갖고 있는 사람이 우리 동네에 자기밖에 없다는 걸 모두에게 자랑하고 싶어 한다. 파이즈와 나는 책을 한 권도 읽지 않았기 때문에 카드가 없다.

"저 집 식구들이랑 음식을 나눠 먹는 것도 한두 번이지, 언제까지 그럴 수 있겠니?" 할머니가 말한다.

"그만 좀 해요. 미치겠네, 진짜!" 옴비르의 엄마가 문간에서 할머니를 향해 소리친다. 권투 선수 아기가 엄마의 얼굴을 툭툭 치고 있다. "아주머니가 하는 말, 안 들리는 줄 알아요? 어젯밤에 로티 두 개 췄다고 곧 굶어 죽을 것처럼 말하지 마세요, 좀."

"요즘에는 친절을 베풀면 이런 식으로 갚는다니까." 할머니가 주름이 자글자글한 턱을 덜덜 떨면서 말한다.

"로티 두 개가 얼마나 한다고 그래요? 2루피?" 옴비르 엄마가 묻는다.

나는 조용히 일어서서 발뒤꿈치를 들고 파리와 파이즈에게로 걸어가 함께 그곳을 떠난다. 큰 소리가 나는 것을 듣고 사람들이 집에서 나온다. 사모사가 도망갈까 봐 걱정했는데, 내 옆에서 같이 걷고 있다.

"다 너 때문이야." 파이즈가 말한다.

"사모사가 바하두르와 옴비르를 찾아낼 거야." 내가 말한다.

"사모사?" 파리가 묻는다.

"이 개 이름이야."

"개한테 어울리는 이름을 지어줘야지. '모티'나 '히라' 같은." 파리가 말한다.

"개는 인간들이 뭐라고 부르든 상관 안 해." 파이즈가 말한다.

우리는 바하두르의 집에 도착한다. 여동생 바르카만 집에 있다. 바르카는 플라스틱 대야에 비눗물을 가득 채워놓고 빨래를 하는 중이다.

"바하두르 셔츠 한 장만 줄래?" 내가 묻는다. "안 빤 거면 더 좋고." 말하고 나니 되게 더럽게 들린다.

바르카가 물을 첨벙거려서 나는 조금 뒤로 물러선다.

"먼저 사모사가 바하두르 냄새를 맡아야 돼." 내가 파리에게 설명한다.

파리가 책을 펴고, 바하두르의 엄마에게 받은 바하두르 사진을 꺼내 바르카에게 보여준다. "이거 원래 있던 찬장에 도로 갖다 놓을게, 괜찮 지?" 파리가 말한다.

바르카가 고개를 끄덕이더니 일어서서, 입고 있던 남아용 청바지에 손을 문질러 물기를 닦는다.

파리가 조용히 집 안으로 들어가 책을 침대에 놓은 후 삐걱거리는 찬장을 열고 바하두르의 사진을 안에 집어넣는다. 그러고는 냉장고에 기대 세워놓은 바하두르의 책가방을 가리킨다. "내가 오빠한테 책을 빌 려줬거든." 파리가 바르카에게 말한다. "저 안에 있는지 볼게." 파리는 바하두르의 공책 한 권을 꺼내 내게 건넨다. 바하두르의 둥근 글씨가 검 은 선 위를 떠다닌다. 나는 사모사에게 공책을 내밀어 냄새를 충분히 맡 게 한다.

"뭐 하는 거야?" 바르카가 묻는다.

"너도 오빠가 돌아오길 바라지, 그렇지? 오빠 보고 싶지 않아?" 파리 가 묻는다.

바르카의 두 뺨 위로 눈물이 흘러내린다.

"울지 마, 바르카. 뚝." 파리가 말한다.

내가 공책을 파이즈에게 건네자, 파이즈는 공책을 문가에 놓는다.

"바하두르 어딨어?" 내가 사모사에게 묻는다. "찾아봐. 넌 할 수 있 어."

사모사가 멍멍 짖으면서 돌아서더니 냅다 달리기 시작한다. 나도 사 모사를 따라 달린다. 벽돌과 단지와 냄비를 뛰어넘어, 사람들이 어젯밤 에 추위를 피하려고 피웠던 모닥불의 잿더미를 뛰어넘어, 경중경중 달린다. 내가 얼마나 빨리 달리고 있는지 모르겠지만 루누 누나보다 더 빠른 것 같다. 차가운 바람이 뺨을 때리고 살갗을 찌른다. 폐에 공기가 모자라 숨이 차고 눈물이 찔끔 나온다. 그때 사모사가 집들 사이의 좁은 골목으로 숨어 들어가서 나는 속도를 줄인다.

파이즈가 씩씩거리며 뛰어온다. 나는 파이즈를 향해 손을 흔들며 소리친다. "빨리 와." 파리는 바르카를 달래주려고 남아 있는가 보다.

나는 돌아서서 사모사가 들어간 좁은 골목으로 따라 들어간다. 벽은 이끼와 흙으로 얼룩덜룩하다. 비틀거리면서 그 골목을 빠져나오자 곧이어 파이즈도 따라 나온다. 우리는 바닥에 주저앉아 입을 벌린 채 헉헉대며 숨을 몰아쉰다.

사모사가 우리 앞에 나타난다. 사모사도 숨을 헐떡거리고 있다.

"바하두르가 여기 있었어?" 내가 묻는다. 사모사가 짖는다. 그렇다고 말하는 것 같다. 파이즈는 목에 두른 천 마스크로 이마를 닦는다.

우리는 동네 끝에 와 있다. 우리 앞에는 학교 운동장보다 훨씬 큰 쓰레기장이 펼쳐져 있다. 바로 내 앞에서 한 남자가 유리컵에 담긴 물로 엉덩이를 닦고 있다. 분홍색 배에 흙을 잔뜩 묻힌 돼지들이 시커먼 쓰레기 속으로 뛰어드는 중이다. 엉덩이에 마른 똥을 묻힌 소들은 눈을 깜박거려 파리를 쫓아가며 썩어가는 채소를 씹고 있다. 개들은 쓰레기에 코를 처박은 채 뼈다귀를 찾아다니는 중이고, 어린아이들은 캔과 유리병을 열심히 찾아서 모으고 있다. 쓰레기에서 나는 악취를 줄이기 위해 불을 붙인 쓰레기 더미에서 연기가 피어오른다.

쓰레기 더미를 뒤지는 아이들을 보니 멘탈의 소년들이 떠오른다. 그 아이들도 플라스틱 병을 주워 모았지만, 쓰레기 더미가 아니라 선로에 서였다. 파리는 멘탈이 구루가 만들어낸 이야기 속 인물일 뿐이라고 말한다. 나는 아니라고 맞설 수가 없다. 도서관에서 받은 녹색 카드가, 파

172

리는 이야기 전문가라고 말해주고 있으니까.

나는 쓰레기장을 더 잘 보려고 일어선다. 사람들이 쓰레기를 갖다 버리기 전부터 이곳에서 살아온 키카르나무*들과 가시덤불이 안 됐다는 생각이 든다. 아직 살아 있는 나무도 있지만, 나뭇잎은 검댕이 묻어 까맣고 바람이 마기 국수 봉지와 비닐봉지를 나뭇가지에 붙여놓았다.

쓰레기장 너머에는 담이 있고 그 담 너머에는, 지금은 스모그에 가려져 보이지 않지만 고층 아파트 단지가 있다. 엄마는 그곳에 사는 부자들이 이 쓰레기장을 없애려 한다고 말한다. 악취 때문에 아파트값이 내려가기 때문이란다. 여러 해 전 고층 아파트가 들어설 때, 그러니까 내가 태어나기도 전에, 시 정부가 이 쓰레기장을 폐쇄하기로 약속했는데 이제껏 약속을 지키지 않았다는 것이다. 정부가 항상 우리만 무시하는 줄 알았더니 부자들을 무시할 때도 있나 보다. 참 희한한 세상이다.

"얘들아." 비디를 피우면서 쓰레기 더미를 뒤져 유리병과 플라스틱 병을 골라내고 있던 아저씨가 우리를 부른다. 고물 장수인 것 같다. 많은 고물 장수가 쓰레기장 근처에 살면서 집 옆에 플라스틱과 판지로 탑을 쌓아놓고 있다. 아저씨의 팔뚝에, 날개를 펼친 검은 앵무새 한 마리가 문신으로 새겨져 있다. 언제라도 하늘로 날아오를 것만 같다.

"저 개한테 물리면 야자나무만큼 긴 주삿바늘을 배에다 세 대는 꽂아야 할 텐데, 괜찮냐?" 아저씨가 비디의 빨간 끄트머리로 사모사를 가리키며 말한다.

사모사는 날 좋아하니까 절대로 물지 않을 거다. 그리고 사모사는 광견병에 걸리지 않았다. 미친개가 아니다.

"좀 피워볼래?" 비디를 우리에게 내밀며 아저씨가 묻는다.

---

* 중앙아시아 지역에 분포하는 나무로, 노란색의 둥근 꽃이 피며 나뭇잎에 가시가 있다.

"담배 피우면 엄마한테 혼나요." 파이즈가 말한다.

"사라진 애들 있잖아요. 바하두르랑 옴비르요. 여기서 본 적 있어요?" 내가 묻는다.

아저씨가 솜털 같은 턱수염을 긁으면서 말한다. "여기 애들은 툭하면 사라지는데. 본드 냄새를 잔뜩 맡고는 다른 데 가서 한번 살아보겠다고 떠나는 애들도 있고, 쓰레기 운반 트럭에 치여서 병원으로 실려 가는 애들도 있고. 또 경찰에 붙잡혀서 소년원으로 보내지는 애들도 있지. 그래서 우린 누가 사라졌다고 호들갑을 떨진 않는단다."

"우리도 호들갑 떠는 거 아닌데요." 내가 말한다. "친구들을 찾고 있는 거죠."

아이들 몇 명이 축 늘어진 배낭을 메고 쓰레기 속을 철벅거리며 걸어 아저씨에게로 오고 있다. 얼굴을 덮을 만큼 커다란 배낭을 머리에 이고 오는 남자아이도 보인다.

"오늘은 많이 모았냐?" 아저씨가 남자아이에게 묻는다.

"네, 대장님." 소년이 말한다.

집 없는 개 두세 마리가 아이들을 따라온다. 사모사는 네 발 달린 친구들을 향해 반갑게 달려간다.

"사모사, 돌아와." 내가 소리치지만 사모사는 돌아오지 않는다.

고물 장수가 비디를 비벼 끈다. 여자아이가, 옆구리가 터진 배낭을 열고 부서진 장난감 헬리콥터를 꺼낸다. "오늘은 이걸 주웠어요, 병 대장님." 여자애가 고물 장수에게 말한다.

병 대장, 멋진 별명이다. 사모사 말고 이렇게 멋진 이름을 생각해냈어야 하는데, 아쉽다.

지금 사모사는 다른 개의 똥구멍에 코를 대고 킁킁거리고 있다. 차마 눈 뜨고 볼 수가 없다.

다른 아이들도 배낭을 열고 주워 온 것을 병 대장에게 보여준다. 바하두르와 옴비르에 대해 내가 물어봐도 아이들은 대답하지 않는다.

병 대장은 헬리콥터를 넝마주이 소녀에게 돌려준다. "너도 장난감이 필요하잖아." 병 대장이 말한다.

소녀가 생긋 웃는다. 병 대장도 멘탈처럼 좋은 대장이고 좋은 사람인가 보다.

파이즈는 어둠 속을 돌아다니면서 어린이를 잡아가는 사람을 본 적이 있느냐고 소녀에게 묻는다. 정령 이야기를 하는 것 같다.

"우린 밖에서 자." 소녀가 파이즈에게 말한다. "부모님도 없고 집도 없거든. 그래서 우릴 납치하려는 나쁜 놈이 항상 있지만, 우리가 싸워서 쫓아내는 거야."

거짓말인 것 같다. 여자아이는 너무 작아서 심지어 개미도 그 아이를 무서워하지 않을 것 같다.

저녁 빛이 검붉은 색에서 갈색으로, 다시 검은색으로 금방 바뀐다. 주택가 쪽에서 저녁의 소리가 흘러나온다. 텔레비전이 떠들어대고, 장작불이 목을 간질여서 여자들이 기침을 한다. 곧 엄마가 퇴근할 것이다.

"사모사가 왜 우리를 여기로 데려왔을까?" 내가 파이즈에게 묻는다.

"바보라서?"

내가 사모사를 부른다. 사모사는 지금 쓰레기 속에 코를 박고 쿵쿵대는 중이다.

"그냥 내버려둬." 파이즈가 말한다. "배고픈가 본데."

나는 사모사가 조금 전에 난카타이 한 개를 다 먹었다는 걸 파이즈에게 말하지 않는다. 그걸 차라리 내가 먹었으면 배가 행복해하면서 조용히 있을 텐데.

넝마주이 소녀가 우리보다 앞서 달려간다. 입으로 윙윙 소리를 내면서 왼손으로는 헬리콥터를 쳐들고 오른손으론 빈 배낭을 들고 내달린다. 파이즈와 내가 소녀를 따라 달린다. 처음에는 우리가 승객이지만, 곧 우리도 두 팔을 벌리고 날기 시작한다. 우리는 하늘 높이 날아오른다. 고층 아파트 단지를 지나고 스모그를 지나서 높이높이. 그러다가 서로 충돌하지 않기 위해 빵빵 경적을 울린다.

　기분도 함께 난다.

루누 누나와 내가 숙제를 하고 있을 때…

…샨티 아줌마가 문을 두드리더니 눈과 눈썹을 움직여 엄마 아빠에게 밖으로 나오라는 신호를 보낸다. 아줌마는 엄한 표정을 지어서 우리에게는 일어나지 말라고 경고하고, 곧이어 어릿광대의 얼굴에 그려진 것과 같은 미소를 지어 보인다. 아줌마는 자기 얼굴한테 일을 너무 많이 시킨다. 그러고 나서 어른들은 밖에 모여 서서 손으로 입을 가린 채 작은 목소리로 이야기를 주고받는다.

바하두르와 옴비르가 돌아온 건지도 모른다. 파이즈와 내가 사모사를 따라 쓰레기장에 갔다가 빈손으로 돌아오고 나서 이틀이 지났다. 그동안 나의 수사는 완벽한 실패였다. 단서 하나 건진 게 없고, 유일한 용의자인 쿼터는 의심스러운 행동을 전혀 하지 않았다. 지금 내 이야기가 텔레비전 뉴스에 나온다면, 뉴스 진행자들은 "실종 어린이 수사가 난항을 겪고 있다고 어린이 탐정이 인정했습니다"라고 말할 것이다.

문 밖에서 아빠는 엄마와 샨티 아줌마처럼 부드럽게 말하려고 애쓰지만 성공하지 못한다. 루누 누나와 나는 아빠가 '란디'라는 나쁜 말을 쓰는 것을 듣는다. 누나는 못마땅한 표정으로 고개를 가로젓는다. 란디는 젊은 여자에게 할 수 있는 최고의 욕이다. 유령시장에 있는 성매매업소에서 일하는 여자라는 뜻이다.

성매매업소들이 있는 골목에 가본 적은 없지만, 시장에서 란디들을 본 적은 있다. 란디들이 차오멘과 차트를 사고 있었는데, 화장을 너무 두껍게 한 탓에 땀 흐른 자국이 흉터처럼 분명하게 보였다. 그 여자들은 젊은 남자를 보면 입으로 뽀뽀하는 소리를 내면서 간드러진 목소리로 말한다. "거기, 잘생긴 오빠. 이리 와서 그 바지 속에 숨겨놓은 것 좀 보여줘."

언젠가 엄마에게 성매매업소가 뭐냐고 물었더니, 엄마는 부끄러움을 모르는 여자들이 일하는 곳이라고 대답했다. 시장에 가도 그런 나쁜 곳에는 절대 가지 않겠다고 신에게 맹세하라고 해서 그대로 했다. 그리고 그 맹세를 잘 지키고 있는데, 왜냐하면 그런 곳 말고도 탐험할 곳이 너무나 많기 때문이다.

루누 누나가 일어나 가스레인지에 올려놓은 냄비 속 달을 젓는다. 달에 고기도 좀 넣으면 좋을 텐데. 고기는 몸에 근육이 붙게 해준다. 내가 커서 부자가 되면 사모사와 나는 삼시 세끼 양고기를 먹을 거다. 그리고 두뇌가 두 배나 명석해져서 경찰이 풀지 못하는 사건들을 모두 해결할 것이다. 오늘 밤엔 사모사가 뭘 먹고 있는지 궁금하다.

엄마가 집 안으로 들어오더니, 루누 누나 옆에 앉아 작은 공 같은 통밀 가루 반죽을 들고 납작하게 펴서 로티를 만든다. 엄마의 사리 끝자락이 가스레인지 불꽃에 너무 가까이 있다. 누나가 사리 자락을 들어 엄마의 속치마 속에 끄트머리를 넣고 여며준다.

"무슨 일인데, 엄마?" 누나가 묻는다.

그제야 나는 엄마의 눈에 눈물이 그렁그렁한 것을 알아차린다. 내가 파라슈트 기름통에서 돈을 훔친 걸 드디어 알았나 보다. 갑자기 토할 것 같고 똥도 마렵다.

내가 엄마에게로 기어간다. "왜 그래, 엄마?" 내가 묻는다.

"너." 엄마가 내 팔목을 꽉 움켜쥐면서 말한다. "사방팔방 돌아다니는 거 언제 그만둘 거야? 다들 우리가 너한테 신경을 전혀 안 쓴다고 생각하잖아."

내가 두타람 아저씨네 찻집에서 일하는 걸 동네 아줌마가 보고 엄마에게 말해준 게 틀림없다. 엄마는 내 손을 놓고 자기 이마를 때린다. "아, 신이시여. 어찌하여 저희를 이렇게 시험하십니까?" 엄마가 말한다.

엄마가 내가 아니라 신에게 말하고 있기 때문에 나는 가만히 있는다. 그런데 신에게는 엄마의 질문에 응답하는 것보다 더 중요한 할 일이 있나 보다.

"엄마, 무슨 일인지 말해줘." 루누 누나가 말한다.

"안찰." 엄마가 말한다. "안찰이 사라졌어."

"안찰이 누군데?" 내가 묻는다. 안찰이 성매매업소에서 일하는 여자라는 생각이 퍼뜩 든다. 그래서 샨티 아줌마가 엄마와 아빠를 따로 불러 내 얘기한 거다.

"안찰이 토요일에 집을 나가서 아직까지 돌아오지 않았대." 엄마가 말한다. "사흘 밤을, 아니 오늘까지 나흘 밤을 집에 안 들어온 거야."

루누 누나가 가스레인지에서 달을 내린다.

"넌 남자애들하고 어울려 다니고 그러지 않지?" 엄마가 누나에게 묻는다. 누나는 무슨 말인지 모르겠는지 아무 말도 하지 않는다.

"이 안찰이라는 애는 남자친구가 있대." 엄마가 말한다. 그러더니 나를 보며 날카롭게 한마디 한다. "자이, 넌 밖에 나가 있어."

"숙제해야 하는데." 나는 반항하면서도 일어선다. 비밀 이야기를 할 때 엄마 아빠는 누나와 나를 자꾸 밖으로 내보낸다. 여름에는 괜찮지만 비가 오거나 오늘처럼 추운 밤에 자식을 내쫓는 건 너무 잔인한 짓이다.

밖에서도 어른들의 이야기가 한창이다. 엄마는 내가 이런 얘기를 듣는 걸 원하지 않았을 텐데, 나를 쫓아내더니 쌤통이다.

"걔 남자친구가 거의 할아버지뻘이래." 한 아줌마가 말한다. "게다가 무슬림이라던데."

"엄마한테는 친구랑 영화 보러 간다고 했대. 그래놓고 무슬림 남자하고 어울려 다녔으니, 걔 엄마는 심정이 어떻겠어." 다른 아줌마가 말한다.

"행실이 그런 애니 남자친구를 몇이나 사귀었는지 알게 뭐야?" 또 다른 아줌마가 말한다.

성매매업소 여자들은 남자친구가 많기 때문에 성매매업소 여자가 됐나 보다.

"무슬림들은 우리 힌두 여자들을 납치해서 이슬람으로 강제 개종시키고 있어. 사랑의 성전聖戰을 벌이는 거지." 한 아저씨가 말한다. "폭탄 테러만 테러가 아니야. 이런 것도 테러지."

파티마 아줌마 같은 무슬림 이웃이 그 자리에 있었다면 이 아줌마 아저씨들도 이런 얘기를 할 수는 없었을 거다.

샨티 아줌마 남편이 우리 아빠한테 딸을 너무 믿지 말라고 경고한다. "부모에게 거짓말하고 엉뚱한 짓을 할 수 있거든. 루누한테 더 엄하게 해야 해." 그 아저씨가 말한다. "걔 육상 대회 나간다고 여기저기 다니잖아, 그렇지?"

"누나는 육상 대회 우승만 생각해요." 내가 말한다. "나중에 메달하고 결혼할 거니까, 아빠 지참금 준비 안 해도 돼."

"이놈! 누가 나오랬어?" 아빠가 묻는다.

"아빠 부인이 내 얼굴을 보고 싶지 않대." 내가 말한다.

아빠가 한숨을 쉬더니 손으로 나를 쿡쿡 찔러 집 안으로 들여보낸다.

루누 누나는 저녁을 먹을 수 있게 책을 옆으로 치워놓았다. 안찰의 할아버지뻘 무슬림 남자친구가 누군지 궁금하다. 우리 동네에 무슬림 할아버지는 많지만 내가 아는 사람은 전자 제품 수리점 아저씨뿐이다. 그 아저씨가 안찰의 남자친구일 리는 없는데, 아닌가?

엄마가 화난 표정으로 모두의 접시에 달을 덜어준다. 루누 누나에게 숨겨놓은 무슬림 남자친구가 있기라도 한 양 누나를 노려본다.

"아빠, 엄마가 또 드라마에 나오는 아줌마처럼 행동해."

엄마가 국자로 내 접시를 탁 때린다. 입 다물라는 뜻이다.

※

다음 날 오후까지 파리와 파이즈와 나는 어른들이 우리가 곁에 있다는 것도 잊은 채 주고받은 이야기들과 파이즈가 자기 몫의 섭지를 형들에게 양보한 대가로 입수한 정보를 통해서, 안찰에 대해 많은 것을 알게 된다. 안찰에 관한 소문은 저절로 우리 귀에 들어왔다. 보라선 전철을 타고 나가 수소문할 필요가 없었다. 바하두르와 옴비르에 대해서는 아는 사람이 거의 없었지만, 안찰은 유령시장 최고의 유명 인사다.

점심시간 동안 우리는 학교 운동장에 서서, 주변 여학생들에게 추파를 던지는 쿼터를 감시하고 있다. 우리 반 친구들은 재미있어 보이는 게임을 하지만 파리와 나는 실종 사건을 해결해야 하기 때문에 아이들과 함께할 수가 없다.

파리는 내가 지시한 대로 안찰에 관한 실종 사건 조서를 쓰고 있다. 완성된 조서는 〈경찰 순찰대〉에서 본 것만큼이나 훌륭하다.

성명: 안찰

아버지 성명: 쿠마르

나이: 19~22

인상착의: 여성. 키 165센티미터(더 작을 수도 있는데 그래도 160은 넘음). 둥근 얼굴에 여윈 몸매. 옅은 갈색 피부. 노란색 쿠르타를 입고 있음.

마지막으로 목격된 장소: 유령시장

나는 파리의 공책을 파이즈에게 건넨다. 파이즈는 눈을 가늘게 뜨고 조서를 읽은 뒤에 말한다. "안찰이 열아홉 살이라고? 스물세 살 아니면 스물네 살이라던데."

"그렇게 써놔야 전문가처럼 보이잖아." 내가 말한다.

"이게 안찰을 찾는 데 무슨 도움이 되는데?" 파이즈가 묻는다.

파이즈는 우리가 잘하고 있다는 걸 인정할 수 없는 모양이다. 사실 이 조서가 도움이 될지는 나도 잘 모르겠다.

"용의자 명단을 만들자." 파리가 파이즈에게서 공책을 휙 낚아채며 말한다.

"저 형이 1번 용의자야." 내가 눈짓으로 쿼터를 가리키면서 말한다.

"공중화장실에 모인 아줌마들은 안찰 아빠 욕을 했어." 파리가 말한다. "예전엔 자동차 운전기사 일을 했는데, 요즘에는 결핵인지 암인지에 걸려서 일을 못 한대. 그래서 안찰이 돈을 벌려고 온갖 일을 다 하는 거래. 성매매업소에서도 일하고."

파리가 펜으로 공책을 톡톡 친다. 자기만의 비밀 암호를 찍어서 우리의 생각을 머릿속에 집어넣고 있는 것 같다.

"파이즈, 수리점 아저씨에 대해 더 알아봐줄래?" 내가 묻는다.

"뭘 더?"

"예를 들면, 안찰과 아는 사이인가 하는 거."

"그 아저씨가 안찰의 무슬림 남자친구라고 생각하는 거야? 그럴 줄 알았다니까. 너희 힌두교도들은 무슨 일만 있으면 무슬림을 의심하더라."

"그 아저씨를 용의자로 보는 건 바하두르가 그 아저씨 가게에서 일했고 바하두르를 마지막으로 본 사람도 그 아저씨였을 가능성이 크기 때문이야." 파리가 말한다. "자이가 그런 말을 한 것에 다른 이유는 없어. 그렇지, 자이?"

"맞아." 나는 그런 생각을 해본 적도 없다.

"파이즈, 어차피 모스크에서 수리점 아저씨 볼 거잖아. 그러면 네가 일하는 식료품 가게 사장님한테 한번 물어봐. 그 아저씨 어떤 사람이냐고." 파리가 말한다. "유령시장에서 장사하는 사람들은 다 알고 지내는 사이거든."

"일하러 가서 물어봐도 되잖아." 내가 말한다. 나도 일요일마다 두타람 아저씨네 찻집에서 일하면서 정보를 수집한다고 말하려다가, 파리가 내 비밀을 모른다는 사실을 간발의 차이로 기억해낸다.

"자이랑 나는 성매매업소에서 일하는 여자들한테 안찰에 대해 물어볼게." 파리가 말한다.

"사모사도 데리고 가자." 내가 말한다.

"그럴 시간 없어." 파리가 말한다. "그리고 그 개는 계속 짖어서 사람들을 성질나게 만들 거야."

"야, 네가 야쿱 아저씨네 절름발이 말이냐? 왜 이렇게 느려?" 내가 겨우 두 걸음 뒤처져 있는데도 파리가 소리친다. 전력으로 달리니까 책가방이 자꾸만 다리를 때려서 아프다. 내가 이 어린 창녀 아가씨 실종 사건을 정말로 해결하고 싶은 건지 나도 잘 모르겠다. 잠깐 중단하고 놀거나 텔레비전을 보는 것도 좋을 것 같다. 오후 프로그램은 재미가 없지만, 적어도 리모컨을 두고 싸울 사람은 없어서 좋다. 오후에는 늘 엄마 아빠는 직장에 가 있고 루누 누나는 육상 훈련을 한다.

"넌 너무 쉽게 딴 데 정신이 팔리는 것 같아." 파리가 말한다. "어떻게 그렇게 집중력이 없냐. 키르팔 선생님 말씀이 하나도 틀린 게 없네. 시험 칠 때도 문제 하나 보고는 파리나 비둘기나 거미를 쳐다보느라 정신이 팔려서 시험 보고 있다는 것도 잊어버리니까 점수가 늘 그 모양이지."

달리니까 숨이 차서 말을 할 수가 없다. 지구상의 어떤 탐정도 나처럼 달릴 일은 없을 것이다. 다행히 나는 달리기에 적당한 옷을 입고 있다. 브욤케시 박시는 흰색 도티를 입고 범죄에 맞서 싸운다. 도티는 정말 최악이다. 쉽게 풀려 벗겨지는 탓에 시장 한복판에서 자칫 팬티 바람이 되기 쉽다. 그러면 다들 비웃을 거다. 내가 쫓고 있는 범죄자조차도 말이다. 내 바지가 비록 짧고 낡긴 했어도, 적어도 나쁜 놈들과 주먹다짐을 하는 도중에 벗겨질까 봐 걱정할 일은 없다.

성매매업소가 있는 골목은 좁은 길 양편으로 곧 쓰러질 것 같은 건물들이 줄지어 서 있다. 건물마다 1층에는 방수포와 페인트, 그리고 파이프와 양변기를 파는 가게들이 있다. 한 간판에는 울퉁불퉁한 근육을 가진 남자가 기타를 든 가수처럼 PVC 파이프를 들고 힘을 주며 이두박근을 자랑하고 있다. 그의 입은 커다란 말풍선을 불고 있고 말풍선 속에는 '강하다!'라고 적혀 있다. 또 다른 간판에는 큰 글씨로 '철물점'이라고, 작은 글씨로는 '페인트공, 목수, 배관공 상시 대기'라고 적혀 있다. 너무 재미없는 가게들만 있어서 심지어 파리들도 여기엔 얼씬도 하지 않을 것 같다. 가게들 위 2층에서는 창녀들이 창밖으로 윗몸을 내민 채 손뼉을 치면서 행인들을 향해 휘파람을 불고 있다. 파리가 킥킥거린다. 이럴 때 킥킥거리다니 무척 용감하다고 생각하면서 얼굴을 보니, 너무 긴장해서 웃고 있다는 걸 알겠다. 그런 사람들이 있다. 루누 누나도 아빠한테 혼날 때 바보같이 실실 웃는다.

날이 춥고 스모그가 자욱하지만, 창녀들은 사리는 안 입고 속치마 바람으로 블라우스만 걸쳤다. 입술은 피보다도 빨갛고 목에는 반짝이는 금이나 은으로 된 목걸이를 하고 있다.

"안찰이 여기서 일해요?" 올라간 셔터 밑에 쳐놓은 빨랫줄에다 빨래를 너는 중인 여자를 올려다보며 파리가 묻는다. 파리는 자기가 하는 말이 가게 주인들 귀에는 들어가지 않고 곧장 여자 귀로 갈 수 있게 두 손을 입에 대고 터널을 만들어 말한다. 여자가 창문 밖으로 몸을 내밀고 내려다보면서 묻는다. "누구니, 너희들?"

파리가 나를 본다. 우리가 탐정이라고 말하면 여자가 코웃음을 칠 것 같다.

"어린 것들이 여긴 무슨 일로 왔냐?" 손가락마다 반지를 낀 남자가 우리에게 묻는다. 그는 가게 카운터 앞 낮은 걸상에 놓인 통 속 물을 머그잔에 따르는 중이다.

"일이 있어서 왔죠." 파리가 말한다.

누가 내 볼을 꼬집는다. 어떤 아가씨가 채소가 가득 든 장바구니를 들고 있다. 민소매 셔츠를 입고 있어서 손에 닭살이 돋아 있다.

"애들은 이런 데 오는 거 아니야." 아가씨가 말한다. "엄마가 여기서 일하니?"

"바산티, 이렇게 일찍 매력을 다 써버리면 안 돼." 반지의 제왕 아저씨가 말한다. "특별한 손님을 보내줄 테니까 기다려."

아가씨가 우리를 향해 웃으면서 손을 흔든다. 금색 샌들이 땅바닥을 찰싹찰싹 때린다.

"너희들, 사라진 아가씨에 대해 묻던데." 아저씨가 파리에게 말한다. "네가 하는 말 다 들렸거든. 안찰을 어떻게 아니?"

"우리 선생님이에요." 파리가 말한다.

말도 안 되는 거짓말이다. 창녀가 수학이나 과학이나 사회를 가르친다고?

"내가 아는 안찰은 교사가 아닌데." 아저씨가 말한다. 그런 다음 물을 한 모금 입에 머금고 가글을 하더니 뱉지 않고 삼킨다.

"도서관이 어디 있어요?" 파리가 아저씨에게 묻는다.

"너도 알잖아." 내가 말한다.

"이 골목에도 도서관이 있어." 파리가 나를 옆으로 밀치면서 말한다.

아저씨는 목을 쭉 빼고 눈을 감더니 머그잔에 있는 물을 얼굴 위에 쏟고 나서 손등으로 얼굴을 훔친다.

"왼쪽 세 번째 건물." 아저씨가 말한다. "계단으로 올라가라. 지금 누가 있을지는 모르겠네. 보통 오후 늦게 문을 열거든."

"우리가 확인해볼게요." 파리가 말한다. "혹시 쿼터라는 청년을 아세요? 촌장 아들인데요."

"너, 질문 참 많이 하는구나." 아저씨가 말한다.

"본 적 있어요?"

"어느 성매매업소에서 일하냐? 몇 호?"

"성매매업소에서 일하는 사람 아닌데요."

"여기 오는 남자들한테 이름을 물어보진 않아. 도와줄 뿐이지. 그러고서 돈을 받고. 그뿐이야."

계속 듣고 있자니 점점 더 기분이 나빠져서, 나는 재빨리 자리를 뜬다. 이번에는 파리가 순순히 나를 따라온다.

"네가 다니는 도서관, 파이즈가 다니는 모스크 근처에 있지 않아?" 내가 묻는다. "어떻게 여기까지 왔지?"

"걸어왔겠지." 파리가 말한다. "릭샤를 타고 왔거나."

파리는 잘난 척하는 표정을 짓고 있다. 시험 답안지를 작성하면서 짓는 표정과 똑같다. 그럴 때면 파리는, 내가 흘끔 보기라도 하면 자신의 멋진 답안을 베낄까 봐 겁이 나는지 두 손으로 답안지를 가린다.

우리는 반지의 제왕 아저씨가 알려준 도서관 건물 앞에서 걸음을 멈춘다. 허름한 나무 계단이 퀴퀴한 냄새가 나는 어둠 속으로 구부러지며 올라가고 있다.

"이 도서관은 성매매 여성의 자녀들을 위한 거야. 우리 도서관 선생님들이 1주일에 몇 번씩 여기 와서 가르쳐." 파리가 말한다. "선생님들끼리 하는 얘기 들었어."

"그렇지. 이런 건 조사원이 알고 있어야 하는 일이지." 내가 말한다. "수고했어."

파리가 내 팔을 찰싹 때린다.

우리는 계단을 올라간다. 녹색 페인트가 칠해진 양쪽 벽에는 군데군데 페인트가 벗겨진 곳도 있고, 판을 씹고 뱉은 침 때문에 갈색으로 변한 곳도 있다. 왼쪽 눈가로 그림이 들어온다. 남자의 성기가 여자의 입을 향해 권총처럼 겨누어진 그림이다. 그 그림을 덮으려고 누군가 남자의 성기 위에 낙서를 해놓았는데, 효과는 별로 없다. 나는 웃지 않는다. 파리가 보면 싫어할 게 분명하니까.

2층으로 올라가 방에 들어간다. 사방의 벽에는 어린이들이 그린 것 같은 오렌지색 사자와 초록색 낙타와 파란색 코코야자 그림이 있다. 어쩌면 지금 바닥에 앉아서 그림을 그리고 책을 읽는 중인 아이들의 작품인지도 모른다.

"파리, 여긴 어쩐 일이야?" 젊은 아가씨가 깜짝 놀라 소리친다.

"선생님 만나러 왔어요." 파리가 말한다. "여기 계신다고 해서요."

"아샤가 여기로 가보라던?"

"아뇨, 다른 사람한테 물었더니 오늘은 이 도서관에 계신다고 했어요. 여기 좋은데요, 선생님. 우리 도서관보다 좋아요."

나는 벽화 속 사자의 털북숭이 꼬리에 등을 기댄다. 오늘은 앞머리를 올려 핀을 꽂지 않아서, 파리는 앞머리가 이마를 덮은 채다. 눈이 가려져 있는 탓에 거짓말이 술술 나오는 자신의 입을 그 애가 부끄러워하는지 어떤지 알 수가 없다.

"여긴 어린이가 있을 곳이 못 돼." 선생님이 말한다. 청바지에 빨간색 스웨터를 입고 있다. 하지만 선생님은 말실수를 했다는 걸 금방 깨닫는다. 바닥에 앉아 있는 어린 여자아이 두 명이 고개를 들어 선생님을 바라본다. '그럼 우리는 왜 여기에 있는 거예요?'라고 묻는 것 같다.

"밖에서 얘기하자." 선생님이 파리에게 문을 향해 고갯짓을 해 보이며 말한다. 나도 따라 나오라는 것 같다. 우리는 순순히 선생님을 따라 층계참으로 나간다. 층계참은 안 그래도 비좁은데 선반까지 있어서 더 좁다. 선반에는 빈 플라스틱 병, 밧줄, 뚜껑이 있는 페인트 통 들이 놓여 있다. 천장에는 거미줄이 쳐져 있다.

"너희들이 여기 온 걸 부모님이 아시니?" 선생님이 묻는다.

어린이 탐정에게는 이게 제일 큰 문제다. 브욤케시 박사나 셜록 홈스에게 부모님에 대해 묻는 사람은 아무도 없을 것이다.

"네, 선생님. 안찰 이야기, 들으셨어요?" 파리가 묻는다. "안찰이 누군지 아시죠?"

"응. 실종됐다는 얘긴 들었어."

"제가 바하두르와 옴비르 얘기 했던 것도 기억하시죠?" 파리가 말한다. "실종된 우리 친구들이요. 안찰처럼."

"네 친구들하고는 관련 없을 거야." 선생님이 말한다. "안찰은 나쁜 사람들하고 어울렸거나, 있어서는 안 될 시간에 있어서는 안 될 장소에 있었을 거야. 지금 너희들처럼." 선생님이 파리의 두 어깨를 꽉 잡고 흔든다. "이런 델 돌아다니다니, 도대체 뭐 하는 거니? 이런 곳엔 가지 말라고 부모님이 분명히 말씀하셨을 텐데."

"안찰을 마지막으로 보신 게 언제였어요?" 파리는 선생님이 입에 거품을 물고 있는 걸 못 본 척하고 묻는다. "사라지던 날 밤에 여기 왔어요? 친구 만난다고 나갔다는데 안 만났대요."

"안찰은 성매매업소에서 일하지 않아." 선생님이 눈을 내리깔고 울상을 지으며 말한다. "우리 도서관엔 딱 한 번 왔었어. 네가 다니는 도서관 말이야, 파리. 여기가 아니라. 영어 공부를 하고 싶다면서 책을 빌려달라고 하더라. 안찰을 만난 건 그때뿐이었어."

"창녀가 아니에요?" 내가 묻는다. 파리가 내 팔을 꼬집는다. 어찌나 세게 꼬집는지, 파리의 손톱이 내가 입고 있는 스웨터와 셔츠를 뚫고 내 피부에 닿을 수 없다는 걸 아는데도, 진짜 아프다.

선생님도 나를 꼬집고 싶은 것처럼 내 얼굴을 노려보며 말한다. "얘는 누구니?"

"바보예요." 파리가 말한다.

"다시는 여기 오지 마라, 알겠지?" 선반에서 비어져 나온 나무 가시를 떼어내면서 선생님이 말한다. "이제 집에 가고."

우리는 작별 인사를 한 후 계단을 뛰어 내려온다. 발이 미끄러지려 할 때도 벽에 손을 대지 않는다. 밖으로 나와보니, 골목은 릭샤와 자전거와 소형 오토바이를 타고 온 남자들로 북적거린다.

"수리점 아저씨가 여기 왔었는지 알아봐야 하지 않을까?" 내가 묻는다.

"저 선생님은 거짓말을 하지 않아." 파리가 말한다. "안찰이 성매매 업소에서 일하지 않는다고 말했으면, 창녀가 아니라는 얘기야."

"그럼 안찰은 뭐 하는 여잔데?" 내가 묻는다.

"안찰의 이웃들을 만나보자. 이웃들이 알겠지."

좋은 생각이다. 내가 먼저 생각해냈어야 하는데, 분하다.

"야, 이 새끼야. 어디서 사진을 찍고 지랄이야." 창녀가 휴대전화를 들고 자기를 보는 소년을 향해 소리친다. 그와 동시에 슬리퍼 한 짝이 날아와 소년의 머리를 맞힌다. 소년이 창녀를 향해 슬리퍼를 도로 던진다. 자동차에 타고 있던 남자들이 고개를 내밀고 휘파람을 분다.

파리가 내 팔꿈치를 잡는다. 군중 속을 빠져나오는 것이 두 다리에 무거운 것을 매달고 수영하는 것만큼이나 힘들다. 그러고 보니 수영한 지도 굉장히 오래된 것 같다. 외가댁이 있는 마을에는 우리가 수영할 수 있는 연못이 몇 개 있는데, 문제는 물소들과 같이 놀아야 한다는 거다.

❀

나는 집에 오자마자 교복을 벗고 집에서 입는 옷으로 갈아입는다. 그러고는 국어 교과서를 가지고 바닥에 앉아서, 내일까지 외워야 하는 시에 밑줄을 친다. 왜 달이 어떤 날에는 반으로 잘리고 다른 날에는 완벽한 원이 되는지 그 이유를 알고 싶다는 내용의 시다. 시의 정말 안 좋은 점은 질문만 하고 대답은 하지 않는다는 거다.

루누 누나가 문을 활짝 열어젖히고 안으로 들어온다. 스웨터를 뚤뚤 말아 손에 들고 있고, 머리카락은 땀에 젖어 있으며, 셔츠 겨드랑이 부분에 누런 땀 얼룩이 보인다. 누나는 나를 발로 차서 집 밖으로 내쫓고 옷을 갈아입더니, 동네 친구들과 수다를 떨러 나간다. 누나는 나보다 공부를 더 안 한다.

"걔가 계속 너를 보더라." 누나 친구가 누나에게 말한다. 여드름투성이 형이나 쿼터 이야기를 하는 것 같다. 지나가는 여학생을 쳐다보는 게 취미인 쿼터가 루누 누나를 쳐다보는 걸 나도 본 적이 있다.

엄마 아빠가 퇴근하자, 엄마가 일하는 집 사모님에게서 얻어 온 빈디바지* 냄새가 집 안에 풍기기 시작한다. 참고 기다리기 힘들 정도로 너무 먹고 싶다. 빈디바지가 들어 있는 플라스틱 그릇에 코를 갖다 대고 킁킁거리다가 엄마에게 뒤통수를 얻어맞는다.

"자꾸 뒤통수를 때려서 나 바보 만들고 싶어?" 내가 말한다.

"자이, 친구 왔는데." 누나가 밖에서 소리친다.

파리가 무슨 거짓말을 해서 밤마실을 허락받았나 궁금해하면서 뛰어나간다. 그런데 파리가 아니다. 파이즈와 타리크 형이 집 앞에 서 있다.

"오늘은 일이 빨리 끝났네." 내가 파이즈에게 말한다.

"완전 자기 마음대로야." 파이즈가 식료품 가게 주인 흉을 본다. "어느 날엔 9시에 문 닫고, 또 다른 날은 12시에 닫고."

지금은 나도 일을 하기 때문에, 우리 같은 직원들은 사장님 시계에 맞춰 움직여야 한다는 사실을 잘 알고 있다.

타리크 형이 나를 보며 싱긋 웃는다. 웃으니까 샤룩 칸**처럼 보조개가 생긴다. 회색 긴소매 셔츠에 검은 바지를 입고 두꺼운 벨트를 차고

---

*　오크라를 비롯해 각종 채소를 매콤한 반죽에 버무려 튀긴 음식.
**　'발리우드의 왕'이라 불리는 인도의 유명 영화배우.

있어서 진짜 영화배우 같다.

"잘 있었어?" 타리크 형이 묻는다.

"응, 형. 잘 있었어." 내가 말한다.

"파이즈가 저녁 먹다가 갑자기 너한테 할 말이 있다고 만나야 한다잖아." 타리크 형이 말한다. "그래서 산책도 할 겸 따라왔지. 너도 휴대폰 사야 할 때가 된 것 같다, 안 그래? 그럼 아무 때나 통화할 수 있잖아. 한밤중에도 말이야. 다음 날까지 기다릴 필요 없이. 좋은 가격에 개통해줄게, 자이. 내가 직원이니까 직원 할인을 받으면 더 저렴하게 살 수 있어."

"형, 입 아프게 광고할 필요 없어. 자이는 단돈 5루피도 없는 애야. 애 덕분에 커미션 챙기는 건 꿈도 꾸지 마."

타리크 형이 웃는다.

"엄마가 휴대폰 안 사준대." 내가 말한다.

"언젠가는 사주시겠지." 타리크 형이 말한다. "그때 나를 기억하라고."

"나도 말 좀 해도 돼?" 파이즈가 묻는다. 타리크 형은 "미안, 미안"이라고 말하더니 우리에게서 떨어져 골목을 어슬렁거린다. 루누 누나는 나를 바보 취급하지만 타리크 형은 파이즈를 바보 취급하지 않는다.

"아까 수리점 아저씨 만났어." 파이즈가 말한다.

"모스크에서?"

"야, 나 오늘 일하는 날이잖아. 일 끝나고 나서 내가 수리점으로 찾아갔지. 바하두르와 같은 반이라고 했더니 지난주에 오래된 티브이 뒤에서 바하두르가 숨겨놓은 코끼리 인형을 찾았다고 하더라고. 그리고 현금 봉투도."

"코끼리 인형?"

"파란색과 오렌지색이 섞여 있는 거래. 바하두르 진짜 바보 같지 않냐? 근데 들어봐. 수리점 아저씨 말로는 그 봉투에 자기가 바하두르에게 준 돈이 다 들어 있는 것 같더래. 바하두르가 그 봉투를 거기다 숨겨둔 게 틀림없어. 집에 가져갔으면 주정뱅이 라루가 찾아내 몽땅 술 사는 데 썼을 테니까. 지금 갖고 가도 그럴걸, 아마. 그래서 수리점 아저씨는 찾아낸 걸 전부 바하두르 엄마한테 줬대."

"바하두르가 우리가 생각하는 것처럼 가출을 한 거라면, 그 돈을 갖고 갔겠지."

"수리점 아저씨도 그렇게 말했어. 바하두르가 그 돈을 잊은 게 아니라면."

"돈을 숨겨놓고 잊어버리는 사람이 있을까?" 내가 묻는다.

"아무도 없지." 파이즈가 말한다. "백만장자라도 돈 숨긴 건 못 잊어."

우리는 잠시 동안 아무 말 없이 각자의 생각에 열중한다. 부부가 싸우는 소리, 크게 틀어놓은 텔레비전 소리, 아기의 울음소리 등 동네의 소음이 그 침묵을 채운다.

그때 누군가 비명을 지른다. 깜짝 놀라 내 무릎이 서로 맞부딪친다. 알고 보니, 타리크 형이 골목에서 다른 소년 두 명과 크리켓을 하면서 지르는 소리다. 배트 대신 교과서를 들고 작은 플라스틱 공으로 경기를 하고 있다. 파이즈가 내 곁을 떠나 그 무리에 끼더니 곧장 위켓키퍼*를 맡는다. 타리크 형이 공을 회전시킨다. 커브볼이다. 타자가 배트 대신 휘두른 책의 가장자리가 공을 맞히자, 공이 툭 튀어 나가 파이즈의 두 손으로 쑥 들어간다.

"아웃!" 파이즈가 외친다. 파이즈와 타리크 형이 하이파이브를 한다. 형제가 어쩌나 환하게 웃는지, 집집마다 밖에 걸어놓은 전구의 조마조

---

*　　야구의 포수와 같은 포지션.

마한 불빛 속에서도 이가 반짝이는 게 보인다.

　루누 누나는 나와 크리켓을 하지 않는다. 가끔 나를 자극해서 달리기 시합을 하기는 한다. 하지만 내가 질 게 100퍼센트 확실한 경기는 재미가 없다.

　"자이, 이리 와서 같이하자." 타리크 형이 부른다.

　"자이, 저녁 다 됐어. 엄마가 들어오래." 루누 누나가 말한다.

　누나는 내 행복의 파괴자다.

다음 날 학교 수업을 마치고 나와보니…

…동네의 모습이 스모그 속으로 사라지고 있다. 지붕에 방수포를 덮고 그 위에 펑크 난 자전거 타이어와 벽돌과 부서진 파이프 따위를 얹어놓은 집들 위로 어두운 구름이 퍼져 있다. 엄마 아빠의 침대에 담요를 덮고 누워 텔레비전이나 보면 딱 좋을 날씨다. 그러나 나는 추위에 떨면서도 수사를 하고 있다. 포기하고 싶지만 포기하자고 파리에게 말할 수가 없다. 파리는 해결이 불가능한 수학 문제를 풀 때처럼 수사에 몰두하고 있다. 뭔가를 계속 공책에 적으면서 잉크를 펑펑 써댄다. 그런 파리에게 질 수는 없다.

우리는 안찰의 집을 찾아간다. 파이즈가 가게 주인들에게 물어서 안찰이 사는 곳을 알아냈다.

"발표 준비는 언제 하냐?" 파리가 투덜댄다. 겨울철 채소와 과일 사진을 모아 오라고 키르팔 선생님이 숙제를 내줬는데, 집에 신문이나 잡지가 있는 아이가 없어서 숙제를 해 오는 애는 없을 거다.

"공부하고 싶으면 집에 가서 공부해." 파이즈가 말한다. "안 갈 거면서. 탐정 놀이 좋아하잖아."

"놀이라니. 우리 놀이하는 거 아니거든." 파리가 말한다. "이건 심각한 일이야. 사람의 목숨이 위태롭다고."

"못된 정령에게서 사람 구하는 건 넌 못 해." 파이즈가 말한다. "퇴마사만 할 수 있지."

"퇴마사도 하면 되지." 내가 말한다.

파이즈가 눈길로 내게 펀치를 먹인다. "정령과 싸우려면 쿠란 구절을 낭송해야 돼. 하나라도 틀리면 정령이 널 죽일 거야. 그래서 훈련받은 사람들만 할 수 있는 거야."

"벵골인은 훈련을 받았겠네." 내가 말한다.

"힌두교도가 쿠란을 어떻게 아냐? 정령은 또 어떻게 알고."

파리가 이를 악문다. 우리가 정령 이야기나 하고 있어서 짜증이 난 거다.

안찰이 사는 골목의 집들은 견고한 벽돌집이다. 이층집도 몇 채 있다. 집 뒤에 화장실도 따로 있을 것 같다.

우리는 벽돌에 걸터앉아 그릇을 씻고 있는 아줌마 옆에서 걸음을 멈추고 안찰의 집을 묻는다. 아줌마가 비누 묻은 손가락으로 한 집을 가리킨다. 그 집 문간에서 수염이 있는 염소 한 마리가 우리를 보며 "매애" 하고 운다.

파리가 시든 나뭇잎을 주워 염소에게 먹인다. 염소가 나뭇잎을 씹을 때마다 목에 달린 방울이 딸랑거리는데 너무 시끄럽다. 우리랑 나이가 비슷할 것 같은 남자아이가 문간으로 나오더니 염소를 무릎으로 밀어낸다. 스웨터처럼 두꺼운, 빨간색과 흰색이 섞인 체크무늬 셔츠를 입고 있다. 뭘 얼마나 잘 먹는지 둥글넓적하고 피둥피둥 살찐 얼굴이다.

"왜?" 소년이 묻는다. 고속도로에서 트럭이 시끄럽게 경적을 울린다.

"여기 안찰 언니네 집 맞니?" 파리가 말한다.

"지금 없는데. 누구야, 너희?"

"안찰 언니가 우리 친구들을 아는지 알아보려고 왔어. 바하두르와 옴비르라는 친군데, 그 아이들도 실종됐거든." 파리가 말한다.

"그 얘긴 나도 들었어."

"아자이, 누구랑 얘기하는 거니?" 집 안 깊숙한 곳에서 여자가 소리친다.

"별거 아니야." 아자이가 말한다. "어떤 애들이 와서 안찰 누나에 대해 물어보는데."

"그냥 가라고 해." 여자가 소리친다. 안찰의 엄마인 것 같다.

파이즈가 쯧쯧 하고 혀를 찬다.

"우리, 갈 거야." 파리가 아자이에게 말한다. "근데 우리 좀 도와주면 안 돼? 친구들을 꼭 찾고 싶거든. 근데 경찰이 아무 일도 안 해서 그래."

내가 안찰의 할아버지뻘 남자친구에 대해 그 애에게 물어보면 파리가 나를 가만두지 않을 것 같다.

"경찰은 우리도 안 도와줘." 아자이가 말한다. 그러고는 어서 가라고 손짓한다.

"오늘도 여경이 아빠한테 그랬대. '뭘 그렇게 울어요, 딸은 물라* 남자친구하고 도망간 모양인데.' 누난 남자친구 없거든. 사라지던 날도, 일주일에 네 번씩 듣는 영어 수업 들으러 갔다가 안 돌아온 거야."

"네 누나 혹시……." 내가 입을 여니까 파리가 끼어든다. "대학생이니?"

"지난 6월에 10학년 시험 봤는데 떨어졌어." 아자이가 말한다. "누난 미용실에서 일해. 사람들 집에 찾아가서 문신이나 얼굴 마사지나 머리

----

* 이슬람교의 율법학자.

197

염색 같은 걸 해주기도 하고. 하지만 정말 하고 싶은 건 콜센터에서 일하는 거래. 그래서 영어를 배우러 다니는 거야."

내가 물어볼 수 없는 질문이 너무 많다. 먼저, 창녀가 왜 콜센터에서 일하고 싶다는 거지? 둘째, 안찰이 올해 10학년이면 어떻게 나이가 스물세 살일 수가 있지?

"경찰이 바하두르 엄마한테도 그랬대, 아들 스스로 가출한 거라고. 옴비르 엄마 아빠한테도 그렇게 말했고." 파리가 말한다. "그래야 자기들이 편하니까. 손가락 하나 까딱하지 않아도 되니까 말이야. 우리한테 무슨 일이 생기면 다 우리 잘못인 거지. 우리 집에서 티브이가 사라지면 우리 중 누가 훔친 거고, 우리 중 누가 살해되면 우리끼리 싸우다 죽인 거고." 파리가 말을 하면서 고개를 힘차게 가로저으니까 머리카락도 따라 움직인다.

아자이는 파리가 하는 말 한마디 한마디에 설탕이나 금이 발라져 있기라도 한 것처럼 홀린 듯이 듣고 있다.

"네 누나 몇 살이야?" 내가 묻는다.

"열여섯. 나보다 여섯 살 많아."

파리가 조사한 안찰의 나이가 틀린 거다.

"사람들이 누나에 대해서 너무 심하게 말해. 누나는 성매매업소 여성이 아니야. 그런데도 누나가 예쁘다는 이유만으로……."

"동네가 너무 후져서 그래." 파리가 말한다. "사람들이 아주 고리타분해서 여자애들은 학교 안 다니고 집에서 밥이나 하는 게 제일인 줄 알아요."

"맞아, 맞아." 아자이가 말한다.

파리는 정말 대단한 아이다. 어디를 가든 만나는 모든 사람과 친구가된다. 구루와도 그랬듯이. 아마 멘탈의 정령을 만나도 금방 친해질 거다.

“학교에서 너 못 본 것 같은데.” 파리가 아자이에게 말한다.

“형하고 나는 모델 초등학교에 다녀.” 아자이가 말한다. “안찰 누나는 그 옆에 있는 고등학교에 다니고.”

“모델 초등학교는 사립 아니야?” 파이즈가 손등으로 코를 문지르며 묻는다. “네 아빠는 그 비싼 수업료를 어떻게 내나?”

“누나가 성매매업소에서 일해서 내는 거 아니니까 걱정 마.” 아자이가 파이즈에게 얼굴을 들이밀며 위협적으로 말한다.

“그런 뜻으로 물어본 거 아냐.” 파리가 말한다.

“파이즈는 돈이 최대 관심사야. 자기가 돈이 없어서 그래.” 내가 말한다. 맞는 말이다. 아자이의 얼굴에서 험악한 표정이 사라진다.

“어떤 부자가 운전하던 지프가 엄마를 쳐서, 합의금을 받았어.” 아자이가 말한다. “그리고 엄마는 집에서 티셔츠를 만들어서 수출업체에 납품하고 있고. 엄마가 돈을 잘 벌어. 그래서 우릴 사립학교에 보내는 거야. 근데 난 거기 마음에 안 들어. 아주 끔찍해.”

“진짜?” 파리가 묻는다. 충격을 받은 표정이다. 파리는 사립학교가 천국인 줄 안다.

“부잣집 애들이 우리를 놀려. 청소부, 넝마주이, 흡혈귀, 백정이라고 부르면서 말이야. 우리 몸에서 고약한 냄새가 난다고 하고. 언젠가 우릴 죽여버릴 거래.”

“나쁜 놈들.” 파리가 말한다. “너무 힘들면, 우리 학교로 와.”

“우리 학교도 끔찍해.” 파이즈가 말한다.

“우리 학교에는 쿼터라는 깡패가 있어.” 내가 말한다. “우리 학교가 좋은 학교라면 쿼터 같은 깡패는 벌써 퇴학시켰을 텐데.”

“쿼터? 촌장 아들?” 아자이가 묻는다.

“맞아. 네 누나, 쿼터랑 아는 사이였어?” 파리가 묻는다.

"아닐걸."

파리는 쿠르쿠레 과자 포장지를 나뭇잎인 양 용감하게 씹고 있는 염소를 물끄러미 보다가 말한다. "아, 참. 경찰은 왜 네 누나한테 남자친구가 있다고 그러는 거니?" 파리는 방금 생각난 것처럼 그렇게 툭 던지지만, 그 질문은 아까 아자이의 입에서 '물라 남자친구'라는 말이 나온 순간부터 파리의 혀끝에서 튀어나가려고 기다리고 있었다는 걸 나는 안다.

"아빠가 누나 휴대폰으로 계속 전화를 걸었어. 처음엔 논스톱으로 했지. 걸 때마다 똑같은 메시지가 나왔대. '지금 고객님께서는 전화를 받을 수 없으니……'라고. 그러다 한번은 남자가 전화를 받아서 '왜 자꾸 전화를 해요?'라고 묻더니 아빠가 대답하기도 전에 끊어버리더래. 그 얘길 경찰한테 하니까 아빠 말을 자기들 마음대로 해석해서 안찰 누나가 남자와 함께 있다고 말하고 다니는 거야."

"어떻게 남자가 전화를 받았지?" 파리가 묻는다.

"전화기를 훔친 거겠지." 아자이가 말한다. "아빤 그렇게 생각하고 있어."

"누나가 거짓말하고 나갔다며? 사라지던 날." 내가 묻는다.

파리가 나를 노려본다. 파리도 결국은 그 질문을 했겠지만, 듣기 좋게 포장해서 했을 것이다. 노려보든 말든 상관없다. 어쨌든 아자이가 대답한다.

"그날 누나는 영어 수업 끝나고 나이나와 영화를 보러 갈 거라고 했어. 나이나는 누나와 같은 미용실에서 일하는 친구야. 아빠가 나이나한테 처음 전화했을 때, 나이나는 안찰 누나와 함께 있다고 말했어. 하지만 밤이 늦었는데도 누나가 집에 들어오지 않으니까 아빠가 다시 전화했는데, 그제야 나이나가 그랬대. 오늘은 안찰을 본 적이 없다고, 안찰이 자기랑 함께 있다고 말해달라고 부탁했다고. 그 얘길 들은 후로 아빤 완전히 정신이 나갔어. 누나가 사고를 당해 응급실에 누워 있는 건 아닌지 병원마다 돌아다니면서 확인하고 있어."

"집에서 없어진 건 뭐 없어?" 파이즈가 묻는다. "누나 옷이라든가, 아빠 지갑이라든가……."

"아빠 지갑에는 돈이 없어. 엄마 지갑에만 있지." 염소가 비누 거품이 있는 웅덩이 물을 핥아 먹으려고 하니까 아자이가 옆으로 밀어내면서 말한다. "누난 집에서 아무것도 안 가져갔어."

"누나가 어디서 영어를 배워?" 파리가 묻는다.

"'레츠토크인앙그레지Let's Talk in Angrezi'. 여기서 자동차로 20분쯤 가면 있대. 버스도 있다는데, 어떤 버스인지는 모르겠어."

"그 학원이 좋대?" 파리가 묻는다. 수사에 필요한 정보라고 생각하는 모양이다.

"그런 말은 없던데."

내가 물어봐야 할 중요한 질문이 있었는데, 그게 뭔지 생각이 통 나지 않는다.

"유령시장에서 전자 제품 수리점을 하는 하킴 아저씨랑 누나랑 아는 사이였어?" 파이즈가 나 대신 물어준다. "모르는 사이였지, 그치?"

파이즈는 이 하나의 질문을 하기 위해 우리를 따라온 것 같다.

"누나가 전자 제품 수리점 아저씨를 왜 알아야 하는데?" 아자이가 말한다.

"알아야 할 이유 같은 건 없어." 파리가 말한다. "누나가 일하는 미용실은 어디 있니?"

"샤인 미용실이라는 데야. 여자들과 아이들만 가는 데."

지나가다가 본 적이 있다. 검은색을 입힌 유리 창문과 문에 유명 여배우의 사진이 많이 붙어 있었다.

"아자이, 들어오라니까." 흰머리 많은 여자가 문 앞에 서서, 짚고 있는 목발로 바닥을 탁탁 치며 말한다. 아자이와 안찰의 엄마가 틀림없다.

아자이가 쌩하고 뛰어 들어간다. 마마보이 같으니라고.

"난 일하러 가야겠다." 파이즈가 말한다.

"오늘 밤에도 크리켓 할 건지 타리크 형한테 물어봐." 내가 파이즈의 등에 대고 외친다.

안찰의 집 앞에 있는 골목은 고속도로까지 구불구불 이어져 있고, 고속도로 진입로 바로 앞에는 허름한 식당과 삼륜 택시 정류장이 있다. 한 무리의 남자들이 식당 옆에 세워놓은 자기 오토바이에 기대서 있다. 뜨거운 기름 속에서 푸리가 점점 부풀어 오르면서 노릇노릇하고 바삭바삭하게 변하고 있다. 식당의 양철 지붕을 지탱하고 있는 네 개의 기둥 중 하나에는 간파티 신의 그림을 끼운 액자가 걸려 있다. 액자는 파란색, 초록색, 빨간색으로 깜빡이는 디스코 전구로 장식돼 있어서 화려하고 멋지다.

파리와 나는 돈 한 푼 없으면서 삼륜 택시 정류장에서 걸음을 멈추고 운전기사들에게 '레츠토크'까지 가려면 택시비가 얼마나 드냐고 묻는다. 200루피라고 기사들이 대답한다.

"보라선을 타면 그것보다 적은 돈으로 수백 킬로미터를 갈 수 있는데." 내가 말한다.

"그럼 보라선을 타든가." 한 운전사가 말한다. "아, 못 타는구나. 그치? 레츠토크까지 안 가니까."

파리는 운전사가 빈정거리는 걸 못 들은 척하고 바하두르와 옴비르

이야기를 한다. 그러고는 안찰이 그 사라진 소년들과 함께 있는 것을 본 적이 있느냐고 묻는다.

"안찰은 그런 조무래기들이랑 놀 시간이 없을 텐데. 네 친구가 최소 열 살은 더 먹어야 만나줄걸." 다른 운전사가 나를 가리키며 말한다.

"지난 토요일에 안찰이 택시를 탔어요?" 내가 묻는다.

"안찰이 사라진 날이에요, 그날이." 파리가 덧붙인다.

"걔가 삼륜 택시를 왜 타냐. 전용 마차가 있는 공주님인데." 또 다른 운전사가 말한다.

"수염 있는 마부가 깍듯하게 모시고." 다른 운전사가 말하면서 낄낄 거린다.

"티브이 수리점 아저씨요?" 내가 묻는다. "턱수염에 오렌지색이랑 흰색이 섞여 있어요?"

"이슬람 율법학자같이 생겼지만, 젊던데." 그 운전사가 말한다.

그리고 나서 그들은 우리가 옆에 있는 건 신경도 안 쓰고 자기들끼 리 안찰의 아빠 이야기를 한다.

"지난주에 내가 그랬거든, 딸 단속 좀 하라고."

"딸이 돈을 벌잖아. 아비가 먹여 살리는 게 아니라. 그러니 아비 말을 귀담아듣겠어?"

다른 기사들이 맞는 말이라는 듯 혀를 끌끌 찬다.

"안찰의 아빠가 아직도 택시 운전을 해요?" 파리가 묻는다.

"안 한 지 몇 년 됐어. 많이 아프거든." 한 운전기사가 고개를 가로저 으며 말한다. "불쌍한 인간 같으니라고. 마침 저기 오네."

삼륜 택시 한 대가 굴러와 다른 택시들 뒤에 서더니, 머리가 덥수룩 한 남자가 내린다. 크림색의 긴소매 셔츠를 입고 있는데, 때가 타서 소맷 동이 까맣다.

"오늘도 허탕이야?" 누군가가 큰 소리로 묻자 택시 요금을 내고 있던 안찰 아빠가 대답한다. "병원을 다 돌아다녀봤는데, 없어. 오늘은 시내에 가서 찾아봤고."

"물라 남자친구한테도 물어봤어요?" 내가 묻는다. "둘이 같이 있을 것 같은데."

갑자기 찬물을 끼얹은 듯 주위가 조용해지자, 고속도로를 달리는 차 소리가 더 크게 들린다. 안찰 아빠가 눈알이 튀어나올 것처럼 눈을 부릅 뜨고, 나를 때리려고 손을 쳐든 채 달려온다. 나는 책가방 끈을 꽉 잡고 뛸 준비를 한다. 하지만 안찰의 아빠는 갑자기 기침이 나오는지 걸음을 멈추고 숨을 헉헉거린다. 그때를 틈타 나는 냅다 뛰기 시작한다. 파리도 나를 따라 달려온다.

"야, 이 멍청아!" 파리가 나를 앞서가면서 소리친다.

꽃

경찰이나 탐정들에겐 한데 모여 앉아 용의자에 대해 의견을 나눌 수 있는 경찰서나, 멋진 술집처럼 꾸민 사무실이 있다. 그러나 파리와 나는 공중화장실 밖이나 학교 운동장에서 회의를 해야 한다. 다행히 오늘은 우리 집을 자수스 자이 탐정 사무소의 사무실로 쓸 수 있을 것 같다. 적어도 루누 누나가 훈련에서 돌아올 때까지는. 파리와 나는 안찰의 남동생 아자이가 해준 이야기를 정리해놓은 메모를 서로 바꿔서 볼 것이다. 사실 나는 메모를 하지 않았다. 모든 것이 내 머릿속에 정리되어 있다.

파리는 학교 발표 시간에 쓸 채소와 과일 사진을 찾아야 한다며 혹시 우리 집에 신문이 있는지 묻는다. 나는 대답할 가치를 못 느낀다.

샨티 아줌마가 자기 집 밖에 있는 차르파이에 앉아 머리를 빗고 있다. 머리가 아침에 볼 때보다 까만 데다 엄마의 염색 안 한 머리보다 더 까만 걸 보니 오늘 염색을 한 게 틀림없다.

"어딜 쏘다니다 이제 오는 거야?" 아줌마가 말한다.

"별로 안 늦었는데." 내가 말한다.

집 안으로 들어와서 나는 파리에게 안찰의 미용실 동료인 나이나를 만나보고, 세 명의 용의자를 계속 감시해야 한다고 말한다. 퀴터, 수리점 아저씨 그리고 안찰의 아빠. 안찰의 아빠가 용의자가 된 것은, 아내와 딸에게 기대어 살면서 부끄러움도 모르고 수시로 욱하며 성질이나 부리는 사람이기 때문이다. 물론 정령들도 주요 용의자이긴 하지만, 파리와 정령에 대해 토론할 수는 없는 일이다.

우리는 아자이에게서 들은 내용에 대해 의견을 나눈다.

"이 사건은 아주 까다로워." 내가 말한다. "왜냐하면 범죄 사건인지 단순 가출인지 확실히 알 수가 없으니까. 안찰은 가출했을 수도 있어. 바하두르와 옴비르도 그렇고."

"안찰 아빠가 안찰의 휴대폰에 전화했을 때 전화를 받았던 남자가 범인일 수도 있어." 파리가 말한다.

"근데 왜 그 남자가 안찰이랑 같이 있지?"

"어린이 복지 협회 간사가 얘기한 거 기억 안 나?" 파리가 묻는다. "〈경찰 순찰대〉에서 못 봤어? 어린애들과 여자들을 이용해서 온갖 나쁜 짓을 저지르는 사람이 많아. 화장실 청소와 구걸만 시키는 게 아니라고."

누가 내게 공중화장실 청소를 시키는 걸 상상하니 몸서리가 쳐진다.

루누 누나가 훈련에서 돌아온다. 훈련은 어땠느냐고 파리가 묻는다.

"누난 학교에 운동하러 가는 거야." 내가 말한다. "점심 먹으러 가는 것도 아니고, 공부하러 가는 건 더더욱 아니고."

"너한테 안 물었거든." 파리가 말한다.

누나의 옷에는 먼지가 많이 묻어 있고, 달리다가 넘어졌는지 무릎이 까져서 피가 난 게 보이지만 아픈 것 같지는 않다. 누나는 공중화장실에 가서 '양동이 목욕'을 하고 오겠다고 말한다. 그러고는 관리인에게 낼 동전을 찾는다. 베개 밑을 찾아보고, 못에 걸려 있거나 집 안 빨랫줄에 널려 있는 아빠 바지의 주머니를 뒤진다. 그러면서도 파라슈트 기름통은 건드리지 않는다. 누나가 나를 돌아본다.

"넌 엄마가 목욕하라고 돈 줘도 목욕 안 하지? 세수도 안 하잖아, 너." 누나가 말한다.

파리가 당황한 표정을 짓는다.

겨울에는 공중화장실 물이 너무 차가워서 물은 건드리지도 않고 다 씻은 척하며 나오는 경우가 종종 있다. 하지만 세수만큼은 매일 하려고 노력한다.

"남자 화장실에서 일어나는 일을 누나가 어떻게 알아?" 내가 누나에게 묻는다. "남자 화장실 몰래 훔쳐봐? 그 여드름투성이 형이 팬티만 입고 있는 거 보려고?"

파리가 나를 밀치면서 입 좀 다물라고 말한다. 이럴 때 보면 루누 누나를 자기 친언니라고 생각하는 것 같다. 파리가 말한다. "언니, 쿼터랑 안찰은 서로 아는 사이였어?"

바보 같은 질문이지만, 이 질문 덕분에 누나의 눈이 내게 레이저 쏘는 것을 멈춘다.

"그건 왜 물어?"

"그냥."

"쿼터는 안찰을 볼 때마다 노래를 불렀어. 아무 때나 밸런타인데이 카드를 줬고. 6월에도 주고 10월에도 주고."

"둘이 사귀었어?" 내가 묻는다.

누나는 무시하는 눈으로 나를 보면서 대답한다. "안찰은 쿼터의 카드를 받았어. 모든 남자애의 카드를 받아줬지. 여자애들은 그것 때문에 말이 많았고. 쿼터는 안찰을 사랑한다고 노래를 부르고 다녔지만 쿼터한테 그건 특별한 일이 아니었어. 노래로 사랑 고백한 걸로만 따지면, 쿼터는 우리 동네 여자애들을 죄다 사랑하는 셈이니까."

"그럼 안찰은? 안찰도 쿼터를 좋아했어?" 파리가 묻는다.

"그건 모르지." 루누 누나가 말한다. "안찰은 추종자가 많았어. 사람들은 안찰이 관심받는 걸 좋아했다고들 말하더라."

나는 루누 누나의 말이 이해가 가지 않는다. 하지만 지금은 누나가 아무 이유 없이 나를 미워하고 있어서 무슨 뜻이냐고 물어볼 수도 없다.

안찰

안찰은 레츠토크인앙그레지 영어 학원 맞은편의 허름한 식당 옆에 모여 선 남자들이 자기를 쳐다보는 걸 느꼈다. 파란색 샌들을 신은 그녀가 타일 깔린 학원 계단을 또각또각 걸어 내려오는 모습을 남자들이 홀린 듯이 지켜보고 있었다. 안찰은 최대한 빨리 움직였다. 노란색 두파타를 끌어 내려 두 팔을 가렸다. 그날 아침에도 안찰의 엄마는 영어 회화 수업을 함께 듣는 남학생들 눈을 의식해서 옷을 입는다며 딸을 나무랐다. 목발로 바닥을 탁탁 치면서, 이렇게 추운 날씨에 민소매 옷을 입고 가서 좋을 게 뭐가 있느냐고 목소리를 높였다. 그러고는 두파타라도 두르라고 했다.

두파타 정도는 괜찮았다. 노란색은 안찰이 좋아하는 색이었고, 젖은 타르처럼 착 달라붙는 검은 공기와 대조되는 것이 튀어 보여서 좋았다. 안찰은 추위와, 청년들의 눈에서 뿜어져 나오는 욕망에 단련이 되어 있었다. 이 청년들은 레츠토크 접수처 직원에게 뇌물을 주고 안찰의 시간표를 알아내 달달 외웠다. 지금처럼 안찰의 수업이 끝나는 시각에 정확히 맞춰 학원 앞에 나타나는 걸 보면, 직업도 없는 것 같고 학생도 아닌

듯했다. 그중 최악인 몇몇은 안찰을 향해 손을 흔들며 노골적으로 알은 체를 했다. 다른 남자들은 휘파람을 불거나 슬그머니 휴대전화를 들고 사진을 찍었다. 안찰의 전화번호까지 아는 청년도 몇 명 있었다. 적어도 기본적인 개인 정보는 공개하지 말아야 하는 것 아니냐고 안찰이 따지자 접수처 직원이 오히려 화를 냈다. 안찰의 휴대전화는 이 낯선 남자들이 보내는 메시지로 하루 종일 울려댔다. *안녕! 안녕! 자기랑 사귀고 싶은데. 어때? 내 메시지 받았어?* 이 정도면 양반이었다.

안찰은 온 동네와 시장 바닥에서 사람들이 자신에 대해 무슨 말을 하는지 다 알고 있었다. 남녀노소 가릴 것 없이, 남편한테 만족을 못 하거나 자주 폭행을 당해 남몰래 애인을 사귀는 아내들은 물론이고 번 돈을 술과 외간 여자에 다 써버리는 남편들까지도, 뼈만 앙상한 새를 우연히 발견한 굶주린 개처럼 악의적으로 안찰을 난도질했다.

마음대로 하라고 해. 이 사람들은 텔레비전 드라마보다 더 현실적이고 더 가까이에 있는 자극을 원했다. 자기들 기준으로 너무 짧은 치마를 보고, 혹은 턱수염을 기른 남자와 함께 있는 것을 보고 상상의 나래를 폈다. *저놈도 무슬림이구먼. 오, 신이시여. 저들을 용서하소서. 부끄러움을 모르는 계집 같으니라고. 몇 살 때부터 그 짓을 했는지 알아?* 그들은 마음대로 찧고 까불다가, 자기 자식들은 비록 실망스러운 데다 버릇이 없고 못생기긴 했어도 안찰처럼 도덕적으로 타락하지는 않았다는 것에 안도감을 느끼며 집으로 돌아갔다.

학원에서 나와 걸어가던 안찰은 자신을 쫓아오는 남자가 있는 것을 느꼈다. 착각이길 바랐지만, 남자의 꾸준한 걸음이 결국 그녀를 따라잡았다.

나, 기억하지? 남자가 말했다. *우리가 나눈 얘기도 기억하지?*

안찰은 그를, 그의 얼굴과 협박하는 말투를 기억했다. 그녀가 걸음을 빨리했지만, 그의 말이 그녀를 따라왔다. *요조숙녀 나셨네. 네가 어떤 계집인지 다 아는데.*

몇 달 전, 그 남자가 안찰이 일하는 미용실의 유리 창문을 계속 톡톡 두드려서 안찰이 나가 무슨 일이냐고 물었다. 남자는 대뜸 콜걸 일을 제안했다. 가끔씩 손님을 만나 놀아주면 큰돈을 주겠다는 말을 아무렇지도 않게 했다. 안찰은 제안을 놓고 고민했다. 어떻게 고민하지 않을 수 있겠는가? 콜걸로 일하는 여대생들이 큰돈을 번다는 이야기는 그녀도 들은 적이 있었다. 그만한 돈이면 이 동네를 벗어날 수 있었다. 항상 화가 나 있는 아버지와, 가족들과 닮지 않은 딸의 모습에 당혹스러워하는 어머니에게서 벗어날 수가 있었다.

남자는 자신의 제안에 안찰이 확실한 대답을 주지 않아서 다시 찾아온 건지도 몰랐다.

이봐, 아가씨. 내 말 안 들려? 남자가 말했다.

근처에서 여학생들이 장신구를 파는 상인들과 팔찌를 놓고 흥정하고 있었다. 마늘 장수가 통마늘이 담긴 대나무 광주리를 마구 흔들자 마늘 껍질이 벗겨져 하얀 나비처럼 공중으로 날아올랐다. 한 청년이 빈 금속 양푼 세 개를 나이든 남자의 머리에 올려놓고 균형을 잡는 장난을 쳤다. 안찰의 주변 풍경은 모든 게 평상시와 같았다. 이 남자만 제외하면.

안찰은 남자에게 따라오지 말라고, 계속 따라오면 경찰에 신고하겠다고 단호하게 말했다. 그러나 남자는 더 다가왔다. 안찰은 멀리 있는 누군가를 향해 손을 흔들면서 억지로 밝은 미소를 지었다. 그러고는 도사*
노점상 앞에 모여 서 있는 공사장 인부들 쪽으로 서둘러 걸어갔다. 도사노점은 구멍이 숭숭 뚫린 녹색 가림막과 비계 뒤에서 날마다 변신을 거

---

*   쌀가루로 만드는 인도식 팬케이크.

듭하는 건물 앞에 있었다.

노점을 향해 바삐 걸어가던 안찰은 수치심으로 가슴이 더워지는 것을 느꼈다. 누군가 뜨거운 차를 자신에게 쏟은 듯한 기분이었다. 동네 사람들은 안찰이 옷을 야하게 입고 헤프게 행동하기 때문에 남자들이 쫓아다니는 거라고 수군거렸다. 안찰 스스로 상황을 악화시킨 것도 있었다. 두파타를 두른 가슴에 책을 끌어안아 노출을 피하려는 노력도 하지 않았고, 몸을 한껏 움츠리고 다니면 비난을 피할 수 있을 거라 생각하는 수줍음 많은 소녀처럼 행동하기도 했다.

안찰은 자기가 당황할 이유는 하나도 없다는 걸 알고 있었다. 하지만 지금 같은 순간에는, 동네 사람들 말이 맞는다는 생각이 들었다. 왜 자신이 특별하다고 생각했을까? 그녀의 머릿속에서 울려 퍼지는 합창이 동네 골목에서 들려오는 합창 소리와 똑같을 때도 있었다.

저기, 잠깐만요. 안찰이 도사 노점 앞에 서 있는 인부들에게 말했다. 그들이 즉시 길을 비켜주었다. 깔끔하게 다리고 그날 아침에 향수까지 뿌린 안찰의 옷과, 하루에 두 번씩 '라크메 앱솔루트 스킨글로스 젤크림'으로 수분을 보충해주는 그녀의 얼굴에 대한 존중의 표시 같았다. 인부들은 페인트와 먼지와 시멘트로 얼룩진 허름한 작업복을 입고 있었다.

도사 장수와, 반죽을 뜨거운 번철에 펴던 어린아이가 안찰을 미심쩍게 쳐다보았다. 안찰은 집게손가락으로 공사장 일꾼의 도사 접시를 가리키고는 자기도 하나 달라고 손짓으로 말했다. 어린아이가 팬에 반죽을 넣고 국자로 누른 후 기름을 조금 넣어 바삭바삭하게 만들었다. 한가로운 상황이 아닌데도, 맛있는 냄새에 안찰은 입에 침이 고이는 걸 느꼈다. 일꾼들이 놀란 표정으로 그녀를 바라보았다.

안찰의 휴대전화가 울렸다. 수라즈의 이름이 화면에 뜨는 것을 보고 안찰은 안도감을 느꼈다. 그녀는 전화를 받았다. 그들은 한 시간 후에 쇼핑몰에서 만나기로 되어 있었는데, 수라즈가 안찰을 데리러 벌써 레츠토크에 와 있다고 했다. 안찰이 이미 출발했다고 말하자, 수라즈는 안찰이 있는 곳으로 오겠다고 했다. 안찰은 핸드백에서 40루피를 꺼내, 도사를 접어 접시에 담고 있는 아이에게 주었다. 그러고는 자기는 가야 하니까 도사를 다른 사람에게 주라고 손짓과 눈짓으로 아이에게 말했다. 아이는 돈을 내고도 음식을 거부하는 사람을 보고 충격에 빠진 표정이었다.

안찰이 군중 속에서 나왔을 때 아까 그 남자는 아직도 거기에 있었다. 그때 수라즈의 낡은 오토바이가 그녀 옆에 와 섰고 남자는 물러갔다.

헬멧의 얼굴 가리개 속에 있는 수라즈의 눈이 빨갰다. 야간 근무를 하고 서너 시간밖에 못 잔 게 틀림없었다. 안찰은 수라즈의 뒤에 앉아 두 팔로 그의 허리를 꽉 껴안고 오른쪽 어깨에 자기 얼굴을 기댔다. 오토바이가 출발해도 안찰은 춥지 않았다. 바람에 머릿결이 흩날렸다.

수라즈는 안찰을 태우고 쇼핑몰로 달려가 주차비가 엄청나게 비싼 지하 주차장으로 들어갔다. 먼저 차단기를 통과해야 했는데, 그 옆에 있는 경비원은 안찰과 같은 동네 사람이었다. 눈이 마주치자 그는 안찰을 알아보고 비난하는 눈빛으로 노려보았다. 그다음 손전등으로 자동차 실내를 점검하는 일을 하는 경비원이 그들의 오토바이를 살폈다. 그 경비원도 안찰과 같은 동네 사람이었다. 두 경비원은 한참이나 뜸을 들이다가 그들을 들여보내주었다.

쇼핑몰 안에서 그들은 맥도날드에 갔고, 안찰은 이미 그날 쓸 용돈을 초과해서 썼지만 수라즈에게 알루티키버거*를 사주었다. 그들은 다리가 내다보이는 거대한 유리창 옆에 나란히 앉아 있었다. 다리 위를 지나는

---

* 고기 대신 감자 등 채소로 만든 패티를 넣은 햄버거로, 힌두교도와 이슬람교도를 위해 개발되었다.

보라선 전철이 검은 스모그 속 하얀 유령처럼 보였다. 수라즈는 헬멧에 눌린 머리를 원래대로 되살리려고 애썼지만 헛수고였다. 그들은 거리의 부랑아들이 쇼핑몰 입구 금속 탐지기 옆에 서 있는 보안 요원들에게 쫓겨나는 것을 지켜보았다. 수라즈와 안찰은 팔을 맞대고 있었다. 안찰은 수라즈의 꽉 죄는 스웨터 속 이두박근의 선을 볼 수 있었다.

수라즈의 손가락이 안찰의 허벅지에 'L-O-V-E'를 썼다. 안찰은 두껍고 꽉 죄는 청바지를 입고 있었지만, 손가락의 열기가 느껴져서 몸을 움찔했다. 수라즈는 안찰의 의자 등받이에 팔을 두르고 있었다. 그들은 상대방이 더 많이 먹을 수 있도록 햄버거를 조금씩 베어 먹었다. 수라즈는 안찰에게 영어 수업은 재미있었느냐고 물었고 자기한테 영어로 말해보라고 했다. 안찰은 그 말을 듣자마자 꿀 먹은 벙어리가 되었다. 수라즈는 콜센터에서 밤새도록 미국인들과 이야기를 나누었다. 안찰은 꾸준히 수업을 들었는데도 불구하고 영어 회화 실력은 '넌 어디서 일하니?'나 '오늘 하루 잘 지냈어?' 수준을 넘지 못했다.

수라즈는 안찰의 부모님과 남동생들의 안부를 물었다. 안찰은 부모님이 수라즈를 어떻게 생각할지 궁금했다. 싫증이 나면 안찰을 헌신짝처럼 버릴 높은 계급의 청년이라고 생각할까? 부모님도 안찰이 감탄해 마지않는 그의 고요함을, 자기는 매사에 별 기대가 없다고 말하는 듯한 그 음성의 차분함을 알아차릴까? 수라즈는 안찰에게서 아무것도 원하지 않았다. 아니 그녀가 기꺼이 나누려고 하는 것만을 원했다. 안찰은 수라즈의 이런 모습이 신선하게 느껴졌다. 밤낮으로 그녀의 휴대전화에 문자를 보내는 남자들은 자신들의 의도를, 자신들이 원하는 바를 분명히 밝혔다. 일부는 듣기 좋은 말로 포장하려고 안간힘을 쓰긴 했지만.

심지어 안찰의 집에서도 무언의 요구가, 그녀가 토플 교재를 펴고 앉아 있는 방으로 벽을 통해 스며들었다. 안찰의 엄마는 딸이 남동생들의 수업료를 내주길 바랐고, 나중에는 결혼을 잘하기를 바랐다. 동생들은 누나가 미용사로 일하며 번 돈을 자기들과 나눠 쓰는 것이 마치 장녀인 누나의 의무인 양 행동했다. 그리고 아버지는? 안찰이 자기 말을 듣지 않을 땐 혹독하게 나무랐고, 딸이 너무 멍청하고 너무 느려서 10학년 시험도 통과 못 하는 거라고 악담을 했다. 그러고는 금방 사과를 했다. 눈물을 흘리면서, 기침할 때마다 입가로 밀려 올라오는 가래를 꾹 삼키면서, 미안하다고 했다.

수라즈의 전화기가 울렸다. *사무실.* 그가 입 모양으로만 안찰에게 말한 후, 전화를 받았다. 안찰은 아까 자신을 따라왔던 건장한 남자의 모습을 갑자기 떠올렸다. 딸기셰이크를 마시는 그의 모습을 발견하게 될까 봐 두려워하면서 맥도날드 매장 안을 둘러보았다. 하지만 그의 모습은 보이지 않았다. 햄버거를 먹고 있는 사무직 종사자들과, 안찰과 같은 또래의 소년소녀들과, 자식의 햄버거 사랑에 굴복한 관대한 엄마들과, 아이들이 마음을 바꿀 경우를 대비해 집에서 만든 음식을 넣어 온 타파웨어 통을 들고 옆에 서 있는 유모들만 보일 따름이었다.

지금 이 순간에도 안찰의 엄마는 휴대전화를 쳐다보면서 딸이 어디 있는지 궁금해하고 있을 게 분명했다. 안찰은 아직도 나이나와 함께 있다고 엄마에게 문자를 보냈다. *늦을 거야. 내가 문 열고 들어갈게.*

수라즈는 통화를 끝낸 후 안찰에게 햄버거를 마저 먹으라고 했다. 그리고 휴대전화로 그녀에게, 매물로 나온 테라스하우스 사진을 보여주었다. 쇼핑몰에서 2, 3킬로미터 떨어진 곳에 있는 외부인 출입 제한 단지 안에 있다고 했다. 아이보리 페인트를 칠한 출입문이 있는 그 단지 안에는 수영장, 헬스 시설, 정원, 슈퍼마켓 등 모든 것이 있었다. 안찰의 전화기가 삑삑 울리자 그녀는 전원을 꺼버렸다.

수라즈는 안찰을 데리고 쇼핑몰 맨 꼭대기 층에 있는 영화관에 갔다.

그는 영어 실력 향상에 도움이 될 거라면서 햄버거보다 훨씬 더 비싼 미국 영화 표를 샀다. 배우들 말이 어찌나 빠른지 총알처럼 안찰의 귀를 스쳐 지나갔다. 그리고 폭력적인 장면이 너무 많았다. 배우들이 주먹이나 총알에 맞아 쓰러지는 장면이 그렇게 자주 나오는 이유가 무엇인지 그녀는 도무지 이해할 수 없었다. 그러나 수라즈는 넋을 놓고 보았고, 안찰도 재미있게 보는 척했다.

영화가 끝난 후 그들은 쇼핑몰 안을 돌아다니면서 보안 카메라의 감시를 받지 않고 키스할 수 있는 계단실을 찾았다. 수라즈는 갭 매장에서 세일 때 산 비싼 스웨터가 찢어졌다며 수선하러 가야 한다고 말했다. 그래서 그들은 쇼핑몰을 떠나 유령시장 안에 있는 재봉사 골목으로 갔다. 그곳에서는 많은 재봉사들이 각자의 재봉틀 앞에 일렬로 앉아 줄자를 스카프처럼 목에 두르고 페달에 발을 올려놓은 채 손님을 기다리고 있었다. 간판에는 단 몇 시간 안에 수선은 물론이고 '냄새 없이' 드라이클리닝까지 해줄 수 있다고 적혀 있었다.

안찰은 추위에 떨고 있었다. 수라즈가 재킷을 벗어주려 했지만 안찰은 거절했다. 스웨터 수선이 끝나기를 기다리는 동안, 그들은 노점에 서서 마살라 향신료가 들어간 차이와 달차왈*을 먹었다. 둘이 부끄러워하지도 않고, 심지어 자랑스럽게 서로 음식을 떠먹여주는 모습을 모두가 얼이 빠져 쳐다보았다.

스웨터 수선이 끝나고 출근할 시간이 되자, 수라즈는 안찰을 고속도로 교차로까지 오토바이로 태워다 주었다. 거기서부터 안찰의 집까지는 걸어서 1분도 걸리지 않았다. 수라즈는 무척 피곤해 보였고 안찰과 작별하는 것이 몹시 슬픈 듯 보였다. 그는 안찰이 집에 도착해 전화할 때까

* 렌틸콩을 비롯해 각종 채소가 들어간 볶음밥.

지 거기서 기다리겠다고 했다. 안찰은 그럴 필요 없다고 했다. 식당이 문을 닫기는 했어도, 삼륜 택시 정류장에 택시가 두세 대 서 있고 운전기사들이 승객석에서 다리를 밖으로 내민 채 자고 있었다. 발에는 구멍이 숭숭 뚫린 양말을 신고서.

수라즈의 휴대전화가 또 울렸다. 수라즈는 전화를 받지 않고 주머니에서 비닐 코팅된 신분증을 꺼내 목에 걸었다. 그러고는 안찰에게 집에 들어가자마자 전화하라고 말했다. 이미 사무실에 있는 것처럼 미국식의 콧소리 섞인 발음으로 말하고 있었다.

안찰이 집을 향해 걸어가는데, 개 한 마리가 그녀를 보며 짖어댔다. 공기가 나무로 만든 것처럼 삐걱거렸다. 안찰은 무슨 소리가 들린 것 같아 주위를 두리번거렸다. 개가 헐떡이는 소리와 누군가가 자갈을 밟는 소리를 들은 것 같았다. 그때 어둠 속에서 손 하나가 안찰을 향해 뻗어왔고, 안찰은 소스라치게 놀라며 수라즈의 이름을 외쳤다. 그러나 그 시각 수라즈는 당연히 도로를 달리고 있을 터였다. 아마도 제한속도보다 더 빠른 속도로. '조심해.' 안찰은 마음속으로 수라즈에게 말했다.

그런데 그때, 아까 보았던 남자의 목소리가 그녀에게 멈춰 서라고 말했다. 안찰은 그가 온종일 자신을 쫓아다녔던 것인지 궁금했다.

가까이 오지 말아요. 안찰이 남자를 향해 소리쳤다. 내가 온 동네 사람들을 깨우길 바라요?

남자는 가슴 앞으로 팔짱을 끼고 안찰 앞에 서 있었다. 어디 할 테면 해보라는 것 같았다. 그가 움직일 때 황금색 햇살 같은 것이 번뜩이더니, 갑자기 칠흑 같은 어둠이 빛을 낚아챘다.

공중화장실을 이용하려고 줄을 서서…

…기다리는데, 앞쪽에 파이즈가 형들과 함께 서 있는 게 보여서 손을 흔든다. 여자들 줄을 보니 바하두르의 엄마가 눈에 띈다. 다른 아줌마들과 여자아이들은 서로 다닥다닥 붙어 서 있으면서도 바하두르 엄마의 앞뒤로는 50에서 60센티미터 정도 빈 공간을 두고 있다.

바하두르 엄마가 나를 보더니 그 좋은 자리를 포기하고 내게로 걸어온다. 우리가 아줌마 허락 없이 집에 들어가서 사모사에게 바하두르의 공책 냄새를 맡게 한 걸 알았나 보다.

"내 아들 못 찾았니?" 바하두르 엄마가 묻는다.

내 앞에 서서 계속 방귀를 뀌어대던 남자가 아줌마 말을 잘 들으려고 방귀를 참고 있다.

바하두르 엄마가 내 머리를 쓰다듬자 내 두개골이 깜짝 놀라 팔딱팔딱 뛴다. "고맙다." 아줌마가 말한다. "너랑 그 여자애 말이야. 나를 돕겠다고 나선 사람은 너희 둘밖에 없구나."

"사진 도로 갖다놨어요." 내가 말한다.

"봤어."

"아줌마, 여기 서실래요?" 루누 누나가 뒤로 물러서서 바하두르 엄마의 자리를 만들어주며 큰 소리로 묻는다. 아줌마는 갖고 온 머그컵으로 자기가 원래 있던 자리에 표시를 해두었지만 이미 다른 아줌마가 차지해버린 뒤다. 바하두르 엄마가 고개를 끄덕인다. 그러고는 내 어깨를 꽉 잡는다. 나는 아줌마의 눈길을 피한다. 아줌마를 보면 죄책감이 든다. 마치 내가 바하두르를 납치하기라도 한 것처럼. 잠시 후 아줌마가 여자들 줄로 돌아간다.

"저 아줌마를 위해 무슨 일을 했는데?" 방귀쟁이 아저씨가 묻는다.

"아무 일 안 했어요." 내가 말한다.

남자들 줄에 선 다른 아저씨들은 자기 자식이 흰 시트를 덮고 누워 있지는 않은지 영안실마다 찾아다니면서 확인하는 건 정말이지 끔찍한 일일 거라고 한마디씩 한다. "자식을 앞세우는 것보다 더 큰 불행이 있을까." 한 아저씨가 말한다.

나는 울고 싶은 기분이다. 공중화장실 지붕 위에서 원숭이 두 마리가 우리 쪽으로 몸을 기울인 채 이를 드러내고 있다. 오늘은 스모그가 덜 심각한 편이라서, 원숭이들 모습이 선명하게 보인다.

❧

"넌 요즘 수사를 통 안 도와주네." 학교 가는 길에 내가 파이즈를 비난한다.

"내가 도와야 하는 거였어?" 파이즈가 묻는다.

"너도 그렇고." 이번엔 파리에게 말한다. "아무도 관심이 없어. 심지어 사모사도. 온종일 먹기만 하고."

"너랑 똑같네." 파리가 말한다.

파이즈가 손가락을 입안에 집어넣으면서 낄낄거린다.

"수리점 아저씨를 감시하라고 했는데, 보고서는?" 내가 파이즈에게 묻는다.

"아저씨는 항상 가게에 있어. 아침 9시부터 밤 9시까지. 범죄자 타입이 아니야."

"어제 아저씨 감시했어?" 내가 묻는다.

"응."

"넌 일하러 간다고 했잖아." 파리가 말한다. "우리가 삼륜 택시 운전사들을 만나러 갈 때 같이 안 간 것도 그 때문이고."

"맞아."

"그럼 그 아저씨를 감시 안 한 거네?" 내가 묻는다.

"응, 어젠 안 했어."

"오늘은 할 거야?"

"응."

"오늘 금요일인데, 모스크에 가는 날 아니야?" 파리가 묻는다.

"맞아, 가서 기도해야 돼."

"이런 식이면 사건은 언제 해결하냐?" 내가 발을 구르면서 말한다.

"진정해." 파리가 말한다.

"어제 타리크 형이 좋은 아이디어를 냈어. 너희들한테 도움이 될 아이디어." 파이즈가 말한다.

나는 그 말을 안 믿는다. 파이즈는 나를 달래려고 애쓰고 있는 거다.

"타리크 형 말로는 모든 전화기가 IMEI*라는 고유 번호를 가지고 있대. 그래서 심 카드를 새 걸로 갈아도 IMEI는 그대로라는 거야. 경찰은

* 국제 이동 단말기 식별 번호.

에어텔이나 아이디어나 BSNL이나 보다폰 같은 통신사의 도움을 받아서 그 번호를 추적할 수 있대."

"진짜?" 내가 말한다. 파이즈의 말을 들으니 텔레비전에서 경찰이 IMEI를 가지고 휴대전화를 추적하는 걸 본 기억이 난다.

"타리크 형은 휴대전화에 관해서는 모르는 게 없어." 파이즈가 말한다. "되게 똑똑해. 기술자가 될 수 있었는데, 아버지가 돌아가시고 학교를 자퇴해서 어쩔 수 없이 휴대폰 대리점에서 일하는 거야."

"그럼 안찰의 휴대폰 고유 번호가 뭔지 경찰이 알아내야 하는 거네." 파리가 말한다. "납치범이 그 전화기를 사용하고 있는 게 확실해. 안찰의 아빠가 전화했을 때 전화를 받았잖아."

"납치범이라면 왜 몸값을 요구하지 않았지?" 내가 묻는다.

"우리 동네 사람은 몸값을 낼 형편이 안 된다는 걸 아니까." 파리가 말한다. "그 대신 납치한 애들을 팔아서 돈을 더 많이 벌겠지."

"정령들은 몸값 같은 거 필요 없는데." 파이즈가 말한다. "휴대폰도 필요 없고."

❧

나는 불과 한 달 전만 해도 탐정이 아니었는데, 그날 방과 후 샤인 미용실 문을 밀고 들어갈 때는 흡사 히말라야산맥에서 내려온 구루처럼 늙고 현명한 사람이 된 것 같은 기분이 든다.

미용사는 파리에게 자기가 나이나라고 한다. 루누 누나보다 겨우 한두 살 많아 보이는데, 정말 예쁘다. 눈썹은 얇고 높은 아치 모양이어서 계속 놀란 표정을 짓고 있는 것 같고, 머리는 부드러운 데다 숯다리미로 다린 것처럼 곧게 뻗어 있다.

"머리 자르러 왔니?" 뒤로 젖힌 검은 의자에 누워 있는 한 명뿐인 여자 손님의 뺨에 흰 반죽을 바르면서, 나이나가 파리에게 묻는다.

파리는 재빨리 두 손을 들어 양파 모양의 앞머리를 보호하듯 만진다. "그럴 리가요." 파리는 어떻게 감히 그런 말을 하느냐는 듯이 기분 나쁜 표정을 짓는다.

내가 입을 연다. "우리는……."

"말하지 마세요." 나이나가 말한다. 의자에 누워 있는 손님에게 하는 말이다. "계속 눈 감고 계시고요."

손님은 미백 마사지를 받는 중이다. 엄마는 루누 누나한테 청혼하는 남자가 생기려면 미백 마사지를 100번은 받아야 할 거라고 말하곤 한다. 누나는 햇볕을 받으면서 달리기를 한 탓에 피부색이 엉망이다.

"따가우면 말씀하세요." 나이나가 손님에게 말한다.

파이즈는 행복하게 콧노래를 부르면서 카운터에 놓인 다양한 로션과 스프레이를 살펴본다. 내가 그렇게 뭐라 했는데도 소용이 없다. 파이즈는 수사엔 관심이 없다. 우리가 바하두르와 옴비르를 찾고 있다고, 파리가 나이나에게 설명한다.

"그래, 맞아. 안찰이랑 함께 있지 않았는데도 함께 있다고 거짓말했어. 그래서, 뭐?" 나이나가 파리에게 말한다. "너희는 부모님한테 거짓말 안 하니? 너희가 지금 여기 있는 거 부모님도 아셔? 그리고 거기, 그 더러운 손 치워라. 내 물건들 만지지 마."

파이즈는 냄새를 맡고 있던 캔을 카운터에 천천히 내려놓는다.

"안찰 언니 아버지는 엄격한 분이죠?" 파리가 말한다.

"안찰 누나한테 턱수염을 기른 친구가 있었어요?" 내가 묻는다. 무슬림 남자친구라고 하지 않았으니 잘 물어본 거라고 생각한다.

"그게 너희랑 무슨 상관이야?" 나이나가 손님 이마에 반죽을 쓱쓱 바르면서 묻는다.

"안찰 언니를 데려간 사람이 우리 친구들도 데려갔는지 알고 싶어서요." 파리가 말한다.

나이나는 반죽을 바르던 솔을 내려놓고 군데군데 흰 반죽이 묻어 있는 연두색 수건으로 두 손을 닦는다. "안찰 남자친구는 납치범이 아니야." 나이나가 말한다.

"그 친구가 티브이 수리하는 일을 해요?" 내가 묻는다.

나이나의 이상한 눈썹이 더 높이 올라간다. "말도 안 되는 소리 그만하고 이제 가줄래? 일 해야 한단 말이야." 나이나가 수건으로 우리를 찰싹찰싹 때리면서 말한다.

"그럼 누구예요? 안찰 누나 친구가?" 내가 묻는다.

나이나는 고개를 절레절레한다. "세상이 어떻게 되려고 이런 꼬맹이들까지 나서서 이 난린지."

나는 파리를 돌아보며 어깨를 으쓱한다. 파리는 어깨를 축 늘어뜨린다. 이제 가야 할 것 같다. 그런데 그때, 나이나가 진실을 말하기로 결심한다. "안찰의 남자친구는 무슬림이 아니야. 그런 말도 안 되는 이야기가 어디서 나왔는지 모르겠다."

파이즈는 로션 병 입구에 묻어 있는 로션을 자기 손에 바르다가 멈춘다. 나이나가 계속 노려보고 있기 때문이다.

"둘이 사귄 지 좀 됐어. 남자친구는 좋은 직업을 갖고 있어. 콜센터 직원이거든. 안찰이 사라지던 날 밤에도 그 친구는 일하고 있었어. 콜센터 직원들은 신분증을 기계에 대야 사무실에 출입할 수 있기 때문에 거짓말을 할 수가 없어." 나이나는 하얀 얼굴로 죽은 듯이 누워 있는 손님의 어깨를 주무른다. "안찰 걱정을 얼마나 하는지 몰라. 날마다 나한테 전화해서 안찰이 돌아왔는지 물어봐."

"남자친구 이름이 뭐예요?" 파리가 묻는다. "우리 동네에 살아요?"

"안찰은 동네 남자들을 좋아하지 않아." 나이나가 말한다. "귀찮게 따라다니거든."

"그럼 쿼터가 안찰 언니를 납치했다고 생각해요?" 파리가 묻는다. "촌장 아들이요. 귀찮게 한다고 들었는데."

"납치를 뭐 하러 하겠니? 쿼터가 양아치기는 해도 아직까지 그런 짓은 안 했어."

"안찰 누나의 콜센터 친구는 나이가 많아요?" 내가 묻는다. "동네 사람들은 나이 많은 남자친구가 있었다고 하던데."

"대체 그 사람들은 무슨 시간이 그렇게 많아서 그런 거짓말을 지어낸다니?" 나이나가 묻는다. "안찰 남자친구는 나이 많은 사람 아니야."

"나이나, 나이나. 이제 따가워." 손님이 말한다.

"세수시켜드릴게요. 씻고 나면 전보다 훨씬 좋아진 걸 확인하실 수 있을 거예요." 나이나가 손님의 팔꿈치를 잡고 일으켜 앉히면서 말한다. "너희들은 이제 가보고." 나이나가 우리에게 말한다.

"봤지? 수리점 아저씨는 아니라니까. 그 아저씬 그냥 아저씨야." 밖에 나와서 파이즈가 말한다. "누구의 남자친구도 아니라고."

"그 아저씨가 안찰을 모른다고 해도, 여전히 용의자야. 바하두르의 실종과 관련해서 말이야." 파리가 말한다.

파이즈에게는 우리와 싸우고 있을 시간이 없다. 식료품 가게에 일하러 가야 하고, 그다음엔 모스크에도 가야 한다. "잘 가, 머저리." 서둘러 걸어가는 파이즈의 등에 대고 내가 소리친다.

"바하두르의 코끼리 인형과 비상금 봉투에 대해 알아낸 건 파이즈야. 네가 아니라." 파이즈가 우리 말을 들을 수 없을 정도로 멀어지자 파리가 말한다.

파리와 내가 안찰의 집에 가보니, 아자이와 동생이 집 바깥벽에 못을 박고 쳐놓은 빨랫줄에다 금방 빤 셔츠를 널고 있다.

"누나가 없어서 힘들겠네?" 파리가 묻는다. 비웃음을 굳이 감추려고도 하지 않는다. 파리는 부모님들이 힘든 일은 전부 딸들에게 시키기 때문에 아들들은 편하게 산다고 생각한다. 하지만 파리 부모님은 딸에게 양파 까는 일도 시키지 않는다.

"친구들 소식은 들었어?" 아자이가 묻는다.

파리는 못 들었다고 대답한다. 그러고는 아자이에게 IMEI에 대해 이야기한다.

"아빠가 경찰에 벌써 요청했어, 누나 휴대폰을 추적해달라고." 아자이가 말한다. "근데 안 해준대."

"누나 휴대폰 산 데서 영수증 받아놓은 거 있어?"

"중고로 샀는데, 어디서 샀는지는 몰라. 영수증도 없고. 경찰한테 보여주려고 아빠가 보증서를 찾아봤지만 없었어." 아자이가 있는 힘껏 셔츠를 짜자 물이 떨어져 발이 젖는다.

안찰의 남자친구가 휴대전화를 주지 않았을까 하는 생각이 든다. 이쪽 방면 수사도 다른 모든 방면의 수사와 마찬가지로 실패로 돌아간다.

"경찰이 안찰의 휴대폰을 추적하지 않았다니, 정말 바보들 아니니?" 무거운 책가방과 다리를 끌고 집으로 걸어가면서 파리가 말한다.

"그 기술, 우리가 갖고 있으면 좋을 텐데." 내가 말한다. 하지만 나는 컴퓨터를 어떻게 켜는지도 모른다.

"브욤케시 박시가 최첨단 기술로 수사했냐?" 파리가 묻는다. "가진 건 비상한 머리뿐이었잖아."

슬프게도 내 머리는 안찰이 어디 있는지 알려줄 만큼 똑똑하지 않다. 나는 집으로 걸어가면서 신호를 감지하려고 귀를 기울이지만, 들리는 건 사람들의 입씨름 소리와 수레를 끄는 소리, 그리고 텔레비전에서 떠들어대는 소리 같은 일상의 소리뿐이다.

시간이 쏜살같이 흘러가지만…

…안찰과 바하두르와 옴비르는 돌아오지 않는다. 텔레비전에서는 '**경찰 청장, 고양이 딜리 찾아**'라는 제목의 뉴스만 나온다.

아빠도 그 뉴스를 본다. 아빠의 얼굴이 여름에 바깥에 놔둔 우유처럼 굳어지고, 아빠의 손가락이 리모컨의 버튼을 괴롭힌다. 볼륨이 올라갔다 내려갔다 하고, 아나운서들이 다른 채널의 가수들과 댄서들과 요리사들로 바뀐다.

아빠는 우리 동네에 불이 나도 텔레비전에는 안 나올 거라고 늘 말해놓고, 그래도 화가 나는 모양이다.

나는 〈경찰 순찰대〉를 봐도 되는지 아빠에게 묻는다. 이번 에피소드는 친절한 척 잘해주던 못된 삼촌이 어린 조카 다섯 명을 죽인 이야기여서 어린이 시청 불가인데도 아빠는 보라고 한다.

그 후 며칠이 지나 12월에 접어들고, 이젠 물에서도 연기와 스모그 냄새가 난다. 어느 날 아침 파리와 파이즈와 나는 등굣길에 안찰의 아빠를 본다. 아저씨는 우유를 사면서 아무나 들으라는 듯이 경찰이 뇌물을 받고 부유한 살인자와 납치범들을 보호해주고 있다고 외친다. "지금은

나를 비웃지만 누가 또 없어지면 내 말이 기억날 거다. 없어지는 애들이
또 나올 거야. 두고 보라고."

그 이야기에 충격을 받은 듯 울부짖는 소리가 들린다. 누가 그러나
찾아보니, 놋쇠 귀이개와 면봉으로 귀를 파주고 기름을 발라주는 사람
에게 어떤 남자가 귀를 파이다 지르는 소리다. 우리는 까탈스러운 산타
클로스 옆을 지나간다. 흰 턱수염에 흙먼지가 묻어 있는 산타클로스는
구멍이 숭숭 뚫린 빨간 옷을 입고 서서, 스티로폼과 솜으로 눈사람을 만
드는 중인 일꾼들에게 이래라저래라 지시하고 있다. 사람들이 반쯤 완
성된 눈사람을 휴대전화 카메라로 찍고 있다.

조회 때 교장 선생님은 화장실에 음란한 그림을 그리다가 잡힌 남학
생들을 혼내신다. 그러고는 바하두르와 옴비르 이야기를 하신다. 그 아
이들이 실종된 지 벌써 6주가 되어간다고. 가출하면 안 된다면서, 진정
제 주사 또는 수면제를 넣은 사탕이나 초콜릿을 갖고 다니는 유괴범들
이 있으니 조심하라고 이르신다. "밖에 혼자 나다니지들 마라." 교장 선
생님이 말씀하신다.

나는 파이즈를 바라본다. 파이즈는 밤에 혼자 시장에 있다. 미리
생각하고 걱정해줬어야 하는데, 조금 미안하다.

교실에서 키르팔 선생님이 세계 여러 나라의 수도 이름을 써보라고
시킬 때, 나는 파이즈에게 늦게까지 돌아다니지 말라고 말한다.

"언제부터 우리 아빠가 됐냐?" 파이즈가 묻는다.

"그럼 돌아다니다 유괴되든가." 나는 책상에서 내 쪽으로 넘어온 파
이즈의 손을 밀쳐내며 말한다.

점심시간에 루누 누나의 열성 팬인 여드름투성이 형과 마주친다.

"누나 훈련 끝나는 거 기다렸다가 같이 집에 가." 쿼터가 날마다 집
회를 여는 멀구슬나무 아래를 멍하니 바라보면서 여드름 형이 말한다.

"누나 혼자 돌아다니면 안 돼. 불안한 시절이니까."

다들 쿼터를 나쁜 놈이라고 생각하지만, 쿼터가 납치 사건의 범인이라는 증거를 찾을 수가 없다. 쿼터가 범죄자치고 너무 영리하거나, 아니면 우리가 너무 멍청한 거다. 그래도 나는 패배자의 충고를 받아들이지는 않을 것이다.

"누나가 조심해야 할 사람은 형밖에 없어." 나는 여드름 형에게 이렇게 말한 후 냅다 도망친다.

마지막 수업이 끝났음을 알리는 종이 울리자, 키르팔 선생님이 왁자지껄 떠드는 우리에게 만들기 마저 다 해서 월요일에 가져오라고 소리친다. 이번 만들기 숙제는 새해 연하장을 만드는 거다. 내가 들어본 것 중 최악의 숙제다.

우리는 교실에서 우르르 몰려 나가 교문을 향해 뛰어간다. 금요일이라서, 파이즈가 빨리 가자고 재촉한다.

교문 밖 도로는 손수레와 릭샤와 어린 자녀들을 집에 데려가려고 기다리는 부모들로 북적인다. 어디선가 구운 땅콩 냄새, 그리고 마살라와 라임 주스로 양념하고 깍뚝썰기를 해서 찐 고구마의 맛난 냄새가 나는 것 같아 주위를 두리번거리니 노점상들이 수레와 바구니에 음식을 담아 가지고 다니며 파는 중이다.

여러 개의 팔찌가 찰랑거리는 손이 부르카를 쓴 여자를 밀치면서 소리친다. "파리, 여기 있었구나."

파리의 엄마다. 원래 훨씬 더 늦게까지 일하는데 여긴 어쩐 일인지 모르겠다.

"엄마, 무슨 일이야?" 파리가 묻는다. "아빠한테 무슨 일 있어?"

파리의 엄마가 흐느낀다. "또 한 아이가……." 아줌마가 말하면서 파리의 손목을 꽉 잡는다.

"아파, 엄마." 파리가 말한다.

"어젯밤에 또 한 아이가 사라졌어." 파리의 엄마가 말한다. "어린 여자애래. 이웃 아줌마가 그 소식을 듣자마자 전화했더라. 사람들이 사방으로 흩어져서 아이를 찾고 있어. 혼자 걸어서 집에 가는 건 안전하지 않아, 파리."

"파리 혼자 가는 거 아닌데요." 파이즈가 말한다. "우리랑 같이 가잖아요."

학생을 가득 태운 릭샤 한 대가 덜컹거리며 지나간다. 어디선가 비랴니*와 탄두리치킨의 매콤한 냄새가 난다. 끔찍한 일이 일어났다는 느낌이 들지 않는다. 우리 주변은 여느 때와 마찬가지로 소란스럽다.

"자이, 누나는 어디 있니?" 파리 엄마가 묻는다.

"훈련 중이에요."

"네 엄마가 누나도 데리고 가달랬는데. 아까 통화했거든."

이 동네 아줌마들 네트워크는 정말 강하다. 나는 운동장으로 뛰어간다. 루누 누나는 육상부 친구들과 함께 웃고 있다.

"누나, 우리 동네에서 또 누가 사라졌대. 그래서 엄마가 파리 엄마한테 전화해서 우릴 집에 데려다주라고 부탁했대. 파리 엄마가 지금 교문 앞에서 기다리고 있어." 내가 말한다.

"난 안 가." 누나가 말한다.

"또 누가 사라졌다고?" 육상부원인 타라가 묻는다.

＊　쌀에 고기와 채소, 마살라 향신료를 넣고 지은 밥.

"타라 엄마가 집에 데려다줄 거야." 누나가 말한다.

"우리 엄마가 언제⋯⋯." 타라가 입을 열자 누나가 손가락을 입에 대며 조용히 하라는 시늉을 한다. "잘 가." 누나가 내게 말한다.

누나가 납치되면, 그건 다 자기 잘못이다. 나는 할 만큼 했다. 교문에서 나는 누나가 시킨 대로 거짓말을 한다. 파리 엄마는 흐느끼면서도 알았다고 대답한다.

우리는 옆으로 나란히 서서 집으로 걸어간다. 왜 길을 막느냐고 릭샤 운전사들이 화를 내고 욕을 퍼부어도 들은 척도 하지 않는다. 파이즈는 파리 엄마가 잡는데도 뿌리치고 아르바이트를 하러 식료품 가게로 출발한다. 자기가 일하지 않으면 온 가족이 밥을 굶는다고 말하는데, 반은 진짜고 반은 거짓이다. 하지만 파리 엄마는 파이즈의 말을 믿는다.

골목마다 사람들로 북적인다. 손가락으로 하늘을 가리키는 사람도 있고(신들은 다 주무시나?), 경찰서가 있는 고속도로 쪽을 가리키는 사람들도 있다(그 당나귀 새끼들은 다 자빠져 자는 거야, 뭐야?). "경찰서장을 가두고 본때를 보여주자." 누군가가 말한다. "서장 지금 싱가포르에 있다던데." 다른 누군가가 말한다.

파리 엄마는 걸음을 멈추고 누구와 수다를 떨지도 않으며, 우리에게 질문을 허락하지도 않는다. 파리네 집에 도착하자 파리 엄마가 말한다. "파리야, 옆집 아줌마랑 있어. 엄만 다시 일하러 가야 하니까."

파리 엄마는 나야 납치되든 말든 관심이 없는 것 같다. 그런데 그때 저 앞에서 샨티 아줌마가 파리의 옆집 아줌마와 이야기하는 게 보인다. 엄마가 파리네 집에서 나를 데려오라고 샨티 아줌마를 보낸 게 틀림없다. 우리 동네는 감옥이 되었다. 어딜 가나 간수들이 감시하고 있다.

샨티 아줌마가 루누 누나는 어디 있는지 내게 묻는다. 나는 누나가 시킨 대로 또 거짓말을 한다.

샨티 아줌마와 함께 집에 온 후, 나는 책가방에서 과학 교과서를 꺼낸 다음 교복도 갈아입지 않고 문간에 선다. 샨티 아줌마가 다른 아줌마들과 하는 이야기에 귀를 기울인다. 그래서 알아낸 사실은,

- 사라진 아이의 이름은 찬드니다.
- 나이는 다섯 살이고 학교에 다니지 않는다.
- 찬드니의 맏언니는 열두 살이고 집에서 동생들을 돌보고 있다.
- 찬드니는 5형제 중 넷째다. 막내 남동생은 이제 겨우 9개월 된 아기다.
- 이제까지 동네에서 사라진 사람은 어린이 세 명 그리고 열여섯 살의 안찰, 도합 네 명이다. 누가 데려갔을까? 납치범인가? 아니면 배고프고 못된 정령이 우리 가운데 숨어 있는 것일까?

파리라면 이 모든 내용을 수첩에 적어놓을 것이다.

얼마나 그렇게 듣고 있었는지 모르겠다. 루누 누나가 집에 와서 책가방을 내려놓고는 물통 옆에 쭈그리고 앉아 세수를 한다. 나는 세수를 끝낸 누나가 안으로 들어갈 수 있도록 옆으로 비켜준다.

"유괴범이 왜 그렇게 많은 아이들을 훔쳐 가는 거야?" 내가 묻는다.

"어린애들을 잡아먹는 게 취미니까." 루누 누나가 말한다. 문을 반쯤 닫고 그 뒤에서 옷을 갈아입는다. 모습은 보이지 않지만, 누나는 이야기를 계속한다. "사람 고기를 좋아하는 사람들이 있어. 네가 라스굴라랑 양고기를 좋아하듯이."

"거짓말."

"넌 그럼 사라진 애들이 지금 어디에 있다고 생각해?" 누나가 묻는다. "누군가의 배 속에 있는 거야."

"어린이라도 이렇게 큰데 어떻게 사람 배 속에 들어가? 그리고 안찰은? 말도 안 돼. 납치범은 납치한 애들을 돈을 받고 파는 거야, 자기가 잡아먹는 게 아니라."

정령들이 바하두르와 옴비르를 잡아서 지하 감옥에 가둔 게 아니라면, 그 아이들은 지금 부잣집 화장실을 청소하고 있을 것이다. 아니면 벽돌 먼지와 눈물로 눈과 얼굴이 빨개진 채 무거운 벽돌을 등에 지고 나르고 있거나.

루누 누나는 옷을 다 갈아입고 문을 활짝 열고 나오더니 친구들을 만나러 간다.

나는 집 안으로 들어가 침대에 누워 교과서를 가슴에 얹는다. 우리 집 지붕과 디왈리 축제 이후로는 쓴 적이 없는 벽걸이 선풍기를 바라본다. 선풍기 옆에 도마뱀 한 마리가 붙어 있다. 마치 벽의 일부인 것처럼 꼼짝도 안 한다.

나는 기도한다. *신이시여, 제가 유괴되거나 살해당하거나 정령에게 붙잡혀 가지 않게 해주세요.*

기차역에서 만난 소년들이 생각난다. 신들은 너무 바빠서 모든 사람의 기도를 다 들어주진 못한다던 구루의 말이 기억난다. 신들에게가 아니라 멘탈에게 기도할 수 있다면 좋을 텐데.

나는 멘탈의 진짜 이름을 알아내기 위해 내가 아는 모든 이름을 떠올려본다. 아빌라시, 아흐메드, 안키트, 바달, 바드리, 바이라브, 찬드, 찬게즈, 체탄……. 이름을 알파벳 순서대로 떠올리기 힘들어서 생각나는 대로 떠올려본다. 사친 텐둘카르, 딜립 쿠마르, 모하메드 라피, 마하트마 간디, 자와할랄 네루…….

겨자씨가 뜨거운 기름 속에서 지르는 비명이 나를 깨운다. 이름을 읊
다가 잠이 들었나 보다. 엄마와 루누 누나가 작은 목소리로 사라진 여자
아이에 관해 이야기하고 있다.

"루누, 너도 조심해야 해." 엄마가 말한다. "범인이 누군지 몰라도 어
린애들만 납치하는 게 아니야. 안찰은 열아홉인가 스무 살인가 그렇잖
아. 조심해라, 루누."

"안찰은 열여섯 살이야." 내가 일어나 앉으면서 말한다.

"너 언제부터 깨어 있었어?" 엄마가 묻는다. 그러고는 양파를 팬에
집어넣고 젓는다. 국자가 팬 옆면을 긁는 소리가 난다.

"엄마, 납치범이 어린이를 유괴해서 잡아먹는다는 게 사실이야?"

"뭐?"

"애들 살이 맛있어서."

"이건 또 무슨 말도 안 되는 소리야? 네가 그랬지?" 엄마가 루누 누나
에게 묻는다. 왼손으로 누나를 때리려 하지만 팔이 닿지 않는다.

"내가 안 그랬어." 누나가 소리를 지른다.

"그게 어떻게 된 거냐면," 엄마가 내게 말한다. "찬드니가 밤에 혼자
밖에 나갔대. 굴랍자문을 먹고 싶다고 하니까 엄마가 사 오라고 돈을 줬
다는 거야. 이런 불안한 시기에 어린 딸을 혼자 내보내는 엄마가 어딨
니? 자기가 사 왔어야 하는 거 아니야?" 엄마는 생강과 마늘 썬 것을 팬
속에 던지고 강황과 고수와 커민 가루를 한 자밤씩 넣는다.

"사람들 말로는 찬드니네 집이 바로 시장 옆에 있대." 누나가 입고
있던 카미즈에 손을 닦으면서 말한다. "우리 집에서 샨티 아줌마네 집까
지의 거리랑 비슷한 거지."

"설마 그렇게 가까울까." 엄마가 말한다.

"그리고 걔네 엄마는 밥하느라 바빴대. 지금 엄마처럼 말이야."

"너를 밤에 밖에 내보내라고 비슈누* 님이 명령한대도 난 안 내보내."

아빠가 집 안으로 들어와 심각한 표정으로 나를 본다.

"네가 공부하고 있어야 할 시간에 유령시장을 돌아다닌다는 소리가 들리던데." 아빠가 말한다. "사실이냐, 자이?"

엄마가 국자 젓는 것을 멈춘다.

"난 항상 집에 있어." 내가 말한다. "지금도 집에 있고. 나 안 보여, 아빠?"

"그만해." 아빠가 천둥 같은 소리로 외친다. "지금 농담하는 줄 알아? 엄마 아빠는 너희가 하고 싶은 걸 못 하게 막은 적이 한 번도 없어. 너희 둘 다." 아빠가 루누 누나를 본다. "하지만 모든 일엔 한계가 있는 거야."

"아빠……."

"루누, 내 말 잘 들어. 이건 너한테도 해당되는 거니까. 이제부터 방과 후에 육상 훈련은 안 돼, 알았지?"

"하지만…… 대회는…… 난 그럼……."

"학교 끝나면 자이 데리고 와서 집에만 있어. 말 안 들으면 목줄을 매 놔도 돼."

"그럼 나 코치님한테 죽어." 누나가 말한다.

"크리켓 국가대표 코치라도 된다니?" 아빠가 묻는다. "그냥 학교 체육 교사일 뿐이잖아."

"전국 대회는 엄청 큰 대회야, 아빠. 코치님이 매일 연습하래. 일요일에도 연습하고."

---

*   브라흐마, 시바와 더불어 힌두교의 최고신이다.

엄마가 프라이팬에 신경을 안 쓰고 있어서 양파 타는 냄새가 난다. 내일모레 두타람 아저씨네 찻집에 일하러 가야 하는데, 걱정이다.

"어린이 유괴 사건은 밤에만 일어나, 아빠." 내가 말한다. "누나와 난 해 지기 전에는 반드시 집에 오고."

"맞아, 맞아." 누나가 눈을 부릅뜨고 분노의 눈물을 흘리면서 말한다. "아빠⋯⋯."

"더 말하지 마, 루누. 그리고 자이, 혼자서 시장을 돌아다닌다는 소리가 또 들리면 그땐 정말 아빠한테 혼날 줄 알아. 다 아빠 귀에 들어오게 돼 있어."

루누 누나는 우리에 갇힌 사자처럼…

…집 안을 왔다 갔다 한다. 일요일 아침, 누나는 방금 감은 머리를 말갈 기처럼 흩날리고 있다. "아, 말도 안 돼." 누나가 중얼거린다.

"아빠가 미쳤나 봐." 내가 말한다.

찻집에 출근할 시간이 지났다. 두타람 아저씨가 벌써 다른 사람을 고 용했는지도 모른다. 부모님은 내가 유령시장을 돌아다니지 않는다는 규 칙을 어긴 걸 알면 나를 때릴 것이다. 하지만 파라슈트 기름통에 있던 돈이 절반 가까이 사라졌고 그 도둑이 나라는 사실을 알면 더 심하게 때 릴 것이다. 나는 도둑이 되고 싶지 않다. 나는 탐정이다. 자수스 자이는 좋은 사람이다.

"오늘 훈련 빠지면 안 돼." 누나가 말한다. "어제도 나 혼자 먼저 끝내 고 나왔는데. 이런 식이면 코치님이 내 자리에 그 멍청이 하리니를 넣을 거야. 걘 내 스피드의 절반도 안 되지만, 코치님이 걔네 아빠랑 친하대."

"그럼 훈련하러 가. 엄마 아빠한테 안 이를게."

"넌 유령시장 가서 놀려고?"

"파리네 집에 갈 거야. 공부하러. 진짜야. 티브이는 좀 보겠지만, 공부도 할 거야."

내가 한 말을 곱씹어 생각하면서 집 안을 서성대는 누나 때문에 마룻널이 펄떡펄떡 튀어 오른다. "유괴된 애들은 모두 밤에 유괴됐어." 누나가 말한다. 내가 아빠한테 한 말이다. "어두워지기 전에 집에 돌아오자."

나는 누나가 내가 한 말을 따라 했다는 사실을 지적하지 않는다. 그러는 대신 이렇게 말한다. "멍청한 하리니가 누나 자리를 뺏으면 안 되지."

"근데 파리네 엄마가 엄마한테 전화해서 우리가 뭐 하는지 다 이르지 않을까?"

"파리네 엄만 일요일에 일해, 우리 엄마처럼. 그리고 걔네 아빠는 일요일마다 강을 건너서 부모님을 보러 가고."

"파리 혼자 집에 놔두고?"

"도서관이 문을 열면 거기에 데려다준대. 근데 오늘은 집에 있을 거야."

거짓말이 아니다. 파리가 그렇게 말했다.

누나는 운동복으로 갈아입기 위해 나를 문간에 앉게 한다. 다 갈아입고 나서 내게 들어오라고 한다. 누나는 흰색 고무줄을 써서 머리를 하나로 묶는다. 엄마가 봤으면 질색했을 것이다. 머리가 마르기 전에 묶으면 더러운 열매 같은 것들이 머릿속에서 자라 그걸 다 뽑아낼 수도 없게 된다고 엄마는 말한다. 머리를 빡빡 미는 수밖에 없다고 한다.

나는 벌써, 늘 입는 카고바지에 셔츠도 두 개나 껴입은 채다. 그 위에 빨간색 스웨터도 껴입는다. 그러고는 샨티 아줌마와 남편이 밖에 나와 있지 않은 것을 확인한 후 냅다 뛰기 시작한다.

다행히도 파리는 문 옆에 앉아서 공부를 하고 있다.

"이 바보 잘 데리고 있어줄 수 있지?" 누나가 파리에게 묻더니 내 목덜미를 잡고 나를 앞으로 민다. "집에만 있어야지 딴 데 가면 안 돼. 특히 유령시장은 절대 안 돼." 누나 목소리가 평소랑 너무 다르다. 나한테는 꽥꽥 소리만 치더니 파리한테는 어른하고 얘기할 때처럼 공손하게 말한다.

"짜증 나는 일 안 하겠다고 신께 맹세해, 자이." 파리가 말한다.

나는 손가락으로 콧구멍을 밀어 올려 돼지 흉내를 내면서 말한다. "신께 맹세합니다." 진심이 아니라는 건 신도 아실 것이다.

누나가 뛰어간다.

"나, 시장에 가야 해." 내가 말한다.

"방금 맹세했잖아." 파리가 말한다. "2초 전에. 신에게 벌받는 거, 안 무섭니?"

"굴랍자문 사러 가는 거야. 신도 이해하실 거야."

"네가 굴랍자문 살 돈이 어디 있어? 헛소리 말고 조용히 앉아 있어."

나한테 이래라저래라 하는 사람들 때문에 정말 지친다. "파이즈가 유령시장에서 하는 아르바이트를 구해줬어." 내가 불쑥 비밀을 털어놓는다.

"뭐?"

"보라선 타라고 누나가 나한테 준 돈을 갚아야 하거든."

"갚으래?"

"갚으라고는 안 했지만 갚으려고. 근데 놀라게 해줄 계획이야. 그래서 내가 일하는 거 누난 몰라. 너도 얘기하면 안 돼, 아무한테도."

"너 거짓말 진짜 많이 한다. 입만 열면 거짓말이네."

"그럼 직접 와서 보든가."

파리는 이웃집 아줌마가 등을 돌리기를 기다렸다가 나와 함께 유령시장 쪽으로 달려간다. 시장은 늘 그렇듯이 사람들로 북적인다. 가장 붐비는 곳은 장난감 가게 앞인데, 작은 산타클로스 인형과 가장자리를 프릴로 장식한 둥근 모자를 쓴 테디베어를 팔고 있다.

두타람 아저씨가 나를 흘끗 보더니 말한다. "너 왜 이제 오냐? 오늘 급료는 반만 준다. 그것도 감지덕지지."

"어린이 고용은 불법인데." 파리가 내게 속삭인다.

"넌 가." 내가 말한다. 파리가 사모사 수레 밑에서 자기 고추를 핥고 있는 사모사를 곁눈질로 본다. 사모사는 파리 앞에서 나를 부끄럽게 만들고 싶은가 보다.

"루누 언니 오기 전에 와야 돼." 파리가 말한다. 파리는 규칙을 엄격히 지키는 사람이지만 규칙을 어겨야 할 때도 있다는 걸 이해한다.

두타람 아저씨는 계피가 다 떨어졌으니 근처 노점에서 계피를 사 오라고 심부름을 시킨다. "이렇게 추운 날씨에는 변비에 잘 걸리거든." 아저씨가 말한다. "그래서 변비를 없애보려고 차를 열심히들 마시지."

"이삽골*이 더 좋은데." 내가 말한다.

"사람들 들을라. 그런 말 하고 돌아다니지 마라." 두타람 아저씨가 경고한다.

나는 계피 막대 한 묶음을 사다 준다. 그러고는 찻집 주위에 떠도는 동네 소식에 귀를 기울인다. 오늘 소식에는 두려움이 곳곳에 묻어 있다. 사람들은 자식들을 홀로 두는 것이 걱정이라고 말한다. 찬드니의 부모에게 실종 신고를 하라는 소리는 안 하고 뇌물을 달라고 손을 내민 경찰들을 욕한다. 어떤 사람들은 경찰을 규탄하는 시위를 하자고 하지만, 그러면 결국 불도저가 와서 우리 동네를 밀어버리는 결과만 가져올 거라

---

*   질경이 씨앗의 껍질. 차전자피라고도 한다.

며 반대하는 사람들도 있다. 한 아저씨는 촌장과 힌디사마지 당이 시위를 계획하고 있다고 말한다. 힌두 아이들만 납치하는 것으로 보아 납치범은 무슬림이 틀림없다고 생각하는 것이다. 다른 아저씨는 안찰의 남자친구는 무슬림이 아니라 힌두교도라고 말한다. 이 놀라운 소식은 나이나나, 그때 얼굴 마사지를 받으면서 우리 이야기를 엿들은 손님에게서 나온 것이 틀림없다. 그렇다고 해서 사람들이 무슬림을 욕하는 걸 멈추지는 않는다.

두타람 아저씨네 찻집 손님들은 대다수가 힌두교도다. 그들은 무슬림이 자식을 너무 많이 낳고 여자를 함부로 대한다고 말한다. 악마의 언어로 글을 쓰는 무슬림처럼 오른쪽에서 왼쪽으로 글을 쓰는 사람들은 믿어선 안 된다고도 한다.

찬드니가 가출했다고 말하는 사람은 한 명도 없다. 혼자 어디로 도망가기에는 너무 어리고 작기 때문이다. 이 말은 우리 동네에 진짜로 유괴범이 있다는 뜻이고, 범인이 한 명이 아니라 여러 명일 수도 있다는 뜻이다. 게다가 우리를 구해줄 멘탈 같은 존재도 없다.

❧

오후 늦게 두타람 아저씨는 손잡이를 두꺼운 헝겊으로 싸맨 무거운 찻주전자와 차곡차곡 쌓아 올린 유리잔을 건네면서, 옆 골목에 있는 귀금속 상점 손님들에게 갖다주라고 말한다. 아저씨는 차이 배달 주문을 휴대전화로 많이 받는다. 나는 차를 흘리지 않고 배달하다니 실력이 진짜 많이 늘었다고 흐뭇해하면서 걷다가 루누 누나와 눈이 딱 마주친다. 내가 숨기 전에 누나도 나를 본다. 시장을 통과하는 지름길을 택해 집으로 가는 중이었나 보다. 정말 나는 운이 지지리도 없다.

누나는 너무 놀라서 말을 못 한다. 눈이 부엉이 눈처럼 휘둥그레지고, 입이 열렸다가 닫히지만 말은 나오지 않는다. 심지어 어디든 걷지 않고 뛰기 때문에 늘 흘리고 있는 땀마저도 그 순간엔 얼어붙어버린 것 같다. 누나가 다가와서 내 턱을 쳐들고 내 얼굴을 들여다본다. 자기 동생, 자이가 맞는지 확인하려는 것 같다. 그러고는 내가 들고 있는 주전자와 찻잔들을 바라본다.

"나 일해, 일요일에만." 내가 누나에게 재빨리 말한다. "내가 번 돈 반은 누나 줄게. 운동화 새로 사고 그거 버려." 나는 누나가 신고 있는 검은색과 흰색이 섞인 낡은 남자용 운동화를 가리킨다. 엄마가 일하는 고층 아파트 경비원에게서 중고로 사 온 거다.

"와, 진짜……."

"지금은 길게 말 못 해. 차이 배달해야 돼."

"어떻게 된 건지 말해."

"일한다니까." 내가 걸어가면서 말한다.

"왜 일을 해? 집에서는 아무것도 안 하면서."

"돈 줘보든가. 일찍 일어나서 누나 대신 물 길어 올게."

"돈이 왜 필요한데?"

벌써 귀금속 상점에 다 왔기 때문에 나는 말을 멈춘다. 마룻바닥에 놓인 방석에 앉아 목걸이와 팔찌를 껴보고 있는 부르카 차림의 아줌마들에게 찻잔을 나눠 준다. 주인이 차까지 사는 걸 보니 이 손님들에게서 크게 한몫 잡으려는 것 같다.

"5성급 호텔도 이런 고급 차를 대접하진 않을걸요." 주인이 아줌마 손님들에게 말한다.

루누 누나와 나는 손님들이 차를 다 마실 때까지 밖에서 기다린다.

"언제부터 일한 거야?" 누나가 묻는다.

"엄마 아빠한테 이를 거야?"

"내가 훈련하는 걸 네가 이르면."

좋다는 표시로 휘파람을 불려고 했는데, 공기 새는 소리만 나온다.

"어두워지고 나서 밖에 있는 건 위험해." 누나가 말한다. "네가 아무리 바보라도 그건 알겠지?"

"두타람 아저씨는 일요일 밤마다 영화를 보기 때문에, 늦어도 5시면 문을 닫아. 흥행에 실패한 영화도 본대. 지난주에는······."

"유괴되지만 마, 알았지?" 루누 누나가 웬일로 내 머리를 어루만진다. 나는 유령이 머리를 만진 것처럼 깜짝 놀라 온몸을 떠는 시늉을 한다. 누나가 내 머리를 쥐어박는 시늉을 한다. 그러고는 다시 뛰어가다가 사람들과 부딪친다. 사람들은 누나더러 비행기 놓칠까 봐 뛰어가는 부잣집 사모님이냐면서 욕을 한다.

꿀벌

다음 날 아침, 나는 찻집에서 들은 소문을 파리와 파이즈에게 말해줄 기회를 찾지 못한다. 내가 일하는 걸 숨겼다고 파리가 계속 성을 내기 때문이다.

"남자들끼리 한패다 이거지?" 파리가 묻는다. "알았어, 나도 너희들 필요 없어. 이제부턴 탄비하고 놀면 되니까."

"탄비는 수박 책가방만 좋아하잖아." 파이즈가 말한다.

파리는 더 화를 내면서 먼저 가버린다. 내가 엄마 돈을 훔친 걸 파리는 모른다고, 내가 파이즈에게 말한다.

"그런 것 같더라니." 파이즈가 말한다.

파리는 조회 때도, 조회 후에도 우리와 말을 섞지 않는다. 키르팔 선생님이 사회 수업을 시작하는데, 크리켓에 관한 내용이다. 크리켓에 관해서는 선생님보다 우리가 더 많이 안다. 그때 이상한 소리가 교실로 굴러 들어온다.

"불도저다." 누군가 외친다.

"아냐." 내가 맞받아 외친다. 무슨 소린지는 모르겠지만, 불도저 소리가 아니기를 바란다.

"조용." 키르팔 선생님이 소리친다.

아까 그 소리가 함성이 된다. 우리는 교실 문을 박차고 복도로 뛰어나간다. 키르팔 선생님은 막으려는 시도조차 하지 않는다. 학교 담 밖에서 분노의 함성이 들려온다. *우리 아이들을 돌려줘라.* 우리가 잘 아는 목소리가 마이크를 통해 크게 울려 퍼진다. *잊지 마라, 인도는 우리나라다. 인도는 힌두인들의 것이다. 쿼터다.*

"어제 찻집에서 사람들이 이 시위 얘기를 했어." 내가 파리와 파이즈에게 말한다. "근데 그게 오늘인지는 몰랐네."

"무슬림들이 바하두르랑 옴비르를 데려갔어. 다른 애들도." 가우라브가 복도에서 선언한다. "힌디사마지 당이 그들을 막을 거야."

"경찰에 항의하면서 행진해야 하는 거 아니야?" 파이즈가 묻는다.

"경찰에 항의하는 시위이기도 하다고 했어." 내가 말한다.

키르팔 선생님은 복도에서 다른 선생님들과 잡담을 하고 있다. 시위대의 소리가 점점 멀어지자, 선생님은 우리에게 교실로 돌아가라고 지시한다. 우리는 세월아 네월아 하면서 자리에 앉는다. 한 남자아이는 비눗물이 든 작은 병 속에 플라스틱 고리를 넣었다가 꺼내 비눗방울을 분다.

"쉬는 시간에 몰래 밖에 나가면 안 된다." 우리가 비눗방울 잡기를 끝내고 자리에 앉자 선생님이 말한다. "폭동으로 변하지 말아야 할 텐데 큰일이다."

"폭동이 날까요?" 가우라브가 묻는다. 행복한 표정을 감추지 못한다.

"왜, 안 나면 네가 일으키려고?" 키르팔 선생님이 말한다.

"폭동, 폭동, 폭동." 가우라브가 파이즈를 보면서 구호를 외친다. 가우라브의 이마에 있는 빨간 티카*가 불타는 것처럼 보인다.

"쟤가 저래봤자 너한테 아무 짓도 못 해." 내가 파이즈에게 말한다.

"무슨 짓이든 할 테면 해보라고 해." 파이즈가 말한다.

우리 반에 있는 다른 무슬림 학생들은 자기들이 잘못한 일이라도 있는 것처럼 몸을 잔뜩 움츠리고 앉아 있다.

"괜히 저러는 거야. 진심이 아니야." 파리가 파이즈에게 말한다. 이제는 우리에게 화난 것처럼 보이지 않는다.

파이즈가 공책을 펼쳐 편평하게 누른다. 파이즈의 손이 떨리고 있다.

---

*   힌두교도가 소원 성취를 기원하며 이마에 붙이는 점.

찬드니

신은 좋고 악마는 나쁘다. 시금치는 좋고 국수는 나쁘다. 어제는 신과 시금치처럼 좋고, 오늘은 악마와 국수처럼 나쁘다. 찬드니는 오늘이 나쁘다는 것을 알 수 있었다. 저녁 내내 니샤 언니가 살살 걷지 않고 쿵쾅거리면서 집 안을 돌아다녔고, 콜리플라워의 머리를 마치 나무를 베듯 싹둑 잘랐으며, 아기를 재울 땐 너무 세게 흔들었기 때문이다. 조금 전엔 찬드니가 여느 때와 마찬가지로 니샤 언니 무릎에 앉으려고 하니까, 언니가 찬드니를 밀어내면서 말했다. "가서 딴 거 하고 놀아."

찬드니는 '딴 거'가 뭔지 알지 못했다. 매일 밤, 너무 시끄럽고 너무나 작은 아기가 잠들고 나면 언니는 남동생들에게 숙제를 시키고는 텔레비전을 틀어 소리를 작게 하고 연속극을 보았다. 여자가 병원 침대에서 몇 주 동안이나 잠자고 있고, 심지어 남편이 보러 왔을 때도 깨어나지 않았다. 남편은 처음에는 날마다 아내를 보러 왔지만 점점 뜸해지더니 나중에는 거의 발길을 끊었다.

니샤 언니는 찬드니가 아무리 간청을 해도 〈초타빔〉이나 〈톰과 제리〉 같은 만화영화를 틀어주지 않았다. 하지만 찬드니를 간질이면서 찬드니의 손을 먹는 척했다. "아우, 맛있어. 아우, 맛있어" 하면서 찬드니의 손을 입에 넣으면, 찬드니는 아기가 깨어나서 울까 봐 웃음을 참다가 눈물까지 흘리곤 했다. 아기는 항상 울었다. 때로는 엄마 블라우스 속에서 젖을 먹다가도 울었고, 그러다가 젖이 코로 들어가면 기침을 하면서 더 심하게 울었다. 엄마는 찬드니도 아기였을 때 그렇게 울었다고 말했다. 하지만 이제 찬드니는 다 커서 쿠르쿠레나 킷캣 혹은 알루티키 같은 것들을 좋아했고, 엄마의 젖이 블라우스를 적시는 것을 보면 웩 하고 구역질이 나왔다.

이제 집 안은 조용했고, 찬드니의 귀에 들리는 소리라고는 오빠들이 연필로 종이 위에 글씨를 쓰는 사각사각 소리와 텔레비전에서 나오는 작은 목소리들뿐이었다. 언니는 리모컨을 들고 앉아서 텔레비전 속 남녀가 소리를 지르면 볼륨을 줄였다가, 속삭이면 다시 높이곤 했다. 그때 아기가 울기 시작했다. 찬드니는 손가락으로 귀를 막았다. 아기의 똥 냄새가 집 안에 퍼졌다. 아기의 똥은 상한 생선처럼 냄새가 고약했다.

니샤 언니는 더러워진 엉덩이를 씻기려고 아기를 밖으로 데리고 나갔다. 오빠들은 숙제를 하다 말고 리모컨을 슬쩍 가져와 계속 채널을 돌리다가 크리켓이 텔레비전 화면을 가득 채우자 리모컨 누르기를 멈췄다. 오빠들은 여동생 찬드니의 머리카락을 잡아당기면서 장난을 쳤다. 찬드니는 눈물이 절로 나왔다. 일어나서 문간으로 가 니샤 언니가 아기를 달래는 걸 지켜보았다. 아기가 언니의 스웨터를 물고 있어서 그 부분이 동그랗게 젖어 있었다.

찬드니는 두 손을 내밀며 아기를 안아보게 해달라고 언니에게 말했다. 언니가 아기를 찬드니의 품에 안겨주었지만, 아기는 마구 발길질을 하면서 손으로는 찬드니가 걸고 있는 예쁜 분홍색 플라스틱 목걸이를 잡아당겼다. 언니가 아기를 도로 받아 안고 "자장자장 우리 아가" 하고 자장가를 불러주었다. 언니가 아기를 침대에 내려놓으려 했지만, 아기는 언니에게 계속 안겨 있으려고 했다. 아기가 짜증을 내서 언니도 짜증이 나는 것 같았다.

찬드니의 오빠들은 크리켓에 대해 떠들어댔다. 둘이 동시에 똑같은 말을 했다. 두 오빠는 1년 터울로 태어났지만 엄마는 둘이 꼭 쌍둥이 같다고 했다. 니샤 언니가 남동생들에게 조용히 하라고 소리를 빽 질렀다. 남동생들은 누나는 엄마도 아니면서 왜 그러느냐고 대들었다. 아기가 큰 소리로 울어댔다. "리모컨으로 티브이 소리 안 나게 하듯이 쟤도 소리 안 내게 할 수 없어?" 남동생들이 물었다. 언니는 찬드니가 이해할 수 없는 말들을 중얼거렸다. "욕하지 마, 누나." 남동생들이 말했다. 그리고 텔레비전 소리가 아기 울음소리보다 더 커질 때까지 리모컨의 버튼을 계속 눌러댔다.

"와, 미치겠다. 진짜." 니샤 언니가 소리를 지르면서 집 안을 쿵쾅거리며 돌아다녔다. 그러면서 아기를 집 밖으로 던질 것처럼 흔들어댔다. 언니의 발이 냄비에 부딪히며 땡그랑 소리가 났다. 냄비가 흔들리더니 안에 든 달이 바닥으로 쏟아졌다. 언니가 어제 만들어서 먹다가 물을 넣어 데워놓은 것이었다.

찬드니는 니샤 언니가 화를 내는 게 무서웠다. 언니가 화를 내는 일은 거의 없었다. 언니는 날마다 동생들의 옷을 빨고, 점심과 저녁을 챙겨주고, 동생들이 쓰레기장에서 오줌이나 똥을 누기 위해 바지를 내리거나 치마를 올릴 때 다가오는 개들을 향해 돌을 던져주었다. 언니는 동생들을 노려보거나 소리치지 않고 돌봐주었다.

찬드니는 니샤 언니의 기분을 풀어줄 방법을 알고 있었다. 찬드니는 발 받침 위에 올라서서 문 옆에 걸린 두르가마타 그림 액자 뒤로 손을 뻗었다. 그러고는 외할아버지가 오셔서 생일 선물로 주신, 돌돌 만 20루피 지폐를 꺼냈다. 할아버지가 이 돈은 비밀로 하라고 말씀하셨다. 엄마 아빠가 알면 돈을 뺏어서 식료품처럼 쓸모 있는 것을 사는 데 쓸 게 분명하기 때문이었다. 할아버지는 찬드니가 그 돈으로 솜사탕 같은, '그다지 좋지 않은 것'을 사기를 바랐다. 솜사탕이라는 말만 들어도 배 속에서 즐거운 웃음소리가 나는 것 같았다. 막대기를 중심으로 점점 더 커지는 분홍색 설탕 구름이 할머니의 머리카락 같아 보이지는 않았다.

밖은 깜깜했다. 찬드니는 조용히 집을 나와 빠르게 걸었다. 어디 가느냐며 부르는 식구는 아무도 없었다. 찬드니는 시장으로 급히 걸어갔다. 문을 닫은 가게도 있었고 아직 닫지 않은 가게도 있었다. 찬드니는 지금이 몇 시인지 궁금했다. 아무도 찬드니에게 시계 보는 법을 가르쳐주지 않았다.

슬프게도 솜사탕 장수는 떠나고 없었지만, 구지야*와 굴랍자문을 파는 가게는 아직 열려 있었다. 찬드니는 디저트 가게 아저씨에게 20루피 지폐를 건네고 유리 진열대 안에서 시럽 속에 빠져 있는 굴랍자문을 가리켰다. 굴랍자문을 한 국자 퍼서 비닐봉지에 담은 아저씨가 카운터 위로 몸을 굽히고 찬드니의 손에 봉지를 쥐여주었다. 거스름돈은 주지 않았다. 그래도 괜찮았다. 굴랍자문이 언니의 기분을 풀어줄 테니까. 이 달콤한 굴랍자문을 한 입만 베어 물어도 혀에 윤기가 돌고 눈이 밝아지며 행복해질 테니까.

골목에는 사람이 거의 없었다. 밤이 되자 어디선가 달그락달그락 소리, 절거덕절거덕 소리, 쿵쾅쿵쾅 소리가 났다. 어떤 소리는 낮에 나던 소리가 남아 있는 것일 수도 있었다. 낮에는 너무 많은 사람들이 시장에 와서 말을 하는 탓에, 미처 들릴 기회를 얻지 못한 소리가 많이 있었다.

---

* 말린 과일 소를 넣고 만두 모양으로 반죽을 빚어 튀긴 달콤한 후식.

그래서 이제야 그 소리들이 거미줄이 쳐진 천장에서, 문 뒤에서, 그리고 웅웅거리는 냉장고 밑에서 기어 나와 시끄럽게 떠들어대는 것이었다.

찬드니는 벌레처럼 귀로 기어들어 담요처럼 긁어대는 그 소리들이 너무 싫었다.

그때 좋은 생각이 났다. 찬드니는 암탉처럼 꼬꼬댁거렸고, 개처럼 멍멍 짖었고, 고양이처럼 야옹야옹 울었다. 어둠 속에서 찬드니를 쫓아오는 소리들이 찬드니가 암탉인지, 여자아이인지, 개인지, 고양이인지 알 수 없게 하기 위해서였다. 이렇게 하면 소리들은 헷갈려서 찬드니를 혼자 내버려두고 가버릴 것 같았다. 찬드니는 고양이의 꼬리를 말고, 닭의 부리로 땅을 쪼고, 개의 혀로 비닐봉지에서 첨벙거리며 넘쳐 나오는 끈적끈적한 시럽을 핥으면서 콩콩 뛰어갔다.

저 앞에 집이 보였다.

힌디사마지 당의 시위는 오래전에 끝났지만…

…그 흔적은 곳곳에 남아 있다. 학교에서 집으로 걸어가는 동안 사라진 아이들의 사진이 실린 전단지가 자꾸 발에 밟힌다. 나는 한 장을 집어 든다. 전단지에 실린 바하두르의 사진은 바하두르 엄마가 우리에게 빌려준 사진과 똑같지만, 전단지가 흑백으로 인쇄돼 있어서 셔츠가 빨간색인 것은 알 수가 없다. 옴비르는 앞머리를 깔끔하게 뒤로 넘겼고, 카메라를 보며 웃고 있다. 안찰은 살와르카미즈를 입고 두파타를 머리에 두르고 있는데, 창녀처럼 보이지는 않는다. 찬드니의 얼굴은 작고 흐릿하다. 이 아이들의 사진 밑에는 '우리 아이들을 지금 당장 풀어줘라'라고 적혀 있다.

"그 사람들은 무슬림이 어린이를 납치하는 걸 봤대? 그래서 이런 말도 안 되는 짓을 하고 돌아다니는 거야?" 파리가 내가 들고 있는 전단지를 손가락으로 쿡 찌르면서 묻는다.

"브윰케시 박시가 그 사람들 얘길 들었으면 웃다가 기절했을 거야." 내가 말한다.

"찬드니네 집에 가보자." 파리가 말한다. "의심스러운 사람이나 의심스러운 일을 볼 수 있을지도 몰라. 사마지 당이 착한 사람들을 모함하는 걸 보고만 있을 수는 없어."

파리는 우울해하는 파이즈의 기분을 풀어주려 애쓰고 있다.

파리는 도롯가에 앉아 향신료가 가득 든 포대를 여러 개 늘어놓고 파는 여자에게 찬드니의 집이 어딘지 아느냐고 묻는다. 향신료 장수는 왼쪽과 오른쪽을 번갈아 가리킨다. 어디로 가라는 건지 나는 도통 모르겠는데 파리는 알아들은 모양이다.

우리는 전자 제품 수리점 앞을 지나간다. 수리점은 유령시장 안에 있는 다른 무슬림 가게들처럼 문이 닫혀 있다. 내가 무슬림이라도 쿼터 일당이 위협적인 구호를 외쳐대는 동안에는 문을 열지 못할 것 같다.

"파이즈, 집에 가는 게 어때?" 파리가 자물쇠로 잠긴 셔터들을 흘끗 보면서 말한다. "그게 더 안전할 것 같은데."

"그 입 좀 다물면 안 될까?" 파이즈가 말한다.

골목은 우리 집의 세 배쯤 되는 크기의 공터에서 끝난다. 공터 한쪽에는 쓰레기가 산더미처럼 쌓여 있는데, 아주 오래전부터 그렇게 쌓여 모든 것이 바위처럼 딱딱하게 굳어 있다. 염소들이 오래되고 찢어진 비닐봉지 속에서 먹을 것을 찾으려고 안간힘을 쓴다. 공터의 다른 한쪽에는 높은 철책에 둘러싸인 변압기가 있다. 쭈글쭈글 주름이 잡힌 이 커다란 금속 상자는 전력 공사公社의 소유물이다. 변압기 주위에 무성하게 자란 잡초 속에 사라스바티 여신 조각상에서 절단된 머리가 놓여 있다. 놀란 얼굴에 가로 방향 지그재그로 금이 가 있다. 불길한 징조다.

철책에 붙어 있는 흰 간판에는 '위험: 전기!'라고 적혀 있고 그 밑에 해골이 그려져 있다. 해골은 거대한 입에 비뚤어진 이를 드러내며 웃고 있다. 악마의 미소다.

철책 난간 곳곳에 재스민과 금잔화 꽃다발이 묶여 있다. 어쩌면 이곳은 부서진 사라스바티 여신의 사원인지도 모른다. 엄마는 디왈리나 잔마슈타미 같은 축제 때 유령시장에 있는 여러 사원으로 나를 데려가지만, 여기에 데리고 온 적은 없다. 우리 동네는 집이 200채가 넘는 꽤 큰 동네라서, 막강한 휴대전화 네트워크를 자랑하는 엄마라고 해도 모든 사람과 모든 것을 아는 것은 아닌가 보다.

남자애 두 명이 서로를 향해 소리를 지르면서 공터로 뛰어온다. 한 명이 다른 아이를 나뭇가지로 때리자, 맞은 아이의 피부가 부풀어 오르더니 금세 빨갛게 변한다.

"찬드니네 집이 어딘지 아니?" 파리가 그 아이들에게 묻는다. "찬드니 말이야, 실종된 애."

나뭇가지를 든 아이가 나뭇가지로 공터 너머에 있는 집들을 가리킨다. "쭉 가면 돼." 그 아이가 말한다. 그러고는 다시 친구를 때리기 시작한다.

우리는 공터 끝으로 걸어간다. 거기서 길은 두 갈래로 나뉜다. 하나는 소년이 찬드니의 집이 있다고 가리킨 곳으로 곧장 뻗어 있고, 다른 하나는 오른쪽으로 굽어 고속도로로 이어진다.

"모든 일이 이 '변압기 신전' 주위에서 일어나고 있는 것 같아." 파리가 말한다.

"무슨 모든 일?" 내가 묻는다.

"바하두르는 티브이 수리점에서 일했는데, 수리점이 여기서 가깝잖아. 안찰과 찬드니는 집이 이 근처고."

"옴비르의 집은 아니잖아." 내가 말한다.

"옴비르도 수리점 아저씨랑 얘기하려고 여기 왔을 거야. 우리가 그랬듯이. 여긴 유괴범이 범행을 저지르기에 좋은 장소야. 밤에는 사람이 한 명도 없을걸. 지금도 별로 없는데."

"그럴 수 있겠네." 내가 풀 죽은 목소리로 말한다. 단서는 내가 다 찾아냈는데 연결은 시키지 못했다. 연결은 파리가 했다. 그 똑똑한 머리로 순식간에 모든 단서를 연결해냈다. 파리가 펠루다고 브욤케시 박시고 셜록 홈스다. 나는 아지트나 톱세, 왓슨 같은 조사원에 지나지 않는다.

"또 수리점 아저씨 의심하는 거야?" 파이즈가 묻는다. "못된 정령이 범인인지 인간이 범인인지 어떻게 알아?"

"어쩌면 정령들이 여기를 돌아다니는지도 몰라. 쿼터 같은 범죄자들이 술집을 돌아다니듯이 말이야." 내가 말한다. "그러니까 이곳이 정령들의 소굴인 거지."

"맞아, 샤이탄 소굴." 파이즈가 말한다.

"'샤이탄'은 악마라는 뜻 아니야?" 내가 묻는다.

"못된 정령들도 샤이탄이라고 불려." 파이즈가 말한다.

"아예 너희 둘이 〈정령 순찰대〉라는 드라마를 찍지 그래? 그런 말도 안 되는 이야기는 그 드라마에서나 하라고." 파리가 말한다.

"대박 나겠다, 그 드라마." 내가 말한다.

어느새 찬드니의 집 앞에 도착했기 때문에 파리는 우리를 더 나무라지 못한다. 집 밖에 사람들이 모여 있어서 찬드니의 집인 것을 금방 알겠다. 아는 얼굴도 몇 명 보인다. 쿼터, 다림질사, 안찰의 아빠 그리고 주정뱅이 라루가 보인다. 한 소녀가 아기를 안고 구부정한 자세로 집 문간에 서 있다. 소녀 뒤로 어둠 속에 한 여자가 서 있다. 사리의 여미지 않은 부분으로 얼굴을 반쯤 가린 채다. 찬드니의 엄마인 것 같다. 집에는 문이 없다. 침대 시트 조각이 문이 있어야 할 자리에 걸려 있다.

모여 있는 남자들은 대부분 샛노란 옷을 입고 있다. 힌디사마지 당시위대인 게 틀림없다. 쿼터만 평소처럼 검은 옷을 입고 있다.

"여긴 너한테 안전한 곳이 못 되는 것 같아." 파리가 파이즈에게 말한다.

"쿼터는 얘가 무슬림인 거 몰라. 우릴 아는 사람도 없고." 내가 말한다. 하지만 마음을 졸이게 되는 건 사실이다. 점심으로 먹은 퀴퀴한 냄새의 쌀밥과 카디* 때문은 아닌 것 같다.

파이즈는 개장수의 그물에 걸린 개처럼 잔뜩 겁먹은 표정이지만 말은 세게 한다. "난 한 발짝도 안 물러서."

용기를 내어 맞서고 있다는 걸 우리한테라도 보여주고 싶은 모양이다.

노란색 가운을 입고 루드라크샤 염주 목걸이를 걸고 있는 남자가 찬드니네 집에서 걸어 나온다. 구루다. 누군지는 모르겠다. 유령시장엔 구루가 너무 많다.

나는 목을 길게 빼고 자세히 살펴본다. 구루 바로 뒤에 촌장이 서 있다. 몇 달 동안 못 봤는데, 오늘 여기서 본다. 오늘도 스모그로 날이 어둑어둑한데도 촌장의 검은 머리는 꼭 햇빛을 받고 있는 것처럼 반짝인다. 키가 작고 마른 촌장은 흰색 쿠르타와 파자마**를 입고 그 위에 고급스러운 황금색 조끼를 단추를 끝까지 채워서 입고 있다. 그리고 노란색 스카프를 어깨에 느슨하게 두르고 있다. 촌장이 쿼터에게 무슨 말을 하고 있다. 쿼터는 아버지가 귓속말을 할 수 있게 허리를 굽힌 채다. 누군가가 끼어들려고 하니 촌장이 손을 내저어 물리친다.

구루가 차르파이에 앉는다. 사람들은 구루의 발을 손으로 움켜잡고, 그의 가운 자락을 만진다.

"선생님 말씀이 옳았습니다." 한 남자가 말한다. 무릎을 꿇고 앉아 머리를 조아리고 있지만, 나는 그를 알아본다. 나는 두타람 아저씨에게 어린이를 고용하면 안 된다고 말한 레슬링 선수 같은 남자가 바로 저 사람

---

*   병아리콩과 요거트로 만든 걸쭉한 카레에 채소 튀김을 곁들여 먹는 요리.
**   인도 사람들이 입는 통 넓은 바지.

이라고 파리에게 말한다.

"쉿, 조용히 해." 한 아저씨가 나를 꾸짖는다.

"정말 옳은 말씀이었어요." 레슬링 선수가 구루에게 말한다. "선생님의 빛나는 존재가 이 동네의 끔찍한 진실에 빛을 비춰주시기 전에는, 우린 무슬림들이 우리에게 너무나도 큰 고통을 주고 있다는 사실을 깨닫지 못했습니다." 그가 구루의 발아래 엎드린다. 구루가 그의 어깨를 잡아 일으키더니 등을 때린다. 돌처럼 단단한 레슬링 선수의 척추를 주먹으로 힘껏 세 번 내려친다.

레슬링 선수가 일어나서 촌장에게 다가가 무슨 말을 한다. 촌장은 아직도 구루 뒤에서, 두 손을 맞잡고 서 있다. 우리 같은 사람들의 말은 보통 들은 척도 안 하는데, 오늘은 심각한 표정으로 레슬링 선수의 말을 듣고 있다. 레슬링 선수가 우리 동네에 있는 촌장의 수많은 정보원들 가운데 한 명인가 보다. 엄마 말로는 촌장이 정보원들에게 사례를 후하게 한다고 한다. 그래서 레슬링 선수가 금시계를 찰 수 있는 모양이다.

이번에는 안찰의 아빠가 말한다. "선생님, 선생님이 우리와 함께 계시니까 정말 안심이 됩니다. 선생님을 보는 순간부터 가슴 아픈 게 딱 멈추더라고요. 제 딸이 돌아오게 해주실 것을 압니다."

구루가 오른손으로 턱수염을 어루만진다. 그러자 마술을 부린 듯 손가락 끝에 재가 모인다. 구루는 그 재를 안찰 아빠의 펼친 손바닥에 떨어뜨리더니, 그를 안고 등을 힘껏 세 번 때린다. 안찰 아빠가 기침 발작을 일으킨다. 저렇게 약한 사람이 딸에게 무슨 짓을 할 수 있었을 것 같지는 않다. 찬드니 같은 어린아이를 안아 올릴 힘도 없어 보인다. 안찰의 아빠는 용의자 명단에서 빼야 할까 보다.

주정뱅이 라루가 일어선다. 그의 축 늘어진 팔이, 금방이라도 부러질 것 같은 죽은 나뭇가지처럼 흔들린다.

"서생임 말쓰미 올씀니다. 무슬림 아이는 하 명도 실종되지 아나써 요." 주정뱅이 라루가 술 때문에 혀 꼬부라진 소리로 말한다. "무스림들 이 나쁜 지슬 그마하게 마가주십시오, 서생임. 무스림드를 마가주세요."

나는 파이즈를 바라본다. 파이즈는 아무렇지 않은 것처럼 행동하지 만, 왼쪽 눈 옆에 있는 흉터가 씰룩거린다.

"우리 딸은 아직 애긴데요." 구루 뒤, 찬드니 엄마 옆에 서 있는 남자 가 말한다. 찬드니의 아빠인가 보다. 빗질하지 않은 머리가 꼭 이마 위로 타오르는 불꽃 같다. "힌두인이니 무슬림이니, 그 아이가 뭘 알겠습니 까?"

"그렇지. 우린 다 그렇게 생각하는데." 촌장이 돌아서서 찬드니의 아 빠를 바라보며 말한다. "나쁜 놈들은 그렇게 생각하지 않으니 문제지."

한 남자가 구루에게 버터밀크 한 잔을 건네자, 구루는 꿀꺽꿀꺽 두 모금 만에 다 마신다. 다른 남자가 벨푸리* 한 그릇을 건네자, 구루는 아 이스크림용 나무 막대로 그걸 열심히 입속에 밀어 넣는다. 이 구루가 멘 탈과 같은 능력을 지니고 있는지 궁금하다. 과연 문제를 해결할 수 있을 까? 공기 중에서 재를, 스모그에서 담요를 만들 듯이 돈을 만들어낼 수 있을까?

"찬드니 부모한테도 말했는데……." 벨푸리를 와그작와그작 씹으면 서 구루가 말한다. "신의 축복을 간구하려면 특별 푸자**를 올려야 한다. 자네들……." 구루가 안찰의 아빠와 주정뱅이 라루와 다림질사를 가리 킨다. "자네들도 좀 도와주고."

---

* 튀긴 쌀과 바삭하고 얇은 견과류로 만든 플레이크에 토마토, 양파, 레몬즙, 칠리 소스 등을 섞어 먹는 음식.
** 힌두교의 제사 의식.

땅바닥에 앉아 있는 사람들이 "람, 람, 람, 람" 하고 외친다.* 구루는 벨푸리 그릇을 옆에 내려놓고 제자들 모두의 등을 때려준다.

"저게 사람들을 축복하는 거래." 파리가 내게 속삭인다. "이 '때리는 구루'에 대해 들어본 적이 있어."

"축복하는 거야, 병원에 입원시키려고 그러는 거야?" 내가 속삭인다. 파리가 키득키득 웃는다.

"얘들아, 이리 오렴!"

구루다. 우리를 왜 부르는지, 어떻게 우리를 봤는지 모르겠다. 다들 우리를 보고 있다. 이제 그만 보고 하던 일들이나 계속하시지.

"쟤네드른 바하두르 칭구드립미다." 주정뱅이 라루가 말한다.

안찰의 아빠가 눈을 가늘게 뜨고 나를 노려보지만, 때리려고 하지는 않는다.

힘센 손들이 우리를 구루 쪽으로 민다. 구루가 우리 이마에 입을 맞추는데, 턱수염과 콧수염 때문에 따갑다. 구루가 우리 등을 쾅 때리자 통증이 머리끝에서 발끝까지 삽시간에 쫙 퍼진다. 구루가 파이즈의 등도 때리는데, 그렇다면 파이즈가 무슬림인 것을 모른다는 뜻이어서 다행이라는 생각이 든다.

나는 때리는 구루 뒤에 서 있는 쿼터와 레슬링 선수를 슬쩍 쳐다본다. 내가 아픈 등을 문지르자 쿼터가 히죽거린다. 레슬링 선수는 아직도 촌장에게 동네의 비밀을 일러바치고 있다. 그러다가 우리를 흘끗 본다. 찻집에서 본 적이 있는 나를 알아봤는지는 모르겠지만 표정에는 나타나지 않는다.

파리가 나와 파이즈를 끌고 그곳을 빠져나오는데, 때리는 구루의 말

---

    *   힌두교도들은 람 신의 이름을 부르는 것으로 자긍심과 의지력을 높일 수 있다고 믿는다.

이 우리를 따라온다. "이 동네엔 우리 신들에게 복종하지 않는 무서운 악마가 있다. 그 악마가 더 큰 해를 입히기 전에 멈춰 세우는 건 우리에게 달려 있다."

꿏

지금은 크리스마스 방학이어서 정령이 아닌 인간 용의자들을 감시할 시간이 많아졌다. 전자 제품 수리점 아저씨를 용의자 명단에서 지웠던 파리는 그 가게가 샤이탄, 즉 악마의 소굴과 가까이 있다는 이유로 아저씨를 다시 명단에 올렸다. 파이즈는 파리와 내가 힌디사마지 당원들처럼 행동한다면서 그럴 거면 아예 노란 옷까지 입고 다니라고 말한다. 파리는 우리가 납치범을 잡는 것이 힌두인 무슬림 가릴 것 없이 모두를 돕는 일이라고 설명한다.

우리 같은 어린이 탐정들에게는 잠복근무가 훌륭한 수사 방법이다. 나는 사모사를 데리고 잠복근무를 나갈 수 있다. 물론 사모사가 자기 꼬리를 잡느라고, 혹은 웅덩이의 더러운 물을 핥아 먹느라고 바쁘지 않을 때 말이지만.

오늘 우리는 전자 제품 수리점 근처에 있다. 파이즈는 일을 가지 않고 우리를 따라나섰다. 파리와 내가 수리점 아저씨를 납치범으로 몰아서, 쿼터와 힌디사마지 당이 아저씨의 턱수염에 불을 붙이거나 칼로 아저씨의 머리를 베어버릴까 봐 걱정이 되는 모양이다. 무슬림에게 그런 일이 일어나는 것을 텔레비전 뉴스에서 본 적이 있다. 그런데 이상한 점은, 주요 용의자인 쿼터가 납치범을 잡고 싶은 것처럼 행동하고 있다는 거다.

지금 우리는 파이즈의 형들이 갖고 놀던 구슬을 가지고 노는 척하면서 잠복근무를 하고 있다. 사모사는 우리가 구슬을 던질 때마다 흥분해서 마구 짖어댄다.

"이 멍청이 개는 왜 데려왔어?" 파리가 묻는다.

"단서를 쫓을 수 있잖아."

"파코다 때문에 다들 우리를 보고 있잖아." 파리가 말한다.

"이름 그거 아닌 거 알잖아."

"차오멘 입 좀 다물게 해라, 응?" 파리가 말한다.

파이즈가 구슬을 전부 주워서 주머니에 집어넣는다. 사모사가 하나라도 삼킬까 봐 걱정되나 보다.

나는 엄마가 아침으로 준 러스크 한 조각을 사모사에게 먹인다. 내가 싫어하는 러스크를 사모사가 좋아해서 다행이다. 엄마는 루누 누나와 내가 하루 종일 집에서, 개학 날 볼 시험 공부를 하고 있다고 생각할 거다. 하지만 누나는 집안일을 끝내자마자 훈련하러 간다. 우리는 서로에 대해 물어보지 않는다. 서로의 비밀을 잘 지켜준다.

텔레비전 수리점 아저씨가 손님 두 명과 함께 가게에서 나오다가 우리를 본다. "바하두르가 돌아오면 우리 가게부터 들를 것 같아서 여기서 노는 거냐?" 아저씨가 말한다. "착한 놈들."

아저씨가 우리에게 차를 마실 건지 묻지만, 우리는 괜찮다고 대답한다. 하지만 그 말을 들으니 아저씨한테 너무 미안해져서 잠복근무를 중단하고 악마 소굴로 간다. 거기서 우리는 납치범이나 정령이 남겨놓았을 수도 있는 단서들을 찾아본다. 하지만 우리 동네 어느 골목에서나 볼 수 있는 평범한 쓰레기만 보일 뿐이다. 사탕 껍질, 과자 봉지, 슬리퍼를 신은 발이 밟고 간 신문지, 염소 똥, 소똥, 새들이 먹다가 남긴 쥐 꼬리. 사라스바티 여신 조각상의 잘린 머리가 아직도 잡초 속에서 깜짝 놀란 표정으로 우리를 보고 있다.

"여기 이야길 어른들에게 해야 할 것 같아." 내가 말한다. "어른들이 여길 계속 감시할 수 있게. 하루 24시간 내내. 밤에도 말이야."

"너 언제부터 그렇게 멍청해졌냐?" 파이즈가 소리친다. 파이즈를 못된 정령들로부터 보호해주는 부적이 목에서 달랑거린다. 사모사가 멍멍 짖는다. "누구한테라도 여기 이야기를 해봐. 다들 수리점 아저씨가 범인이라고 할 거 아냐. 너희들처럼." 말을 마친 파이즈는 주머니 속의 구슬을 달그락거리면서 씩씩대며 가버린다.

"그런 얘기는 뭐 하러 해서 쟤 화나게 하니." 파리가 말한다.

"내가? 수리점 아저씨를 용의자로 생각한 건 너야."

사모사가 짖는다.

친한 친구들조차 싸우게 만드는 걸 보니 악마 소굴은 나쁜 감정들이 가득한 나쁜 곳임이 틀림없다.

크리스마스는 우리 동네의 무서운 악마가…

…사라지게 해달라고 신들에게 기도하는 힌디사마지 당의 푸자가 열리는 날이기도 하다. 엄마도 푸자에 참석하려고 사모님에게 양해를 구하고 오전에 출근하지 않았다.

나는 평상복을 입고 있지만 엄마는 금도금 목걸이를 하고 빨간 립스틱을 발랐다. 루누 누나는 스팽글이 반짝이는 파란색 살와르카미즈를 입었다. 엄마가 누나 머리를 땋아주는데, 누나는 엄마가 잘못한다고 투덜거린다.

"네가 자이보다 좀 더 어렸을 땐 나를 쫓아다니면서 엄마처럼 머리 묶어달라고 귀찮게 했어." 엄마가 누나에게 말한다. "내가 아름답다고 생각했던 거지."

"지금도 아름다워, 엄마." 내가 말하자 엄마가 미소를 짓는다. 엄마는 누나 머리를 다 땋은 다음, 팔찌와 은목걸이를 누나에게 차라고 준다. 이제 루누 누나는 나이가 훨씬 더 들어 보인다. 내가 추측할 수 없는 어떤 비밀을 가진 것 같다.

푸자는 안찰의 집 근처에서 열리지만, 힌디사마지 당의 주요 참석자들이 우리 동네의 더러운 땅을 밟고 돌아다닐 필요가 없도록 고속도로 가까운 곳에서 열린다. 나는 디스코 전구를 단 간파티 신 그림 액자가 있던 식당과 삼륜 택시 정류장에서 온 사람들이 전에 나를 본 적이 있다고 엄마에게 말할까 봐 걱정이 된다.

식당 앞에 빨간색 천막이 거대한 빨간 장미처럼 피어 있다. 그 밑에는 갈색 양탄자가 깔려 있고 양탄자 한가운데엔 벽돌로 정사각형의 단이 마련되어 있는데 그 위에 장작이 쌓여 있다.

식당 종업원들이 푸리를 만들고 있다. 푸자의 제일 좋은 점은 끝나고 나서 공짜 음식을 먹을 수 있다는 거다. 파리와 파이즈가 함께 만찬을 즐기지 못해 아쉽다. 파리 엄마는 혼자 공부하라며 파리를 집에 놔두고 출근했다. 하지만 파리는 공부를 좋아하기 때문에 푸자에 못 온다고 아쉬워하지는 않을 것이다.

천막은 트레이드마크가 된 샛노란 옷을 입은 힌디사마지 당원 서너 명을 제외하고는 비어 있다. 그들은 거만하게 고개를 쳐들고 돌아다니면서 다른 사람들에게 이래라저래라 지시한다. 그때 한 여자가 우리 쪽으로 뛰어온다. 머리는 헝클어지고 어깨에 두른 담요가 미끄러져 땅에 끌려서 흙을 다 묻히고 있다. 여자는 천막의 가장자리, 고속도로 쪽 입구 가까이에 앉는다. 그러고는 천막을 지탱하고 있지만 금방이라도 쓰러질 것 같은 나무 기둥에 등을 기댄다. 엄마와 내가 여자 있는 곳으로 가고, 루누 누나는 우리 자리를 지키기 위해 남아 있다.

"무슨 일이에요?" 엄마가 여자에게 묻는다. 가까이 가서 보니 찬드니의 엄마다. 엄마가 식당에 있는 사람들에게 소리친다. "물 좀 갖다줘요. 빨리!"

식당 종업원 한 명이 쇠로 된 컵에 물을 가득 따라 찬드니의 엄마에게 갖다준다. 아줌마가 물을 단숨에 들이켜더니, 엄마를 보며 말한다.

"경찰서에 갔었어요."

"왜요?" 엄마가 묻는다.

"푸자에 참석해달라고 말하려고. 여기 와서 구루가 찬드니에 대해 얘기하는 걸 들었으면 해서요. 사라진 내 딸 말이에요."

엄마가 고개를 끄덕인다. "들었어요."

"근데 그 짐승들이 나를 때렸어요." 찬드니의 엄마가 목을 만지며 말한다. "여기." 그러고는 왼손을 뒤로 가져가 등허리를 만진다. "여기도." 그러고는 다리를 만진다. "여기도 때렸고. 왜 내 딸을 찾지 않느냐고 물었더니 막 소리를 질렀어요. '우리가 너희들 종이야 뭐야?' 하고요. '잘 키우지도 못할 거면서 애는 왜 그렇게 싸지르는 거야, 쥐새끼처럼? 너희들 슬럼가를 싹 밀어버리는 게 인류를 위해 좋은 일 하는 건데, 지금이라도 싹 밀어버릴까?' 하고 협박도 하더라고요."

갑자기 우리 학교 운동장에 있는 쥐덫 상자가 머릿속에 떠오른다. 점심 급식을 실은 승합차가 와서 음식을 내리는 포장된 구역 옆에 '설치류 미끼 함'이라고 적힌 쥐덫 상자가 놓여 있다.

"불만이 있으면 구루한테 말씀드려, 아줌마." 한 남자가 찬드니 엄마에게 말한다. "구루가 도와주실 거니까. 그리고 하누만 님의 이름으로 말하는데, 여기서 울고 짜고 하지 마. 우리가 이 푸자에 돈을 얼마나 썼는데."

찬드니의 엄마가 멋쩍은 듯 웃더니, 코를 훌쩍이며 멍든 손으로 머리를 매만진다. 식당 종업원이 쇠 컵을 받아 간다.

왜 힌디사마지 당원이 이 푸자를 위해 자기들이 돈을 많이 썼다고 말하는지 이유를 모르겠다. 그 돈은 우리에게서 나왔다. 양동이를 들고 동네를 돌아다니며 모금하는 사마지 당원들에게 힌두교도들 모두가 성의껏 돈을 냈다. 사마지 당원들과 그들을 돕는 건달들이 너무 무서워서,

내지 않겠다고 말한 사람은 한 명도 없었다.

"경찰이 태도를 바꿀 거예요." 엄마가 찬드니의 엄마에게 말한다. "구루가 우리 편이니까. 예전 같으면 이런 거룩하신 분들이 우리 계급 사람들은 쳐다보지도 않았을 텐데. 상황이 더 좋은 쪽으로 점점 바뀌고 있어요. 심지어 스모그도 오늘은 덜하잖아요."

푸자를 보러 사람들이 모여들기 시작한다. 샌들과 운동화를 벗고 천막으로 들어온다. 사마지 당원이 소년 세 명에게 포마, 아디데스, 나이크 운동화를 지키게 한다. 엄마와 누나와 나는 신발 벗는 것을 잊고 그대로 신고 들어온 채다.

때리는 구루가 촌장과 쿼터와 쿼터의 부하들과 레슬링 선수 같은 남자와 함께 나타난다. 레슬링 선수는 촌장의 정보원일 뿐만 아니라 힌디 사마지 당의 핵심 당원인 모양이다. 나는 구루에게 등을 맞지 않으려고 천막을 지지하는 기둥 옆으로 몸을 피한다.

"사랑하는 내 딸아." 구루가 찬드니의 엄마에게 말한다. "그동안 많은 것을 참고 견디느라 힘들었다는 걸 내가 안다. 하지만 이젠 걱정하지 말거라. 너의 모든 문제를 내가 해결해줄 터이니."

찬드니의 엄마가 구루의 발아래 엎드려 또다시 흐느끼기 시작한다. 구루의 말이 고마워서 그러는 건지 슬퍼서 그러는 건지 알 수가 없다. 구루가 아줌마의 등을 쾅쾅 때리자 아줌마는 간신히 몸을 추슬러 일어선다. 경찰한테 또 두들겨 맞은 느낌일 것 같다.

엄마와 나는 신발을 지키는 소년들에게 샌들을 맡긴 다음 찬드니의 엄마 곁에 앉는 것을 허락받는다. 구루와 촌장과 쿼터와 레슬링 선수는 장작더미 바로 옆에 앉아 있다. 엄마와 나는 구루 뒤쪽에 앉는데, 우리 줄은 곧 실종된 아이들의 부모들이 앉는 슬픔의 줄이 되고 만다. 옴비르의 엄마가 이 소란 속에서도 곤히 자는 권투 선수 아기를 품에 안은 채로 앉아 있고, 그 옆에는 다림질사인 옴비르의 아빠와 춤을 잘 못 추는 옴비르의 남동생이 앉아 있다. 바하두르의 엄마와 주정뱅이 라루, 안찰의 아빠와 안찰의 남동생 아자이와 이름을 모르는 또 한 명의 남동생이 앉아 있는 게 보인다. 찬드니의 아빠가 보이지 않는 걸 보니 아마도 일을 하는 중인가 보다. 나는 아자이에게 웃으며 알은체를 하지만, 아자이는 고개를 돌린다.

엄마가 루누 누나를 부른다. 그러나 누나는 우리 옆으로 오지 않고, 육상부 친구인 타라와 타라 엄마 옆에 앉아 있다.

누군가 장작에 불을 지피자, 이내 기도문 낭송과 함께 푸자가 시작된다. 무슨 기도문인지는 잘 모르겠다. 매캐한 연기 때문에 목이 아프다. 엄마가 찬드니 엄마의 손을 잡고 있는 것이 눈가로 보인다. 내가 알기로 두 아줌마는 오늘 여기서 처음 만난 걸 텐데 이상하다. 어쩌면 공중화장실이나 수돗가에서 서로 본 적이 있을지도 모른다. 그런데 엄마는 찬드니 엄마와 꼭 친자매인 것처럼 행동한다. 자기 자식이 사라진 것같이 눈가에 눈물이 맺혀 있다. 내가 바로 옆에 있는데, 안 보이나 보다.

༼

푸자가 끝난 후 우리는 잘게 썬 고수를 뿌린 버터밀크와 알루푸리*를 원 없이 먹는다. 이래서 나는 푸자를 좋아한다. 엄마가 루누 누나에겐 집에 가 있으라고 하고, 나를 파리네 집에 데려다준다. 내가 시험에서 좋은 성적을 거둘 수 있게 파리가 도와줄 거라고 생각하는 모양이다.

엄마는 할 수만 있다면 나를 데리고 출근해서 계속 감시하며 하루

* 　감자가 들어간 카레에 푸리 빵을 곁들인 음식.

종일 공부하라고 소리를 지를 테지만, 그렇게 할 수가 없다. 엄마가 일하는 집 사모님은 우리 동네 아이들한테는 결핵, 장티푸스, 천연두 같은 각종 병균이 잔뜩 묻어 있다고 생각한다. 천연두는 옛날에 사라지고 없는데도 말이다.

나를 병균 덩어리로 보는 사람들이 사는 곳에는 가고 싶지 않다. 아빠는 남들이 우리를 존중해주지 않아도 우리가 스스로를 존중해야 한다고 말한다. 아빠가 말하는 '남들'은 부잣집 사모님들, 그리고 우리와 똑같이 빈민가에 살면서도 부자가 아니라고 우리를 쇼핑몰에 들어가지도 못하게 하는 경비원들을 포함한다.

"푸자가 효과가 있을까요?" 파리가 우리 엄마에게 묻는다. 파리는 자기 집 문간에 서서, 입고 있는 파란색 드레스의 치맛자락을 밑으로 잡아당기고 있다. 부잣집 딸이 입는 드레스 같다. 파리의 엄마는 일하는 집 사모님에게 좋은 옷을 많이 받아 온다. 그 사모님은 멋진 옷도 몇 번 입다가 싫증이 나면 그냥 버린다고 한다.

"신들께서 우리 기도를 들으셨기를 바라자." 엄마가 말한다.

"신들한테 얘기하려고 푸자까지 열 필요는 없지 않나? 작은 소리로 말해도 신들은 다 들을 수 있잖아." 내가 말한다.

엄마가 내 뒤통수를 톡톡 친다. 입 다물라는, 별로 비밀스럽지 않은 신호다.

"자이는 방학 내내 공부는 안 하고 시간 낭비만 하고 있단다, 파리야." 파리가 내 선생님이라도 되는 것처럼 엄마가 하소연을 한다. "그러니까 네가 도와줄 수 있으면……."

"물론이죠, 아줌마." 파리가 말한다.

엄마는 기쁜 얼굴로 떠난다.

나는 집 안으로 들어가 파리 옆에 앉는다. 파리는 자기 교과서 한 권을 내 무릎에 올려놓는다.

"넌 과학부터 공부해. 나 사회 끝나면, 책 바꿔서 하자."

파리는 책을 읽는다. 나는 검은 개미들이 줄지어 가는 것을 보고 파리의 교과서 모서리로 줄을 끊어서 개미들을 혼란에 빠뜨린다.

"경찰! 경찰! 경찰!" 밖에서 한 아이가 소리친다. 다른 누군가도 "경찰!"이라고 외치고 있다. 파리와 나는 책을 던져놓고 문으로 뛰어간다. 파리가 팔을 뻗어 내가 밖으로 나가는 것을 막는다.

"아줌마랑 약속했어." 파리가 말한다.

"무슨 일인지 알아봐야지." 내가 말한다. "탐정이잖아, 우리." 하지만 나는 움직이지 않는다. 이런 빈민가 동네에 살면 원하든 원치 않든 소문이 금방 퍼져 누구의 귀에든 들어간다는 것이 좋은 점이자 나쁜 점이다.

파리와 나는 귀를 기울인다. 사람들이 숨을 헐떡이며 뱉어내는 말 중에서 중요한 단어들을 골라낸다. 경찰, 체포, 납치, 아이들, 구루, 푸자, 성공, 전자 제품 수리점, 하킴. 우리는 그 단어들을 말이 되게 배열한다. 경찰이 아이들 납치범을 체포했다. 착해 보이던 수리점 하킴 아저씨가 범인이라고? 그럼 아주 착한 사람은 아니었네! 푸자의 효과가 이렇게 금방 나타나다니! 구루는 인간의 모습으로 오신 신이 틀림없다! 천막을 걷고 양탄자를 말기도 전에, 신들이 우리를 축복하셨다.

"진짜예요?" 딱히 누구에게랄 것도 없이 "그 인간인 줄 누가 생각이나 했겠어?"라고 중얼거리는 이웃 아줌마에게 파리가 묻는다.

"구루 말씀이 옳았어." 그 아줌마가 파리에게 말한다. "알고 보니 무슬림 소행이었어."

"무슬림 누구요?"

"경찰이 무슬림 네 명을 체포했단다. 물라 패거리를."

아줌마가 고개를 돌려 다른 사람에게도 똑같은 이야기를 한다.

파리의 오른발이 바닥을 톡톡 두드린다. "사마지 구루가 푸자를 한 바로 그날 무슬림 네 명이 체포됐다고? 뭔가 이상하지 않니?"

"파이즈가 화내겠다." 내가 말한다.

나도 화가 난다. 이 사건을 해결한 사람이 내가 아니라니.

파리와 나는 문가에 앉는다. 파이즈가 우리를 향해 걸어오는 게 보인다. 나는 파이즈에게 손을 흔들고 엉덩이를 움직여 파이즈가 앉을 자리를 마련한다. 파이즈가 내 옆에 털썩 앉더니 말한다. "경찰이 잡아갔어." 슬퍼 보인다기보다는 충격을 받은 것 같다. 누가 머리통을 때려서 아직도 눈앞에 별이 반짝반짝하는 것처럼 보인다.

"우리도 들었어." 파리가 말한다.

"경찰이 타리크 형을 잡아갔어." 파이즈가 말한다. "경찰은 형이 안찰 휴대폰을 갖고 있다고 누명을 씌웠어. 형이 휴대폰 가게에서 일한다는 이유만으로."

"아니야." 내가 말한다. "경찰이 수리점 아저씨를 체포했대."

"타리크 형도 체포했다고." 파이즈가 말한다.

갑자기 가슴이 꽉 막히는 느낌이 든다. 스모그를 너무 많이 마셨나 보다. 나는 기침을 해서 스모그를 뱉어낸다.

파이즈가 배를 긁더니, 옷소매로 코를 닦는다.

"네 형이 정말로 안찰 휴대폰을 갖고 있었어?" 파리가 묻는다.

"물론 아니지." 화가 나서 파이즈의 코가 빨개진다.

"그냥 물어본 거 가지고 왜 그래." 파리가 말한다.

"경찰이 우리 집을 수색했어." 파이즈가 말한다.

"영장도 없이?" 내가 묻는다.

"경찰이 침대 밑도 살펴보고, 밀가루 통까지 열어봤어. 그리고 이런 말도 했어. '우리가 안찰의 HTC 휴대폰을 찾으면……'이라고."

"HTC 휴대폰은 되게 비싼 건데." 내가 말한다. "우리 엄마 전화기로는 통화만 가능하지만 샨티 아줌마 걸로는⋯⋯."

"입 다물어, 자이." 파리가 눈을 동그랗게 뜨고 나를 노려보며 말한다.

"너넨 기분 좋겠네." 파이즈가 말한다. "수리점 아저씨가 체포되길 바랐잖아."

"너, 경찰서에 가야 하는 거 아냐?" 파리가 파이즈에게 말한다. "타리크 형을 도와야지."

"엄마랑 와지드 형이 가 있어. 엄마가 나하고 파르자나 누나는 집에서 기다리라고 했지만, 가만히 앉아 있을 수가 있어야지."

"너무 걱정하지 마." 파리가 말한다.

"걱정되는 일인데 어떻게 걱정을 안 해." 내가 말한다.

"경찰이 또 누구를 체포했니?" 파리가 묻는다.

"사원에 같이 다니는 타리크 형 친구 두 명. 너희는 모르는 형들이야."

타리크 형이 납치범일 수 있을까 생각해보지만, 아무리 생각해도 그건 아닌 것 같다. 난 평생 동안 타리크 형을 알아왔는데, 형이 나를 납치하려고 한 적은 한 번도 없었다.

"못된 정령이 우리한테 저주를 내렸어." 파이즈가 말한다. "우리가 우는 걸 보면서 기뻐서 춤추고 있을 거야." 파이즈는 입안에서 혀를 굴려 뺨을 밀어낸다. 그렇게 하면 눈에서 눈물이 흐르는 것을 막을 수 있다는 듯이.

"경찰서에 가보자." 내가 말한다.

"우리 엄마랑 너희 엄마한테 여기 있겠다고 약속했는데." 파리가 말한다.

"넌 안 와도 돼." 내가 말한다.

"오, 알라신이여." 파이즈가 오른손 옆면으로 이마를 때리고 또 때리면서 말한다.

"그러지 마." 파리가 말한다. 곧 울음을 터뜨릴 것처럼 갈라진 목소리다. 파리는 집 문을 밀어서 닫은 다음 샌들을 신는다. "다 함께 가자."

우리는 고속도로 근처에 있는 삼륜 택시 정류장에서 운전사들과 노점상들로부터 경찰서가 어디인지 알아낸다. 우리 중에 경찰서에 가본 사람은 아무도 없다. 우리는 빨리 걷는다. 당황스럽게도 파리가 파이즈의 손을 잡고 걷는다.

경찰서 밖에는 검은 아바야*를 입은 여자들과 스컬캡**을 쓴 남자들이 여기저기 모여 서 있다. 어떤 여자들은 가슴을 치면서 통곡한다. 남자들은 체포된 사람들이 진짜 범인인 것처럼 보이게 만들려고 경찰이 그들 집에 '증거'를 심어놓을지도 모른다고 낮은 목소리로 이야기한다. "집을 지켜야 하는데 여기에도 있어야 하고, 참 난감하네." 그들이 서로에게 속삭인다. 나는 어느 가족이 하킴 아저씨네 가족인지 궁금하지만 물어볼 시간이 없다.

경찰서는 일반 가정집 같다. 창문이 덜거덕거리고, 오랫동안 비가 내리지 않았는데도 누런 벽 곳곳에는 갈색으로 젖은 자국이 보인다. 경찰서 안으로 들어가보니 실내가 너무 어두워서 몇 초가 지나서야 주위가 서서히 보인다. 엄마한테 시험 성적표를 보여줘야 할 때처럼 가슴이 심하게 쿵쾅거린다.

---

* 이슬람권 여성들이 옷 위에 두르는 검은 망토 모양의 겉옷.
** 이슬람권 남성들이 쓰는 챙 없는 모자.

270

경찰서 안의 공기는 무겁게 가라앉아 있다. 여기저기서 낮은 말소리가 들리고 유선전화와 휴대전화 벨 소리가 울린다. 내 다리가 바람에 쓰러지는 풀처럼 구부러진다. 아니 어쩌면 그냥 내 느낌인지도 모른다. 나는 파리와 파이즈에게 더 바짝 붙는다.

경찰관들의 책상에는 덩치가 큰 컴퓨터가 놓여 있고, 줄로 묶은 수사 자료 파일이 먼지에 덮인 채 아무렇게나 쌓여 있다. 우리 오른편 방 한 구석에 파이즈의 엄마와 와지드 형이 서 있다. 경장은 바하두르 엄마의 목걸이를 받아 갈 때 함께 왔던 순경 앞에 앉아 있다.

"항의하려고 몰려온 모양인데, 좋아, 잘 왔어." 순경이 말한다. 목소리가 우렁차고, 표정은 거만하다. "근데 먼저 여기 꼬락서니 좀 보고 얘기해. 당신들이 뉴스에서 보는 그런 멋진 경찰서야, 여기가? 에어컨도 하나 없고, 마실 물도 없고. 물 한 잔 마시려면 사비를 들여서 20리터짜리 아쿠아피나 생수를 사다놔야 한다고. 이 경찰서 직원 모두가 적어도 한 번은 말라리아나 뎅기열에 걸린 적이 있고. 그런데도 우리가 편하게 놀고먹는다고 생각해?"

"아무도 그렇게 생각 안 해요." 와지드 형이 말한다.

"네 형이 범인이 아니라면, 판사님이 내보내주시겠지. 그럼 그때 와서 데리고 가면 되잖아." 순경이 와지드 형에게 말한다.

"제발, 이 늙은이가 당신 발아래 엎드려 간청할게요. 내 아들을 의자에 묶어두지 말아요." 파이즈의 엄마가 울면서 애원한다. "풀어서 앉게 해줘요. 그래도 도망 안 가요. 알라신의 이름으로 맹세해요."

우리는 주위를 두리번거리며 타리크 형이 어디 있는지 찾는다. 우리가 있는 방은 긴 복도 모양이고 한쪽 벽에 문이 하나 나 있다. 그 문 안에 두 번째 방이 있는데, 그 안에서 신음 소리가 들린다. 유치장인 것 같다. 파이즈가 그 방을 향해 뛰어가고 우리도 파이즈를 따라 달려간다. 신문지를 접어 다리 두 곳에 괴어놓았지만 여전히 기우뚱한 책상 뒤에 앉아 있던 다른 순경이 벌떡 일어나더니 우리 쪽으로 걸어오며 소리친다. "잠깐! 거기 서!" 그러나 우리는 멈추지 않는다.

전자 제품 수리점 아저씨가 의자에 묶여 있다. 방 한구석에는 밧줄로 팔다리가 묶인 청년 두 명이 서 있다. 타리크 형은 바닥에 앉아 있다. 두 무릎을 세우고 그 위에 머리를 올려놓은 채고 두 손은 뒤로 돌려져 수갑이 채워진 상태로 벤치 다리에 묶여 있다. 파이즈가 형을 와락 끌어안는 순간, 순경이 파이즈를 잡아당겨 떼어놓는다.

"나가!" 순경이 고함을 지른다. "너희도 체포되고 싶어?" 순경이 파이즈의 멱살을 잡더니 방 밖으로 끌고 나간다.

우리도 따라서 달려나간다. 파리가 외친다. "그러지 말아요. 파이즈한테 그러지 말라고요. 경찰청장님한테 민원 넣을 거예요. 우리 형제를 짐승처럼 묶어두는 건 잘못된 일이라고요. 이 일이 티브이에 나오면 아저씬 해고예요."

순경이 파이즈를 놓아주고 파리를 향해 돌아선다. "티브이에 나오면, 제대로 된 유치장이 생기겠네." 그러더니 놀란 기색을 감추고 다시 거만한 표정을 지어 보이면서 말한다. "기자들한테 꼭 말해라. 여긴 인버터도 없다고. 전기가 나가면 여덟아홉 시간씩 안 들어온다고. 그리고 경찰서에 쥐도 있다고 말하고. 알았지? 잊어버리면 안 돼."

와지드 형이 우리에게로 바삐 걸어오더니, 순경에게 멱살이 잡히면서 뭉친 파이즈의 스웨터를 잡아당겨 옷매무새를 정리해준다. "넌 여기 왜 왔어? 집에 있으라고 했잖아." 와지드 형이 말한다. 그러고는 우리를 그대로 두고 순경과 이야기를 나눈다.

파이즈의 엄마가 파이즈를 껴안고 운다. "경찰이 형한테 무슨 짓을 했는지 봤지?" 파이즈의 엄마가 말한다.

272

와지드 형은 변호사를 선임하겠다고 순경에게 말한다.

"그러시든가." 순경이 키득거리면서 말한다.

"파이즈를 집에 데려다줄래?" 파이즈의 엄마가 파이즈를 우리 쪽으로 밀면서 말한다. 그러고는 두 뺨의 눈물을 닦는다. "파르자나가 걱정하겠다. 파이즈가 어디 있는지 몰라서."

"변호사 비용은 어떻게 대지?" 밖에 나오자 파이즈가 묻는다. "수천 루피가 들 텐데."

"방법을 생각해보자." 파리가 말한다.

오늘은 한 해의 마지막 날이고…

…벌써 날은 저물었는데, 엄마 아빠는 아직 집에 오지 않았다. 나는 문간에 앉아 어떤 남자애가 스모그 속으로 날려 보낸 곰 모양 풍선을 눈으로 좇고 있다. 유령시장에 새해맞이 장식용으로 달아놓은 것을 하나 슬쩍한 게 틀림없다.

엄마가 늦는 것은 엄마가 일하는 집 사모님이 밤에 시작해서 아침까지 계속되는 새해 축하 파티를 열기 때문이다. 우리 동네에서는, 폭죽놀이를 하는 사람이 몇 명 있기는 해도 새해 축하 파티를 열지는 않는다. 올해는 그나마도 없을 것 같다. 요즘 나쁜 일이 너무 많이 일어나서 마을의 분위기가 가라앉아 있다. 실종된 아이들은 아직도 실종된 상태이고, 타리크 형은 감옥에 있으며, 파이즈는 돈을 더 벌기 위해 고속도로에서 장미꽃을 팔고 있다.

루누 누나는 쌀밥을 담은 냄비를 들고 나와 물을 따라 버린다. 손가락을 델까 봐 아빠의 낡은 셔츠를 둘둘 말아 냄비를 잡고 있다. 나는 물이 다리에 튈까 봐 일어서서 옆으로 피한다. 요즘 밥하고 살림하는 건 누나가 다 한다. 장보기는 동네 친구들과 하기도 하고 동네 아줌마들과

하기도 한다. 물을 긷고, 공중화장실에 가고, 채소를 사고, 쌀을 사고 하느라 하루에도 열 번에서 스무 번은 같은 골목을 왔다 갔다 한다. 누나는 내가 전혀 도와주지 않는다고 뭐라 하지만, 나도 나름대로 돕고 있다.

연기가 자욱한 골목에 어쩐지 분위기가 심상치 않다 싶더니, 곧 웅성거리는 소리가 들리고 이어 쿵쾅대는 발소리가 들린다. 그러자 팔에 소름이 돋고 입이 바짝 마른다. 한 무리의 남자들이 골목을 돌아다니면서 어른들과 이야기를 나누고 있다.

샨티 아줌마가 집에서 나온다. "너희 둘은 거기 가만히 있어." 아줌마가 말한다.

누나는 냄비를 집 안에 갖다 놓고 아빠 셔츠는 그대로 든 채 내 옆으로 돌아온다. 셔츠로 손가락들을 묶듯이 손을 칭칭 감고 있다. 남자들이 골목에 서 있는 아줌마들에게 무슨 말인가 하자, 아줌마들은 자기 자식들을 불러 모아 급히 집으로 들어간다. 창문이 모두 닫히고 문도 닫힌다. 샨티 아줌마는 두 손을 뺨에 댄 채로 남자들의 이야기를 듣는다. 버려진 곰 풍선이 양철 지붕 끝에 부딪혀 펑 하고 터진다. 터지는 소리가 꼭 텔레비전에서 들은 총소리 같다.

샨티 아줌마가 가슴을 움켜쥔다. "이게 무슨 소리니?" 아줌마가 묻는다. 죽어가는 곰 풍선을 보고 있으면서도, 총소리가 아니라 풍선 터지는 소리였다고 안도하는 것 같지는 않다. 아줌마가 나와 누나에게 걸어오더니, 한 팔로 우리 둘의 어깨를 끌어안고 집 안으로 데리고 들어간다. 부엌 가스레인지에서 나오는 연기가 밖으로 빠져나가지 못하는 건 신경도 쓰지 않고 문을 꼭 닫는다.

"오늘 저녁은 뭘 만들었니, 루누?" 아줌마가 묻는다.

"그냥 밥만 했어요. 달이랑 같이 먹으려고요."

"저 아저씨들이 뭐래요?" 내가 묻는다.

"너희 엄마가 집에 올 때까지 내가 여기 있을게." 샨티 아줌마가 말한다. "저녁 만찬은 끝났을 텐데 사모님이 계속 일을 시키나 보다. 매정한 여자 같으니라고."

루누 누나가 텔레비전을 켠다. 아나운서들은 "겨울철 스모그가 기승을 부리고 있어서" 시민들이 밖에 나가 새해를 맞을 수 없을 것 같다고 슬픈 표정으로 말한다.

샨티 아줌마 남편이 문을 두드리더니 아줌마에게 휴대전화를 건넨다. "계속 울리는데, 여보." 아저씨가 말한다. 그러고는 우리에게 고개를 끄덕여 보인 뒤 자기 집으로 돌아간다. 아줌마는 휴대전화를 귀에 대고 집 안을 돌아다니며 통화하는데, "응, 응"과 "그래, 맞아"라는 말밖에 안한다. 아줌마가 양철통을 전부 열어서 그 안에 뭐가 있는지 살펴본다. 심지어 파라슈트 기름통까지 열어본다. 만일 그 통에 우리 비상금이 들어있다고 엄마가 아줌마에게 말했다면, 아줌마는 돈이 조금 사라졌다는 사실을 눈치챌 것이다. 아줌마는 그만큼 똑똑하니까.

"누가 사라졌어요?" 샨티 아줌마가 통화를 끝내자 루누 누나가 묻는다.

"엄마한테 칠리 가루 통 속에 정향 한두 개 넣으라고 해." 아줌마가 말한다. "그러면 가루가 눅눅해지지 않거든."

문이 열린다. 아빠다. 일찍 퇴근했는데, 주정뱅이 라루처럼 몸에서 술 냄새가 약간 난다. 아빠가 술 냄새를 풍기는 일은 거의 없는데. 기껏해야 1년에 한두 번 있을까 말까다. 아빠가 샨티 아줌마에게 고개를 숙여 인사하고 나서 말한다. "소식 듣고 바로 왔어요. 바깥양반이 나랑 마두한테 전화해서 쟤네들이 안전하다고 알려주더라고요. 고맙다고 전해주세요." 아빠가 누나와 나를 흘끗 보면서 말한다.

"충격이에요." 샨티 아줌마가 말한다. "자꾸 이런 일이 일어나서. 걱정되셔서 어떡해요."

"무슨 일인데, 아빠?" 내가 묻는다.

"아이들 두 명이 사라졌어." 아빠가 말한다. "무슬림 남매가. 오늘 저녁때 우유 사러 나갔는데 아직 안 돌아왔대. 너희들이랑 비슷한 나이지 싶은데."

파르자나 누나와 파이즈 남매는 아니다. 누나가 파이즈보다 훨씬 더 나이가 많으니까.

"자이, 애들이 또 사라졌다는 건 납치범이 아직도 이 동네에 있다는 거야." 아빠가 말한다. "내가 왜 이런 이야기를 너희들한테 하는지 알겠니?"

나는 어른들이 이렇게 떠보듯이 말하는 게 싫다.

"그럼 타리크 형은 이제 풀려나겠네?" 내가 묻는다. "감옥에서 납치를 할 수는 없었을 테니까."

"그건 모르지." 샨티 아줌마가 말한다.

"그 무슬림 애들, 변압기 근처에서 사라졌어?" 내가 묻는다. "거긴 신전이기도 해. 찬드니네 집에서도 가깝고."

"찬드니네 집이 어딘지 네가 어떻게 알아?" 아빠가 묻는다.

"때리는 구루의 푸자에 갈 때 변압기 봤어. 거긴 애들이 쑥쑥 빠지는 맨홀 같아. 못된 정령들이 거기 살아. 그래서 우린 거길 '악마 소굴'이라고 불러."

"우리가 누군데?" 루누 누나가 묻는다.

"파리, 파이즈, 나."

"자이, 이건 놀이가 아니야." 아빠가 말한다. "도대체 몇 번 말해야 알아듣겠니?"

그날 밤 나는 피를 뚝뚝 떨어뜨리는 입이 아이의 팔다리를 물고 있는 꿈을 꾸고, 싸우는 목소리를 듣는다. 그 소리도 악몽의 일부라고 생각하지만, 눈을 떠보니 아침이고 엄마와 아빠가 집 밖에서 실제로 싸우고 있다. 엄마 아빠는 둘 중 누가 출근하지 않고 남아서 우리를 돌볼 건가를 놓고 다투는 중이다.

루누 누나는 침대에 앉아 두 손으로 턱을 괴고 있다. 세수한 얼굴이다. 엄마와 누나가 벌써 물을 길어 왔나 보다.

"애들이 어떻게 크고 있는지 한번 봐봐." 아빠가 말한다. "딸내미는 사내애처럼 뛰어다니고, 아들놈은 거지처럼 시장을 돌아다니고 있잖아. 아직 납치되지 않은 게 놀라울 정도야."

"무슨 말을 그렇게 해?" 엄마가 소리를 지른다. "당신 새끼들이 유괴되길 바라는 거야?"

"그런 뜻이 아니잖아." 아빠가 말한다.

발을 끌며 걷는 소리가 들리자 나는 재빨리 누워 담요를 머리끝까지 끌어당겨 덮는다.

"깬 거 다 알아, 자이." 엄마가 말한다. "일어나, 어서. 오늘은 엄마가 화장실에 데리고 갈게. 루누, 매트 말아서 정리하고, 마실 물 끓이고, 양파도 좀 썰어."

누나는 마치 내가 집안일을 시킨 것처럼 나를 노려본다.

엄마는 내가 양치질을 제대로 하는지 감시하지도 않는다. 화장실 앞에 늘어선 줄에 파리와 파리 엄마, 파이즈와 와지드 형이 서 있는 게 보인다. 엄마는 파리 엄마가 서 있는 쪽으로 나를 끌고 간다. 파리 엄마가 오늘 집에 있을 계획인지 궁금한 거다.

"새치기하는 거예요, 지금?" 파리 뒤에 서 있던 아줌마가 손가락으로 우리를 가리키며 묻는다.

"아줌마 자리 필요 없어요." 내가 말한다.

"경찰이 아무 죄도 없는 타리크 오빠랑 수리점 아저씨를 체포한 거야." 파리가 내게 말한다.

"무슬림은 믿을 수가 없으니까 그렇지." 참견쟁이 아줌마가 말한다.

"무슬림 애들도 사라진 거 몰라요?" 파리가 오른손을 오른쪽 엉덩이에 대고 서서 묻는다. 그러고는 나를 향해 돌아서서 속삭인다. "너도 들었지? 어제 사라진 남매도 악마 소굴 근처에 산대."

"파이즈 말이 맞아. 못된 정령들 짓이야." 내가 말한다.

"말도 안 돼." 파리가 말한다.

파이즈가 남자들 줄에 서서 우리를 보고 있다. 파이즈를 오랜만에 본다. 파이즈는 엄마를 도와 생활비를 벌던 타리크 형 대신 일하느라 놀 시간이 없다. 나는 파이즈를 향해 손가락으로 총 쏘는 시늉을 한다.

"그래, 저 인간들은 다 총 맞아 죽어야 돼." 새치기를 싫어하는 아줌마가 말한다. "이게 다 저 인간들 잘못이니까." 파르자나 누나와 함께 여자들 줄 앞쪽에 서 있는 파이즈의 엄마를 가리키며 아줌마가 말한다. 파이즈의 엄마와 파르자나 누나, 둘 다 검은색 아바야를 두르고 있다. "이 동네가 언제부터 범죄자들 소굴이 됐는지, 원. 조만간 정부가 우릴 쫓아낼 거야."

"그건 당신들 잘못이지." 누군가가 아줌마에게 소리친다. "우리 무슬림 아이들도 두 명이나 사라졌어요. 내 동생이 감옥에서 아이를 납치했다고 생각해요?"

와지드 형이다.

"당신들 꿍꿍이를 누가 알겠어?" 참견쟁이 아줌마가 말한다. 화장실 지붕 위에서 원숭이들이 꽥꽥거린다. "우리가 당신들을 비난하지 못하게 하려고 같은 무슬림을 납치했는지도 모르지."

엄마의 휴대전화가 울린다. "네, 사모님." 엄마가 말한다. "네, 맞아요. 아뇨, 사모님. 네, 사모님. 한 번만……."

"네 형은 우리 애들을 어디다 감췄는지 왜 경찰한테 자백 안 하나?" 한 아저씨가 와지드 형에게 소리친다.

"무슬림들하고는 말도 섞지 말아요." 싸움을 시작한 아줌마가 사리의 여미지 않은 부분을 목 쪽으로 끌어당기면서 말한다. 그 탓에 아줌마의 배꼽이 드러나 보이는데, 꼭 슬퍼하는 입처럼 아래로 휘어져 있다. "밤이고 낮이고 '알라, 알라' 하고 외쳐대는 통에 잠을 잘 수가 있어야지."

"크리슈나 님의 이름으로 말하는데, 제발 그만해요. 아줌마 때문에 애들이 겁을 내잖아요." 파리 엄마가 그 아줌마에게 말한다.

"당신 딸이 사라져도 그렇게 말할 거예요?" 아줌마가 길고 검은 손톱이 있는 손가락으로 파리를 가리키자, 파리가 깜짝 놀라 고개를 뒤로 젖힌다.

"아줌마 아니어도 가정부 할 사람은 널리고 널렸어." 엄마의 사모님이 어찌나 크게 소리를 지르는지, 전화기 밖에까지 다 들린다. 사모님이 갑자기 영어로 말하기 시작하는데, 엄마한테 들은 바로는 화가 머리끝까지 났을 때 그런다고 한다.

화장실 지붕의 원숭이들이 으르렁거린다. 파이즈 엄마는 다리가 후들거려서 금방이라도 주저앉을 것 같은지 파르자나 누나의 어깨를 꽉 붙잡는다. "엄마, 엄마." 파르자나 누나가 소리친다. 눈에는 공포가 가득하고, 움직일 때마다 아바야의 여미지 않은 부분이 따라 움직인다.

"사모님께 돈 빌린 거, 잊지 않고 있어요." 엄마가 사모님에게 말한다. "이번 달 급료에서 깎지 않으신 것 정말 감사하게 생각하고요."

머플러를 복면처럼 둘러 입을 가린 남자들이 파이즈 형제를 향해 달려간다. 머그잔들과 양동이들이 달그락거리고 쨍그랑거린다. 파이즈가 비명을 지르며 눈을 감고 두 손으로 귀를 막는다.

"마두, 가자. 어서 여길 빠져나가자." 파리 엄마가 말한다.

엄마의 전화기에서는 사모님의 분노가 계속 폭발하는 중이다. 파리는 파이즈에게 달려가고, 와지드 형은 자기를 조롱하는 남자를 향해 주먹을 날린다. 싸움이 일어나고, 파이즈는 파리 곁에 꼭 붙어 서 있다. 무슬림 놈들을 바퀴벌레처럼 죄다 잡아 죽일 거라고 누군가가 외친다. 파이즈의 엄마와 파르자나 누나가 비틀거리면서 와지드 형과 파이즈에게로 걸어온다.

"걔들은 아직 어린 애들이에요." 파이즈의 엄마가 화난 남자들에게 말한다. "건드리지 말아요, 제발."

"이러지 말아요." 파리의 엄마가 엉엉 울면서 말한다. "우리끼리 이렇게 싸우지 말자고요."

약삭빠른 남자들은 아수라장이 된 때를 틈타 다른 사람들을 제치고 앞으로 가서 사용료도 내지 않고 화장실로 들어간다. 관리인이 그들을 뒤쫓는다. 우리 뒤에 서 있던 참견쟁이 여자는 미소를 짓고 있고, 오랜만에 큰 똥을 눈 것처럼 얼굴이 환해진다. 파이즈와 파이즈의 엄마와 파이즈의 형과 누나는 도망치듯 공중화장실을 빠져나간다. 파리가 파이즈의 손을 잡고 함께 가자, 파리 엄마가 외친다. *파리, 잠깐만. 기다려.*

"새해 시작이 이런데, 끝은 또 어떨까?" 누군가가 말한다.

나는 오늘이 새해 첫날이라는 것도 잊고 있었다.

사모님과 통화한 후 엄마는 일하러 가기로 결심한다. "네가 티브이 보는 것도 공짜 아니거든." 엄마가 말한다.

엄마는 사모님이 무서운 거다. 하지만 그걸 인정하기는 싫어서, 나 때문에 가는 것처럼 말한다.

엄마가 가고 나서, 루누 누나는 빨래를 시작한다. 나는 누나를 돕기 위해 누나가 보지 못한 얼룩을 가리킨다.

"그만 좀 해." 누나가 비눗물을 나한테 끼얹으면서 말한다.

누나는 빨래를 다 널고 나서 다른 집안일은 팽개치고 동네 친구들과 수다를 떨러 나간다. 오늘은 새해 첫날이라 훈련이 없다. 엄격한 코치님도 이런 날은 선수들에 대한 통제를 슬쩍 풀어주나 보다.

나는 엄마의 파라슈트 기름통에서 몰래 빼 간 200루피를 다시 채워 넣으려면 앞으로 몇 번이나 더 일요일에 일해야 하는지 계산한다.

- 나는 벌써 일곱 번의 일요일 동안 찻집에서 묵묵히 일했다.
- 두타람 아저씨는 다섯 번의 일요일에는 약속한 급료의 절반만 주었고, 두 번의 일요일에는 약속한 대로 40루피를 지급했다.
- 그렇다면, 목표에 도달하려면 몇 번 더 일해야 하는 걸까?

진짜 수학 문제처럼 어렵다. 덧셈에 곱셈, 뺄셈까지 하고 나니 답이 나온다. 다음 일요일엔, 설사 두타람 아저씨가 20루피만 준다고 해도, 전부 합해 200루피를 모으게 될 것이다.

화난 목소리가 들려서 고개를 든다. 골목에서, 이마에 신두르를 바른 힌두인 아줌마가 스컬캡을 쓴 무슬림 노점상을 향해 구멍이 뚫린 국자를 흔들어대고 있다. "누가 남의 집 앞에서 장사를 하고 난리야?" 여자가 소리를 빽 지른다. 노점상은 오렌지가 가득 쌓인 밝은 색의 아름다운 손수레를 밀고 서둘러 그 집 앞을 떠난다.

"어린이 살인자!" 오렌지 장수의 수레가 삐거덕거리며 골목을 지나가는 것을 보면서 한 남자아이가 외친다.

루누 누나가 내게 집으로 들어가라고 손짓한다. "뭔가 끔찍한 일이 벌어질 것 같아. 딱 느낌이 와." 누나가 말한다.

그러면서도 누나는 겁먹은 표정이 아니다. 나는 누나가 겁먹은 표정을 짓는 걸 본 적이 없다. 지금도 비가 올 것 같으니 우산 챙겨 가라고 경고하는 것처럼 태연하게 말한다.

사라진 무슬림 아이들에 대한 단서를 모을 기분이 아니다. 설령 그 아이들에 대해 모든 것을 알아낸다 해도, 아이들을 찾지는 못할 것이다. 왠지 그럴 것 같다.

나는 공부를 하는 척하면서 딴생각을 한다. 파리와 파이즈를 생각하고, 파이즈의 엄마가 경찰서에 가서 타리크 형의 석방을 요구하고 있는지 궁금해한다. 그러다 보니 점심시간이다. 누나의 허락을 받고 오후에는 텔레비전을 본다. 그러고는 동네 형들 몇 명과 골목에서 크리켓을 하고 들어와 잠깐 낮잠을 자고 일어나보니 저녁이고, 엄마 아빠가 퇴근한다. 아빠와 나는 '20/20' 크리켓 시합을 본다. 아빠는 '하루 경기' 룰이나 정식 룰로 하는 시합보다 훨씬 짧은 이 '20/20' 룰을 훨씬 더 좋아한다.

오늘은 바하두르와 다른 아이들이 사라지기 전의 어느 날 같다. 내가 탐정도 아니고 찻집 종업원도 아니었을 때의 어떤 하루 같다. 좋은 날, 어쩌면 가장 좋은 날이다. 탐정이 되는 건 너무 힘들다. 어쩌면 나는 탐정이 되고 싶지 않은 건지도 모른다. 자수스 자이는 아무 상처도 입지 않고 이쯤에서 은퇴할 수 있을 것 같다. 내가 커서 무엇이 될지는 모르겠다. 엄마는 내가 받아 온 성적표를 볼 때마다, 파리는 회계사나 지방공무원이 될 거고 나는 파리의 하인이 될 거라고 말한다.

❀

그날 밤늦게, 나는 비명 소리와 문 두드리는 소리와 울부짖는 소리에 잠에서 깬다. 아빠가 침대에서 일어나 어둠 속을 더듬거리며 전등 스위치를 찾는다. 노란 전구는 우리가 잠을 깨워 화가 났는지 "치직" 하는 소리를 내며 몸을 밝힌다.

"불도저가 왔어?" 내가 묻는다.

"지진 났어, 아빠?" 루누 누나가 묻는다.

"밖으로 나가자." 아빠가 소리친다.

엄마가 파라슈트 기름통을 집어 들고 사리의 여미지 않는 부분으로 그걸 묶는다. 그러고는 허리를 굽히고 문 옆에 놓아둔 피난 보따리를 바라본다. 보따리는 바로 이 순간을 위해 두 달 가까이 그 자리에 있었는데, 엄마는 보따리를 그냥 놔두고 나간다.

우리는 허둥지둥 골목으로 나간다. 이웃들도 집에서 뛰어나온다. 손전등을 든 사람들도 있다. 손전등 불빛에 염소와 개들의 놀란 눈이 비쳐 보인다.

"여기서 기다려." 엄마가 나를 루누 누나 쪽으로 밀면서 말한다.

"네가 말하는 정령이 또 누구를 납치했나 보다." 누나가 말한다.

나는 골목 위아래를 둘러보면서, 정령이 획 하고 우리를 향해 날아오는 모습을 상상한다. 그렇게 정령이 오기를 바라는 마음도 있다. 내가 루누 누나 옆에 서 있지만 누나가 나보다 키도 크고 덩치도 크기 때문에 정령은 나 대신 누나를 잡아갈 것이다. *제발, 제발, 제발요.*

우리가 이 동네를 떠나야 하는지…

…아니면 집에 숨어 있어야 하는지를 알아내기 위해 아빠와 샨티 아줌마는 비명 소리가 들리는 쪽으로 간다. 샨티 아줌마의 남편은 엄마와 이야기를 하면서 엄마가 딴 데를 보고 있을 때 남자의 중요 부위를 마구 긁는다.

루누 누나와 나는 담요 하나를 함께 머리에 뒤집어쓰고 문가에 앉아 있다. 담요가 까칠까칠해서 피부를 콕콕 찌른다. "가만히 좀 있어." 혹시 다리가 먼저 잠들까 봐 내가 다리를 쭉 펼 때마다 누나가 말한다.

도대체 신들이 우리에게 뭘 바라는 건지 모르겠다. 어쩌면 우리 동네 경찰이 받는 것보다 더 많은 하프타를 원하는지도 모른다. 어쩌면 때리는 구루가 드린 푸자보다 더 성대한 푸자를 원하는 걸지도 모른다. 어쩌면 푸자는 크고 마음에 들었는데 우리에게 별 관심이 없는 건지도 모른다. 어쩌면, 어쩌면, 어쩌면. 정말 지겹다.

"저기 온다." 누나가 벌떡 일어서자, 누나가 쓰고 있던 쪽 담요 자락이 땅바닥으로 떨어진다. 더럽혔다고 엄마가 화낼까 봐 담요를 접으려 하지만, 무겁고 까끌까끌해서 가시가 잔뜩 달린 키카르나무를 만질 때

285

처럼 손가락이 따갑다. 내가 너무 작아서 이렇게 간단한 일도 제대로 못한다고 생각하니 슬프다. 눈물이 나와 눈이 따갑다.

"울지 마." 루누 누나가 말한다. "너한테는 아무 일 없을 거니까."

"우는 거 아니거든."

누나가 담요를 내 손에서 뺏어 가더니, 운동을 해서 힘이 세졌는지 몇 초 만에 깔끔하게 접는다.

아빠가 나를 안아 올린다. 아빠한테 안겨서 돌아다닐 만큼 어린 꼬마는 아니지만, 안긴 김에 아빠 목에 얼굴을 기댄다. 아빠의 숨소리가 들린다. 소리가 크고, 사모사처럼 헐떡거린다. 손전등 불빛이 골목 곳곳을 비춘다. 위성방송 안테나가 절반쯤 드러나고, 누군가가 빨래를 널어둔 빨랫줄도 살짝 보이고, 지붕에 앉아 있던 비둘기들이 잠에서 깨 푸드덕거리며 날아가는 것도 보인다.

"물소 도사님이 죽었어." 샨티 아줌마가 말한다. 유리에 금이 가듯 목소리가 갈라진다. "목이 잘려서."

나는 고개를 든다. 아프살 아저씨 같은 정육점 주인들이 동물을 죽이기는 하지만, 그건 고기를 먹기 위해서다. 물소 도사님을 먹고 싶어 하는 사람은 아무도 없을 텐데. 주정뱅이 라루처럼 쓸모없는 사람도 물소 도사님을 신으로 생각하니까.

샨티 아줌마가 슬며시 남편의 팔짱을 낀다. 루누 누나는 오른발로 땅바닥에 반원을 그린다.

"누가 물소 머리를 파티마네 문간에 갖다 놨대." 아빠가 말한다.

"파티마가 계속 울고 있어." 샨티 아줌마가 말한다. "왜 아니겠어. 물소 도사님을 자식처럼 사랑했는데. 물소가 준 건 별로 없지만. 연료로 쓸 똥도 많이 안 줬으니까. 그런데도 물소 먹인다고 돈을 펑펑 썼는데."

아빠가 나를 내려놓자, 나는 집 안으로 뛰어 들어가 엄마 아빠 침대 밑으로 기어든다. 나는 낮에는 용감하지만, 밤에는 그 용기가 외출을 싫어한다. 자고 있다.

"자이, 뭐 하니?" 따라 들어온 엄마가 묻는다.

내가 아주 바보 같아 보일 거다. 엄마가 침대 밑에 온갖 가방과 봉지를 밀어 넣어두었기 때문에 내 몸은 절반만 들어가 있다. "이리 나와라, 울 아들." 나를 이 세상 어느 누구보다도 사랑할 때만 엄마는 나를 '울 아들'이라고 부른다. 엄마는 사리에 묶어놨던 파라슈트 기름통을 꺼내고, 사리 자락으로 내 얼굴에 묻은 먼지를 닦아준다. 나는 엄마가 깨끗하게 닦을 수 있도록 침대 밑에서 완전히 빠져나온다. 엄마는 파라슈트 기름통을 선반에 도로 얹어놓는다. 아빠와 누나가 들어온다.

"정령이 물소 도사님을 잡아먹었어?" 내가 묻는다.

"정령 같은 건 없어, 자이." 아빠가 말한다. "그건 깡패들이 지어낸 얘기야. 물소 머리는 칼에 베였어. 파티마 아줌마네 골목 위아래로 핏자국이 흥건하고."

정령들에겐 무기가 필요 없다. 생각만으로도 사람의 머리를 벨 수 있으니까.

"힌디사마지 사람들이 물소 도사님을 죽였을 거야. 파티마 아줌마가 무슬림이니까." 루누 누나가 말한다. "무슬림에게 본때를 보이려고."

"우린 소를 숭배하는 민족이야." 엄마가 말한다. "우리 힌두인들이 그런 끔찍한 일을 할 리가 없어."

"사마지 당원들이 칼을 갖고 다닌다는 건 다 아는 사실이야." 누나가 말한다. "싸움할 때 칼을 꺼낸대. 언젠가 뉴스에서도 봤잖아. 그렇지, 아빠?"

"파티마네 다시 가봐야겠어." 아빠가 말한다. "그 불쌍한 여자가 엄청 충격을 받았던데."

"가지 마, 제발." 엄마가 간청한다. "가지 말라고. 또 무슨 끔찍한 일이 벌어질지 모르잖아."

하지만 아빠는 벌써 스웨터를 입고 멍키캡을 쓰는 중이다.

"그럼 목도리라도 해." 엄마가 말한다. "밖이 많이 추워, 여보."

"이번엔 걱정을 내게 맡겨줄래? 마두, 내 사랑?"

루누 누나는 아빠가 엄마를 '내 사랑'이나 '내 심장'이나 '내 우주'라고 부를 때 항상 당혹스러운 표정을 짓는다. 하지만 나는 그런 말을 들으면 안심이 되고 안전하다는 느낌을 받는다.

엄마가 아빠의 목에 목도리를 둘러준다. 마치 목도리가 화환이고, 아빠와 다시 결혼하는 것처럼.

물소 도사님이 죽었다는 사실이 믿기지 않는다. 물소 도사님은 아무도 괴롭히거나 다치게 하지 않았다. 도사님의 눈 주위를 맴도는 파리들조차도. 그 파리들은 몇 시간이고 윙윙거리며 도사님 눈 주위를 맴돌다가 제풀에 지쳐 도사님 뿔 사이에 떨어져 죽어버렸다.

🐎

자려고 누워 잠깐 눈을 붙였다고 생각했는데, 눈을 떠보니 벌써 일어날 시간이다. 엄마 아빠는 누가 출근할 것인가를 놓고 또다시 말다툼을 벌이고 있다. 엄마는 어젯밤에는 그렇게 아빠를 걱정하더니 지금은 아빠를 정령의 입속에 처넣고 싶은 것처럼 말한다. 엄마 아빠는 끔찍한 일만 생기면 항상 이렇게 부부 싸움을 한다. 우리를 매일 감시할 수는 없다는 걸 알면서도 감시할 수 있는 것처럼 스스로를 속이고 있다. 하지만 나를 속일 수는 없다. 매트에 앉아 있으니 추위가 목구멍을 할퀴는 느낌이다. 이번에도 아빠가 이길 거라고 생각하지만, 놀랍게도 엄마가 이긴다. 그 결과에 엄마 자신도 놀란 목소리다.

"내가 해고돼도 뭐라고 하지 마." 아빠가 나를 향해 일어나라는 손짓을 해 보이면서 엄마에게 말한다. "이제 어떻게 먹고사냐, 우리. 당신 비상금 모아둔 거 써야겠는데." 아빠가 부엌 선반으로 걸어가더니 파라슈트 기름통을 집는다. 내 심장이 쪼그라든다. 엄마가 통을 빼앗아 선반에 도로 올려놓는다.

"지금 농담할 때 아니야." 엄마가 말한다.

"이게 농담인 것 같아?" 아빠가 말한다.

"오늘하고 내일만 부탁해, 여보." 엄마가 말한다. "일요일엔 샨티가 봐준다고 했고, 월요일에 개학이니까."

루누 누나와 엄마가 물을 길러 나간다. 아빠는 내게 공중화장실에 가자고 말한다.

"물소 도사님은 어떻게 됐어?" 밖에 나와서 내가 아빠에게 묻는다.

"다 깨끗이 치웠어." 아빠가 말한다.

"파티마 아줌마가 가져갔어?" 내가 묻는다.

"유령시장 정육점 주인이 가져갔어."

"아프살 아저씨?"

"그게 누군데? 너 아직도 유령시장에 가서 낯선 사람들이랑 얘기하고 그러니? 그러지 말라고 했어, 안 했어? 유령시장은 어린이 놀이터가 아니야."

"나, 안 놀아." 내가 말한다.

우리는 사모사처럼 생긴 개 옆을 지나간다. 사모사는 잘 있겠지? 정령들과 칼을 가진 사람들을 피해서 잘 지내야 할 텐데 걱정이다.

파이즈 말대로, 우린 저주받았다. 불쌍한 파이즈. 파이즈는 이제 노점상이다. 엄마는 파이즈네 엄마가 아바야 속으로 숨어버렸다고 말한다. 파이즈 엄마는 장남이 감옥에서 바퀴벌레가 들어간 쌀밥이나, 잘린 도마뱀 꼬리로 저은 차, 쥐똥이 들어간 물 같은 것을 먹을까 봐 걱정이 태산이다.

"이번 달에는 우리 배고파야 해?" 내가 아빠에게 묻는다.

"그런 걱정 하지 마."

"아빠, 내일 출근할 거야?"

아빠가 어깨를 으쓱한다. 엄마 아빠가 이런 식으로 휴가를 자꾸 쓰면 곧 파라슈트 기름통을 열게 될 거다.

줄의 맨 앞에 거의 다 왔다. 20루피가 필요하다.

"아빠······."

"자이, 우린 괜찮을 거야. 배곯게 안 할 테니까 걱정하지 마."

❧

아침으로 러스크를 먹고 있을 때, 파리 엄마가 파리를 우리 집에 맡기러 데려온다. 엄마가 파리 엄마와 통화하면서 그러라고 말한 게 틀림없다. 나한테는 말도 안 해주고.

파리는 이미 아침을 먹었다면서 러스크를 거절한다. 하루에 다섯 번도 먹을 수 있다던 매기누들*을 먹었나 보다.

"넌 공부 안 해?" 파리가 내게 묻는다.

"파리 말 잘 들어라, 자이." 아빠가 말한다.

아빠가 엄마와 파리 엄마를 골목 끝까지 배웅하고 돌아오면서 이웃들과 이야기를 나눈다. 그러고는 루누 누나에게 점심으로 뭘 할 거냐고

---

*　　인도의 라면 브랜드.

묻는다. 어차피 우린 점심으로 항상 달과 쌀밥만 먹는데. 아빠가 텔레비전을 켜고 침대에 걸터앉아 다리를 떤다. 채널을 계속 바꾼다. 노래를 흥얼거린다. 선반에 놓인 양철통을 거울 삼아 보면서 머리를 빗는다. 노래를 한다. 평소에 아빠는 퇴근하면 너무 지쳐서 침대에 쓰러지듯 누워 텔레비전을 본다. 노래를 한다고 해도 한 곡 이상은 부르지 않는다. 그런데 지금은 노래를 멈추지 않는다.

"아빠, 우리 공부하는데." 내가 말한다.

"아, 미안." 아빠가 말한다. 그러더니 텔레비전 소리가 문제인 것처럼 볼륨을 낮춘다.

파리와 나는 문간에 앉아 있다. 나는 우리 이제 탐정 그만하자고 말해서 파리의 공부를 방해한다. "우리가 뭘 추적할 수 있겠냐? 사라진 무슬림 아이들 이름도 모르는데."

"카비르와 카디파." 파리가 말한다. "카비르는 아홉 살, 카디파는 열한 살. 우리 학교 학생은 아니고 우리 동네 근처에 있는 무슨 공짜 학교에 다닌대. 걔네 엄마는 곧 셋째를 출산할 예정이고."

"네 맘대로 지어낸 거지?" 내가 묻는다.

"화장실 앞에서 아줌마들이 하는 얘기를 들었거든."

파리가 눈살을 찌푸리고 입술을 비죽거리며 말을 잇는다. "저 인간이 여긴 웬일이지?"

쿼터가 자기 부하들과 힌디사마지 당원 몇 명을 거느리고 우리 골목을 돌아다니면서 사람들과 이야기를 한다. 그들이 우리 집으로 다가오자, 파리와 내가 일어선다.

술 냄새가 약간 나긴 하지만, 쿼터는 예전보다 더 깨끗하고 잘생겨 보인다. 나는 눈을 가늘게 뜨고 쿼터를 쳐다보면서 그 이유를 찾는다. 이제 보니 콧수염 비슷한 것과 듬성듬성 나 있던 턱수염을 깨끗하게 면도

했다.

아빠와 루누 누나가 문 앞으로 나온다.

"이 오빠가 촌장님 아들이에요." 파리가 아빠에게 말한다. 우린 아직도 쿼터의 본명을 모른다.

"누가 또 사라졌니?" 아빠가 급히 묻는다.

"우린 누구 때문에 이 동네가 이런 시련을 겪고 있는지 알아내려고 애쓰고 있어요." 쿼터가 루누 누나를 보면서 말한다. "우리한테 뭐 알려 줄 것 없어요? 혹시 무슬림이 의심스러운 행동 하는 거 본 적 없어요?"

아빠가 누나를 잡아당겨 뒤로 보내고 앞에 버티고 선다.

"동네에 분열을 조장하고 다니지 마라." 아빠가 말한다. 텔레비전에서 아나운서가 하는 멋진 말 같다.

쿼터는 입고 있는 검은 셔츠의 소매를 내렸다가 다시 말아 올린다. 머리는 기름을 발라 뒤로 넘겼다. 아니, '소년이 아니라 남자를 위한' 헤어크림이라고 텔레비전에서 광고하는 브릴크림 같은 비싼 제품을 바른 건지도 모른다.

쿼터가 집에 숨겨놓은 칼로 물소 도사님을 죽였을까? 쿼터가 신고 있는 캔버스화를 보면서 피가 튄 자국이 있나 찾아보지만 흙만 잔뜩 묻어 있다. 그러고 보니 쿼터는 힘들고 더러운 일은 자기가 하지 않고 남을 시킨다고 들은 기억이 난다.

쿼터는 고개를 삐딱하게 기울이고 불량한 표정으로 루누 누나를 바라본다.

"가스레인지에 뭐 올려놓지 않았어?" 아빠가 누나에게 묻는다. 누나는 부엌으로 돌아간다. 아빠가 뒷짐을 지고 쿼터를 엄하게 노려보면서 말한다. "날이 갈수록 상황이 안 좋아지고 있으니까, 아버지한테 더 애써주시라고 말씀드려라. 경찰한테 납치 사건 수사 열심히 하라고 요구하고, 힌두교도들과 이슬람교도들한테는 싸움을 중단하라고 촉구하고, 아버지가 해주셔야 할 일이 참 많아."

나는 쿼터의 얼굴을 자세히 살핀다. 수사를 포기한 뒤지만, 나도 모르게 저절로 그렇게 된다. 전자 제품 수리점 아저씨가 감옥에 있기 때문에, 쿼터가 다시 주요 용의자다. 쿼터는 엄지손가락 끝으로 턱을 긁는다. 쿼터의 귀가 닫혀 있어서 아빠가 한 말이 그 안으로 들어가지 못하고 땅바닥에 떨어진다. 암탉들이 쪼아 먹고 염소들이 씹어 먹게 생겼다.

샨티 아줌마가 우리의 일요일을 책임질 대장이지만…

…아주 형편없는 대장이다. 자기 집에서 만들고 있는 음식을 태울까 봐 자꾸만 자기 집으로 뛰어간다. 그래도 우리에게 자기 집에 와서 공부하라고 말하지 못하는 건, 아줌마네 집 안이 공장에서 가져온 연고 튜브로 가득 차 있기 때문이다. 아줌마 남편은 시청 소속 미화원으로 일하면서, 집에서 연고 튜브에 뚜껑을 끼우는 부업을 한다. 언젠가 내가 아줌마네 집 안으로 뛰어 들어갔다가 연고 튜브를 열 개 가까이 밟은 일이 있었는데, 그 후로 아줌마 아저씨는 어린이를 절대 집 안에 들이지 않는다.

"공부해, 공부." 샨티 아줌마가 우리 집 문간에 나타나 이렇게 말하더니, 요리가 맛있게 됐는지 확인하려고 서둘러 자기 집으로 돌아간다.

루누 누나가 운동화를 신는다.

"어디 가게?" 내가 묻는다.

"코치님이 금요일부터 훈련을 시작했어. 타라가 물소 도사님 도살 사건을 말씀드렸더니 나는 이틀 더 쉬어도 된다고 허락해주셔서 어제까지 쉰 거야. 오늘부터는 빠지면 안 돼. 빠지면 바로 아웃이야. 팀을 나와야 된다고."

"우리 둘 다 하루 종일 집에 없으면 샨티 아줌마가 알아차릴 텐데."

"너 그 찻집 일 아직도 하냐?"

"누난 그 훈련 아직도 해?"

"여기서 기다려." 누나가 말한다. 누나가 스웨터를 집어 들고 달려 나간다. 나를 집 안에 둔 채로 문을 반만 닫고 나간다. 공중화장실에 간 것 같다. 나는 1, 2, 3, 4…… 100분을 기다려보지만 누나는 돌아오지 않는다. 선반에 놓인 엄마의 알람시계를 보니 일하러 갈 시간에서 벌써 한참 지난 뒤다. 루누 누나가 이런 식으로 나를 속이다니 정말 기가 막힌다.

샨티 아줌마가 발찌를 딸랑거리며 우리 집으로 돌아오고 있다. 나는 침대에서 벌떡 일어나 아줌마가 안을 볼 수 없게, 반쯤 닫힌 문 앞에 버티고 선다.

"루누 누나는 그날이래요." 내가 말한다. "그래서 배가 아프대요." 언젠가 엄마가 루누 누나를 괴롭히지 말라면서 했던 말이 기억나서 둘러댄다.

"오, 그래?" 아줌마가 말한다. "어디 보자, 얼마나 아픈가."

"지금 크로신* 먹고 자고 있어요."

"뭐 필요한 거 있으면……."

"누나가 아줌마한테 도와달라고 할 거예요."

"심심하지? 계속 집에만 있으려니까."

"공부하고 있어요."

샨티 아줌마의 얼굴에 의심의 그늘이 지지만, 어쨌든 아줌마는 자기 집으로 돌아간다. 나는 아줌마의 국자가 냄비를 젓는 소리를 들은 다음, 우리 집 문을 당겨서 거의 닫아놓은 뒤 유령시장을 향해 달려간다.

---

*   해열진통제 상표명.

"오, 드디어 나타나셨네. 신사 숙녀 여러분, 유령시장의 마라하자*께서 친히 납셨군요." 두타람 아저씨는 나를 보자마자 이렇게 말한다.

"우리 골목에서 물소가 글쎄, 머리가 잘려 죽었어요." 내가 말한다. "사람들이 엄청 몰려와 있어서, 몇 시간이나 빠져나올 수가 없었어요."

"그것 참 안됐구나." 두타람 아저씨가 그렇게 말하지만 슬픈 표정은 아니다. 아저씨는 주전자 주둥이로 기다리는 손님들을 가리킨다. 나는 차를 따르면서 한 방울도 흘리지 않는다. 역시 나는 차 따르는 데는 전문가다.

✿

아직 오후도 안 됐는데, 두타람 아저씨네 찻집에서 우리 동네 아줌마를 두 명이나 만난다. "요놈, 너 이제 큰일 났다." 샨티 아줌마네 옆집에 사는 아줌마가 말한다. "우리가 너랑 네 누나를 얼마나 찾아다녔는데."

아줌마들이 두타람 아저씨에게 내가 납치됐을까 봐 걱정했다는 이야기를 하자, 아저씨가 내 귀를 잡아당긴다.

"누나는 어디 있니?" 이웃 아줌마가 묻는다.

"몰라요, 난." 내가 말한다.

운도 정말 지지리 없다. 오후 5시가 지나서 잡혔다면 마지막 20루피를 벌었을 텐데.

"집에 가자." 그 아줌마가 말한다. "불쌍한 샨티 아줌마가 심장마비로 죽은 거 아닌가 몰라."

두타람 아저씨가 셔츠 주머니에서 20루피를 꺼내 축축하고 더러운

----

* 과거 인도에서 전제군주가 통치하던 나라의 왕을 이르는 호칭.

내 손바닥 위에 올려놓는다. "부모님 갖다드려라." 아저씨가 말한다.

나는 지폐를 주머니에 넣는다. 잡힌 건 운이 없지만, 생각했던 것만큼 운이 나쁘지는 않은 것 같다.

샨티 아줌마가 나를 보고 소리를 지르면서 꽉 끌어안는다. 너무 세게 안아서 뼈가 부러질 것 같다. "왜 거짓말 했어, 자이? 누나는 어딨어?"

"코치님 만나러 학교 갔어요. 엄마 퇴근하기 전에 올 거예요."

"네 엄마, 지금 집으로 오고 있어. 내가 전화했거든. 할 수밖에 없었어. 잠깐만, 다시 전화해서 걱정하지 말라고 해야겠다." 아줌마는 휴대전화를 떨어뜨릴 뻔하다 간신히 잡고는 잠시 마음을 진정시킨다. 아줌마 남편은 기버터를 넣어 기름진 로티를 만들고 달에도 기버터를 한 국자씩 넣지만, 그래도 아줌마는 우리 엄마처럼 날씬하고 어쩐지 오늘은 더 홀쭉해진 것 같다. 아줌마는 엄마에게 내가 안전하다고, 루누 누나도 나와 함께 있다고 말한다. 아줌마 손톱 끝에는 분홍색 매니큐어가 뭉쳐진 채 굳어 있고, 손톱 위쪽은 샛노랗다. 아줌마 머리의 염색약이 빨리 빠진 부분에서 흰머리가 많이 눈에 띈다.

"엄마는 그럼 다시 일하러 가겠대. 사모님이 오늘 밤에 파티를 연단다." 샨티 아줌마가 말한다. "엄마를 더 걱정시키고 싶지 않아서 루누가 너랑 같이 있다고 했다. 안전한 거 맞지, 누나? 또 거짓말한 거 아니지?"

"학교에 있어요."

"가서 데려오자."

"코치님이랑 같이 있다니까요, 아줌마. 육상 훈련 중이에요."

"국무총리와 함께 있다고 해도 상관없어. 데려와야겠어."

"옷 좀 갈아입어도 돼요? 누가 차를 흘려서."

"빨리 나와라."

나는 집으로 뛰어 들어가, 파라슈트 기름통을 열고 두타람 아저씨가 준 20루피를 안에 집어넣는다. 오늘 엄마한테 맞아 죽을 수는 있어도, 최소한 범죄자로 죽지는 않을 것이다.

⚘

샨티 아줌마는 나와 함께 학교로 가면서 질문을 퍼붓는다. *왜 루누 누나가 '그날'이라고 말했어? 그날이 무슨 뜻인지 알아? 유령시장에서는 뭐 했는데? 납치범들이 무섭지 않던? 이런 꼬맹이가 어쩌다 그렇게 뻔뻔한 거짓말쟁이가 됐지?*

나는 풀이 죽은 목소리로 일요일마다 일한다고, 하지만 엄마 아빠는 그 사실을 모른다고 말한다. 루누 누나와 전국 대회 이야기도 한다.

"누나가 우승하면 상금을 많이 받을 텐데, 다 엄마 아빠 줄 거래요. 내가 일하는 것도 그래서고요. 우린 엄마 아빠를 도우려는 거예요."

"그래, 생각은 기특하다만." 아줌마가 조급하게 말한다. "그러다 납치되면 어쩌려고 그래, 응? 너희 엄마 아빠가 이 동네에서 제일 좋은 사람들인 거 알긴 하니? 최고의 엄마 아빠를 갖고 있는데도 너흰 그걸 모르는 것 같아."

"나도 알아요."

"루누가 저기 없으면 어떡하지?" 학교에 다 와갈 때쯤 아줌마가 말한다. "네 엄마가 날 죽이려 들 텐데. 아, 그러기 전에 내가 죽어버려야지."

교문이 오늘은 반쯤 열려 있다. 루누 누나의 열성팬인 여드름투성이 형이 교문 사이로 안을 들여다보고 있다.

"좀 비켜줄래?" 아줌마가 형한테 말하자, 형은 깜짝 놀라 옆으로 비킨다. 도둑질하다가 들킨 것처럼 당황한 표정이다.

루누 누나는 땅바닥에 분필 가루로 그린 흐릿한 육상 트랙에 서 있다. 팀원에게서 배턴을 넘겨받기 위해 왼팔을 뒤로 뻗은 채다. 언젠가 누나는 배턴터치를 하는 데 2초 이상 걸리면 안 된다고 말한 적이 있다. 더 듬거리거나 배턴을 떨어뜨리면 팀에서 쫓겨날 수 있다면서.

팀원이 가까이 오자 누나는 천천히 달리기 시작하고, 팀원이 "배턴!"이라고 미처 다 외치기도 전에 배턴을 움켜쥐고 힘차게 달려 나간다. 하나로 묶은 머리가 찰랑거리며 누나와 함께 달린다. 두 팔이 앞뒤로 크게 흔들리고 있고, 두 다리는 가벼운 깃털처럼 하늘로 날아오르고 있다. 계주 팀에서 가장 빠른 루누 누나가 마지막 주자다.

"루누, 이리 와. 지금 당장." 샨티 아줌마가 소리친다.

누나는 결코 멈춰 서지 않을 것처럼 계속 달린다. 아줌마가 누나 이름을 또 부르면서 "루누, 안 오고 뭐 하는 거야?"라고 외친다. 누나가 결승선에 도착한 후 배턴을 코치에게 주더니 무슨 말인가 한다. 코치님은 화가 많이 난 표정이다. 잠시 후 루누 누나가 우리에게 뛰어온다.

🐾

저녁 늦게 집에 온 엄마는 나와 루누 누나에게 아무 말도 하지 않는다. 나는 엄마 표정을 열심히 살핀다. 엄마가 평소에 화를 낼 땐 굉장히 시끄러운데, 오늘은 너무 조용하다. 누나가 만든 달의 간을 보고 소금과 가람마살라를 약간 더 넣는다. 엄마는 항상 아프다고 말하는 등허리를 손으로 문지른다. 내가 호랑이 연고를 엄마에게 건네지만, 엄마는 나를 못 본 척한다. 엄마의 눈길이 가는 데로 내 손이 쫓아가는데도 계속 못 본 척한다. 나는 연고 통을 선반에 도로 얹는다. 루누 누나는 못에 걸려 있는 아빠의 허리띠를 노려본다. 아빠가 못을 벽에 너무 세게 박아서 주변에 실금이 별 모양으로 퍼져 있다. 아빠가 허리띠로 우릴 때린 적은 한 번도 없었다.

드디어 아빠가 퇴근한다. 엄마와 샨티 아줌마 부부는 우리를 밖으로 내보낸 후, 아빠에게 오늘 있었던 일을 자세히 보고한다. 루누 누나와 나는 오들오들 떨면서 문가에 앉아 있다.

내일은 학교 시험 날이다. 시험이 다른 세계의 일처럼 비현실적으로 느껴진다. 우리 세계에서는 날마다 정령들과 납치범들과 물소 도살자들과의 전쟁이 벌어지고 있다. 우리가 언제 사라질지 아무도 모른다.

어른들은 낮은 목소리로 이야기를 주고받지만, 아빠가 너무 놀라 헉 하는 소리는 바깥까지 들린다.

샨티 아줌마가 문을 열고 우리에게 들어오라고 한다. 그러고는 자기는 남편과 함께 집으로 돌아간다.

"자이, 네가 일하지 않으면 우리가 먹고살 돈이 없을 거라고 생각했어?" 아빠가 묻는다.

"다신 안 그럴게." 내가 말한다.

"엄마 아빠가 너를 굶기고 있니?"

"난 그냥……. 파이즈 좀 도와주려고 그랬어. 형이 감옥에 있고 변호사 비용도 많이 나온대." 그럴듯한 거짓말이고 내게는 충분히 말이 되는데, 아빠한테는 통하지 않는다.

"그러면 파이즈가 네 돈을 받았어?"

"안 줬어. …… 두타람 아저씨가 한 푼도 안 줬거든. 이번 달 말까지 일했으면 줬을 텐데."

"그리고 너." 엄마가 루누 누나에게 말한다. "동생 좀 잘 보라고 했더니 그새 학교로 뛰어가? 스모그 속을 계속 뛰어다녀? 코치가 그렇게 좋아? 네가 무슨 생각 하는지 엄마가 모를 것 같아?"

"코치님?" 루누 누나가 묻는다.

누나가 눈을 부릅뜨고 나를 본다. 엄마가 무슨 생각을 하는 건지 나더러 설명하라는 눈치다. 나는 고개를 숙여 턱을 가슴에 붙인다. 아무것도 설명할 수 없다.

"코치가 네 우상이잖아, 아니야?" 엄마가 묻는다. "코치를 보려고 납치될 위험도 무릅쓰는 거잖아."

누나의 코치님은 전혀 우상처럼 생기지 않았던데.

"그럼 저녁에 먹을 채소를 사러 나가는 건 괜찮고? 그땐 아무도 나를 납치하지 않을 거란 말이지?" 누나가 흥분해서 팔을 쳐들다가 내 얼굴을 치지만 신경도 쓰지 않는다. "물을 길으러 수돗가에 줄을 설 때나 쌀배급을 받으려고 줄을 설 땐 아무 일도 없을 거고. 하지만 내가 하고 싶은 일을 할 땐 납치될 거라는 거잖아. 그 말 하려는 거지, 지금?"

"말조심해." 엄마가 누나에게 말한다.

"너한텐 돌봐야 할 동생이 있잖아." 아빠가 말한다.

"돌볼 수도 없는 애를 뭐 하러 낳았어?" 누나가 묻는다.

아빠가 손을 번쩍 들더니 루누 누나의 왼뺨을 사정없이 후려친다. 누나의 작은 링 귀걸이가 떨어진다. 아빠가 손을 부들부들 떨고 있다. 눈이 휘둥그레진 채 방금 자기 손이 한 일을 믿지 못하겠다는 듯이 손을 내려다본다. 엄마가 울기 시작한다. 아빠는 누나를 때린 적이 이제껏 한 번도 없었다. 나를 때린 적도 없었다. 엄마는 항상 우리를 때리지만, 아빠는 우리에게 절대 손을 대지 않았다.

엄마가 허리를 굽혀 귀걸이를 줍는다. 누나에게 다시 달아주려 하지만 누나가 엄마를 확 밀치고 침대에 올라가, 내가 물구나무서기를 하는 모퉁이에 앉는다. 아빠는 담요를 집어 들고 밖으로 나간다.

"저녁 안 먹어?" 엄마가 아빠의 등에 대고 묻는다. 아빠는 뒤돌아보지도 않고 오른손을 드는 것으로 안 먹겠다는 말을 대신한다.

나는 루누 누나에게서 멀찌감치 떨어진 침대 끄트머리에 앉아 손가락 마디로 낡은 매트리스를 꾹꾹 눌러본다. 누나는 전국 대회에 나갈 수 없을 거다. 아빠한테 맞은 것보다 그것 때문에 더 슬플 것 같다.

카비르와 카디파

골목에서 기다린 지 서너 시간은 지난 것 같았다. 오락실 입구에 드리워진 커튼이 출렁이더니, 밝은 빛이 카디파의 발 위로 쏟아졌다. 카디파가 깨닫지 못하는 사이에 어둠이 세상을 덮쳐 유령시장의 지붕들을 지워버렸다.

카디파는 오락실로 당당하게 걸어 들어가 동생을 끌고 나오는 상상을 했지만, 예의를 차리느라 실제로는 그렇게 하지 못했다. 동네 여자아이들은 그런 곳에 출입하지 않았다. 짧은 치마를 입고 다니고 부모에게 말대꾸할 정도로 용감한 여자애들도 마찬가지였다. 오락실로 우르르 몰려 들어가는 남자아이들을 붙잡고 이야기하는 게 카디파가 할 수 있는 최선이었지만, 남자아이들은 게임에 완전히 정신을 빼앗겨서 카디파가 하는 말은 들리지도 않는 듯했다.

"저기요, 동생이 저 안에 있는데요." 어떤 오빠를 붙잡고 말을 걸고 보니, 콧수염이 제법 나 있고 어른처럼 담배 냄새도 풍겨서 카디파는 당혹스러웠다. "동생 이름은 카비르고, 아홉 살 어린애예요. 카비르한테 밖으로 나오라고 좀 전해주세요. 누나가 기다리고 있다고."

소년의 표정은 바뀌지 않았다. 카디파는 소년이 안으로 들어가게 옆으로 비켜서서, 남의 시선을 의식하며 히잡을 만졌다. 쌀쌀한 날씨인데도 부끄러움 때문에 두 뺨이 확확 달아올랐다.

카디파는 가슴 위로 팔짱을 꼈다. 낯익은 분노가 가슴속에서 확 치밀어 올랐다. 엄마는 저녁때 카비르에게 우유 한 통 사 오라고 심부름을 보냈고, 두 시간이 지나도 카비르가 돌아오지 않자 동생을 찾아 데려오라고 카디파를 내보냈다. 카디파가 친구들과 할 이야기가 있고 바느질도 해야 한다는 건 아랑곳하지도 않았다. 카비르가 말썽을 부릴 때마다 문제를 해결하는 건 언제나 카디파 몫이었다. 너무나 불공평했다.

엄마는 불공평하건 말건 관심도 없었다. 요즘 엄마는 배 속에서 자라고 있는 아기 생각뿐이었다. 엄마가 늦은 밤에는 다정한 목소리로, 이른 아침에는 잠이 덜 깬 목소리로 올 아들이 너무 보고 싶다고, 엄마 아빠가 원하는 대로 아들로 태어나주리라 믿는다고 속삭이는 것을 들으면서, 카디파는 입술을 깨물었다. 곧 태어날 남동생도 카비르처럼 장난꾸러기가 될 게 뻔했다. 카디파는 온종일 이 악동들을 쫓아다녀야 할 것이다. 친구네 집에서 새 매니큐어를 발라보고 머리띠를 해볼 시간도 없을 것이다.

부모님은 아직 모르지만, 카비르는 요즘 학교에 가지 않고 있었다. 사실 진짜 학교는 아니고, 비정부기구에서 운영하는 '공부방'이었다. 그곳에서는 두 살부터 열여섯 살까지의 아이들을 한 교실에 모아놓고 가르쳤다. 카비르는 금요일 오후에 모스크에서 열리는 설교와 기도회에 빠졌고, 아빠 지갑에서 돈을 훔쳤다. 아빠의 의심을 사지 않으려고 한 번에 지폐 한두 장만 훔칠 만큼 용의주도했다. 카비르가 유령시장 상인들을 위해 심부름을 해주고 버는 돈만 가지고는 오락실에 있고 싶은 만큼 있을 수가 없었다. 만약 할 수만 있다면 카디파 누나의 돈도 훔쳤겠지만─카디파는 바느질로 번 돈의 절반 이상을 저금했다─, 카디파는 동생의 행동을 잘 감시했다. 자기가 모아둔 돈이 있는 곳에 동생이 접근하려고 하면 발을 걸어 넘어뜨렸다.

부모님은 카비르에게 관대했다. 아마도 아들이기 때문일 것이다. 그러나 부모님이 카비르가 돈을 훔치고 학교 수업과 모스크 예배에 빠지는 걸 알게 된다면, 바로 짐을 싸서 그 애를 할머니 할아버지가 사는 시골로 보낼 테고 카디파는 경호원으로 딸려 보낼 게 분명했다. 부모님은 카디파 혼자서 동생을 보살필 수 있다고 믿었다. 카디파는 부모님의 그런 믿음을 칭찬이라고 생각했지만, 오 알라신이여, 카디파가 듣고 싶었던 칭찬은 그런 것이 아니었다.

엄마는 동네에서 버스로 세 시간 거리에 있는, 자신이 어린 시절을 보냈던 친정집을 그리워했다. 달콤한 과일과 신선한 공기가 있는 그 좋은 곳을 버리고 숨도 제대로 쉴 수 없는 이런 도시에서 살게 됐다고 한탄하곤 했다. 그러나 카디파에게 그 시골 마을은 완전히 다른 세계이고 다른 나라였다. 그곳에서의 저녁이란 물소가 꼬리를 철썩거리는 소리와 모기가 윙윙거리는 소리만 들리는 정적과 암흑의 세상이었다. 물라가 텔레비전과 라디오는 물론이고 심지어 대화까지 금지했기 때문이다. 여자아이는 너무 늦기 전에 결혼시켜야 한다고 물라가 말할 때 카디파의 조부모는 고개를 끄덕였다. 물라가 말하는 '너무 늦기 전'은 '열세 살이나 열네 살이 되기 전'을 의미했다.

카디파 남매가 그 마을로 이사를 간다 해도 카비르는 잃을 게 아무것도 없겠지만, 카디파는 모든 것을 잃게 될 터였다.

카비르가 모든 것을 당연하게 여기는 것을 보면 카디파는 몹시 화가 났다. 카디파의 친구들 중에 오락실에 드나드는 오빠를 둔 아이들이 있었는데, 카디파는 그 친구 오빠들을 통해 카비르의 비밀스러운 즐거움

305

에 대해 알게 되었다. 카디파는 친구들을 통해 이 오빠들에게 카비르와 한번 싸워달라고, 흠씬 두들겨 패주라고 부탁해볼 생각이었다. 카비르는 맞아도 쌌다. 알라신은 카디파의 편이었다.

카디파가 땅을 발로 툭툭 차자 먼지가 일었고, 지나가는 사람들이 성난 눈으로 노려보았다. 카디파는 오락실 벽에 등을 기대고 서서 주위의 스모그가 자신의 모습을 가려주기를 바랐다. 오락실 입구를 가리고 있던 커튼이 젖혀졌다. 카비르가 비틀비틀 걸어 나오면서 눈을 깜박여 골목의 흐릿한 불빛에 천천히 적응하고 있었다. 그러다 누나를 보더니 멋쩍은 듯 웃었다.

"우유는 어디 있어?" 카디파가 날카롭게 물었다. "돈은?"

카비르는 마치 자기가 게임에 돈을 다 쓰지 않았을 가능성이 있는 것처럼 주머니 속을 뒤졌다. 카디파는 우유와 커드를 파는 노점으로 카비르를 데리고 가면서, 어쩌면 그렇게 이기적이냐고 동생을 꾸짖었다.

"힌두교도들은 우리를 테러범, 유괴범, 살인범이라고 부르면서 못 잡아먹어서 안달인데, 너는 그런 거지 같은 게임에 빠져서 다른 건 생각도 안 해?" 카디파가 말했다.

누나에게 그런 말을 들으니 카비르는 마음이 아팠다. 누나 말이 옳기 때문이었다. 처음에는 그저 심심풀이로 게임을 했지만 이제는 총격전의 흥분을 갈망하고 있었다. 숨 막히는 골목에서 본 본드 중독자들이 에라즈엑스의 흡입을 갈망하던 것처럼.

카비르는 그날도, 그리고 그 전에도 몇 번이나 나마즈*를 드리는 걸 잊었다. 무에진**의 외침이 오락실까지 뚫고 들어올 수는 없었다. 오락실에서 총소리보다 더 큰 소리는 게이머들 입에서 튀어나오는 막돼먹은

---

* 　무슬림이 올리는 기도.

** 　이슬람교에서 기도시간을 알리는 사람.

욕설뿐이었다. *그렇게밖에 못해, 이 씨발새끼야. 아주 웃기고 자빠졌네, 찢어진 콘돔 덕분에 태어난 새끼가.*

카비르는 자기가 너무 어려서 이런 오락실에 있으면 안 된다는 것을 알고 있었다. 오락실에는 기다란 형광등 하나만 켜져 있고, 천장에서는 검은 먼지가 덕지덕지 붙어 있는 선풍기 한 대가 돌아가고 있었다. 모니터마다 긁힌 자국 천지였고 조이스틱은 제대로 움직이지도 않았다. 밖에서 카비르는 아무도 거들떠보지 않는 보잘것없는 아이였지만, 오락실 안에서는 완전히 다른 존재였다. 카비르는 전투를 잘했고, 이 동네와 유령시장보다 더 큰 세계에 소속된 사람이었다.

"다시는 안 할게." 카비르가 말했다. 약속은 했지만 지킬 자신은 없었다.

"당연히 그래야지." 카디파가 말했다. "내가 똑똑히 지켜볼 거야."

카비르는 누나가 더 화를 낼 거라고 생각하고 마음의 준비를 했지만 누나는 더 이상 말하지 않았다. 피곤해 보였다. 카비르는 누나가 우유를 사는 걸 지켜보았다. 누나가 번 돈을 쓰는 게 틀림없었다. 카비르는 미안한 마음을 누나에게 어떻게 표현해야 할지 알 수 없었다.

골목에는 사람들이 모여 있었다. 그리고 그 한가운데 거지 두 명이 있었다. 한 명은 확성기가 달린 휠체어에 앉아 있었고, 다른 한 명은 휠체어를 밀어주는 친구 같았다. 그들은 크리켓이나 미식축구를 하고 돌아오는 어린이들에게 이야기를 들려주고 있었는데, 이야기 내용을 놓고 서로 옥신각신하기도 했다. 카디파는 이야기에 끌려서 걸음을 멈췄고, 더 잘 보려고 옆에 있던 사내아이를 밀치면서 앞으로 다가가서 보았다.

이미 날은 어두웠고 집에 빨리 가야 했지만, 카비르는 누나에게 빨리 가자는 말을 하지 못했다. 거지들은 위험에 처한 여자들을 구하는 '교차로의 여왕'이라는 여자 정령에 대해 이야기했다.

카비르의 마음은 텔레비전을 보다가도 〈콜 오브 듀티 2〉로 돌아가곤

할 정도였는데, 교차로의 여왕 이야기는 너무 잔인하고 끔찍해서 자기가 적들을 싹쓸이할 때 썼던 MP40 기관단총의 반동과 그 이후 사방으로 튀던 선홍색 핏방울들마저 잠시 잊게 할 정도였다.

이 이야기는 부적이야. 휠체어에 앉은 거지가 말했다. *가슴 깊이 간직해둬.*

카디파가 카비르를 쿡 찌르면서 이제 그만 가자고 했다. 거리가 한산해지고 있었다.

그들은 서둘러 집으로 향했다. 걸어가는 동안 카비르의 생각은 금방 오락실로 되돌아갔다. 오늘 카비르는 러시아에서 나치와 싸웠다. 게임의 이미지들이 카비르의 눈앞에 나타났다. 춥고 긴 겨울, 눈이 얼어 얼음이 된 들판. 카비르는 기둥 뒤에 숨어서 적을 향해 수류탄을 던졌다. 스모그가 연막이 되어 카비르를 적들의 총탄으로부터 보호해주었다. 그때 카비르는 뭔가에 발이 걸려 땅에 있던 어떤 더미 위로 넘어졌다. 날카로운 통증이 발끝부터 머리끝까지 휩쓸고 지나가면서 카비르의 두 세계를 하나로 합쳤다.

스웨터 목 앞부분에 조심스레 꽂아두었던 플라스틱 선글라스가 카비르의 몸에 눌렸다. 카비르는 엎어진 채로, 억지로 가슴을 들고 선글라스를 꺼내 괜찮은지 살펴보았다. 테는 검은색이고 안경다리는 노란색인 선글라스는 긁힌 자국만 몇 군데 눈에 띌 뿐이었다. 내일도 해가 뜨든 말든 다시 쓰고 갈 생각이었다. 선글라스를 끼고 오락실에 들어가는 게 매우 멋있게 느껴졌다. 그런데 참, 다시는 오락실에 가지 않겠다고 약속했는데, 어떡하지?

카디파는 카비르가 일어나기를 기다리면서 스모그가 가로등과 집들을 지워버리는 것을 바라보았다. 갑자기 마음이 풀어지는 느낌이 들었다. 카비르는 아직 어린애에 불과한데도 어른들의 세상에서 살고 있었다. 카디파도 힘든데 카비르는 더 힘들 것이다.

"괜찮아?" 카디파가 물었다.

카비르가 엄지를 들어 보였다.

"엄마가 우리를 딴 데로 보낼 것 같아, 누나?" 카비르가 일어나 앉으면서 물었다. "다른 동네로? 여기 힌두교도들이……." 카비르가 잠시 말을 멈췄다. "우리를 못 잡아먹어 안달이라서?"

"경찰이 잡아가고 싶은 무슬림은 다 잡아갔어." 카디파가 말했다. "그러니까 힌두인들도 만족할 거야. 이젠 우릴 건드리지 않겠지." 카디파는 자기 말대로 되기를 바랐다. 카디파는 경찰이 체포한 무슬림 남자들을 본 적도 없었고, 그래서 다행이라고 생각했다.

카디파는 다른 곳으로 이사 가고 싶지 않았다. 친구들이 모두 이곳에 있었다. 부모들이 일하러 나가면 부자들의 파티를 흉내 내며 놀자고 불러주는 친구들, 자기 옷과 장신구를 빌려주는 친구들, 어른들이 자기들만의 비밀인 줄 아는 불륜에 관한 소문을 서로 교환하는 친구들이 모두 여기에 있었다. 공장에서 대량으로 보내는 치마에 스팽글 다는 법을 알려줘서 카디파가 돈을 벌게 해주고, 스팽글 몇 개는 따로 빼냈다가 머릿수건에 달라고 조언해준 것도 그 친구들이었다.

친구들을 여기에 두고 떠난다 생각하니, 그리고 강제로 결혼하게 될 것을 생각하니, 다시금 울화가 치밀었다. 카디파는 목청껏 소리를 지르고 싶었고, 손으로 벽을 쳐서 팔목에 찬 빨간 유리구슬 팔찌들을 부수고 싶었다. 하지만 마음속에 있는 무언가가 그런 바람을 실행에 옮기는 것을 막았다. 카디파는 책임감이 강한 아이라는 엄마 아빠의 말이 맞는지도 몰랐다.

카비르는 카디파 누나가 무슨 말이라도 해주기를 바랐지만, 누나는 아무 말도 하지 않았다. 누나를 많이 실망시킨 게 미안했다. 이제부터는 건전한 장소에서 시간을 보내겠다고 결심했다. 이를테면 '양을 사자로' 만들어준다고 선전하는, 유령시장 안에 있는 체육관 같은 곳에서. 카비르는 힌디 영화의 주인공처럼 가슴이 떡 벌어진 근육질의 남자가 된 자신을 상상했다. 자신이 발을 쿵쿵 울리면서 걸어가면 자기를 고용했던 가게 주인들이 벌벌 떠는 모습을 상상했다.

쿵쿵거리는 발소리가 정말로 들리는 것 같아서 주위를 돌아보던 카비르는, 검은 담요를 뒤집어쓴 거대한 형체가 다가오는 것을 보았다. 하지만 이 형체가 진짜라고 확신할 수는 없었다. 마음의 절반은 아직도 1942년에 살고 있었으니까.

동생을 돌아본 카디파는 멍한 표정을 보고 카비르가 또다시 꿈을 꾸는 중이라는 걸 알아차렸다.

"이 동네엔 비밀이 없어." 카디파가 말했다. "아빠도 곧 알게 될 거야, 네가 아빠 돈을 얼마나 많이 훔쳐서 게임에 탕진했는지. 그럼 아마 널 쫓아낼걸. 넌 거리에서 살아야 할 거야. 오늘같이 추운 밤엔 본드 냄새를 맡아야 겨우 잠들 수 있겠지."

그때 카디파는 무언가가 움직이는 것을 보았다. 어둠 속에서 황금 동전이 반짝이고 있었다. 카비르를 흘긋 보니 동생도 같은 것을 보았다는 걸 알 수 있었다. 지금쯤이면 집에 도착했어야 했다. 납치된 아이들 이야기가 떠올랐다.

눈가로, 은색 바늘이 반짝이고 달콤한 냄새의 천이 펄럭이는 게 보였다. 달콤한 냄새가 너무 강해서, 스모그로 자욱한 공기를 뚫고 카디파의 코까지 닿았다. 팔찌가 쨀랑거리는 소리가 들렸는데, 카디파의 것은 아니었다. 손에 든 우유갑이 축축하게 느껴졌다.

"무서우면, 교차로의 여왕을 불러." 누나가 떠는 것을 보고 카비르가 말했다. "여자를 보호해준대."

"힌두인 정령이 왜 무슬림을 보호하냐." 카디파가 말하고는 동생의 손을 잡고 달리기 시작했다. "그럼 너는? 너는 누가 보호해주는데?"

셋.

이 이야기가 네 생명을 구할 거야

우리의 마지막 왕들이 이 땅의 지배권을 주장하는 백인들의 부당한 승리에 마음을 다친 채로 죽어갈 즈음, 정령들이 이 사원에 들어와 살기 시작했어. 정령들이 어디에서 왔는지 아는 사람은 없어. 알라신이 보냈는지, 아니면 열성 신도들이 애타게 부르는 소리를 듣고 찾아온 건지 아무도 몰라. 정령들은 그 후로 오랫동안 이곳에 머물면서 사원의 벽이 허물어지고, 이끼와 덩굴식물이 기둥을 덮고, 비단뱀이 금 간 바위 위를 새벽빛에 흔들리는 꿈처럼 기어 다니는 걸 전부 보았을 거야. 바람이 정원의 참파나무들을 흔들고 향유처럼 향기로운 꽃들을 부러뜨리는 것도 느꼈을 거고.

정령이 검은 개나 고양이나 뱀의 모습을 취하지 않으면 우리는 정령을 볼 수 없어. 하지만 우리는 이 사원 마당으로 발을 들여놓는 순간부터 정령의 존재를 느끼게 되지. 나뭇가지가 목덜미를 간질이는 것 같은 느낌에서, 셔츠를 부풀리는 산들바람에서, 기도하는 동안 점점 더 가벼워지는 마음에서 정령의 존재를 느껴. 네가 지금 무서워하는 거 다 보이는데, 우리 말을 믿어. 우리는 오랜 세월 이 정령들의 사원을 지키고 관리해온 사람들이기 때문에 분명히 말할 수 있어. 정령들은 누구도 해치지 않아. 물론 네 영혼을 지배하려는 못된 정령들, 사기꾼 정령들, 신앙심 없는 정령들도 있지. 그러나 이곳에 사는 정령들은, 신도들이 쓴 편지를 읽는 정령들은, 알라신이 우리를 섬기라고 연기 없는 불로 만들어낸 좋은 정령들이야. 이 정령들은 성자들이지.

이 사원 마당에 모여드는 사람들 좀 봐봐. 정령이 솔개나 개의 형상으로 있을 수도 있다면서, 솔개더러 먹으라고 고깃덩어리를 하늘로 던지고 은박 그릇에 우유를 담아 개한테 주는 사람들을 봐봐. 이 사람들은 온갖 다양한 종교의 신도들이야. 우리 무슬림만 있는 게 아니라고, 파이즈. 이름이 파이즈라고 했지? 힌두교도들, 시크교도들, 기독교인들, 심지어 불교도들도 있어. 그들은 정령들에게 쓴, 소원을 적은 편지를 갖고 와서 가루가 풀풀 날리는 벽에 붙여놓고 가지. 밤이 되어 사원 문이 닫히고 향이 다 타서 재가 되고 나면, 정령들이 향내와 꽃향기가 묻어 있는 편지들을 읽을 거야. 정령들은 우리와 달리 굉장히 빨리 읽어. 정령들은 사람들의 소원이 진실하면 그 소원을 들어주지.

우린 정령들의 집을 관리하면서 그런 일을 수도 없이 목격했어. 우리 말이 믿기지 않아? 저기 참파나무 옆에 서 있는 백발노인 보이지? 비랴니 솥을 나르는 사내애 네 명한테 큰 소리로 지시하는 노인 말이야. 저 노인네 딸이 몇 년 동안 기침병을 앓았는데 어떤 약도 듣지 않았어. 노인네가 딸을 데리고 국립병원에도 가보고, 5성 호텔처럼 고급스러운 민간 병원에도 가보고, 아라비아해 근처 오두막에 사는 무당한테도 가보고, 히말라야산맥 높은 곳에 있는 구루의 아시람*에도 가보고, 하여간 안 가본 데가 없었어. 엑스레이도 찍고, CT와 MRI 검사까지 죄다 받고. 건

* 힌두교도들이 수행하며 거주하는 곳.

강에 좋다는 파란색, 초록색, 보라색 보석을 박은 반지도 껴봤지. 하지만 그 어떤 것도 효과가 없었어. 그러던 중에 저 노인네가 여기 이야기를 듣고 정령들에게 바치는 편지를 써서 이곳에 온 거야. 딸을 위해 무슨 짓이든 할 각오를 하고 말이야. 아마 정령들이 원한다면, 자기 이를 몽땅 뽑아 공단에 진주처럼 꿰매라고 해도 그렇게 했을 거야.

정령들에게 보내는 저 노인의 편지는 간결했어. 어떤 사람들은 몇 장에 걸쳐서 불평불만을 늘어놓고 출생증명서나 결혼증명서, 주택 매매 계약서까지 첨부하기도 하는데 말이지. 형제자매, 삼촌 숙모와의 재산 분쟁에 관해 설명하려고 말이야. 그런데 저 노인은 아주 간단하게 썼어. 부디 저희를 불쌍히 여기시고 제 딸의 기침병을 낫게 해주십시오. 노인네가 그 편지를 우리한테 보여줘서 우리가 아는 거야. 그리고 편지에다 딸이 기침병으로 해골처럼 마르기 전의 모습을 찍은 사진을 붙였더라고.

자, 그래서 어떻게 됐나 직접 봐봐. 저기 참파나무 옆에 서 있는, 초록색 살와르카미즈를 입은 아가씨가 저 노인네 딸이야. 정령들을 유혹하지 않으려고—좋은 정령들이라도 예쁜 아가씨한테는 마음이 흔들리는 법이니까—스카프로 머리를 완전히 가리고 있지만 건강해 보이지 않아? 뺨에는 혈색이 돌아왔고, 뼈도 튼튼해졌고, 척추는 꼿꼿하고, 기침도 사라졌대. 다음 달에 결혼한다더군. 그래서 그 아버지가 정령들에 대한 감사의 표시로 여기 방문객들에게 비랴니를 대접하고 있는 거야.

여기 잘 왔어. 이제 안으로 들어가서 엄마랑 형한테 가봐. 그 안은 어두울 거야. 향과 촛불 연기가 벽을 검게 그을렸거든. 미리 말해두는데, 안에 들어가면 무서운 광경을 보게 될 거야. 부들부들 떨면서 마구 소리를 지르는 여자가 있을 거야. 우리의 좋은 정령들이 그 여자 속에 들어 있는 나쁜 정령을 내쫓아주길 바라면서 남편이 데리고 왔거든. 그리고 피가 철철 날 때까지 벽에 이마를 처박는 청년도 보게 될 거야. 또, 무너진 지붕에 거꾸로 매달려 있는 박쥐들도 보일 거고. 고통받는 사람들이 지르는 비명과 절박한 기도와 박쥐들이 꽥꽥거리는 소리가 어우러져 아마 기괴한 합창처럼 들릴 거야.

하지만 기억해. 우리의 정령들은 힘이 세다는 것. 네 엄마가 쓴 편지가 네 가족의 소원이 무엇인지 정령들에게 말해줄 거야. 네가 다음 시험에 좋은 점수를 받는 것, 네 형이 어울리는 신붓감을 만나는 것, 사라진 사촌이나 친구가 안전하게 돌아오는 것 등등. 너희 가족이 원하는 게 꼭 그런 것들이라는 뜻은 아니야. 경찰에 부당하게 잡혀가거나 억울하게 법정에 서게 된 아버지 또는 다른 가족을 위해 정의를 원할 수도 있겠지. 그렇게 놀라지 마. 우리 무슬림들한테는 그런 일이 네가 상상하는 것보다 더 자주 일어나. 하지만 어떤 나쁜 기운이 네 주위를 맴돈다고 해도, 정령들이 그 기운을 쫓아줄 거야. 우리 말 믿어도 돼.

비밀 하나 알려줄까? 아말타스나무와 자문나무들이 늘어서 있는, 이 나라에서 가장 평탄한 도로변에는 우리 무슬림을 '외국인'으로 불렀다는 이유만으로 정부 내각의 장관이 된 정치인들이 살고 있어. 그들은 집회 때마다 힌두스탄은 힌두교도들만을 위한 곳이니까, 우리 같은 무슬림들은 파키스탄으로 돌아가라고 외치지. 그런데 그런 사람들도 여기에 기도하러 와. 사원에 사람이 별로 없는 새벽에 하인들을 미리 보내서, 자기들이 우리 정령들 앞에 머리를 조아리는 모습을 사진 찍는 사람이 없도록 정리부터 하고 오는 거야. 그 사람들은 고고학 조사 위원회가 우리 사원을 폐쇄하지 못하게 막고 있어. 그 사람들도 우리만큼 우리 정령들을 믿으니까. 이 정치인들은 더러운 혀와 사악한 심장을 갖고 있지만, 우리 정령들은 그들을 물리치지 않아. 여기서는 모두가 평등하거든.

방문객 누구라도 붙잡고 물어봐. 다들 무언가를 잃었기 때문에 이곳에 왔다고 말할 거야. 희망을 잃었는데 여기 와서 살아갈 이유를 찾았다고 말하는 사람들도 있을 테고. 네가 그렇게 무서워하는 이 사원에서 말이야.

친애하는 친구, 너 자신을 위해서 우리 말을 믿어봐. 슬리퍼를 벗고, 발을 씻고, 안으로 들어가. 정령들이 기다리고 있어.

새해의 학교는 작년의 학교와…

…똑같지만, 시험 때문에 더 안 좋아졌다는 생각도 든다. 마지막 수업을 마치는 종이 친 후, 파리와 나는 복도로 나온다. 파리는 손가락을 접어가며 계산을 하더니 수학 시험에서 한 문제를 틀렸다면서 손톱을 물어뜯는다. 나는 하나, 둘, 셋, 열 문제 다 틀렸겠지만, 아무렇지도 않다. 나는 파리에게 아빠가 루누 누나 뺨을 때린 일을 말해준다. 파리는 주먹을 쥐었다 폈다 하면서 말한다. "다섯 번째야. 그 이야기 다섯 번째라고."

"그 얘길 언제 했다고 그래." 내가 말한다. 오늘 아침에는 파리가 시험공부를 해야 한다며 입도 뻥끗 못 하게 했다. 남의 말을 잘 들어주는 파이즈가 곁에 없으니 아쉽다. 지금 파이즈는 교차로에서 장미꽃이나 휴대전화 커버나 장난감을 팔고 있을 것이다. 우리는 갖고 놀지도 못하는 장난감을. 하기는 장난감 가지고 놀 나이는 지났다. 파이즈는 시험도 보지 못하고 있다. 앞으로도 한동안 학교를 빠질 것이다. 타리크 형이 빨리 석방되지 않으면, 어쩌면 1년 내내 못 나올 수도 있다.

루누 누나가 복도로 나온다.

"우린 준비됐어." 누나가 우리 옆에 와서 서자 내가 말한다. 누나와 파리와 내가 함께 집으로 돌아가야 한다.

"나 기다리지 마." 누나가 말한다. "코치님하고 얘기해야 되니까."

"언니가 전국 대회 빠진다고 코치님이 화내실까?" 파리가 묻는다.

누나의 화난 눈이 내게, 어쩌면 그렇게 입이 싸냐고 말하고 있다. 누나가 말한다. "막판에 계획을 바꿔야 하니까. 너라면 어떻겠니?"

귀걸이가 없으니까 누나의 귀가 허전해 보인다. 내가 손을 내밀어 누나의 팔뚝을 토닥인다.

"손이 왜 이렇게 끈적거려?" 누나가 묻는다.

"모르는 게 나아." 파리가 말한다.

"엉덩이는 파리가 긁어. 난 아니야."

"저리 비켜." 누나가 말한다.

"흥, 가서 코치 남자친구 불알에서 진드기나 떼어주든가. 누나가 제일 잘하는 게 그거잖아." 나도 모르게 내 입에서 이런 말이 나온다.

파리가 너무 놀라 헉 하고 숨을 들이쉬더니 두 손으로 입을 틀어막는다. 나는 교문을 향해 성큼성큼 걸어가고, 파리가 뒤쫓아 달려온다. 교문에서 뒤를 돌아본다. 루누 누나는 아직도 교실 밖 복도 기둥에 기대서 있다. 누나의 추종자인 여드름투성이 형이 그 기둥의 반대쪽에 서서, 휴대전화를 들여다보며 웃고 있다. 혀를 내밀어 천천히 이를 훑는다. 누나는 코치가 훈련을 시작하려고 하는 운동장 쪽을 보고 있어서, 여드름 형이 옆에 있는 것을 알아차리지 못한 것 같다.

오늘은 카비르와 카디파 이야기를 하는 사람이 아무도 없었다. 아마도 우리 학교 학생이 아니어서 그런 것 같다. 교장 선생님조차 조회 때 그 아이들 이름은 말씀하시지 않고, 우리에게 항상 조심하라고만 말씀하셨다.

"루누 누나가 나 혼자 집에 가랬어." 엄마가 집에 돌아오자 내가 말한다. "누난 아직 학교에 있어. 코치님이 추가로 훈련을 시키고 있을 거야."

누나와 나는 싸우는 중이니까, 서로의 비밀을 지켜줄 의무 따윈 없다. 그게 규칙이다. 누나도 이해할 거다.

엄마가 한숨을 쉬며 침대에 걸터앉는다. 나는 알람시계를 바라본다. 6시다. 그러면 6시 15분이거나 6시 30분이라는 뜻이다. 지금쯤이면 훈련이 끝났을 거다. 나는 누나가 엄마 아빠를 괴롭히기 위해 집에 들어오지 않는 거라고 생각한다. 어리석은 짓이다.

"루누가 화가 많이 났나 보다." 엄마가 말한다. 엄마가 눈을 감고 기도한다. *신이시여, 제 딸을 안전하게 지켜주십시오.* 엄마는 그 말을 아홉 번 반복하고 나서 눈을 뜬다.

"부모가 자식을 때리면 안 되지." 내가 말한다. "지금이 엄마 어렸을 때처럼 옛날도 아니고."

엄마는 샨티 아줌마를 만나러 나간다. 나는 입고 있던 스웨터 위에 스웨터를 하나 더 껴입는다. 엄마가 돌아와서 샨티 아줌마 남편과 함께 코치를 만나러 학교에 갈 거라고 말한다.

"나도 갈래."

"넌 안 돼, 자이."

엄마가 집을 나간다. 나는 마음속으로 루누 누나에게 미안하다고 말한다. 돌아오라고 부탁한다. 다시는 귀찮게 하지 않겠다고 약속한다. 샨티 아줌마가 내 옆에 앉아서 내 등을 쓸어내리며 천천히 숨을 쉬라고 말한다.

"엄마는?" 아빠의 목소리가 들린다. "샨티, 무슨 일이에요?"

나는 열심히 기도한다. 루누 누나의 목소리가 들린다. 누나가 집에 왔다! 나는 주위를 돌아본다. 누나가 보이지 않는다. 내 귀가 사기를 친 거다.

"마두가 루누를 찾고 있다니?" 아빠가 소리친다. "루누가 어디 있는 데요?"

화가 나서 목소리를 높일 때 아빠는 키가 훨씬 더 커 보인다. 나는 노래기처럼 몸을 웅크리거나 거북이처럼 등딱지 속으로 들어가서 안 나오고 싶다.

"누나가 너한테 정확히 뭐라고 말했는데?"

아빠가 내게 묻고 있다. 나는 아빠에게 모든 걸 말해준다. 아니, '코치 남자친구의 불알' 이야기만 빼고.

"누나가 코치와 할 얘기가 있다고 했다고?" 아빠가 내 멱살을 잡고 묻는다. "이야기하는데 얼마나 걸린다고 그걸 못 기다려?"

"자이한테 소리치지 말아요." 샨티 아줌마가 말한다. "아직 어린앤 데."

"누나 납치된 거 아니야, 아빠." 멱살을 쥔 아빠의 손에서 힘이 빠지자 내가 말한다. "코치님이 팀에 남으라고 설득해서 훈련했을 거야."

아빠가 휴대전화를 꺼내 어딘가로 전화를 건다.

"내가 지금 학교로 갈게." 내가 말한다. "가서 루누 누나 데려올게."

"샨티, 얘 좀 봐줄래요?" 아빠가 휴대전화를 왼쪽 귀에 댄 채 묻는다.

"그럴게요." 아줌마가 말한다.

"응, 여보." 아빠가 휴대전화에 대고 말하면서 뛰어나간다.

나는 엄마 아빠의 침대 위, 내가 물구나무서기를 하는 구석에 쪼그리고 앉아서 탐정처럼 생각하려고 애를 쓰지만, 주변이 너무 시끄러워서 집중할 수가 없다. 이웃들이 계속 찾아와서 샨티 아줌마와 내게 소식 들은 게 있는지 묻는다. 그들은 엄마의 피난 보따리를 손으로 두드려보 고, 높이 쌓여 있던 우리 교과서와 옷들을 쓰러뜨린다. 물소 도사님의 목이 잘린 일에 복수하려고 무슬림이 루누를 납치한 것 아니냐는 등 의 견을 주고받는다. 처음에는 내가 들을까 봐 작은 소리로 이야기하더니 흥분하니까 내가 있다는 것도 잊어버리고 한껏 목소리를 높인다. 샨티 아줌마는 아직은 모르니까 미리 단정하지 말라고 말한다. 그래도 사람 들이 말을 안 듣자, 아줌마는 독설을 내뱉는 혀는 다 잘라버리겠다고 위 협한다.

이 나쁜 꿈에서 깨려고 팔을 꼬집어보지만, 나는 이미 깨어 있다. 파 리와 내가 바하두르의 동생들에게 물었던 질문들을 나 자신에게 던져본 다. 나는 아빠가 누나를 때려서 누나가 숨어 있는 거라고 결론짓는다. 딱 한 대밖에 안 때린 데다 그렇게 심각한 일도 아니지만.

샨티 아줌마가 루누 누나의 동네 친구들에게 누나가 어디 있는지 아 느냐고 묻는다. 다들 모른다고 대답한다. "오늘 아침에 수돗가에서 봤을 땐 기분 괜찮았어요." 친구 한 명이 말한다. "화난 것 같지 않았는데."

누나가 쇼핑몰이나 영화관에 가지 않았을까 하고 한 아줌마가 추측 한다. 하지만 누나는 영화를 볼 돈도 없고, 쇼핑몰에는 절대 가지 않는 다. 설사 간다 해도 경비원이 누나를 안으로 들여보내지 않을 것이다. 샨 티 아줌마가 엄마에게 전화를 건다. 엄마는 누나가 학교에 없다고 말하 고, 아빠와 함께 육상부 친구들 집으로 가고 있다고 말한다.

나는 누나가 있을 만한 곳을 생각해내려고 노력한다. 나 같으면 유령 시장의 손수레 뒤나, 파이즈가 일하는 식료품점에 숨겠다. 하지만 루누 누나는 여자라서, 그리고 가게 주인과 아는 사이도 아니기 때문에 그런 곳에 숨을 수 없다. 다들 집에 가라고 할 것이다.

밤늦게까지 사람들이 루누 누나를 찾아다니지만, 찾지 못한다. 나는 이게 꿈인지 생시인지 모르겠다. 엄마 아빠가 집에 돌아온다. 엄마의 머리카락이 뺨에 들러붙어 있고, 아빠의 눈은 빨갛게 충혈되고 부어 있다. 나는 밖에 나가서 누나를 찾아봐도 되냐고 엄마 아빠에게 묻는다. 사모사를 찾아서 누나의 흔적을 쫓게 할 계획이다. 그러나 엄마는 집에서 한발짝도 나가선 안 된다고 말한다.

전에도 이런 밤이 있었다. 바하두르가 사라졌던 밤도 이랬고, 옴비르와 안찰, 찬드니 그리고 카비르와 카디파가 사라졌던 밤도 이랬다.

파리가 자기 엄마와 함께 우리 집에 온다. 파리는 침대에 앉아 있는 내 옆에 앉고, 파리 엄마는 우리 엄마보다 더 많이 운다. 파이즈도 엄마와 함께 나타난다. "무슬림이 여긴 웬일이래?" 어떤 아줌마가 턱으로 파이즈의 엄마를 가리키며 묻는다.

나는 모두의 머리 위로 둥둥 떠올라서, 사람들이 우는 것을 보고 소문을 주고받는 것도 본다. 우리의 눈물과 사연을 먹고 마시고 즐기기 위해 우리 집에 와 있는 사람들도 있다. 그들은 부리처럼 튀어나온 입술에 우리의 이야기를 담아 가서 여기에 없었던 남편들이나 친구들에게 다시 해줄 것이다. "두 살 어린애 때리듯이 루누를 때렸대." 한 아줌마가 말하는 게 들린다. "샨티가 그러더라고. 어느 정도 나이가 들면 딸한테라도 함부로 손을 대면 안 되는데."

"저런 얘기 듣지 마." 파리가 말한다.

"너, 공부 안 해?" 내가 묻는다.

"이번 시험은 별로 안 중요해. 9학년이 될 때까진 낙제 안 시키거든."

"난 시험 안 볼 거야." 파이즈가 말한다. "그래도 괜찮아."

파리 엄마의 울음소리가 더 커진다.

아빠는 아저씨들 몇 명과 함께 쓰레기장과 유령시장과 병원들을 돌아보러 나간다.

이건 꿈이야. 아니야, 이건 현실이야. 신은 내 가슴에 나사를 박아 넣고 스크루드라이버로 계속 돌려 죄고 있다. 잠시도 쉬지 않고.

사람들이 루누 누나 이야기를 한다. 참 착한 애였어. 불평 한마디 없이 집안일을 다 하고. 말은 또 얼마나 공손하게 했다고. 수돗가에서 옥신각신 싸울 때도 말을 참 예쁘게 했어. 달리기는 어차피 한두 해 지나면 제 입으로 안 한다고 했을 텐데. 완벽한 아내, 완벽한 엄마가 됐을 텐데.

사람들이 누구 이야기를 하는 건지 모르겠다.

"내 딸이 죽은 것도 아닌데 왜 다들 그런 식으로 말을 해요." 엄마가 말한다. 이마에 땀이 송골송골 맺혀 있다. 다들 입을 다문다.

48시간. 어린이가 실종됐을 때 48시간 안에 찾지 못하면 그 어린이는 사망할 확률이 높다. 24시간인지 48시간인지 헷갈린다. 어느 쪽이든 루누 누나는 아직 죽지 않았다.

"여드름투성이 형 기억나?" 내가 파리에게 묻는다. "루누 누나랑 같은 반인데, 누나를 강아지처럼 졸졸 따라다니는 형 말이야."

"나, 그 형 알아." 파이즈가 말한다. "진짜 한심한 스타일."

"어제 누날 마지막으로 봤을 때 그 형이 옆에 있었어." 내가 말한다. "파리, 기억나?"

"어른들한테 말할게." 파리가 말한다. "우리가 그 오빠 찾아보자."

파리는 화가 난 건지, 아니면 슬픈 건지 잘 모르겠다. 목소리는 평소와 똑같다. 너무 높지도 않고 너무 낮지도 않고. 평소와 똑같은 파리를 보니 내가 너무 걱정하지 않아도 되겠다는 생각이 든다. 내 가슴에서 나사가 빠지기를 바라면서 나는 계속 파리를 본다. 하지만 파리는 여드름

326

투성이 형을 만나봐야 한다는 사실을 어른들에게 알리기 위해, 흐느껴 우는 자기 엄마와 함께 내 곁을 떠나야 한다. 파리가 떠나자 모든 것이 전보다 훨씬 더 고통스럽다.

"자이, 이것 봐봐, 어떤 아저씨가 이거 줬다." 파이즈가 말한다. 파이즈는 구겨진 녹색 지폐를 두 손으로 꽉꽉 눌러 펴고 있다. "미국 달러야." 파이즈가 말한다.

"지금 그런 얘기 할 때니?" 파이즈의 엄마가 묻는다.

파이즈는 돈을 주머니에 도로 넣는다. 콧물을 질질 흘리고 있다.

누나도 파이즈처럼 부적을 지니고 있었다면, 지금쯤 돌아오지 않았을까?

누군가가 엄마와 나를 집 밖으로 데리고 나온다. 집 안에만 있으니 손님들 때문에 공기가 부족해서 둘 다 숨을 제대로 쉴 수가 없기 때문이다. 우리는 샨티 아줌마 집 밖에 놓인 차르파이에 앉는다. 엄마는 눈물을 쉴 새 없이 흘리면서 닦으려고도 하지 않는다.

루누 누나가 사라진 건 내 잘못이라고 엄마에게 털어놓고 싶다. 누나에게 끔찍한 말을 했다. 그것보다 더 끔찍한 건, 전날 밤에는 못된 정령이 누나를 잡아가기를 바랐다는 거다. 내가 못된 정령을 우리 집으로 초대한 것이다.

엄마의 눈이 틀린 답을 내려치는 빨간 펜처럼 나를 내려친다. 엄마는 루누 누나 대신 내가 사라졌어야 한다고 생각할 거다. 나는 메달을 따온 적이 없다. 시험에서 좋은 성적을 받은 적도 없다. 집안일을 도운 적도 없고, 수돗가에서 물을 길어 온 적도 없다. 나는 납치를 당해도 된다. 스모그가 내 귀를 맴돌며 같은 말을 속삭인다. *너였어야 했어, 너, 너, 너.*

엄마가 무릎 위에 놓인 두 손을 맞잡는다. 손에 불에 덴 자국도 보이고, 칼에 베인 자국도 보인다. 엄마는 우리 집과 부잣집 사모님의 아파트에서 일을 너무 많이, 너무 빨리 한다. 루누 누나만 엄마를 도와줬다. 나는 도와준 적이 없다.

파리의 목소리가 들린다. "비켜요, 비켜." 파리가 우리를 둘러싼 사람들 사이를 비집고 우리에게 다가오며 외친다.

"너희 아빠가 악마 소굴로 갔어." 파리가 말한다. "루누 언니 반 친구들을 만나볼 거래. 그 여드름 오빠도 만날 거고."

파이즈도 우리에게 다가온다.

"자이, 엄마를 위해서라도 네가 강해져야 해." 파리가 말한다.

"아니야. 울고 싶으면 울어도 돼, 자이." 파이즈가 말한다.

나는 울고 싶지 않지만, 나오는 눈물을 막을 수도 없다. 입안에 뭔가 짠 게 한 방울 있는데 뱉을 수가 없어서 그냥 삼킨다. 엄마가 흐르는 눈물로 뺨과 턱과 목을 적시면서, 이상하다는 표정으로 나를 보고 있다. *네가 왜 울어?* 엄마의 표정이 내게 묻는다. *넌 누나를 좋아하지 않았잖아. 항상 싸우기만 했으면서.*

❧

자정이 가까워오자, 사람이 많이 줄어든다. 파리는 내일, 아니 오늘 시험을 봐야 해서, 그리고 파이즈는 일하러 가야 하기 때문에 집에 가야 한다. 파리가 내 두 손을 꽉 잡는다. 평소에는 얼음같이 차갑던 파리의 손이 오늘은 많은 사람들과 오랫동안 함께 있어서 그런지 따뜻하다.

"내 잘못이야." 내가 낮은 목소리로 중얼거린다. "정령이 나 말고 루누 누나를 데려가길 바랐거든."

"말도 안 되는 소리 하지 마." 파리가 말한다. 그러나 목소리가 부드럽다. "넌 납치범이 아니잖아. 납치범은 따로 있어, 우리 동네에 사는 나

328

쁜 놈."

"정령들은 너나 다른 사람들의 말을 들어주지 않아." 파이즈가 말한 다. "전부 자기들 마음대로거든."

이젠 나와 바하두르의 엄마와 우리 엄마만 남는다. 바하두르 엄마가 우리를 안으로 데리고 들어간다. 아줌마는 한구석에 앉아 있다가 가끔 기침을 한다. 그러다 엄마와 눈이 마주치면 두 사람은 한동안 서로를 바라보며 눈물을 흘린다. 아줌마는 바하두르가 부엌칼을 책가방에 숨기다가 자기한테 들킨 일을 이야기한다. 아줌마가 바하두르에게 왜 그랬는지 묻자 바하두르는 이렇게 말했다. *아빠가 엄마를 찌를까 봐 내가 가져가는 거야.*

"걔가 그렇게 내 걱정을 했어." 바하두르의 엄마가 말한다. "근데 난 그 아이를 위해 무얼 했을까?"

바하두르의 엄마도 곧 자기 집으로 돌아간다. 반쯤 열린 문으로 스모그가 기어 들어와 이미 어둠침침한 우리 집 전구를 더 어둠침침하게 만든다.

🦂

아빠가 혼자 집으로 돌아와서 고개를 가로젓는다. "거기에도 없어." 아빠가 엄마에게 말하자, 엄마가 통곡하기 시작하고 아빠도 울음을 터뜨린다. 엄마 아빠가 어린 아기들처럼 엉엉 운다.

"악마 소굴에 가봤어?" 내가 아빠에게 묻는다. "항상 루누 누나를 쫓아다니던 형은 만나봤어? 누나 책가방은 찾았어?" 나는 탐정처럼 이런 질문들을 던진다. 하지만 이런 질문들이 어리석게 들리고, 누나가 아닌 낯선 사람 이야기를 하는 것 같은 느낌이 든다.

"그 아이가 이상한 말을 했어." 아빠가 말한다. 내가 아니라 엄마에게 말하고 있다. "루누가 코치와 이야기하고 나서 그 악마 소굴이라는 데 가서 서 있더래. 마치 납치되기를 바라는 것처럼. 거긴 낮에도 인적이 드문 곳이라던데." 아빠가 어깨를 들썩이며 흐느낀다. "그 아이 말로는 루누가 자기를 밀었대. 어찌나 세게 밀었는지 엉덩방아를 찧었다고 하더라고. 그래서 자긴 집에 갔대."

"집에 간 거 맞아?" 내가 묻는다.

"그 아이 집 근처에 사는 사람들이 그 아일 봤대. 그 아이가 이웃 아이들 숙제를 도와주고 있는데, 오늘 밤에도 도와줬대."

"루누가 왜 그런 짓을 했을까?" 엄마가 묻는다.

"내 잘못이야." 아빠가 머리카락을 다 뽑아버리고 싶은 것처럼 머리를 움켜쥐면서 말한다. "이게 다 내 잘못이야."

다음 날 아침 우리가 경찰서에 가보니…

…파이즈의 엄마와 와지드 형이 먼저 와서 경장의 책상 옆에 서 있다. 와지드 형이 구부정하게 서서 정의를 요구하고 있다. 형의 입에서 말이 술술 나온다. 같은 말을 벌써 열흘 넘게 반복하고 있었을 것이다. 파이즈의 엄마는 파일을 꼭 끌어안고 있다가 가끔 경장에게 내밀지만, 경장은 못 본 체한다.

나는 아빠가 들고 있는 흰색 천 가방을 흘끗 본다. 그 안에는 엄마의 파라슈트 기름통이 들어 있다. 내가 일을 더 해서 루피를 더 채워둘 걸 후회가 된다. 엄마는 그 안에 얼마가 들어 있는지 열어서 확인하지도 않았다.

가방에는 루누 누나의 사진도 들어 있다. 아동 실종 사건을 수사하려면 사진이 필요하다는 말을 내가 엄마 아빠에게 할 필요도 없었다. 엄마 아빠도 이미 알고 있었다. 사진 속에서 누나는 육상 대회 우승 상장을 받는 중이다. 누나와 시상하는 사람이 카메라를 향해 반쯤 돌아서 있고, 누나는 억지 미소를 지은 채다. 오렌지색 리본에 달린 메달이 누나의 목에 걸려 있다.

루누 누나는 바하두르와 찬드니처럼 사진관에서 찍은 사진이 없다. 타지마할 그림이 있는 배경 커튼 앞에서 찍은 가족사진도 없다.

초록색 사리를 입고 사리의 여미지 않은 부분으로 머리를 감싼 아줌마가 우리 엄마 앞에 멈춰 선다. 만삭의 배에 두 손을 대고 배 속의 아기를 보호하고 있다. "우리 아이들도 사라졌어요." 여자가 말한다. "카비르와 카디파요."

"경찰에 신고했어요?" 아빠가 묻는다.

임산부 옆에 있는 남자가 낮은 목소리로 말한다. "경찰이 움직일 때까지 자꾸 귀찮게 해야 돼요." 카비르와 카디파의 아빠인 것 같다.

카비르와 카디파의 부모가 순경에게 함께 가보자고 말한다. 순경은 고급 정장을 차려입은 남자가 하는 말을 들으면서 연신 머리를 끄덕이고 있다. 그 남자의 320만 루피짜리 승용차를 버스가 박는 바람에 차체가 움푹 들어갔다. 순경은 차 가격을 듣고 마치 뜨거운 물에 손을 덴 것처럼 헉 하고 놀란다.

"당신 아들이 결백하다고 나한테 그렇게 떠들어봐야 아무 소용이 없어." 저 건너편에서 경장이 파이즈의 엄마와 와지드 형에게 말한다. "변호사한테 말하라고. 판사가 구속 기간을 15일 더 연장했으니까 풀어주라고 말할 수 있는 사람도 판사야, 판사."

파이즈의 엄마와 와지드 형은 적어도 타리크 형이 어디 있는지는 알고 있다. 비록 그곳이 감옥이라는 끔찍한 곳이기는 해도. 루누 누나도 납치범의 차나 벽돌 가마나 정령의 배 속이 아니라 차라리 감옥에 있으면 좋겠다.

경장이 우리를 부른다. 그러면서 와지드 형과 파이즈 엄마에게는 이제 가보라고 말한다. 파이즈 엄마가 우리 옆을 지나가면서 엄마의 손을 토닥인다.

엄마 아빠, 그리고 카비르와 카디파의 부모가 동시에 말을 하기 시작한다. "한 사람씩 천천히." 경장이 말한다. 그때 엄마의 전화기가 울리고 엄마는 2초 만에 전화를 끊는다. 경장이 엄마를 나무란다. "여기가 시장이야? 왔다 갔다 하면서 마음대로 전화 받아도 되는 덴 줄 알아?"

"제가 일하는 집 사모님이에요." 엄마가 말한다. "출근을 안 하니까 궁금해서 전화하셨나 봐요."

아빠가 경장에게 루누 누나 사진을 건네면서 누나가 학교에서, 아니 어쩌면 주 전체에서 가장 뛰어난 운동선수일 거라고 말한다. 좀 더 크면 전국 대회와 연방 대회에도 출전할 거라는 말도 한다. 아빠가 루누 누나를 칭찬했다는 이야기를 내가 하면 누나는 웃음을 터뜨리며 "아빠가 내 칭찬을 할 때도 다 있네"라고 말할 것 같다. 하지만 다음 순간, 누나 목소리를 다시는 들을 수 없을지도 모른다는 생각이 든다. 지금까지 실종된 아이들 가운데 돌아온 아이는 한 명도 없다. 누가 내 눈에 칠리소스를 뿌린 것처럼 눈이 따끔거린다. 마음이 아프다.

"너, 나 본 적 있지?" 경장이 파일로 나를 가리키며 말한다. "수업이 재미없다고 학교에서 도망쳤잖아."

엄마 아빠가 나를 노려본다.

경장의 목에 바하두르 엄마의 금목걸이가 보이지 않는다. 목걸이를 팔아서 그 돈을 순경과 나눴는지도 모른다. "루누 누나 사진을 인터넷으로 다른 경찰서에 보낼 거예요?" 내가 묻는다.

"오호, 이게 누구신가. 브윰케시 박시 탐정이세요?"

경장이 세상에서 제일 재밌는 농담을 했다는 듯이 유쾌하게 웃는다. 나는 울지 않으려고 뺨 안쪽을 물어뜯는다. 파이즈가 그렇게 하는 걸 본 적이 있다.

아빠가 천 가방에서 파라슈트 기름통을 꺼내 경장의 책상에 놓는다.

"나중에 더 갖고 올게요." 아빠가 말한다.

"누가 머릿기름 필요하대?" 경장이 묻는다. 그러면서도 통을 집어 들고 뚜껑을 열어 안에 뭐가 있는지 확인한다. 카비르와 카디파의 부모는 더 슬픈 표정이 된다. 경장에게 줄 돈이 한 푼도 없는 모양이다.

경장이 누나 사진을 아빠에게 돌려준다.

"인터넷 돼요?" 내가 묻는다.

"지금은 안 돼." 경장이 말한다.

엄마 아빠가 경장에게 루누 누나를 찾아달라고 간청한다. 이틀 후에 다시 한번 와보든가. 경장이 고개를 절레절레하고 다리를 떨면서 말한다. 우리가 막무가내라서 어처구니가 없다는 듯이.

경찰서를 나와서 나는 아빠에게 말한다. "경장한테 줄 파라슈트 기름통 더 없잖아, 아빠."

"그 집 말은 적어도 들어주기는 하네요." 카비르와 카디파의 아빠가 말한다. "우리한텐 자꾸 성가시게 굴면 동네를 싹 밀어버리겠다고 하더라고요."

엄마가 하늘을 올려다본다. 신이 하늘에서 나타나 우리의 기도를 들어주기를 바라는 것 같다. 하지만 스모그가 외투 지퍼를 끝까지 올리고 있어서 작은 빛 한 조각조차 빠져나오지 못한다.

🐾

엄마 아빠는, 아빠가 어젯밤에 확인하지 못했던 병원들을 돌아보기로 한다. 응급실에 가보겠다는 뜻이겠지만, 어쩌면 영안실도 확인하려는 건지 모른다. 하지만 내 앞에서 영안실 이야기는 하지 않는다.

엄마가 일하는 집 사모님에게서 또 전화가 온다. 이번에는 엄마가 전화를 받아서 출근 못 하는 이유를 설명한다. 스피커폰을 켜놓은 것도 아닌데 사모님 말이 다 들린다. 그럼 언제 올 건데? 내일? 내일모레? 그럼 딴 아줌마를 찾을까? 딸내미가 사내랑 눈이 맞아서 도망갔구먼, 뭐. 아줌마네 동네엔 그런 일이 많다며.

엄마는 아무 말 없이 사리의 여미지 않은 부분 끝자락에 삐져나와 있는 실오라기를 잡아당겨 끊는다. 마침내 엄마가 말한다. "이틀만요, 사모님. 딱 이틀만 시간을 주세요. 힘들게 해드려서 죄송해요, 사모님."

엄마가 전화를 끊자, 아빠는 카비르와 카디파 아빠와 함께 병원을 돌아다녀볼 테니 엄마는 남매의 엄마와 함께 나를 데리고 집에 가 있으라고 말한다.

"난 영안실 안 무서워." 내가 말한다. 〈경찰 순찰대〉에서 영안실을 많이 봤다. 영안실은 소독약 냄새가 나는 철제 냉동고다.

마치 불운을 가져다주기 때문에 절대로 입 밖에 내서는 안 되는 말을 내가 해버렸다는 듯이, 어른들이 깜짝 놀란 표정을 짓는다.

"자이, 너는 엄마랑 시장을 돌아다니면서 누나를 찾아봐. 알았지?" 아빠가 말한다.

아빠, 그리고 카비르와 카디파의 아빠는 삼륜 택시를 타고 병원으로 향한다. 엄마와 카디파 남매의 엄마, 그리고 나는 유령시장으로 간다. 탈것들이 우리 옆을 쌩쌩 달려가지만 그 소리가 더는 시끄럽게 느껴지지 않는다. 나와 세상 사이에 유리 벽이 올라가 있었다.

❀

엄마와 나는 유령시장에 있는 골목이란 골목은 다 돌아다니면서, 루누 누나를 본 적이 있는지 묻는다. 만나는 사람마다 붙잡고 누나의 인상착의를 설명한다.

"열두 살이에요." 엄마가 말한다.

"석 달 후면 열세 살이 돼요." 내가 말한다. 누나 생일 한 달 후가 내 생일이다.

"머리는 뒤로 넘겨서 흰색 고무줄로 모아 묶었어요." 엄마가 말한다.

"회색과 갈색이 섞인 살와르카미즈를 입었고요." 내가 말한다. "공립학교 교복이요."

"키는 이 정도 되고요." 엄마가 자기 어깨를 가리키며 말한다.

"검은색이랑 흰색이 섞인 운동화를 신고 있어요." 내가 말한다.

"갈색 책가방을 메고 있고요."

누나를 봤다는 사람은 아직 없지만, 그래도 집에 앉아 있는 것보다는 낫다. 엄마는 아빠에게 계속 전화를 걸고, 아빠가 못 찾았다는 말을 반복할 때마다 안도의 한숨을 크게 내쉰다. 나는 신들과 멘탈과 유령시장을 떠도는 이름도 모르는 정령들에게 기도한다. *루누 누나가 영안실에서 발견되지 않게 해주세요. 제발요, 제발, 제발.*

우리는 술집 골목으로 들어간다. 달걀 장수가 헬멧을 쓴 남자로부터, 자전거 뒷좌석에 차곡차곡 쌓아 올린 달걀판을 배달받고 있다. 쿼터와 부하들은 땅바닥에 쓰러져 졸고 있는 주정뱅이를 상대로 장난을 치는 중이다. 발로 주정뱅이의 가슴을 쿡쿡 찌른다. 쿼터는 시험을 친 적이 없으니, 오늘도 다른 날과 똑같이 놀고 있는 것이다.

엄마가 쿼터에게도 루누 누나에 대해 묻는다. 엄마는 쿼터가 누군지 모르는 것 같은데, 쿼터는 엄마가 누구 이야기를 하는지 알고 있다. 쿼터가 입을 헤 벌리고, 손가락을 꺾어 뚝뚝 소리를 내더니, 블랙진 뒷주머니에서 휴대전화를 꺼내 손가락으로 이리저리 훑으며 무언가를 찾아본다. 쿼터가 루누 누나를 납치했다면, 그 사실을 아주 잘 숨기고 있다. 진짜로 깜짝 놀란 것 같은 표정이다.

"항상 달리고 있는 여자애 맞죠?" 쿼터가 전화기를 보면서 묻는다.

엄마가 고개를 끄덕인다. 루누 누나가 유명해서 놀란 것 같다.

쿼터는 우리에게 잠깐 기다리라고 한 뒤, 주위를 서성이며 여기저기 전화를 건다. 자기 부하들에게 온 동네를 샅샅이 뒤져서 루누를 찾으라고 지시한다. 그러고는 엄마에게 자기가 촌장 아들이라고 소개한다.

"아버지가 아주머니 동네에서 벌어지는 일들 때문에 걱정을 많이 하세요." 쿼터가 말한다. "최선을 다해 돕고 계시고요."

"아버지가 경찰에 말씀 좀 해주실 수 있지 않을까?" 엄마가 묻는다.

"하실 거예요." 쿼터가 말한다. "집에 가 계세요. 소식 들어오는 대로 알려드릴게요."

꿏

나는 엄마에게 사모사가 냄새를 잘 맡으니 도움이 될 거라고 말한다. 엄마는 내 말을 건성으로 듣고 대답한다. "떠돌이 개들한테 가까이 가지 마. 광견병에 걸렸을지도 몰라." 두타람 아저씨네 찻집 앞을 지나갈 때, 나는 아저씨에게 루누 누나가 사라졌다고 말한다.

"도대체 이놈의 세상에선 무슨 일이 벌어지고 있는 거냐?" 아저씨가 말한다. "어느 놈이 우리 애들한테 이런 짓을 하지?"

'우리 애들'이라니. 아저씨의 자식들은 안전하게 학교에 잘 다니고 있다. 심지어 우리 동네에 있는 학교도 아니다.

아저씨가 엄마에게 차 한잔 마시겠느냐고, 공짜로 주겠다고 말하지만 엄마는 사양한다.

사모사가 사모사 수레 밑에서 기어 나오더니, 몸을 털어 사모사 장수가 장난으로 던진 썩은 고수 조각들을 털어낸 뒤 내 다리 주위를 돌아다니며 냄새를 맡는다. 사모사는 내 냄새를 맡아서 루누 누나를 찾을 수 있을 거다. 우린 남매니까.

"루누 누나 어딨어?" 내가 사모사를 앞으로 밀면서 묻는다.

"자이, 이리 와." 엄마가 말한다.

사모사가 사모사 수레 밑으로 뛰어든다. 사모사는 나를 통해서 루누 누나를 찾을 수 없다. 나한테서 고약한 냄새가 너무 많이 나기 때문이다.

꽃

엄마와 나는 루누 누나를 찾아 유령시장을 샅샅이 뒤지고, 쓰레기장으로 가서 넝마주이 아이들과 병 대장에게 루누 누나를 봤는지 묻는다. 나는 누가 누나를 데려갔을지 생각해내려고 애를 쓴다. 텔레비전 수리점 아저씨는 감옥에 있으니까 아니다. 여드름투성이 형도 아니고, 누나가 납치됐다는 사실을 모르고 있었으니 쿼터도 아니다. 그렇다면 정령들과, 내가 모르는 범죄자들이 남는다.

엄마의 눈물이 두 뺨과 입술 주위에 자국을 남긴다. 입술이 점점 더 파래지는 것 같다. 집으로 돌아올 때는 엄마가 내게 몸을 기대서, 엄마의 무게 때문에 내 몸이 한쪽으로 기운다. 이웃들이 조용히 우리를 지켜본다.

집에 돌아온 엄마는 문 옆에 놔둔 피난 보따리에서 루누 누나의 우승 상장 액자를 꺼내더니 액자를 싼 스카프를 푼다. "누나가 이걸 타던 날 기억나?" 엄마가 묻는다.

기억 안 난다. 엄마는 학교에 거의 오지 않으니까, 누나가 달리는 걸 못 봤을 거다.

"그날 같이 뛴 팀원 하나가 배턴을 떨어뜨렸어." 엄마가 말한다. "하지만 루누가 워낙 빨랐기 때문에 루누네 팀이 우승했지."

누가 문을 두드린다. 파티마 아줌마다. 엄마에게 뭔가가 가득 든 찬합을 억지로 건네준다. "별것 아니야. 로티랑 섭지야." 파티마 아줌마가 말한다. 그러고는 물소 도사님 이야기를 한다. "물소 도사님이…… 그런 상태인 걸 발견하고는 가슴이 찢어지는 것 같았어." 아줌마가 말한다. "도대체 누가, 왜 그런 잔인한 짓을 했는지 상상도 못 하겠어. 그러니 자기는 지금 마음이 어떨까……."

파티마 아줌마가 떠나자, 엄마는 찬합을 부엌 선반에 올려놓는다.

샨티 아줌마도 음식을 은박지에 싸서 가져온다. "네가 좋아하는 푸리야, 자이." 아줌마가 말한다.

나는 푸리를 파티마 아줌마의 찬합 위에 올려놓는다.

엄마와 샨티 아줌마는 어른들끼리 이야기하러 밖으로 나간다.

나는 벽 앞에 차곡차곡 쌓여 있는 루누 누나의 책을 바라본다. 누나의 옷이 못에 걸려 있다. 요가 수업 때 입는 운동복 바지는 발 받침대 위에서 수업이 있는 금요일을 기다리고 있다.

루누 누나의 옷에서, 누나의 머리 무게로 가운데가 살짝 들어간 베개에서, 누나의 냄새가 나는 것 같다. 베개를 계속 노려보고 있으면, 누나를 데려간 납치범이나 정령들이 누나를 풀어줄 것이다. 나는 노려보고 또 노려본다. 눈이 아프지만, 고개를 돌리지 않는다.

루누

마지막 수업의 종료를 알리는 종이 울리자 다들 우르르 교실을 빠져나갔지만, 루누는 책상 뒤에 서서 교과서를 만지작거리며 모서리의 접힌 부분을 펴기도 하고 두파타가 가슴에서 날카로운 'V'자가 되게끔 모양을 다시 잡기도 하면서 머뭇거리고 있었다. 풀을 먹인 교복이라 빳빳한 느낌이 났다. 쌀뜨물에 여러 시간 담갔다가 헹구고 빨랫줄에 널어 천천히 말린 교복이었다. 그래서 골목의 모든 냄새를 품고 있었다. 양념과 스모그, 염소 똥, 석유, 장작불 연기와 비디. 엄마는 이렇게 온갖 냄새를 풍기는데 빨래가 무슨 소용이냐고 투덜대곤 했다. 루누가 저녁에 육상 훈련을 마칠 무렵이면 어차피 교복은 땀에 젖어 축축하고 끈적끈적했다.

다림질사가 다린 것처럼 옷이 깨끗하고 빳빳한 상태를 유지하는 것은 단 몇 시간뿐인데도 그걸 위해 루누가 온갖 노력을 기울이는 이유를 엄마는 이해하지 못했다. 엄마는 루누에 대해 아무것도 이해하지 못했다. 루누를 이해하는 사람은 아무도 없었다.

루누는 빈 교실에 서 있었다. 교실 벽은 거미줄과 잉크 묻은 손자국으로 더러워져 있었고, 칠판은 가장자리가 갈라진 데다 여러 해 동안 분필로 썼다가 지우기를 반복해서 허옇게 변해 있었다. 구불구불한 스모 그가 완전히 닫히지 않는 창문 틈으로 통제가 불가능한 덩굴손처럼 기어들어 와 있었다. 루누는 이해받지 못함의 연속인 삶이 자기 앞에 펼쳐져 있는 것을 보았고, 그래서 자신과 세상을 증오했다.

어젯밤에 아빠에게 맞은 뺨을 만져보았다. 아직도 찰싹 소리가 들리는 것 같았다. 움직일 수 없어 가만히 서 있을 때 아빠의 손이 뒤로 홱 젖혀졌다가 공기를 가르며 루누에게로 날아왔다. 다행히도 그 치욕의 순간은 루누의 피부에 아무런 자국도 남기지 않았지만, 차라리 얼굴에 자국이 남았기를 바라는 마음도 있었다. 그러면 꼭 주정뱅이 라루처럼 술에 절어 사는 사람만이 나쁜 아빠인 것은 아니라는 사실을 남들도 알 수 있을 것이므로.

루누의 결심이 더욱 굳어졌다. 집으로 돌아가지 않을 생각이었다, 오늘도, 앞으로도 영원히. 귀걸이도 다시는 하지 않을 거고. 오늘도, 앞으로도 영원히.

루누는 교과서를 챙겨 넣은 책가방을 메고 교실을 나섰다. 복도에서는 남동생 자이가 어젯밤 사건에 대해 자기 친구 파리에게 신이 나서 떠들어대고 있었다. *그리고 그때 아빠가 루누 누나 뺨을 때렸어.* 파리는 자이보다 백배는 더 똑똑했고, 그 애는 그 사실을 자이에게 제대로 알려주었다. 루누가 자이에게 기다리지 말라고 하자, 그 당나귀 새끼가 평소보다 더 다채로운 욕을 퍼부었다.

자이가 태어난 이후로, 루누는 자이를 혐오와 감탄이 섞인 눈으로 바라보았다. 자이는 백일몽과, 세상이 사내아이에게 허용하는 자신감 덕분에 불완전한 삶을 긍정적으로 바라볼 수 있는 듯했다. 반면 여자아이가 그런 자신감을 갖는다면 성격적인 결함이나 부모가 잘못 키운 증거로 여겨졌다. 오늘 밤엔 온갖 냄새를 다 풍기는 동생 옆에서 자지 않아도 될 터였다. 동생한테서는 때때로 유령시장의 정육점에서 나는 냄새가 났고, 때로는 차나 카르다몸 향신료 냄새가 났으며, 심지어 겨울철에는 찬물로 씻는 것을 계속 거부하는 탓에 온갖 고약한 냄새가 켜켜이 쌓여 있었다.

루누는 복도 기둥에 기대서서 남동생이 떠나는 것을 지켜보았다. 기둥의 반대쪽에는 같은 반 남학생이 서 있었다. 프라빈은 루누가 가는 곳이면 어디든지 따라다녔다. 루누가 육상 훈련을 하는 학교 운동장에도, 루누가 설탕과 석유를 구매하는 배급품 상점에도, 루누와 엄마가 줄을 서면서 자기 자리를 표시하기 위해 냄비를 놔두고 친구들과 수다를 떠는 동네 수돗가에도 나타났다. 그러나 프라빈은 적어도 루누에게 말을 걸거나 하지는 않았다.

루누는 세상으로부터 단절감을 느꼈다. 낯선 느낌은 아니었다. 얼마 전부터 느껴온 기분이었다. 루누 또래의 다른 여자아이들은 유리창에 비친 자신의 모습을 보면서 웃었지만, 루누는 자신의 몸이 너무 낯설어서 공중화장실의 어두운 샤워실에서 차가운 물을 뒤집어쓸 때도 몸은 흘끗 한 번 보고 말았다.

친구들은 가슴이 나오고 브래지어를 착용하게 된 것을 신비하게 생각했지만, 생리의 시작과 그에 따른 생리통은 루누에게는 훨씬 더 많은 자유를 포기해야 함을 뜻했다. 엄마가 생리대를 사줄 형편이 안 되는 달에는 헝겊을 접어서 생리대로 써야 했는데, 아무리 비벼 빨아도 그 피비린내를 완전히 지울 수가 없었다.

그런 날은 옷에 피가 묻을까 봐 걱정해야 했고 남자아이들은, 심지어 아침마다 코치님과 육상 훈련을 하는 남자아이들조차도 달리기를 하는 루누를 음흉한 눈으로 바라보곤 했다. 코치님이 항상 남자아이들을 쫓아내긴 했지만 아이들은 벽이나 나무에 올라가 휴대전화로 루누와 다른 여자아이들의 사진을 찍었다. 여자아이들의 가슴을 클로즈업해서 찍기는 했지만, 솔직히 말해 아직은 가슴이랄 게 없었다. 그럼에도 전교 남학생들은 동영상을 공유했고, 여학생들의 외모에 따라 순위를 매겼으며, '별 다섯, 별 셋, 별 하나' 같은 등급을 모두가 볼 수 있게 화장실 벽에 써놓기까지 했다.

루누는 어깨를 꽉 죄는 가방끈을 들었다. 루누는 남학생들이 매긴 순위에 전혀 관심이 없는 것처럼 행동했다. 하지만 가끔은 그 순위 생각이 머리를 떠나지 않았다. 왜 난 별 셋이지? 잔비처럼 별 넷, 아니 미탈리처럼 별 다섯이 아니고? 타라는 미스 유니버스에 나가도 될 미모인데 왜 별 둘일까? 남학생들이 최신 순위를 매긴 날, 남자아이 몇 명이 루누와 타라에게 접근해 데이트를 신청했다. 여자애들은 자존감이 바닥으로 떨어진 날 데이트에 응할 가능성이 가장 높다고 생각하는 것처럼. 그런데 이상하게도 프라빈은 그런 순위에도 전혀 흔들리지 않고 오로지 루누에게만 집중했다.

루누는 사랑에 빠지는 꿈을 꾸지 않았다. 프라빈과도, 영화배우처럼 꾸미고 다니는 상급생들과도 그랬고, 근처에 있는 여학생은 죄다 눈으로 훑고 다니는 양아치 쿼터와는 더더욱 사랑에 빠질 생각이 없었다. 루누는 연애를 원하지 않았다. 루누가 원하는 건 연단에 올라 고개를 숙이고 금메달을 목에 거는 것뿐이었다. 전국 대회 메달? 주정부 주최 대회? 지역 대회? 어떤 것이든 좋았다. 하지만 지금 당장은 부모님에게 그다지 좋지 않은 딸이었고, 언젠가는 낯선 남자에게 그다지 좋지 않은 아내가 될 것이다. 학교 육상부원이라는 자리가 없다면, 이것이 루누의 현재였고 루누의 미래가 될 터였다. 비록 미래 그 자체도, 햇빛인 것 같지만 실제로는 햇빛이 아니라 스모그 속 작은 빛 조각에 불과한 것처럼 단순히 가능성에 지나지 않았지만.

"지금 여학생 훈련 시간 아냐?" 프라빈이 물었다. 어느새 기둥을 돌아와 루누 앞에 서서 말을 걸고 있었다. 프라빈은 코치님이 낡은 캔버스화 발끝으로 땅을 고르고 있는 운동장 한구석을 코로 가리켰다. 루누는 펭귄 모양 쓰레기통과 시소와 미끄럼틀이 곳곳에 있는 이 운동장에서 육상 연습을 했지만, 사립학교 선수들 대다수보다 훨씬 빨랐다. 루누의 스피드가 루누를 특별하게 만들었다. 스피드가 없으면 루누는 아무것도 아닌, 별 볼 일 없는 존재가 될 것이다. 그런 생각이 들자 루누는 갈비뼈가 갈라지는 것처럼 가슴이 아팠고 머리가 지끈거렸다.

"어디 아파?" 프라빈이 주저하는 목소리로 물었다. 자기가 루누에게 말을 걸고 있다는 것이 스스로도 믿기지 않는 것 같았다.

루누는 기둥에 등을 대고 서서, 육상부 친구들이 코치님의 지시에 고개를 끄덕이는 것을 지켜보았다. 하리니는 아무리 애를 써도 루누만큼 빨리 달리지는 못할 것이다. 루누는 숨을 가쁘게 들이쉬었다. 루누의 시야 속 장면이 흔들리더니 흐릿해졌다. 그리고 무너져 내렸다. 프라빈이 루누의 어깨에 있는 가방끈 위에 손을 댔다.

"루누, 루누."

프라빈의 목소리에 루누의 눈앞을 감싸고 있던 졸음이 싹 달아났다. 루누는 어깨를 으쓱여 프라빈의 손을 떨쳐내고, 입술을 일그러뜨리며 말했다. "건드리지 마."

"너, 쓰러질 뻔했어." 프라빈이 말했다. 얼굴에 있는 여드름이 더 빨개져 있었다.

"신경 꺼." 루누가 말하고는 운동장으로 뛰어갔다.

코치가 루누를 보고 고개를 끄덕이더니 말했다. "올 줄 알았다."

"훈련하러 온 거 아니에요." 루누가 말했다. 그 말을 하니까 울고 싶어졌다.

"내 육상부가 훈련하는 걸 남이 훔쳐보는 거 싫다." 코치님은 늘 그렇듯 엄격한 목소리로 말했다. "쟤네들이랑 같이 훈련할 거 아니면, 가라." 코치님이 다른 육상부 여자애들을 고갯짓으로 가리키며 말했다.

루누가 만남과 작별의 인사를 담아 손을 반쯤 들어 보이자, 육상부 친구들이 숨을 헐떡이며 깜짝 놀란 표정으로 루누를 바라보았다. 그 친구들은 루누와 같은 부족이었다. 심지어 히라니도. 이 세심한 여자아이들은 루누의 경쟁자이기도 했다. 스포츠 장학금을 받아 공부를 계속하고 싶어 하거나, 대학 졸업 후 운동선수 할당제에 따라 공무원이 되기를 희망했다. 루누는 그 아이들을 부러운 눈으로 바라보았다. 학교 대항전을 하러 함께 돌아다니며 좋은 비밀, 나쁜 비밀, 부끄러운 비밀을 함께 나눴던 순간들이 기억났다. 이 아이들 없이, 꿈과 희망 없이 어떻게 살아갈지 암담했다.

하늘이 학교 지붕을 감출 만큼 낮게 걸려 있었다. 루누는 학교를 떠나 시장 골목으로 들어갔다. 빈 포장지와 은박 그릇들이 땅바닥에서 바스락거리며 환하게 윙크를 하고 있었다.

골목에는 사람이 없었다. 노점상들은 손님을 찾아 수레를 끌고 어딘가로 가버리고 없었다. 루누는 외롭고 두려웠다. 남동생이 걱정하는 못된 정령 때문도 아니고, 지나가는 여자마다 엉덩이를 꼬집으려고 달려드는 술 취한 남자들 때문도 아니었다. 명색이 운동선수인데 그런 걸 두려워하겠는가?

루누는 납치 사건들이 해결된 후엔 육상 훈련을 다시 하도록 부모님이 허락해줄지 궁금했다. "그럼 쟈이 수학은 누가 가르치고?" 아빠가 말하는 모습이 상상되었다. "매일 저녁 물은 누가 길어 오니?" 엄마의 말도 들리는 것 같았다. 루누는 자신이 남동생을 돌보고 집안일을 돕기 위해서 이 세상에 존재하는 사람처럼 느껴졌다. 나중에는 남편을 돌보고 손에서 소똥케이크* 냄새를 풍기게 될 것이다. 루누 자신의 꿈은 전혀 중요하지 않았다. 루누의 가슴을 뛰게 하는 야망을 알아보는 사람은 아무도 없는 것 같았다. 루누가 어떤 사람이 될 거라고 상상하는 사람도 없는 것 같았다.

루누는 유령시장에 도착하자 잠깐 걸음을 멈춘 뒤 말총머리를 끌어당겨 더 단단히 묶었다. 판을 씹고 뱉은 침 자국으로 지저분한 벽에는 컴퓨터 강좌 광고, 은행원 및 보험설계사 자격시험 광고, 가정교사 구직 광고 등이 붙어 있었다. 투표를 독려하는 정치인들의 포스터도 보였다. 루누는 당근과 무, 고추 따위를 파는 상인들의 음험한 눈길에 주눅이 들었다. 차라리 사내아이면 좋겠다는 생각이 들었다. 사내아이들은 아무 데나 쭈그리고 앉아서 비디를 피워대도 누구 하나 제지하는 사람이 없으니까.

루누가 옷감 가게에 들어가자, 여자 점원은 가게를 둘러보는 루누를 의심스러운 눈초리로 보았다. 루누는 점원에게 카운터 뒤에 있는 선반에서 바다처럼 파란 색깔의 블라우스감을 꺼내달라고 말했다. 루누는 텔레비전에서 바다를 자주 봐서 그게 어떤 색인지 알고 있었다. 점원은 허름한 교복 차림의 여자아이가 빛나는 고급 옷감은 왜 보려고 그러느냐고 눈으로 물으면서 망설이고 있었다. 루누는 결혼식에 참석해야 한다고 이야기를 지어냈다. 그러면서도 속으로는 육상부 친구들이 지금쯤 열심히 훈련하고 있겠다는 생각을 하고 있었다. 입안에 퍼석퍼석 씹히던 모래 알갱이와 눈에 들어간 흙먼지와 터질 듯이 뛰던 심장이 그리웠다. 그렇게 마음속으로 다른 생각을 하고 있다 보니 한창 지어내고 있던 결혼식 이야기에 육상 이야기가 끼어든 모양이었다. "신부가 도망쳤다

---

*　음식을 조리할 때나 종교의식 때 연료로 사용하기 위해 소똥을 뭉쳐놓은 것.

고? 근데 결혼식은 어떻게 해?" 점원이 물었다.

잠결에 말을 하듯이, 자기도 모르는 사이에 무슨 말을 한 게 틀림없었다. 당황한 루누가 블라우스감을 만져보다가 말했다. "이건 아닌 것 같아요."

루누는 홱 돌아서서 옷감 가게를 뛰쳐나왔다. 그대로 달려서 유령시장을 벗어나 고속도로 쪽으로 달려갔다. 루누의 어깨와 책가방이 낯선 사람들과 부딪쳤다. 잠시 후엔 아장아장 걷는 아이와 부딪쳤고, 아이가 옆으로 넘어져서 큰 소리로 울음을 터뜨렸다. 다친 것 같지는 않았다. 아이의 엄마가 루누를 향해 쇼핑백을 휘둘렀지만, 간발의 차이로 빗나갔다. 폭력의 발생이 루누에게 추진력이 되어주었다. 그런데 루누는 어디로 가고 있었을까? 루누는 넋을 놓고 정처 없이 걸었다.

루누는 고속도로를 따라 걸으면서, 노점상들이 숯불에 굽고 있는 옥수숫대 냄새를 맡고 벨푸리 노점상들이 거의 빈 바구니를 머리에 얹은 채로 고리버들 가판대를 접는 것을 지켜보기도 했다. 고된 일과가 드디어 끝난 것이다. 인도의 보도블럭이 루누가 걸을 때마다 시소 놀이를 하듯 튀어 올랐다가 내려갔다. 앞에서 알짱거리지 말라고 사람들이 화를 냈다. 그들은 루누의 걸음걸이를 보고 목적지가 없다는 것을 알아차렸다. 사람들은 저녁을 준비해야 했고, 보라선 전철을 타야 했으며, 그리고 그들에게는 집에서 숙제 검사를 기다리고 있는 아이들이 있었다. 거리가 잠깐 한산해지자, 바퀴 달린 금속 상자 옆에 당당하게 서 있는 청년이 눈에 들어왔다. 금속 상자에는 다음과 같이 적혀 있었다.

생수 판매
가장 신선하고 순수하고 깨끗한 물!
한 컵에 단돈 2루피!

청년은 미친 여자를 보듯 입을 떡 벌리고 루누를 보았다. 모든 상황을 종합해보면, 어쩌면 루누는 미친 여자가 맞는지도 몰랐다. 고속도로에서는 차들이 빛의 속도로 달려갔다. 엄마는 퇴근했을 것이고 벌써 루누 걱정으로 제정신이 아닐 것이다. 자이가 누나를 찾겠답시고 〈경찰 순찰대〉에서 훔친 어리석은 아이디어를 내놓는 소리도 귀에 들리는 것 같았다. 부모님은 아마 자이의 말에 귀를 기울일 것이다. 자이는 루누가 아니었다. 자이는 아들이었다. 루누는 손을 뒤집어 손바닥에 박인 굳은살을 보았다. 매일 양동이로 물을 길어 나르고, 가지를 썰고, 셔츠를 빨았던 세월의 흔적이었다. 요리하다 데어서 꺼멓게 변한 흉터도 군데군데 있었다. 이것들은 루누의 손바닥에 새겨진 생명선, 루누의 운명을 보여주는 그림이었다.

물장수가 루누에게 다가왔다. 고속도로에서는 버스가 지나가면서 경적을 울려댔다. 경적 소리가 꼭 끝도 없이 이어지는 비명 소리 같았다.

"길을 잃었니?" 물장수가 물었다. "여기서 뭐 해?"

알아서 뭐 하게요, 라고 루누가 말했다. 하지만 머릿속에서만 한 말이었다. 루누는 돌아서서 걷기 시작했다. 루누가 달리기를 시작한 것은 바로 이런 이유에서였다. 루누는 사람들이 자신에게 왜 코를 파느냐고, 왜 골가파를 먹느냐고, 왜 비가 쏟아지는 걸 보고 있느냐고 묻는 것이 싫었다. 삶의 단 한 부분도, 세상의 단 한 구석도 자신의 것이 아니었다. 루누가 유일하게 혼자라고 느낄 수 있었던 곳은 육상 트랙뿐이었다. 수백 개의 눈이 지켜보고 있기는 했지만, 그곳에는 오로지 루누 자신과 땅을 쾅쾅 밟고 뛰어가는 자신의 운동화 소리만이 존재하는 것 같았다.

"루누?" 주저하는 목소리가 말했다. 프라빈이 두 손을 주머니에 찔러 넣은 채 다가왔다. "아이들이 실종된 곳이 바로 여기야." 프라빈이 말했다. "여기 있지 말고 집에 가야 해."

루누는 주위를 둘러보았다. 철책 안에 있는 변압기를 보고 이곳이 자이가 이야기했던 악마 소굴이라는 것을 알아차렸다. 분노나 슬픔, 혹은 이름 지을 수 없는 다른 어떤 감정에 이끌려 이곳으로 온 것이다.

"루누, 가자." 프라빈이 말했다.

"클리어라실* 써봐." 루누가 부드럽게 말했다. "도움이 될 거야."

"겨우 별점 세 개 주제에." 프라빈이 말했다. 그 말이 무슨 뜻인지 루누가 이해하는 데 1분이 걸렸다.

"셋은 네 점수인 '마이너스 100'보다 훨씬 높은 숫자야." 루누가 말했다. 자기가 그런 대답을 생각해냈다는 게 놀랍고 기뻤다.

프라빈은 금방 울 것 같은 표정을 짓더니 떠나버렸다.

악마 소굴은 비어 있었다. 루누의 관자놀이에서 맥박이 빠르게 뛰었다. 정령들은 실제로 존재하지 않는다 하더라도, 실종 사건은 실제로 일어났다. 루누는 힌디사마지 당을 위한 한 개의 숫자, 하나의 상징물이 되고 싶지는 않았다. 루누에게는 아직도 꿈이 있었다. 한두 해 뒤엔, 집을 떠날 방법을 찾을 것이다. 하지만 당분간은 방이 한 개뿐이고 퀴퀴한 냄새가 나는 집에서 참고 살아야 했다.

어둠 속에서 불쑥, 남자 목소리가 들려왔다. "여기서 뭐 하는 거냐?"

"이 시간에 나돌아 다니는 여자애들을 두고 사람들이 뭐라고 하는지 아니?" 여자의 목소리도 들렸다.

이 동네는 오랫동안 조용히 있을 수 있는 곳이 단 한 군데도 없다. 진즉에 알았어야 했는데.

---

* 여드름 치료용 연고.

스모그를 젖히고 새벽 동이 트자마자…

…아빠가 루누 누나를 찾으러 나가자고 말한다.

"아이들이 사라지기 시작했을 때부터 네가 말한 악마 소굴을 감시했어야 했는데." 아빠가 내게 말한다. "그 정도도 안 하다니 우리가 너무 부주의했어."

나는 잠자코 듣고만 있다. 여드름투성이 형이 루누 누나를 마지막으로 본 뒤 아직 48시간이 지나지 않았다. 오늘 밤이·되어야 48시간이다. 누나를 찾을 수 있는 시간이 아직 하루 더 있다.

수색을 시작할 때 순찰대에는 아빠와 엄마, 카비르와 카디파의 아빠, 샨티 아줌마 그리고 나뿐이다. 그러나 곧 다른 사람들이 함께한다. 낮에 일할 필요가 없는 남자들과 할머니 할아버지들, 숄과 두파타에 어린아이를 감싸 안고 있는 아줌마들도 몇 명 있다. 이젠 아무도 카비르와 카디파의 아빠를 테러리스트라고 부르지 않는다. 우리 힌두인들이 이제는 무슬림을 증오하지 않는 것 같다.

아빠는 집집마다 문을 두드리고, 커튼을 젖히고, 묻는다. *내 딸 어디 있는지 알아요? 내 딸 본 적 있어요? 이 사진 좀 봐요. 자세히 좀 봐줘요.*

그 집 여자가 엄마가 아는 사람이면 엄마가 말한다. *수돗가에서 루누 봤*
잖아, 기억 안 나?

옴비르 엄마, 카비르와 카디파의 엄마, 찬드니의 엄마 아빠를 제외하
고는 실종된 아이들의 부모가 모두 우리와 함께한다. 주정뱅이 라루조
차도 수색에 동참하고 있다. 이제 우리 순찰대는 50명, 아니 70명 정도
가 된다.

우리는 계속 이 집 저 집 문을 두드리고 다닌다. 엄마가 수돗가에서
자주 만나는 아줌마가 엄마에게 말한다. "자긴 너무 운이 없다. 그런 끔
찍한 일이 일어나서 어떡해." 아줌마는 자기 품에 안전하게 안겨 있는
아기를 다행스럽다는 듯이 내려다본다.

또 다른 아줌마는 엄마가 누나에게 좀 더 엄격했어야 한다고 말한다.
"육상 선수 한다고 천방지축으로 날뛰더니. 말했잖아, 끝이 안 좋을 거
라고. 딸은 제 마음대로 돌아다니게 놔두면 안 된다니까."

엄마의 얼굴이 고통으로 일그러진다. 흡사 칼에 찔린 듯한 표정이다.

우리가 수색 중이라는 소문이 우리 동네와 유령시장 전체에 퍼진다.
쿼터가 부하들을 이끌고 나타난다. 쿼터가 사람들을 재빨리 훑어본다.
불안한지 다리와 손을 덜덜 떨고 있다. 루누 누나가 걱정되는 건지도 모
른다. 아니면 우리에게 말할 수 없는 어떤 비밀을 갖고 있는 걸지도 모
르고.

쿼터가 납치범이라면 여기에 오지는 않았을 것이다. 하지만 어쩌면
의심을 사지 않으려고 일부러 와 있는 건지도 모른다. 어느 쪽일까? 파
리는 그 답을 알고 있을 텐데. 그러나 파리는 지금 과학 시험을 치르는
중이다.

"아버지가 장관님을 만나실 거래요." 쿼터가 아빠에게 말한다. "그리
고 특수 경찰을 파견해달라고 요청하실 거래요."

"우리가 바보냐? 그런 거짓말을 믿을 것 같아?" 순찰대 중 누군가가 말한다.

"방금 말한 사람 누구예요?" 쿼터가 소리친다. 자기가 그랬다고 인정하는 사람이 아무도 없다.

"네 아버지가 여기 살고 있긴 하니?" 아빠가 쿼터에게 묻는다.

"먼저 아저씨 딸을 찾는 데 집중하시죠." 쿼터가 말한다.

쿼터는 주민들 집으로 갑자기 쳐들어간다. 집 안에 묶여 있는 루누 누나를 자기가 찾겠다는 듯이. 쿼터의 행동에 아무도 뭐라고 하지 않는다. 쿼터가 문을 발로 차 열었을 때 옷을 갈아입고 있던 할머니조차 아무 말 하지 않는다. 이불로 재빨리 자기 몸을 감쌀 뿐이다.

나는 어린 아기인 동생들을 돌보는 누나들을 본다. 누구 하나 사라지지 않은, 애완용 염소나 고양이 한 마리 사라지지 않은 완전한 가족들.

우리는 유령시장을 돌아다닌다. 목이 마르다. 어떤 사람이 물을 준다. 다른 사람은 차를 준다. 바하두르의 엄마가 우리 엄마 옆에 꼭 붙어 있지만, 엄마의 슬픔을 밟을까 봐 두려운 것처럼 발끝으로 조심조심 걷는다. 엄마의 슬픔은 바하두르 엄마의 슬픔과 크기도 모양도 같을 게 틀림없지만, 훨씬 최근에 생긴 것이다.

"쓰레기장!" 누군가가 외친다.

내가 달리기 시작하자, 엄마 아빠와 다른 사람들까지 달린다. 내가 발을 헛디뎌 넘어진다.

엄마의 손이 일어서는 나를 돕는다. "아마 루누를 찾았을 거야." 엄마가 말한다. "우리가 어제 갔을 땐 루누가 어디 숨어 있었던 거겠지."

엄마의 눈은 미친 사람의 눈처럼 반짝이고, 묶었던 머리는 풀어져 있으며, 입가에는 하얀 침 자국이 굳어 있다. 엄마 말을 믿고 싶지만 믿을 수가 없다. 쓰레기장에서 좋은 것이 발견된 적은 한 번도 없다.

“여자들과 애들은 돌려보내요.” 남자의 목소리가 우리 순찰대를 향해 소리친다. 내 키가 너무 작아서 누가 말하는지 볼 수가 없다.

“누군데 우리한테 이래라저래라 해요?” 여자의 목소리가 맞받아 소리친다.

손바닥에 아까 넘어질 때 생긴 까진 상처가 있다. 따갑고 아프다. 빨랫줄에 걸린 옷들이 펄럭이면서 어른들의 얼굴에 부딪힌다. 사람들이 서로 밀고 당기고 욕을 한다. 팔꿈치들이 내 얼굴을 세게 때린다. 내가 비명을 지르지만 아무도 듣지 못한다. 소리 없는 비명.

“우리 아이들한테 무슨 일이 벌어지고 있는지 우리가 알아야지. 알 권리가 있다고.” 한 아줌마가 소리친다. “그 아이들을 낳은 건 우리니까. 당신들이 아니라.”

군중이 앞으로 밀고 나가고, 우리도 같이 떠밀려 간다. 군중의 움직임은 마치 바람과 같고 엄마 아빠와 나는 끈 끊어진 연과 같아서, 우린 바람이 이끄는 대로 끌려 다닌다. 우리 주위에 사람이 100명은 있는 것 같다. 아니 200명은 되는 것 같다. 썩은 냄새, 똥 냄새, 그리고 고무와 배터리 타는 지독한 악취가 한데 섞인 공기가 우리의 두려움과 분노에 몸서리를 친다.

우리는 쓰레기장과 맞닿은 골목으로 들어간다. 여긴 공간이 넓어서 사람들이 다소 퍼져 설 수 있고, 마침내 나도 무슨 일이 벌어지는지 볼 수 있다. 쿼터와 안찰의 아빠와 다림질사, 카비르와 카디파의 아빠가 넝마주이 아이들과 병 대장 근처에 서 있다. 나는 아빠의 손을 꼭 잡고 그들에게 다가간다.

“자, 말씀드려. 겁내지 말고.” 병 대장이 콧물 범벅인 사내아이에게 말한다. 아이는 내 또래인데, 목에 노란색 구슬 목걸이를 걸고 있고 한 손에는 흙이 잔뜩 묻은 갈색 배낭을 꽉 쥔 채다.

"내 아이들은 항상 쓰레기를 뒤져." 넝마주이 대장이 쿼터를 보면서 말한다. 쿼터가 여기서 제일 높은 사람이라는 걸 아는 눈치다. "가장 좋은 물건을 찾는 아이가 돈을 제일 많이 벌지."

아이들이 뭘 찾았는지 궁금하다. 알고 싶다. 아니, 알고 싶지 않다.

머리칼이 얼굴을 가리지 않게 빨간 머리띠를 한 여자아이가 구슬 목걸이를 한 남자아이를 앞으로 민다. "말해." 여자애가 말한다. 하지만 남자애는 잠자코 있다.

나는 여자아이를 알아본다. 전에 파이즈와 함께 여기 왔을 때 부서진 헬리콥터를 가지고 놀던 아이다. 여자애는 나를 알아보지 못한 것 같다.

"저기요, 아까 어떤 남자가 담요 밑에 뭘 숨겨서 쓰레기 더미 속으로 깊숙이 들어가는 걸 봤어요. 똥 누려고 그렇게 멀리 가는 사람은 아무도 없는데." 헬리콥터 소녀가 말한다.

나는 주위를 돌아본다. 사방에서 작은 모닥불이 타고 있고, 연기가 피어오르고, 돼지와 개들이 쓰레기를 뒤지고 있다.

"그 남자가 떠난 뒤에 확인하러 가봤어요. 처음엔 가까이 안 갔어요. 진짜로 똥을 쌌놨을까 봐. 근데 저 앞에 이만 한 나무가 있었어요." 여자애가 손을 허리까지 내려 보인다. "그 나무에 흰 천이 묶여 있었고요. 천이 깨끗하진 않았어요. 여기 있는 건 다 더러워요. 심지어 우리도요. 우리 좀 보세요." 여자애가 잔뜩 때가 낀 자기 손을 보여준다.

"그걸 발견한 사람은 나예요." 구슬 목걸이를 한 소년이 끼어든다. "그 나무를 한쪽으로 끌어당기고 밑을 살펴봤어요. 그 남자가 돈 되는 걸 숨겨놨을 거라고 생각했죠. 훔친 물건인데, 아니나 엄마한테 보여주고 싶지 않은 거요. 근데 그게 이거였어요." 소년이 자기 손에 들린 배낭을 내려다본다.

넝마주이 대장이 배낭을 빼앗아 그 안에서 파란색 플라스틱 상자를 꺼낸다. 진흙과 오물이 잔뜩 묻어 있는 그 상자는 길이가 병 대장의 팔뚝 정도고 너비는 30센티미터가 채 되지 않는다. 대장이 뚜껑을 열지만 내 머리보다 높게 들고 있어서 안에 든 걸 볼 수가 없다. 안찰의 아빠가 헉 하며 놀란다. 옴비르의 아빠가 비명을 지른다. 카비르와 카디파의 아빠가 울음을 터뜨린다.

"저게……." 아빠가 말을 잇지 못한다.

넝마주이 대장이 나를 보더니 상자를 내려 내게 보여준다. "이 머리띠…… 네 누나 거니?" 병 대장이 묻는다.

상자 안에는 여러 가지 물건이 들어 있다. 흰색으로 빛나는 플라스틱 반지, 구슬 목걸이, 검은색과 노란색이 들어간 선글라스, 빨간 팔찌, 검게 변한 부분이 있는 은 발찌, 빨간색 종이 장미꽃이 옆에 붙어 있는 머리띠, HTC 휴대전화, 그리고 그 밑에 흰색 머리띠가 있다. 흰색 머리띠는 누나 것일 수도 있고, 다른 여자아이의 것일 수도 있다.

"자이?" 아빠가 나를 부른다. 제발 아니라고 말해달라는 듯 목소리가 떨리고 있다.

"전화기는 안찰 거야." 내가 말한다. "반짝이는 반지는 옴비르 거고."

안찰의 아빠가 전화기를 집어 들고 이리저리 살펴본다. "안찰 거 맞네요." 그가 말한다.

"선글라스는 내 아들 거예요." 카비르와 카디파의 아빠가 말한다. "그리고 빨간 팔찌는 카디파 거 같은데, 확실하진 않아요."

"당신들 모두 애들을 찾아서 여기 한 번씩 왔었잖아요." 넝마주이 대장이 말하더니 연설을 시작하려는 듯 잠시 숨을 고른다. 빨리 말을 했으면 좋겠다. "아이들이 뭘 입고 있는지 얘기해줬고," 병 대장이 안찰의 아빠를 쳐다본다. "당신은 딸이 HTC 전화기를 갖고 있다고 말했고, 그런 게 시장에서 중고로 팔리는 걸 보면 연락해달라고 했었죠. 그리고……." 병 대장이 나를 본다. "이 꼬마랑 얘 엄마가 여기 왔을 때, 얘 엄마가 얘 누나의 머리띠 얘기를 했어요. 그래서 난 내 아이들이 가져온 이 상자의 뚜껑을 열어보곤 일이 잘못됐다는 걸 알았죠."

"그걸 묻은 남자는 어디 있어요?" 남자 목소리가 묻는다.

"애들이 그 남자를 쫓아가진 못했어요, 유감스럽게도. 이 상자를 찾는 데 시간이 좀 걸려서. 이걸 나한테 가져올 때쯤엔 남자는 사라지고 없었고요."

"덩치가 아주 컸어요." 구슬 목걸이를 한 소년이 말한다. "나무처럼요."

"키도 아주 컸어요." 헬리콥터 소녀도 거든다. "'파이터'처럼요."

나는 숨이 딱 멎는 것 같다. "금시계를 차고 있었어?" 내가 가까스로 힘을 짜내 묻는다.

"몰라." 한 넝마주이 소년이 말한다. 쭈그러진 망고 주스 팩을 들고 안에 든 걸 쭉쭉 빨아 마시고 있다. 주스 팩을 발로 차버리고 싶다.

"힘이 굉장히 세 보였어." 다른 남자아이가 말한다. 이제 누군지 분명히 알겠다.

나는 쿼터를 돌아본다. 쿼터는 레슬링 선수 같은 남자를 알고 있다. 하지만 지금은 쿼터에게 아무것도 물어볼 수가 없다. 사람들 무리에서 떨어져 손으로 입을 가리고 통화를 하고 있기 때문이다. 쿼터는 자기가 하는 말을 우리가 듣기를 원하지 않는다.

바하두르의 엄마와 주정뱅이 라루와 우리 엄마가 사람들을 비집고 우리 쪽으로 다가온다.

"뭐야? 뭔데?" 엄마가 묻는다.

"자질구레한 물건이 들어 있는 상자인데, 그 물건들이 실종된 아이들 것으로 보이네요." 넝마주이 대장이 설명한다.

엄마가 머리띠를 집어 든다.

"도로 내려놔." 내가 엄마에게 말한다. "증거물이야."

"아직도 장난하니?" 엄마가 나를 향해 날카롭게 소리친다. "도대체 넌 어떻게 된 애야? 말도 안 되는 소리 좀 그만해."

엄마는 누나가 사라진 게 내 잘못이라고 생각한다. 내 눈에서 뜨거운 눈물이 솟아오른다. 아빠가 나를 끌어당겨 안는다.

"바하두르 거는요?" 바하두르의 엄마가 묻는다. 넝마주이 대장이 상자를 건네주자 아줌마가 안을 뒤진 후에 말한다. "바하두르 거는 없네요."

"애들이 상자를 갖고 노는 동안에 떨어졌을 수도 있어요." 넝마주이 대장이 말한다. "일부러 그런 건 아니고, 아직 애들이라서. 이게 뭔지 몰랐거든요."

구슬 목걸이를 한 소년이 자기 목의 목걸이를 자랑스럽게 만진다.

"이거 어디서 찾았니?" 바하두르의 엄마가 넝마주이 아이들에게 묻는다. "그리로 나 좀 데려가줄래?"

넝마주이 아이들 두 명이 쓰레기 더미 속으로 걸어 들어가기 시작한다. 바하두르의 엄마가 사리 자락을 들어 올리고 아이들을 따라간다. 주정뱅이 라루도 아줌마와 함께 가지만 금방 쓰레기 더미 속에서 넘어져서 아줌마가 일으켜 세운다. 그러느라고 시간이 너무 낭비된다. 우린 시간이 없다. 어서 빨리 레슬링 선수를 찾아야 한다. 그 사람이 루누 누나를 데리고 있다.

"아빠, 나 그 사람 두타람 아저씨네 찻집에서 본 적 있어." 내가 말한다. 엄마를 쳐다보니 또 내게 소리 지를 준비를 하는 것 같아서, 나는 짧게 말하고 끝내기로 한다. "그 사람 악마 소굴 근처에 사는 것 같아. 거기 가봐야 해."

아직은 추측일 뿐이지만 납치 사건이 발생한 곳이 악마 소굴이니까, 그의 집도 거기 있을 게 틀림없다는 생각이 든다.

"우리 아이들이 같이 갈게요." 넝마주이 대장이 말한다. "그 사람을 보면 알아볼 수 있을 테니까. 그렇지, 얘들아?"

아이들이 고개를 끄덕이지만, 아주 자신 있는 표정은 아니다.

⚘

쿼터는 경찰을 불렀다고 말한다. 경찰은 쓰레기장에 있는 것들을 치우고 제대로 살펴보기 위해 불도저를 몰고 올 것이다. 하지만 불도저는 우리 집들을 부수기 위해 오는 것이지 루누 누나를 찾기 위해 오는 것이 아니다. 누나는 쓰레기 속에 있지 않다.

"납치범은 형네 무리 중에 있었어." 엄마가 내 입을 막기 전에 내가 쿼터에게 말한다. "형도 알지? 레슬링 선수처럼 생긴 사람."

"글쎄, 잘 모르겠는데." 쿼터가 침착하게 말한다. 그러나 불끈 쥔 두 주먹의 손가락 마디가 하얗게 변해 있다.

"골든게이트에서 일하고, 우리 동네에 살아." 내가 말한다. "때리는 구루의 푸자에 왔었고. 그 사람이 형네 아버지랑 얘기하는 거 내가 봤어."

"아버지랑 얘기하는 사람은 많아." 쿼터가 말한다.

"악마 소굴에 가보자, 자이." 아빠가 말한다. 나를 불쌍하게 여기는 것 같다.

"난 여기서 경찰을 기다리고 있을게요." 넝마주이 대장이 말한다.

나는 병 대장 손에 들려 있는 상자를 바라본다. 지문이 너무 많이 묻어서 범인의 지문은 다 지워졌을 수도 있을 것 같다.

"자네도 여기 있어야 하지 않을까?" 아빠가 부하들과 함께 우리를 따라나서는 쿼터에게 말한다. "경찰이 우리 말은 안 들어도 자네 말은 들을 테니까."

쿼터가 아빠 얼굴 앞에서 휴대전화를 흔든다. "도착하면 연락한댔어요. 시간이 좀 걸릴 거예요. 불도저를 불러야 하니까." 그러고는 손가락을 구부려 나를 부른다. "그 납치범 이름이 뭐라고?" 쿼터가 묻는다.

"그건 모르지." 내가 말한다.

주먹이 날아올 줄 알았는데, 쿼터는 나를 엄마 아빠에게 보내준다.

❧

악마 소굴 근처에 사는 사람들은 이 동네에 덩치 큰 남자는 한 명밖에 없다면서 그의 집을 알려준다. 우리는 그의 집 문을 두드린다. 벽에는 빈 통 몇 개가 일렬로 늘어서 있고, 그 옆에는 진흙이 묻은 검은색 자전거가 벽에 기대 세워져 있다. 레슬링 선수 같은 남자가 뚱한 얼굴로 나온다.

"저 사람이야." 내가 아빠에게 말한다.

"저 사람이에요." 구슬 목걸이 소년이 열심히 고개를 끄덕이면서 말한다.

"체포해요." 헬리콥터 소녀가 외친다. 그러고는 슬픈 얼굴로 나를 쳐다본다.

쿼터와 부하들이 레슬링 선수의 멱살을 잡는다. 그러나 그는 너무 강해서 어깨를 한번 으쓱하자 쿼터와 부하들이 우르르 나자빠진다.

"우리 남편한테 왜 그래요?" 여자가 집 안에서 소리를 지르며 달려

359

나와 레슬링 선수 옆에 선다. 사리가 삐딱하게 돌아가 있다. 여자가 남자의 셔츠 소매를 붙잡자 팔찌가 짤랑거린다.

우리 순찰대에는 레슬링 선수를 둘러싸고 막을 만큼 많은 사람들이 있다. 그가 우리 모두와 싸워 이길 수는 없다. 엄마 아빠와 나는 재빨리 그의 집 안으로 들어간다. 루누 누나가 안에 있을 것이다.

그 집은 우리 집처럼 방 한 개로 이루어져 있는데, 누나는 보이지 않는다. 엄마가 터지는 울음을 억지로 참고 절룩거리며 집 밖으로 나간다.

누군가가 전깃불을 켠다. 나는 차르파이 아래를 살핀다. 거기 쌓여 있는 그릇들을 끌어낸다. 쿼터의 부하들이 밀가루 통들을 열다가 그만 안의 내용물을 쏟는다. 뚜껑들이 빙글빙글 돌다가 뎅그렁거리며 멈춘다. 벽에 못 박혀 걸려 있던 선반들이 무너진다. 목소리들이 연기처럼 내 주위를 맴돈다. 나는 바닥에 쏟아진 설탕과 소금 위에 미끄러진다. 일어서지 않고 그대로 기어 다니며 단서를 찾는다. 루누 누나가 이곳에 있었을까? 알 수가 없다. 아빠와 다림질사가 집 안에 있는 옷들을, 빤 것과 빨지 않은 것을 전부 뒤진다. 다른 사람들도 안으로 들어오고 싶어 하지만 집 안은 이미 사람들로 붐빈다. 안찰의 아빠가 자기도 딸의 소지품이 있는지 찾아봐야 한다며 누구라도 좋으니 밖으로 좀 나와보라고 소리친다. 내가 아빠와 손을 꼭 잡고 밖으로 나간다.

고함 소리와 저주와 욕으로 공기가 진흙처럼 무겁게 내려앉아 있다. 쿼터의 부하들이 레슬링 선수의 두 손을 밧줄로 묶는다. 손목에 금시계를 차고 있는데 숫자 판 덮개가 깨져 있다. 레슬링 선수를 향해 여기저기서 주먹과 발이 날아든다. 퍽퍽 하는 소리가, 아프살 아저씨네 정육점에서 피 묻은 식칼이 고기를 자르는 소리와 똑같다. 내 심장이 귀로 너무 빨리 피를 펌프질해 보내고 있다.

레슬링 선수의 아내가 비명을 지르며 울부짖는다. 한 아줌마가 그 아내의 목을 한 손으로 꽉 잡더니 입 닥치지 않으면 가만두지 않겠다고 말한다. 아까 본 자전거가 땅바닥에 쓰러져 있다. 본체는 으스러진 채고 타이어는 찢어져 있다. 내가 두타람 아저씨네 찻집에서 레슬링 선수를 봤을 때 팔목에 긁힌 자국이 있었던 게 기억난다. 바하두르와 옴비르가 그의 손아귀에서 벗어나려고 발버둥을 치다가 긁은 자국이었을까? 지금은 사람들에게 얻어맞아 찢어지고 긁힌 상처가 온몸에 가득한 탓에, 그의 피부에 잔뜩 나 있는 빨간 자국이 다 비슷비슷해 보인다.

내가 자주 보았던 경장과 순경을 포함해 네 명의 경찰관이 나타난다. 쿼터가 그들을 옆으로 데리고 가서 이야기를 나눈다. 경장은 바하두르 엄마에게 금목걸이를 받아놓고도 아줌마 쪽으로는 시선 한 번 주지 않는다.

경찰이 왔다고 해서 사람들의 분노가 가라앉지는 않는다. 레슬링 선수는 계속되는 발길질과 주먹질에 만신창이가 된다. 모든 것이 느린 동작으로 일어난다. 스모그가 내려앉았다가 다시 올라간다. 빛이 파란색과 회색으로 바뀐다. 한 남자가 자기 겨드랑이를 긁는다. "애들이 설마…… 죽지는 않았겠지?"라고 묻는 소리가 공기를 휘갈긴다. 내 귀에서 윙윙거리는 소리가 점점 더 커진다. 레슬링 선수의 입술이 찢어져 피가 나지만, 그는 한마디도 하지 않는다. "애들은 어디 있어?" 그를 때리는 남자마다 한 번씩 묻는다. 같은 질문을 1,000번은 듣고도, 레슬링 선수는 계속 입을 다물고 있다.

내가 쿼터에게 다가간다. 쿼터는 경관들에게 레슬링 선수의 이름이 바룬이라고 말한다. 힌디사마지 당 행사에서 몇 번 봤지만 직접적으로 아는 사이는 아니라고 한다. 자기 아버지 또한 바룬을 모른다는 말도 한다. 경찰관들은 넝마주이 아이들에게 바룬이 상자를 묻는 걸 본 아이가 누구냐고, 그 안에 뭐가 들어 있었냐고, 그 상자는 지금 어디에 있느냐고 묻는다. 경찰은 파리처럼 수첩에 메모를 하지는 않는다.

"루누 누나 어딨어?" 내가 비명을 지르듯 소리친다. 입안에서 녹물 맛이 난다. 무슨 일이 벌어지고 있는 건지 하나도 모르겠다. 탐정이 아니라서 탐정처럼 생각할 수가 없다. 경찰들이 나를 흘끗 보고는 고개를 돌린다.

촌장이 릭샤를 타고 도착한다. 경찰관들이 촌장을 반원으로 둘러싼다. 촌장은 두 손을 맞잡고는 경관들에게 와줘서 고맙다고 말한다.

"우리 구루를 숭배하는 사람이 범죄자라니, 도무지 믿을 수가 없구먼." 촌장이 말한다. "이슈와르가 전화해서 그 얘길 했을 때 가슴이 찢어지는 줄 알았다네."

처음엔 이슈와르가 누군지 모르다가 곧 쿼터라는 것을 알아차린다.

촌장이 엄마와 바하두르의 엄마에게 다가가자 두 엄마들이 일어선다. 안찰의 아빠와 다림질사가 빈손으로 바룬의 집에서 비틀거리며 나온다.

"저 사람, 촌장님 친구잖아요." 내가 말한다. 나는 촌장이 나를 볼 수 있도록 어른들 다리를 밀치고 앞으로 나선다. "레슬링 선수 바룬 말이에요. 촌장님이 저 사람이랑 얘기하는 거 봤어요. 저 사람한테 우리 누나를 어디에 숨겼는지 물어봐주세요."

"이슈와르 말로는 바룬이 사마지 당을 위해 일을 좀 했다고 하더군." 촌장은 내가 아니라 어른들에게 말한다. "하지만 사마지 당에는 당원들이 매우 많고, 나도 많은 사람들과 이야기를 나누긴 하지만 유감스럽게도 저 친구와 개인적으로 아는 사이는 아니라네." 촌장은 바룬에게는 눈길도 주지 않는다. "이 일을 철저히 조사해 규명하겠네. 내 약속하지."

"그래서 내 딸은 어디 있죠?" 엄마가 묻는다.

"내 아들은요?" 바하두르의 엄마가 묻는다.

"아이들 물건이 왜 한 상자에 들어 있었죠?" 내가 묻는다.

"때가 되면 진실이 밝혀지겠지." 촌장이 말한다.

"언제요? 우리 모두 죽고 나면요?" 엄마가 부드럽고 분명한 목소리로 묻는다.

✿

경찰이 바룬과 그의 아내에게 수갑을 채우더니, 두 사람을 데리고 쓰레기장에 가겠다고 말한다.

"거기다 뭘 더 숨겨놨는지 털어놓게 해야지." 경관이 우리에게 설명한다. "실종된 애들이 이 자식 집에 없고 납치한 모든 애들한테서 기념품을 모아놓은 걸 보니, 애들을 어떻게 했는지는 뻔하지만 말이야."

"거기서 뭘 발견할 거라고 생각하는 거지?" 경찰들의 행렬을 따라가면서 다림질사가 아빠에게 묻는다. "우리 애들은 거기 없는데."

경찰이 무엇을 찾고 있는지 다림질사는 알고 있다. 우리 모두 알고 있다. 경찰이 바룬 부부에게 질문하는 게 들린다.

"애들을 토막 내서 쓰레기 더미 속에 버렸어?"

"아니면 개랑 돼지들한테 잡아먹히라고 산 채로 버렸냐?"

"말해, 개새끼야. 한 대 맞고 말할래?"

사람들이 자기들 가게에서 쏟아져 나와 우리를 지켜본다. "무슨 일이에요?" 그들이 묻는다. 무슬림 상인들은 스컬캡을 구겨 공처럼 말아 쥐고 우리에게서 고개를 돌린다.

"루누 누난 살아 있어." 내가 아빠에게 말한다.

바룬이 누나를 어딘가에, 버려진 공장이나 창고 같은 곳에 숨겨놓은 게 틀림없다. 인신매매범은 납치한 아이들을 팔아넘기지, 죽이지는 않는다. 바룬이 누나를 누구에게 팔았을까? 그게 아니라면, 바룬은 인간의 형상을 한 정령일까?

아빠가 사람들을 밀치고 앞으로 나가 바룬의 팔꿈치를 잡는다. "내 딸 루누는 어디 있어?"

바룬의 멍든 얼굴에서 스웨터로 피가 뚝뚝 떨어진다. 바룬이 퉁퉁 부은 눈으로 아빠를 보며 히죽 웃는다.

❧

쓰레기장에서 경찰들이 넝마주이 대장과 아이들에게 다시 이것저것 질문을 한다. 이제 파란색 플라스틱 상자는 경관의 손에 들려 있다. 장갑을 낀 사람은 한 명도 없다.

"당신 남편이 왜 이걸 갖고 있지?" 여자 경관이 바룬의 아내에게 묻는다.

"우린 그거랑 아무 관련이 없어요." 바룬의 아내가 말한다.

"애들을 어디다 묻었어?" 또 다른 경관이 묻는다.

"묻다니요? 우린 아무것도 몰라요." 바룬의 아내가 대답한다.

촌장은 쿠르타와 파자마에 오물이 묻을까 봐 걱정되는지 쓰레기 더미에서 멀찌감치 떨어져 선 채 휴대전화로 계속 통화를 한다. 쿼터는 아버지와 경찰들 사이를 오가며 말을 전한다.

사람들이 왜 이렇게 시간을 낭비하는지 모르겠다. 머리가 터질 것 같다. 나는 지나가는 넝마주이 소년에게 묻는다. "사라진 애들이 쓰레기 속에 누워 있어?"

"누워 있으면 우리가 벌써 말했지, 안 했겠냐?" 소년이 말한다.

경찰 지프차 한 대가 덜덜거리며 쓰레기장으로 굴러온다. 노란색 굴착기 한 대와 창문에 철망을 덧댄 경찰 승합차 한 대가 그 뒤를 따라온다. 남녀 경관이 경찰차에서 줄지어 내려 쓰레기장으로 들어간다. 살면서 이렇게 많은 경찰관은 처음 본다. 지프 옆면에 적힌 경찰 표식에서 'P'자와 'O'자가 사라져 'LICE'*로 보인다.

"찬드니 아빠한테 전화해." 한 아저씨가 다른 아저씨에게 소리친다. "지금 일하고 있을 거야. 새로운 소식 있으면 전화해달랬어."

"자네가 해." 다른 아저씨가 말한다. "난 전화번호 몰라."

경찰은 넝마주이 아이들이 상자를 발견한 곳 주위에 통제선을 설치한다. 바룬과 그의 아내는 그 안으로 끌려 들어가 있다. 굴착기가 경찰 통제선을 향해 쿵쿵거리고 나아가면서 굴착기의 거대한 바퀴들이 쓰레기를 납작하게 만든다. 기다란 집게발이 앞에서 달랑거린다.

우리 동네 아줌마 아저씨들이 굴착기 뒤를 따라간다. 경찰들이 손가락을 맞부딪쳐 소리를 내고 혀를 끌끌 차면서, 따라가지 말고 모두 돌아오라고 지시한다.

한 할머니가 화살 모양 계급장을 하나도 달지 않은 순경을 향해 썩은 채소 껍질을 한 움큼 던진다. 그러자 다른 사람들도 땅바닥에서 집히는 대로 조약돌, 돌멩이, 비닐봉지, 구겨진 신문지, 찢어진 옷 조각, 주스팩 등을 집어 들고 경찰을 향해 던진다.

"배신자!" 사람들이 외친다. "유괴범! 살인자!"

커다란 돌멩이가 경장의 무릎을 맞히자, 경장이 한 다리로 콩콩 뛰며 아파한다. 뼈가 콱 부러졌으면 좋겠다.

"그만들 해요. 그만하라고요." 쿼터가 동네 사람들을 말리고 나선다. "경찰은 일을 하러 왔어요. 일하게 놔두자고요."

---

* '비열한 놈'이라는 뜻.

경장이 지프차를 향해 절뚝거리며 걸어간다.

"또 그러면 우린 그냥 간다. 굴착기도 끌고 가버린다고!" 경장이 외친다.

이 말에 사람들이 돌 던지기를 멈춘다. 넝마주이 소녀 두 명이 흙 묻은 당근 한 개를 나눠 먹으며 키득거린다. 굴착기 소리에 돼지들이 놀라 흩어진다. 병 대장은 쓰레기장을 돌아다니며 자기 왕국을 살펴보고, 넝마주이 아이들에게 경찰 앞에서 쓰레기를 뒤지지 말라고 지시한다. "그러다 너희들 소년원 간다." 대장이 경고한다.

꽃

엄마 아빠와 나는 기다리고, 기다리고, 또 기다린다. 번갈아가면서 운다. 처음엔 내가 울고, 그다음엔 엄마, 그다음엔 아빠가 운다.

"진짜 영웅은 내 아이들이에요." 넝마주이 대장이 우리 순찰대 아저씨한테 말한다. "이 아이들이 없었다면 범인은 잡히지 않았을 테니까. 왜 이런 이야기를 하느냐면, 내일이면 우리 아이들은 잊힐 게 뻔하기 때문이죠. 힌디사마지가 모든 게 자기들 공이라고 나설 테니까."

넝마주이 대장이 엄마 아빠 사이에 서 있는 나를 보더니, 재가 묻은 손을 뻗어 내 머리칼을 헝클어뜨린다. 나는 엄마의 사리와 그 위에 걸쳐 단추를 채운 스웨터 속으로 숨어든다.

"걱정하지 말아요, 아주머니." 넝마주이 대장이 엄마에게 말한다. "경찰이 이제야 제대로 수사를 하는 것 같으니까."

카키색 셔츠와 바지를 입은 여자 경관이 한 손에는 경찰봉을, 다른 손에는 모자를 들고 엄마에게로 와서 루누 누나에 대해 묻는다.

"경찰이 실종 신고도 안 받아줬잖아." 엄마가 말한다. "사람들이 이렇게 화가 난 것도 그 때문이야."

"전 파출소 소속이에요." 경관이 말한다. "큰 경찰서 밑에 있는 거지만, 본서 경찰들한테 뭘 해라 마라 할 수는 없어요."

경관이 엄마의 팔꿈치를 토닥인다. 둘 다 불편해 보인다.

한 시간 정도가 지나간다. 확실하진 않다. 굴착기가 쓰레기를 한쪽에서 다른 쪽으로 옮기는 일을 계속한다. 아직 아무것도 찾아내지 못했다. 이것은 좋은 소식일 수도 있고, 나쁜 소식일 수도 있다. 어느 쪽인진 잘 모르겠다. 실종된 가족이 없는 사람들은 우리 주위에 둘러서서 탐정 놀이를 한다. *바룬이 왜 그랬을까? 언제 그랬지? 어떻게 했을까?* 그들에게는 이 모든 것이 그저 추리 게임인 모양이다.

이 사람들 말을 더 듣고 있을 수가 없다. 엄마도 더 이상 참을 수가 없나 보다. 벌떡 일어서서 바룬을 향해 달려간다. 내가 엄마를 쫓아 달려가고, 아빠도 달려간다.

루누 누나는 우리보다 네 배는 더 빨랐을 것이다.

우리는 달려가는 동안 발에 밟히는 쓰레기가 쉭쉭 소리를 내고, 우리 발을 깨물고, 우리를 쓰러뜨리려고 애를 쓴다. 소 두 마리가 비틀거리며 우리에게서 물러선다.

우리는 경찰 통제선 앞에 도착한다.

"야, 이 나쁜 놈아! 어서 말해. 내 딸 어디 있어?" 엄마가 소리친다.

아까 자기는 파출소 소속이라고 밝혔던 여자 경관이 딱 버티고 서서 엄마 얼굴 바로 앞에 손바닥을 펴 보이며 엄마를 막고 있다. "좀 참으세요." 경관이 말한다. 그러면서 엄마가 앞으로 못 가게 막는다.

개들이 흥분해서 짖어댄다. 사모사는 여기에 없다. 두타람 아저씨네 찻집 근처 사모사 수레 밑에 있을 것이다. 바룬이 술에 취한 것처럼 비틀거리자, 그의 아내가 엉엉 운다. 바룬의 눈썹 위 찢어진 상처 부위에 검은 피딱지가 붙어 있다.

굴착기의 갈퀴가 또 쓰레기를 뒤집어엎는다. 검은색 비닐봉지가 나타난다.

"저건 뭐야?" 엄마 근처에서 남자 목소리가 외친다. 안찰의 아빠다.

순경이 맨손으로 더러운 비닐봉지를 집어 들고 매듭을 푼 다음, 거꾸로 뒤집는다. 오래된 힌디 영화 비디오테이프가 우르르 쏟아진다.

"우리 안찰한테 무슨 짓을 했어? 이 짐승 새끼야!" 안찰의 아빠가 소리친다.

바룬은 눈을 반쯤 감고, 고개를 푹 숙여 턱을 가슴에 대고 있다. 순경이 경찰봉으로 바룬을 쿡 찌른다. 그러자 바룬이 다시 고개를 들고 똑바로 선다.

❦

저녁때가 다 되어가지만, 아직 48시간이 지나지는 않았다. 넝마주이 대장이 자기 아이들에게, 바닥에 배낭을 펼쳐서 그 위에 우리를 앉게 하라고 시킨다. 나는 루누 누나가 여기 없다는 걸 안다. 누나가 어디에 있는지는 바룬이 알고 있다. 바룬이 이 쓰레기들 한복판에 더 오래 서 있으면, 돌멩이들 때문에 발이 아픈 나머지 진실이 입 밖으로 튀어나올 것이다.

찬드니의 엄마 아빠가 도착한다. 사람들이 솔개처럼 주위를 에워싼다.

촌장은 이제 여기 없다. 떠나는 모습을 보지는 못했다. 이제는 쿼터가 대장이다. 쿼터의 부하들이 유령시장에서 사 온 음식을 플라스틱 용기에 담아 쿼터에게 바친다.

파리가 엄마와 함께 나타나 내 옆에 선다. 파리를 학교에서 집으로 데려가기 위해 파리 엄마가 일찍 퇴근한 게 틀림없다. 파이즈는 함께 오지 않았다.

"얘기 들었어." 파리가 말한다. 파리의 엄마가 흐느낀다.

나는 깔고 앉아 있던 더러운 흰 배낭에서 옆으로 옮겨 앉아 파리에게 자리를 내준다. 파리는 나와 어깨를 맞대고 앉아 내 손을 잡는다.

"시험 잘 봤어?" 내가 묻는다.

"응." 파리가 말한다.

파리에게 바룬을 정령이라고 생각하는지 묻지 않는다. 무슨 말을 할지 알고 있기 때문이다.

주정뱅이 라루가 집게손가락으로 한쪽 콧구멍을 누르고 다른 쪽 코를 푼다. 엄마와 바하두르의 엄마는 고개를 숙이고 이야기를 나누는 중인데 두 사람의 뺨이 눈물로 젖어 있다. 지프차가 한 대 더 도착해 순경들을 내려놓는다. 바룬이 땅바닥으로 쓰러진다. 순경들이 그에게 발길질을 퍼붓더니, 누가 먼저랄 것도 없이 그를 향해 침을 뱉는다. 바룬은 수갑을 차고 있어서 침을 닦을 수도 없다. "그러지 말아요, 제발. 용서해주세요. 용서해주세요." 바룬의 아내가 소리친다.

엄마가 일어나더니 쓰레기장 옆을 유령처럼 돌아다닌다. 엄마의 왼쪽 슬리퍼 밑창에 생선 뼈가 붙어 있다. 파리 엄마가 우리 엄마와 함께 걸으면서 "루누는 돌아올 거야. 내가 알아"라고 말한다. 그렇게 말하면서도 계속 운다.

"그만 좀 울지." 파리가 말한다.

날이 추워진다. 우리가 빨간 눈을 비비는 동안 스모그가 더러운 회색 혀로 우리를 핥는다. 경찰이 통제선 뒤에서 뭘 하고 있지? 시신을 찾았나? 루누 누나가 비닐봉지 안에 있나? 그런 건 상상도 할 수 없다. 상상하지도 않을 것이다. 굴착기가 앞으로 갔다 뒤로 갔다 하면서 으르렁거리고, 삐삐 소리를 내고, 땡땡 울어댄다. 쉭쉭 힘겹게 숨을 쉬면서 기침을 한다.

"어두워지네." 주정뱅이 라루가 말한다. 보통 때 같으면 저녁 술을 마시기 위해 술집에 가는 시간인가 보다.

"가고 싶으면 가." 바하두르의 엄마가 말한다. 남편을 무지 싫어하는 듯한 말투다.

파이즈와 와지드 형이 도착한다. 동네 사람들과 유령시장 상인들에게서 무슨 일이 있었는지 들었다고 말한다.

"일하러 안 가?" 내가 파이즈에게 묻는다. 파이즈가 하루 종일 장미꽃을 판 다음엔 식료품점에서 선반 정리를 한다는 걸 나는 알고 있다.

"오늘 밤엔 안 가." 파이즈가 말한다. 그런 다음 우리가 깔고 앉은 배낭 끝에 살짝 엉덩이를 걸쳤는데, 그래서는 오물투성이인 땅바닥에 그대로 앉은 거나 마찬가지다. 손은 가시에 찔린 상처투성이고, 고속도로에서 매연을 너무 마셔서인지 목소리가 쉬어 있다.

"경찰서에 안 갔어요?" 파리가 와지드 형에게 묻는다. "타리크 오빠를 계속 감옥에 두면 안 되죠. 저 사람이……." 파리가 경찰 통제선 쪽으로 손짓을 하며 말한다. "잡혔는데. 현행범으로."

"시간이 걸릴 거래. 그래도 타리크 형은 돌아올 거야. 그건 확실해." 와지드 형은 표정 관리를 하려고 애쓰면서도 흥분한 목소리로 말한다. 날카로운 돌이 내 목구멍을 따라 굴러 내려가는 것 같다.

촌장이 쓰레기장으로 돌아온다. 그는 경찰들과 이야기를 나눈다. 그런 다음 손뼉을 쳐서 자기가 연설을 할 거라는 신호를 보낸다.

"바룬과 그의 아내는 지금 경찰서로 연행될 거라네." 촌장이 말한다. "바룬은 진술을 거부하고 있고, 경찰은 쓰레기 더미 속에서 아무것도 찾지 못했다는군."

"배터리로 켜는 램프를 가져와서 밤에도 수색하면 되잖아요." 찬드니의 아빠가 말한다.

"내일 다시 와서 할 거라는군." 촌장이 말한다. "내 아들 이슈와르가 오늘 자네들을 위해서 얼마나 열심히 일했는지 다들 봤겠지? 나도 내가 할 수 있는 최선을 다했네. 내가 열었던 푸자 기억하지, 다들? 그 덕분에 신들이 우리의 기도에 서서히 응답하고 계시는 걸세."

"하지만 우리 애들은요?" 카비르와 카디파의 아빠가 말한다. "아내가 곧 출산할 것 같은데, 이런 긴장감을 더는 못 견딘다고요."

"루누는요?" 아빠가 묻는다.

"경찰이 바룬과 아내에 대해 입건 절차를 밟아야 한다더군." 촌장이 말한다. "일에는 다 절차가 있는 법일세. 경찰이 알아서 잘할 테니까 믿고 맡겨두자고."

"경찰이 알아서 잘했다면, 오늘 우리가 여기에 있지 않겠죠." 한 남자가 말한다.

"지금 이 상황에서 경찰을 적으로 돌리진 마세나." 촌장이 말한다. "내가 직접 경찰서에 가서 일을 제대로 하는지 확인할 테니까."

"두타람 아저씨 말로는 레슬링 선수가 부자들 아파트에서 일했다던데, 그 아파트 이름이 뭔지 알아?" 파이즈가 내게 묻는다.

"골든게이트." 내가 말한다.

"어쩌면 루누 누나를 그 아파트에 가둬놨을지도 몰라." 파이즈가 말한다.

"레슬러가 그런 짓을 하게 사모님이 허락했겠어?" 내가 말한다. 그 순간, 〈경찰 순찰대〉에서 보았던 나쁜 사모님들이 떠오른다. 이렇게 중요한 걸 잊고 있었다니, 난 왜 이렇게 바보 같은지 모르겠다. 어떻게 그런 걸 잊을 수 있지? 내가 미쳐가고 있는 게 틀림없다. 요즘에는 생각을 똑바로 할 수가 없다.

내가 엄마 아빠에게 그 부자 아파트 이야기를 한다. 파이즈는 아파트가 오래 빌 때가 많다고 말한다. 부자들이 외국에서 살거나 도시에 살면서 가끔 와서 머물다 가는 경우가 많기 때문이라는 거다. 엄마는 파이즈의 말이 사실이라며 수긍한다. 아빠는 떠날 준비를 하는 촌장과 쿼터에게 이 이야기를 전한다. "거기 가봐야겠어요." 아빠가 말한다.

"지금 당장이요." 엄마가 말한다. "내 딸이 지금 거기 있을지도 몰라요."

"그 건물에는 아주 특별한 사람들만 산다네." 촌장이 짜증 난 표정으로 말한다. "그 사람들은 이런 동네가 있는지도 모를걸. 그 사람들 하인이 체포된 게 그 사람들 잘못도 아니고."

"그래도 경찰한테 확인해보라고 부탁해주실 순 있잖아요." 아빠가 말한다.

"골든게이트는 기분 내킬 때 쑥 들어가서 차이 한잔하는 찻집이 아니라니까." 촌장이 말한다.

경찰이 바룬과 그의 아내를 승합차 뒤 칸으로 밀어 넣는다. 사람들이 바룬에게 개새끼니 짐승 새끼니 하면서 욕을 퍼붓는다.

경찰차들과 굴착기가 떠나자, 다림질장사가 말한다. "저 인간들, 우리 아이들에 대해서는 아무 말도 안 해주고 가네."

"내가 지금 당장 경찰서로 가겠네." 촌장이 말한다. "이 골든게이트 건에 대해서 얘기해보지. 그런 다음 전화 주겠네." 쿼터는 부하에게 모든 사람의 휴대전화 번호를 적으라고 지시한다. 그러고는 촌장과 함께 자리를 뜬다.

48시간이 거의 다 되어가는데, 루누 누나가 어디에 있는지 아직도 모른다.

쓰레기장은 바스락거리는…

…검은 바다다. 숯불이 오렌지빛으로 타고 있는 몇 곳을 제외하면. 파리가 내 손을 잡아끈다.

"우리가 직접 확인합시다." 카비르와 카디파의 아빠가 말한다. "골든 게이트 사람들이 문을 열게 만들자고요."

"우리가 어떤 사람들인지 가서 보여줍시다." 안찰의 아빠가 가슴을 쾅쾅 치면서 말한다.

"가자고." 주정뱅이 라루가 말한다. 하지만 그는 쓰레기장 쪽으로 향한다. 바하두르의 엄마가 쫓아가서 데려온다.

긴 행렬이 출발한다. 집 앞 차르파이 왕좌에 비스듬히 누워 있는 넝마주이 대장 옆을 지나가자 대장이 외친다. "조심해요!"

낯선 사람들이 우리 행렬에 끼어든다. 우리의 걸음걸이에서 분노를 보고 그것에 끌렸나 보다. 그들의 하루는 예전에 내 하루가 그랬던 것처럼 평범하고 지루했을 것이다. 그래서 지금, 싸움 구경을 하고 싶은 거다. 내일 찻집에서 떠들어댈 이야기를 얻기 위해서.

쓰레기장을 지나자 고층 건물이 나타나기 시작하고, 도로가 넓어지면서 평탄해진다. 아스팔트로 포장이 되어 있고 양옆으로 멀구슬나무와 아말타스나무가 늘어서 있다. 파리와 파이즈가 내 옆에서 걷고 있다. 나는 내 슬픔을 친구들에게 들키고 싶진 않지만, 친구들이 함께 있어줘서 기쁘다.

떠돌이 개들이 적군인 개들을 쫓아 어두운 도로를 건너 달려가며 요란하게 짖는다. 사모사는 저렇게 짖은 적이 한 번도 없는데.

우리는 골든게이트로 이어지는 경사진 샛길에 도착한다. 그 길 양옆으로 가로등과, 철책 속에 갇힌 관목 화분들이 늘어서 있다. 건물은 황금색이 아니라 크림색과 노란색으로 칠해져 있다. 나는 루누 누나가 아파트 창문에 얼굴을 바짝 갖다 대고 있고, 숨 쉴 때마다 입김으로 유리에 동그라미가 그려지는 모습을 상상한다.

아빠와 다른 아저씨들이 아파트 입구와 출구 옆에 있는 두 사무실의 경비원들과 이야기를 나눈다. 뾰족한 코를 가진 보안 카메라들이 우리 주위를 돌아가며 킁킁 냄새를 맡는다. 부자들이 멋진 자동차와 지프를 타고, 올려진 차단막 아래를 통과한다. 차들의 앞 차창에는 골든게이트 스티커가 붙어 있어서 이 아파트 주민의 차량이라는 걸 경비들이 쉽게 알아볼 수 있다.

"이 모든 것을 뚫고 바하두르와 안찰과 루누 언니를 몰래 데리고 들어갔다고? 어떻게?" 파리가 묻는다. "소란을 피웠을 텐데."

"바룬에게 차가 있다면 차 안에 숨겨서 데리고 들어갔겠지." 파이즈가 말한다. "뒷좌석은 안 보던데." 파이즈가 경비원들을 가리키며 말한다. "그리고 여기 사는 사람이라 아는 얼굴이면 그냥 들여보내줄 수도 있고. 근데 바룬이 어떻게 차를 갖고 있지?"

바룬이 차를 갖고 있을 리가 없다. 그는 자전거만 한 대 갖고 있다. 그 말은 루누 누나가 여기 없다는 뜻일까?

아빠와 아저씨들은 아직도 경비원들과 이야기하는 중인데, 다들 손짓을 해가며 목소리를 높여 말을 한다. "자꾸 이렇게 소란 피우면 경찰을 부를 거예요." 경비원 한 명이 말한다.

"불러요." 안찰의 아빠가 말한다. "그런다고 눈 하나 깜짝할 줄 알고?"

사이렌 소리에 다들 뒤를 돌아본다. 이번에는 웬일로 경찰이 신속하게 출동했다.

사람들 사이에 좁은 공간이 있어서, 나는 샛길을 뚜벅뚜벅 걸어오는 경찰관의 신발을 볼 수 있다. 신발이 경장이나 순경들 신발처럼 검은색이 아니라 갈색이다. 그렇다면 이 경찰관은 경사라는 뜻이다. 아파트 1층 발코니에서 어떤 남자가 휴대전화로 우리를 촬영하고 있다.

경사가 경비원들과 이야기를 나누더니 우리를 돌아보며 바룬이 일하는 펜트하우스의 주인에게 전화했다고 말한다. "지금 주인은 여기 없지만, 경찰이 모든 걸 확인하고 있다." 경사가 말한다. "그런데 여기 사시는 분들은 모두 VIP니까 소음을 최대한 줄이도록."

우리는 또 기다린다. 파리는 누군가로부터 펜트하우스란 꼭대기 층 아파트를 뜻한다는 사실을 알아낸다.

제 딸이 안전하게 도와주세요. 엄마가 내 옆에서 기도한다. 온종일 그랬듯이 같은 기도를 아홉 번 반복한다.

나는 고개를 들어 아파트를 올려다본다. 루누 누나가 꼭대기 층 발코니 창문을 열고 뛰어내리고, 누나의 머리가 땅에 닿기 전에 모두 달려나가 누나를 받아내는 상상을 한다.

경찰차가 한 대 더 도착한다. 순경들은 공원을 산책하듯 한가롭게 걸어 다닌다.

"그 바룬이란 사람은 어떻게 됐어요? 그 사람 부인은요?" 파리가 순경 한 명을 붙잡고 묻는다.

"유치장에 갇혀 있어." 순경이 대답한다. "다시는 하늘을 못 볼 거다."

"이 하늘을 보고 싶은 사람이 있을까?" 다른 순경이 웃으면서 말한다. "유독가스로 가득 차 있는데. 이런 공기를 마시며 사는 것보단 감옥에서 사는 게 낫지."

골든게이트 앞에 모여든 군중이 점점 더 불어난다. 이 사람들이 다 어디서 왔는지 모르겠다. 우리 동네에서 온 걸까, 아니면 다른 데서도 온 걸까?

경비들이 지프차만치 큰 은색 자동차를 들여보내지만, 차는 입구 안쪽으로 들어오자마자 멈춰 선다. 파리와 파이즈와 나는 무슨 일인지 보려고 차단막 쪽으로 간다. 엄마와 파리 엄마와 와지드 형도 우리를 따라온다.

흰색과 황금색의 살와르카미즈를 입고, 비단결 같은 검은 머리를 어깨까지 늘어뜨린 여자가 차에서 내린다. 연필만큼 긴 굽의 하이힐 샌들을 신고 있는데 왼손에는 검은 핸드백을, 오른손에는 휴대전화를 들고 있다. 여자가 경사에게 차 안에서 얘기하자고 하더니 다시 차에 탄다. 여자의 얼굴이 잘 보이지 않는다. 여자가 우리 쪽을 가리키며 휴대전화로 계속 통화를 한다.

날이 더 어두워진다. 여자와 대화를 끝내고 경사가 차에서 내린다. 여자의 지프 같은 차는 주차장으로 사라진다. 경비원이 경사에게 플라스틱 의자를 갖다주자, 경사는 마치 의자가 연단인 것처럼 그 위에 올라선다. 의자가 쓰러지지 않게 순경들이 의자의 팔걸이와 등받이를 잡고 있다.

"여사님은 당신들 슬럼가에서 벌어진 비극을 전해 듣고 깜짝 놀라고 안타까워하신다." 경사가 말한다. "여사님은 아주 귀한 분으로, 경찰청장님의 친구분이시다." 경사는 위로 구부러져 올라간 모양의 두꺼운 콧수염을 엄지와 검지로 어루만진다. 의자가 흔들거리자, 순경들이 더 꽉 잡는다. "저렇게 올곧은 시민은 실종 사건과는 아무런 관련이 없을 것이 분명하지만, 크나큰 친절을 베푸셔서 나를 본인 아파트로 데리고 가 집 안을 보여주시겠다고 약속하셨다. 아파트는 최근에 투자 목적으로 매입하신 것이고, 여러 곳에 집이 있어서 이곳엔 자주 오지 않는다고 하신다. 여사님의 실수라면 현재 경찰에 구금 중인 범죄자를 고용하셨다는 것이다. 그러나 그 범죄자의 가족이 여사님의 가족을 위해 3대에 걸쳐 일을 해왔다는 사실을 감안해주기 바란다. 두 사람이 같은 고향 출신이라는 거다. 여사님이 이 아파트 관리인을 찾고 있을 때, 누군가가 그 범죄자를 추천했다고 한다. 그를 고용한 것이 여사님의 유일한 실수였고, 그래서 여사님은 그것을 깊이 후회하고 계신다. 이제 이분이 넓은 아량을 베풀어 영장 없이도 나를 집 안으로 들이겠다고 하신다. 내가 가서 모든 것을 철저히 조사하겠다. 여러분의 협조를 바란다. 뭔가 찾아내면 즉시 알려주겠다."

연설이 너무 길어서 사람들이 안절부절못한다. 곳곳에서 시작된 수군거림이 점점 퍼지고 힘을 얻어 마침내 고함으로 바뀐다.

"안 돼요!" 누군가가 주먹을 들어 보이며 소리친다.

"우리 눈으로 직접 봐야겠습니다. 그 괴물이 내 딸을 저 집 안에다 묶어놨는지 어떤지." 아빠가 말한다. 아빠는 아파트 입구 경비실 근처에 서 있다.

안찰의 아빠와 다림질사와 주정뱅이 라루와 카비르 카디파 남매의 아빠가 그 말에 동의하며, 아빠만큼 큰 목소리로 자기들도 들여보내달라고 요구한다. 경사는 순경들의 도움을 받아 의자에서 내려온다. 경사가 휴대전화로 전화를 건다. 잠시 후 경사는 '여사님'이 관대하고 친절한

분이기는 하지만 5000만에서 1억 루피를 호가하는 자기 아파트에 사람들이 들어와서 집을 더럽히고 물건을 훔쳐 가는 것은 허용할 수 없다고 하시더라고 전한다. "우리가 알아서 잘할 테니까, 당신들은 여기서 기다리도록." 경사가 말한다.

"1억 루피면 0이 몇 개야?" 경사와 순경들이 아파트 입구로 들어가는 것을 보면서 파이즈가 파리에게 묻는다.

"여덟 개." 파리가 대답한다. 손가락으로 세어보지도 않는다.

내 손바닥의 까진 상처가 따끔거린다. 나는 모두에게서 떨어져 선 채 조용히 눈물을 흘린다. 너무 외롭다. 바하두르의 남동생과 여동생은 그래도 서로 의지할 수 있을 텐데.

"예상했던 대로 여사님의 집은 비어 있었다." 경사가 나와서 말한다.

"우리 루누는 어디 있어요?" 엄마가 외친다.

"우리 찬드니는요?" 찬드니의 엄마가 묻는다.

다른 사람들도 따라 외친다. "찬드니, 루누, 안찰, 옴비르, 바하두르, 카비르, 카디파, 우리 아이들 어디 있냐? 어디 있냐고."

"여기 없다니까." 경사가 말한다. "지금 당장 해산하라. 그렇지 않으면 강경 조치를 취하겠다."

"당신이 우리를 위해 한 일이 뭐야?" 옴비르의 아빠인 다림질사가 외친다. "아무것도 안 했잖아. 우리 아이들을 찾아보지도 않았잖아."

"경찰이 우리 말을 들어줬으면 이런 일은 없었을 거 아니야." 안찰의 아빠가 말한다.

"없었을 거 아니야." 주정뱅이 라루가 끝말을 따라 한다.

뭔가가 깨지는 소리가 들린다. 돌이 날아가 경찰 지프의 전조등을 깬 것이다. 누가 던졌을까? 나뭇가지 한 개가 날아가더니 경사가 쓰고 있는 카키색 경찰 모자를 맞혀서 떨어뜨린다. 사람들은 주변에 보이는 건 아무거나 집어 들고 경찰들과 경비원들을 향해, 그리고 아파트 발코니를 향해 던진다.

돌멩이 한 개가 한 경비원의 이마를 정통으로 맞히자, 활짝 열린 수도꼭지에서 물이 쏟아지듯 피가 터진다. 다른 경비원들이 입안에 공기를 한껏 불어 모은 뒤 목에 걸고 있던 호루라기를 들고 힘껏 분다. 사람들이 서로 밀치고 팔꿈치로 때리고 발로 차고 난리다. 파리와 나와 파이즈는 그 속에서 이리저리 떠밀린다. 엄마의 손이 내 손을 꽉 잡는다. 아빠는 어디 있는지 보이지 않는다.

사람들이 관목을 에워싸고 있던 철책을 발로 차 쓰러뜨리고, 나뭇가지를 꺾어 창처럼 휘두르며 경비원들에게 다가간다. 경찰이 경찰봉을 휘두른다. 우리는 경찰들을 밀치고 지나간다. 우리 인원이 아주 많은 까닭에 경찰이 막지 못한다. 우리는 차단막을 뛰어넘고, 경비실로 들어가 출입구를 연다. 엄마와 파리 엄마, 그리고 파리와 파이즈와 와지드 형과 내가 안으로 뛰어 들어간다. 이제부터 어떻게 해야 할지 모르겠다.

"루누가 여기 있을 거야, 틀림없어." 엄마가 말한다.

"이 고층 빌딩을 무너뜨려버리자." 누군가가 외친다.

사이렌 소리와 비명 소리, 경찰봉이 사람을 픽픽 때리는 소리, 박수 소리, 울부짖는 소리가 사방에서 들려온다. 사람들은 머플러나 멍키캡이나 마스크로 피 흘리는 이마와 팔다리를 눌러 지혈하고 있다. 아파트 안에서는 부자들이 휴대전화를 들고 발코니를 돌아다니며 동영상으로 우리 모습을 찍고 있다. 골든게이트 로비로 들어가는 유리문 안에 이 건물에서 일하는 우리 동네 아줌마들이 여럿 있다.

골든게이트 아파트 로비 천장에는 황금색 상들리에가 매달려 있고, 상들리에 양옆에선 황금색과 흰색으로 꾸며진 선풍기가 돌고 있다. 바닥은 흰색이고 거울처럼 반짝인다. 구석에 놓인 흰 화분에는 키 큰 화초가 자라고 있는데, 잎이 깨끗하고 상큼한 초록빛이다. 나는 어디에서도 이렇게 예쁜 초록색을 본 적이 없다. 외가나 친가가 있는 마을의 나무에 서도 본 적이 없다.

"기타, 라드하." 엄마가 이 건물에서 일하는 아줌마들의 이름을 부른다.

"미라." 찬드니의 엄마도 거든다.

골든게이트에서 일하는 우리 동네 아줌마들이 작은 얼룩 하나 없이 깨끗한 유리문을 밀어 열어준다. 그러고는 많은 이야기를 동시에 쏟아 낸다.

"지난 몇 달 동안 꼭대기 층 아파트에서 이상한 일이 벌어지고 있었 어."

"그 사모님이 아파트를 산 이후로 계속. 그러니까 6, 7개월 전부터."

"경비원 말로는 그 꼭대기 층 아파트에 밤늦게까지 물건이 자주 배 달된대. 심지어 자정이 지나서도."

"바룬 말로는 새 가구를 들여오는 거라고 하더라고. 집주인이 주방 에 선반이랑 조리대를 새로 들여놓는 거라고. 근데 그 말이 사실인지 아 닌지 확인을 할 수가 있어야지."

"경비원들은 그 사모님을 놓고 말이 많아. 밤마다 다른 남자를 데리 고 올라간다고 하더라고. 하지만 확실한 건 아니야. 얼굴을 볼 수가 있어 야 말이지. CCTV로도 잘 안 보이고. 사모님이 SUV를 타고 차단막을 지 나갈 때 보면 남자들은 뒷좌석에 앉아 있다데."

내 뒤에서 흐느끼는 소리가 들린다. 바하두르의 엄마다.

"우리 아이들이 집 안에 있는지 찾아봅시다." 어떤 아저씨가 말한다.

우리는 건물 안으로 달려 들어간다. 파리와 파이즈와 나는 어른들보 다 빠르다. 우린 엘리베이터에 탄다. 엄마 아빠와 와지드 형을 놓쳐버렸 지만, 우리 동네 사람들이 엘리베이터에 함께 탔기 때문에 걱정은 되지 않는다. 파이즈가 꼭대기 41층의 버튼을 누른다. 우린 로켓처럼 씽하고 위로 날아오른다. 어질어질한 느낌이 든다. 나는 반짝이는 엘리베이터 벽에 등을 기댄다. 사모사처럼 금속 냄새를 맡는다. 내 코가 누나의 흔적을 쫓으려고 애를 쓴다.

엘리베이터가 열리자, 바닥에는 대리석이 깔려 있고 반짝이는 검은색 문이 한 개 나 있는 정사각형의 공간이 나타난다. 우리는 문 옆에 있는 초인종을 누르고 발이 아플 때까지 사정없이 문을 걷어찬다. 아까 본 집주인 여자가 휴대전화를 귀에 댄 채로 문을 열어준다. 우리는 여자를 지나쳐 안으로 달려 들어간다. 여자는 우릴 막을 수 없다. 우리 동네 어른들도 뒤따라 들어와 여자를 구석으로 몰아 벽에 밀어붙인다.

한 아줌마가 주인 여자의 전화기를 홱 뺏더니 아저씨에게 준다. 아저씨가 씩 웃으면서 입고 있는 청바지 주머니에 그걸 집어넣는다. 전화벨이 계속 울리고 있다.

아파트의 한쪽 벽면은 천장에서 바닥까지 전부 유리로 되어 있다. 밖에 있는 모든 것들이 여기서는 작게 보인다. 쇼핑몰도, 도로도, 희고 빨간 불빛을 밝히며 지나가는 자동차도, 심지어 우리 동네도. 사실 우리 동네가 어디에 있는지 모르겠다. 사람들의 모습도 보이지 않는다. 다리를 건너가는 보라선 전철의 모습이, 장난감 기차가 장난감 다리를 건너는 것처럼 보인다.

파리가 내 손을 잡으며 말한다. "그렇게 멍하니 서 있지 말고, 정신 차려."

우리는 주위를 둘러본다. 모든 것이 완벽하게 정리되어 있다. 크림색 소파 위에는 쿠션들이 허리를 꼿꼿하게 세우고 앉아 있다. 천장 속에 설치된 조명등은 여러 개의 작은 태양처럼 빛난다. 너무 밝아서 똑바로 쳐다볼 수가 없다. 검은색 꽃병마다 상큼하고 향기로운 노란 장미꽃이 한 가득 꽂혀 있다. 벽에 붙박이로 설치된 나무 선반 위에는 새와 동물과 신들을 조각한 금속 조상들이 나란히 놓여 있다. 바닥에 깔린 카펫은 구름처럼 부드럽다.

"당신들 모두 감옥에 처넣을 거야." 주인 여자가 위협한다. 그제야 나는 내가 여기 있는 이유를 기억해낸다. 잊고 있었다. 이상한 건 다른 사람들도 나처럼 행동하고 있다는 거다. 다들 입을 헤 벌리고 있다. 우리 동네 집들 스무 채를 합친 것보다 더 큰 이 방에서 손과 발이 느리게 움직이는 것 같다. 이 부잣집 아파트가 우리에게 흑마술을 부리는 것 같다. 생각을 하지 못하게 막고 있다. 어쩌면 우리 동네 아이들도 이렇게 해서 잡아 갔는지 모른다.

"루누 누나?" 내가 누나를 부른다. 잠깐 있다가 더 크게 부른다. "루누 누나? 루누 누나?"

우리의 손자국과 지문과 발자국이 이곳의 증거를 다 망가뜨리겠지만, 어쩔 수 없지 않은가. 어떤 아저씨가 이미 집 안을 다 살펴봤다고 소리친다. "애들, 여기에 없어요." 아저씨는 자신을 흑마술로부터 보호해 줄 주문을 알고 있는 게 틀림없다.

주인 여자가 "경비, 경비! 거기 누구 없어요? 아무도 없냐고?"라고 소리친다. 그러고 나서 말한다. "나, 당신들 촌장하고 잘 아는 사인데, 오늘 밤에 돌아가면 집이 사라지고 없을 거야. 그 냄새 나는 슬럼가 전체를 확 밀어버릴 테니까."

"난 부엌을 확인할게." 파리가 말한다. 우리가 서 있는 데서 부엌이 바로 보인다. "파이즈, 넌 침실을 살펴보고. 자이, 넌 다른 방을 살펴봐." 우린 이 아파트에 방이 몇 개인지, 그 방들이 무슨 용도인지 상상조차 할 수 없다.

나는 좁은 복도를 달려가 다른 방으로 들어간다. 그곳도 침실이다.

다섯 명이 누워도 충분할 만큼 큰 침대가 놓여 있고, 문 네 개짜리 나무 벽장이 벽 하나를 다 차지하고 있다. 침대 아래부터 살펴본다. 침대 위에는 빳빳한 흰색 시트가 덮여 있다. 짙은 청록색의 베개에서는 새로 세탁한 직물의 냄새가 난다. 벽장문을 열어본다. 선반마다 사리와 살와르카미즈, 침대 시트, 그리고 남성용 셔츠와 바지가 깔끔하게 개켜져 있다.

나는 그 방에 붙어 있는 발코니로 나간다. 발코니에는 키 낮은 탁자를 가운데 두고 의자 두 개가 양옆으로 놓여 있고, 그 옆에 이름 모를 화초가 자라는 파란색 화분이 놓여 있다. 여기서는 바람 소리가 더 시끄럽고, 엄청나게 춥다. 귀가 시리고 아프기까지 한 데다 온몸이 떨린다. 나는 스모그 속을 가만히 바라본다. 그러고는 소리친다. 루누 누나, 루누 누나. 몇 번을 불러도 아무 대답이 없어서, 다시 안으로 들어간다.

침실 문 뒤에 화장실이 숨겨져 있다. 세면대 두 개와 욕조 하나, 샤워기도 한 개 있다. 타일이 깔린 바닥은 반짝거리고 말라 있다. 최근에 사용한 적이 없다는 뜻이다.

내가 침실에서 나가려고 돌아서는데, 우리 동네 아저씨 두 명이 쿵쿵대며 방 안으로 들어온다. "와, 저 선풍기 좀 봐봐. 벽걸이형 에어컨도 와, 진짜. 침대 시트는 뭐야, 실크인가? 이런 침대는 얼마쯤 할까? 10만 루피? 30만 루피?" 아저씨들이 서로에게 묻는다. 그러고는 둘 다 침대에 벌러덩 드러눕는다. "와, 진짜 편하네."

파리가 나와 파이즈를 부르는 소리가 들린다. 주인 여자한테 붙잡혔나? 나는 침실에서 뛰어나간다. 복도에 우리 동네 아저씨 아줌마들이 너무 많아서 복잡하다. 나는 부엌으로 뛰어 들어간다. 부엌은 모든 게 청회색 페인트로 칠해져 있다. 사람들이 수납장을 열어보고, 숟가락과 마살라 향신료와 심지어 각설탕과 소금 통까지 훔치고 있다. 어떤 아저씨는 전통주 한 병을 바지 허리춤으로 밀어 넣는 중이다.

파리는 싱크대 옆 바닥에 무릎을 꿇고 앉아 양동이 위로 고개를 숙이고 있다. 파이즈가 파리 옆에 서 있다.

"그게 뭔데?" 파이즈가 묻는다. "너 괜찮아?"

파리는 양동이 안에 든 것을 우리에게 보여준다. 솔, 비눗물이 든 플라스틱 병과 스폰지, 헝겊. 그 밑에는 짙은 갈색 유리병이 세 개 있는데, 병 표면에 읽기 힘든 상표가 붙어 있다. 그중 병 한 개를 한참을 들여다보고 나서야 '클로로포름'이라고 적혀 있다는 걸 알아차린다. 이것보다 작은 병 두 개에는 '미다졸람 주사액' 그리고 '메졸람 10밀리그램'이라고 적힌 상표가 붙어 있다. 이게 다 무슨 뜻인지 모르겠다.

"이게 왜 여기 있지?" 파리가 묻는다.

"이게 뭔데?" 파이즈가 묻는다.

"전에 교장 선생님이 말씀하셨잖아. 주사기랑 잠이 들게 만드는 약에 대해서. 기억 안 나?" 파리가 말한다. "너, 그날 학교 안 왔나 보다."

"파이즈도 있었어." 내가 말한다. "타리크 형이 체포되기 전이었거든."

"클로로포름은 마취제야. 사람을 잠들게 해." 파리가 말한다. "심지어 영원히 잠들게 할 수도 있어."

"병 만지지 마." 내가 말한다. "지문. 증거."

"그럼 저 주인 여자가 납치범이란 말이야? 바룬과 함께 애들을 납치했다고? 여기가 저 사람들 본부고?" 파이즈가 질문을 퍼붓는다.

"하지만 저 여자는 촌장과 경찰청장의 친구라고 했어. 그렇다면······ 그게 무슨 뜻일까? 그 사람들은 저 여자가 범인인 걸 알면서도 가만히 있었다는 거야?" 파리가 말한다.

"저 여자가 루누 누나를 어디다 숨겨뒀을까?" 내가 묻는다.

"우리가 찾아내자." 파리가 말한다. "이젠 저 주인 여자도 경찰한테 진실을 말할 수밖에 없을 거야."

"아저씨, 이거 동영상으로 좀 찍어주세요." 서랍에서 칼을 두 개 집어 들고 불빛에 비춰보는 중인 아저씨에게 파이즈가 말한다. 아저씨는 어떤 칼을 훔쳐 갈지 고민 중이었던 것 같다. "이 병 보이죠? 이게 마취제래요. 바룬이 이걸 써서 아이들을 유괴한 게 분명해요. 그런 다음, 여기 주인 여자한테 데려온 거죠."

아저씨는 칼을 내려놓고 파이즈가 요구한 대로 동영상을 찍는다. 순경들이 경찰봉을 높이 들고 헐떡거리면서 "나가, 지금 당장. 이 원숭이 새끼들아!" 하고 외치며 부엌으로 뛰어 들어온다.

"증거를 찾았어요. 경찰청장의 친한 친구라는 이 아파트 여주인이 범인이라는 증거가 있어요. 저 여자가 납치범이에요." 파리가 순경들에게 말한다.

"이미 동영상으로 다 찍어놨어요." 파이즈가 말한다. "벌써 다른 사람들 1,000명한테 보냈고요. 이젠 동영상이 사라지게 할 수 없을 거예요."

경찰들이 경찰봉을 내린다. 그리고 부엌에 있는 사람들에게 나가라고 명령한다. 동영상을 찍은 아저씨는 나가지 않고 남는다.

"이 상표들 좀 보세요." 파리가 경찰에게 말한다. "이 약들은 수면제예요. 저 여자는 왜 이런 것들을 집 안에 뒀을까요? 이건 불법이에요. 저여자를 체포해야 해요."

어디선가 들려오는 윙윙 소리 외에는, 부엌 안은 무척 조용하다. 윙윙 소리는 아마도 냉장고나 전등에서 나는 소리인 것 같다. 순경이 양동이를 만지려고 하자 파리가 막는다. 그리고 이렇게 말한다. "장갑부터 껴야죠."

"바룬이 이 병들을 여기다 숨긴 게 틀림없어. 여사님이 부엌 싱크대밑에 있는 양동이를 신경이나 쓰겠냐?" 순경이 말한다.

내 마음속에서 비명이 올라오고 있다. 금방이라도 터져 나올 것 같다. 나는 일어서서 조리대에 놓인, 오렌지를 가득 담은 검은 사발로 손을 뻗는다. 그 사발을 파리와 경찰관들이 이야기를 나누고 있는 쪽으로 민다. 그런 다음 그릇을 밀어 떨어뜨린다. 사발이 산산조각 난다. 오렌지들이 바닥을 또르르 굴러가 사람들의 발치에 멈춰 선다.

엄마 아빠와 파리의 엄마, 와지드 형이 부엌으로 들어온다.

"파리." 파리 엄마가 소리친다. "어디로 사라진 줄 알았잖아."

"루누 누난 여기 없어." 내가 엄마 아빠에게 말한다.

거실에서는 경사가 주인 여자에게 자기와 함께 경찰서로 가는 것이 가장 안전하다고 설명하는 중이다. "여기서는 여사님의 안전을 보장할 수가 없습니다." 경사가 말한다. 그러고 나서 우리에게는 당장 여기서 나가든가, 아니면 체포되는 걸 감수하라고 으름장을 놓는다. "애들이 여기 한 명도 없는 것 당신들 눈으로 똑똑히 봤잖아. 그 악당이 한 일에 대해서 여사님에게 책임을 물을 수는 없어. 하지만 조사를 위해 여사님을 모시고 가기는 할 거야."

아빠와 와지드 형이 두 팔을 벌려 우리를 군중 속에서 몰고 나온다. 우리는 엘리베이터를 타고 내려와, 유리 파편으로 가득한 건물 출입문을 지나, 출입구와 부서진 차단막을 통과해, 단지 밖으로 나간다. 도로 한편에 늘어선 경찰차 뒤에 텔레비전 방송 차량 몇 대가 주차해 있다. 불이 들어온 가로등 아래서 기자가 마이크를 들고 서 있다. 카메라맨이 그녀에게 조금만 왼쪽으로 가라고 지시한다.

"티브이에 나오려나 보다." 파리의 엄마가 놀란 목소리로 말한다. "그럼 경찰도 수사를 하겠네. 가만히 있을 수는 없게 생겼으니."

"너무 늦었어요." 나는 별 뜻 없이 말한다. 그런데 말하고 보니 사실이라는 것을 알겠다.

겨울 내내 스모그가 우리 동네 색깔을…

…홈쳐 가서 그런가, 이젠 모든 것이 잿빛으로 변했다. 여기자가 마이크를 들이대자 엄마 아빠의 얼굴도 잿빛이 되었다. 나는 샨티 아줌마의 집 문밖에서 아줌마 뒤에 몸을 반쯤 숨기고 지켜보고 있다.

우리가 골든게이트 아파트에서 수면제가 든 병을 발견한 후로 사흘이 지났다. 우리 동네는 유명해졌다. 아니, 나쁜 의미로 유명해졌다. 매시간 새로운 텔레비전 방송 차량이 유령시장에 나타난다. 루누 누나보다 한두 살 많을 것 같은 취재기자들이 카메라맨들과 함께 뛰어다니면서 인터뷰를 원하는 사람은 누구나 붙잡고 인터뷰를 한다.

지금 엄마 아빠를 인터뷰하는 기자는 실종된 청소년들의 부모들을 취재하는 중이다. 기자가 그렇게 말했다. 아빠는 경찰에게도 보여줬던 루누 누나의 사진을 두 손으로 들고 있다. 엄마는 사리의 여미지 않은 부분으로 입을 가린 채다.

"딸이 꼭 돌아오기를 바랍니다." 아빠가 누나 사진을 카메라 쪽으로 들이대면서 말한다. 평소에는 엄청나게 시끄럽던 목소리가 지금은 너무 작아져서 마이크를 켜도 들릴까 말까다.

기자가 머리카락을 뒤로 쓸어 넘긴다. 그리고 입 모양으로만 말한다. "목소리 좀 크게 해요."

"제발 우리 딸을 돌려주세요." 아빠가 말한다. 그러고는 엄마와 함께 아무 말 없이 카메라를 바라본다. 기자가 카메라맨을 향해 목을 자르는 시늉을 해 보인다.

샨티 아줌마가 기자를 부른다. "경찰이 그렇게 오랫동안 우리 민원을 무시한 이유가 뭔지 말해주던가요?" 아줌마가 묻는다. "실종된 아이를 단 한 명도 찾아 나서지 않은 이유가 뭐래요, 두 달이 넘도록?"

여자 카메라맨이 샨티 아줌마의 얼굴을 클로즈업한다.

"경찰은 그 아파트 주인이 부자라는 이유로 그냥 풀어준대요?" 아줌마가 묻는다. "그 여잔 우리 애들을 어디다 숨겼대요?"

"다 찍었어?" 기자가 카메라맨에게 묻는다. 카메라맨이 고개를 끄덕인다. 기자는 샨티 아줌마에게서 돌아서서 카메라를 보며 말한다. "이 황폐한 슬럼가의 주민들은 경찰이 업무를 태만하게 했다며 비난하고 있습니다. 한편 7000만 루피를 호가하는 골든게이트 펜트하우스의 주인인 야미니 메흐라* 씨의 역할에 대해 많은 의혹이 제기되고 있는데요, 메흐라 씨는 하인으로 일하는 바룬 쿠마르가 자신의 아파트에서 저지른 범죄행위를 전혀 알지 못했다고 주장했습니다. 한편 바룬 쿠마르의 범행 동기에 대해서는 온갖 추측이 난무하고 있습니다. 그는 정말로 인신매매 조직이나 장기 밀매 조직의 일원이었을까요? 납치된 아이들은 어떻게 된 걸까요? 피해자들로부터 기념품은 왜 모은 것일까요? 이런 의문에 대해 경찰은 연쇄살인범이 보이는 전형적인 행동이라고 분석했습니다."

---

* 힌디어로 '집 안 잡일을 하는 사람'이라는 의미가 있다.

엄마가 땅바닥에 풀썩 주저앉는다. 카메라맨이 쭈그리고 앉아, 엄마의 슬픔을 9시 뉴스에 내보내기 위해 그 모습을 찍는다. 샨티 아줌마가 달려가더니 아빠보다도 먼저 엄마를 부축해서 일으켜 세운다.

"사람들이 어쩜 그리 몰인정해?" 샨티 아줌마가 카메라맨을 향해 소리친다. "당신들은 우리가 머리를 쥐어뜯고 가슴을 치면서 엉엉 울기를 바라지? 그런 모습을 찍어서 뭘 얻는데? 승진? 아니면 다음번 디왈리 때 보너스라도 두둑하게 챙겨준대?"

카메라맨이 일어선다.

"딴 데 가보자." 기자가 카메라맨에게 말한다.

"그래, 가. 당신들은 그렇게 가버리면 그만이지." 아줌마가 말한다. "하지만 우린 오늘도, 내일도, 또 내일모레도 여기서 살아야 해. 당신들은 무슨 재미있는 이야기처럼 말들을 하는데, 이건 우리한텐 삶이 걸린 문제야. 무슨 뜻인지 알아?"

꽃

루누 누나의 친구들이 우리를 보러 온다. 친구들은 여기에 있는데 누나는 없다니, 잘못되어도 한참 잘못된 일이다. 엄마가 친구들에게 침대에 앉으라고 권하고, 우리는 바닥에 쪼그리고 앉는다. 누나 친구들은 무슨 말을 해야 할지 몰라 가만히 있는다. 우리도 누나 친구들에게 무슨 말을 해야 할지 몰라 아무 말 하지 않는다. 엄마의 알람시계가 어색하게 똑딱똑딱 소리를 내며 시간이 가는 것을 알린다. 지금이 아침인 것도 같고 밤인 것도 같고, 어제인 것도 같고 내일인 것도 같고, 지난주인 것도 같고 다음 주인 것도 같다.

아빠는 누나 친구들에게 바룬 쿠마르가 학교 주변을 배회하는 걸 본 적이 있느냐고 묻는다. 친구들은 없다고 대답한다. 나는 바룬을 자주 보았고 그와 말을 한 적도 있었지만, 그 사람이 납치범일 거라고는 상상도 하지 못했다.

누나의 육상부 코치님이 미탈리와 타라, 하리니, 잔비와 함께 우리 집을 방문한다.

"루누는 최고 중의 최고였습니다." 코치님은 누나가 이제 이 세상 사람이 아닌 것처럼 말한다. "이제까지 내가 가르친 아이들 중에서 가장 빠른 아이였죠."

"맞아요." 타라가 말한다. "우리 팀은 루누가 없어서 우승하기가 아주 힘들 것 같아요."

외할머니 외할아버지가 엄마의 휴대전화로 전화를 걸어온다. "거긴 위험한 동네라고 내가 몇 번을 말했니." 외할머니가 말한다. "애들을 우리 집으로 보내라고 했니, 안 했니?"

엄마는 그냥 전화를 끊는다.

파리와 파이즈가 와지드 형과 함께 우리 집에 온다. 와지드 형은 자기 엄마가 고용한 변호사가 타리크 형이 금방 석방될 거라고 말했다고 한다. "나중에는 일이 다 잘되더라고." 형이 말한다.

"넌 언제부터 다시 학교에 나올 거야?" 파리가 묻는다. "시험 끝나고 나서가 제일 좋겠지? 키르팔 선생님한테 말해놨어. 그때부터 너 나올 거라고."

"파리 엄마는 다른 동네로 이사 갈 계획이래." 파이즈가 말한다.

"뭐래, 얘가." 파리가 파이즈에게 말한다. "이사를 계획하는 건 너희 엄마잖아."

"어디로 가려고?" 내가 묻는다.

"엄마는 무슬림이 더 많은 곳으로 가야 한대." 파이즈가 흉터를 긁는다. "힌디사마지 당이 우릴 위협할 수 없는 곳으로."

※

　손님들이 다 가고 밖이 어두워졌을 때, 엄마는 로티와 알루를 저녁으로 내놓는다. 샨티 아줌마 남편이 만들어준 거다. 우리는 먹는 척하면서, 음식을 접시 한쪽에서 다른 한쪽으로 옮기고 있다. 나는 배가 고프지 않지만, 지난 며칠 밤 그랬던 것처럼 배가 아플까 봐 로티 한 조각을 억지로 씹는다.

　샨티 아줌마가 우리 집으로 뛰어 들어오더니 아빠에게 텔레비전 뉴스를 켜보라고 한다. 그러고는 끔찍한 상황에 대비하는 것처럼 한 팔로 엄마의 어깨를 감싸 안는다. 검은 재킷을 입고 이마에 머리카락 한 올 없이 앞머리를 다 뒤로 넘긴 여자 아나운서가 '빈민가 어린이 연쇄 납치 사건'의 경찰 수사에서 새롭게 밝혀진 사실이 있다고 말하고 있다.

　"바룬 쿠마르는 자신이 수면제를 넣은 사탕이나 초콜릿으로 꾀어 납치한 피해자들도 있고, 수면제 주사를 놓아 의식을 잃게 만든 다음 납치한 피해자들도 있다고 진술했습니다. 그의 진술을 뒷받침할 수면제 용기 여러 개가 바룬이 관리인으로 일했던 아파트에서 발견되어 경찰이 증거로 확보한 상태입니다. 가끔 해당 아파트에서 청소와 요리 일을 해주곤 했던 바룬의 아내가 남편의 범행을 도운 것으로 경찰은 추정하고 있습니다. 더 충격적인 사실이 있습니다. 경찰 소식통에 따르면, 바룬 쿠마르가 자신이 납치한 청소년들을 살해해 사체를 훼손하고 유기한 사실을 자백했다고 합니다. 훼손한 시신을 비닐봉지에 담아 자전거에 매어 싣고 다니면서 쓰레기장과 쇼핑몰 및 보라선 전철역 주변 배수로에 유기했다고 실토한 겁니다. 바룬의 범행은 자신이 거주하는 빈민가에 국한되지 않았습니다. 경찰은 그가 거리의 아이들도 납치한 것으로 보고 있습니다. 얼마나 많은 아이들이 실종되었는지는 아직 정확히 파악되지 않았습니다. 7명일지, 70명일지 현재로서는 파악이 어려운 상태라고 합니다. 경찰은 바룬이 기념품으로 모은 물건의 주인을 찾아내 피해자의 신원을 밝힐 수 있을 것으로 기대하고 있습니다."

한 경찰관의 얼굴이 화면을 가득 메운다. 아마도 경찰청 부청장쯤 되는 것 같다. 보이지 않는 손들이 그의 입 앞에 마이크를 대고 있다.

"우리 경찰은 살해된 청소년들의 유해를 수습하기 위해 수색 범위를 확대하고……." 그가 말한다.

믿기지가 않는다. 지금 저 사람들이 루누 누나와 바하두르에 대해서 이야기하고 있는 것 맞나?

아나운서가 돌아온다. "한편 지방경찰의 업무 태만에 관한 주민들의 민원이 빗발친 점을 고려하여, 사건은 CBI*로 이첩될 것으로 보입니다. CBI는 바룬 쿠마르가 아동 포르노나 장기의 매매를 전문으로 하는 인신 매매 조직의 일원이었을 가능성에 대해 조사할 것으로 보입니다."

엄마가 아빠 손에서 리모컨을 빼앗는다.

"한편 8000만 루피를 호가하는 고급 펜트하우스 아파트가 이 끔찍한 연쇄 살인 사건의 범행 장소로 추정되고 있는데요, 아파트의 소유주는 야미니 메흐라 씨로 파티장에서 저명한 정치인들 및 경찰청 고위 간부들과 함께 있는 모습이 종종 목격되곤 하는 사교계 여성으로 알려져 있습니다." 화면은 아파트 주인 여자가 경찰청장이나 부청장, 청장보補의 계급장을 단 경찰 간부들과 정치인들 옆에 서 있는 사진을 여러 장 보여준다. "이 사건에서 그녀가 어떤 역할을 했는지는 아직 밝혀지지 않

---

    *   Central Bureau of Investigation, 중앙수사국. 인도 최고의 수사기관.

았습니다."

"내 딸은 안 죽었어." 엄마가 말한다.

"물론이지. 루누는 안 죽었어." 샨티 아줌마가 말한다.

엄마가 텔레비전을 끄더니 리모컨을 벽에 던진다.

❧

다음 날 굴착기 여러 대가 쓰레기장에 나타난다. 이제 굴착기는 시신을 찾고 있다. 나는 왜 경찰이, 바룬이 납치한 아이들을 살해했다고 생각하는지 모르겠다. 바룬이 그렇게 말했다고 해도, 그건 거짓말이다. 그는 시신을 토막 내거나 먹어치우는 정령이 아니다. 만약 바룬이 정말로 정령이라면, 그는 감옥에 있지 않고 사라져버렸을 것이다.

아빠와 나는 굴착기가 하는 일을 지켜보고 있다. 아빠는 쓰레기장에서 비닐봉지를 여는 광경을 목격하면 엄마는 분명 심장마비를 일으킬 거라면서, 일하러 가라고 엄마를 설득했다. "우리 딸은 여기 없어." 아빠가 엄마에게 약속한다. 아빠가 30분마다 전화를 하거나 엄마가 전화를 한다. "아무것도 없어." 통화할 때마다 아빠가 말한다. "말했잖아, 루누는 여기 없다고."

굴착기가 땅을 파고 있는 쓰레기장 주위에 경찰이 통제선을 설치해놓았다. 경찰은 그 안으로 아무도 들여보내지 않는다. 넝마주이 아이들은 물론이고, 오줌이나 똥이 마려운 사람들조차도 들여보내지 않는다.

"쓰레기 속에 시체가 있다면 내 아이들이 벌써 찾았겠죠." 넝마주이 대장이 자기 말을 들어주는 사람은 아무나 붙잡고 말한다.

안찰의 아빠가 나타나 경찰을 비웃는다. "흥, 내 딸이 사내놈이랑 눈이 맞아 도망갔다고? 근데 어떻게 됐냐. 이제 만족하냐?"

"때리는 구루가 아저씨 딸을 데리고 오지 못했네요." 내가 안찰의 아빠에게 말한다. "그럴 거라고 믿는다면서요." 내 말에 아저씨가 더 화를 내도, 나는 신경 쓰지 않는다.

"내가 그 사기꾼 새끼 우리 동네에 다시는 발도 들여놓지 못하게 할 거야." 안찰의 아빠가 말한다. "그 새끼나 촌장 말을 믿지 말았어야 했는데."

아빠는 처음 보는 경찰관에게 우리가 뉴스에서 본 내용이 사실인지 묻는다. "바룬이 애들을 배수로에 버렸다고 하던데, 그러면 악취가 심해서 사람들이 알아차리지 않았을까요?"

그 경찰관은 꼭대기 층에 4D 극장이 있는 쇼핑몰 뒤편 배수관에서 시신이 든 봉지 하나를 벌써 찾았는데, 조사가 진행 중이라 누구의 유해인지 아직은 밝힐 수 없다고 말한다. 바룬 쿠마르가 말한 바로 그 장소에서 봉지가 발견됐기 때문에 그의 진술이 사실이라고 판단한다고도 덧붙인다.

"그리고 배수관 악취?" 경관이 말한다. "이 동네 배수관은 죄다 끔찍한 악취를 풍기잖아. 누가 배수관 청소하는 거 한 번이라도 본 적 있어? 소나기 한 번만 내려도 배수관이 넘쳐서 도로에 물난리가 나는데."

"바룬 같은 인간이 왜 범행을 자백했을까요?" 아빠가 묻는다.

"수사관들이 진실의 약을 쓴 게 틀림없어." 경찰이 말한다. "주사로 한 대 맞으면 몇 시간이나 거짓말을 할 수 없는 약이 있거든. 두 대를 맞으면 아마, 자기가 납치한 아이들이 어디에 묻혀 있는지 죄다 말할 때까지 입을 다물 수 없을 거야."

그 주사에 관한 얘기는 뉴스에서였나 〈범죄의 도시〉에서였나 본 것 같은데, 진짜인 줄은 몰랐다.

"그 메흐라라는 여자가 밤늦게 낯선 남자들을 아파트로 데리고 들어갔다던데, 사실이에요?" 안찰의 아빠가 묻는다. "그 아파트 건물에 80가구가 산다는데, 이상한 장면을 봤다거나 이상한 소리를 들었다는 사람이 정말로 한 명도 없어요?"

"경찰이 주민 모두를 조사해서 그 사람들이 뭘 봤고 뭘 보지 않았는지를 알아내려면 시간이 필요해." 경관이 말한다. "주민들뿐만 아니라 가정부, 정원사, 청소부, 경비원들까지 다 조사해야 하잖아. 우린 최선을 다하고 있어, 정말로. 그 여사님과 바룬이 누구와 통화했는지 알아내려고 통화 기록까지 전부 뒤지고 있다고."

"근데 티브이에서는 메흐라의 남자친구라는 사람들이 실은 아이들의 신장을 적출하기 위해 데려간 외과 의사들이었다고 하던데, 그건 사실이 아니죠? 그렇죠?" 안찰의 아빠가 묻는다.

"글쎄." 경찰이 말한다. "부자들은 뭐든지 돈으로 살 수 있다고 생각하니까. 심지어 사람 장기까지도 말이야."

"문제는 당신 같은 경찰들이 가정부나 목수나 배관공을 보면 무턱대고 의심부터 하면서, 부잣집 사모님이나 사장님을 보면 머리부터 조아리고 냉큼 길을 비켜드린다는 거죠." 안찰의 아빠가 말한다.

경관이 소리 내어 웃지만 씁쓸해 보이는 웃음이다.

"경찰견을 데리고 다니면 실종된 아이들을 더 빨리 찾을 수 있어요." 내가 경찰관에게 말한다.

경관은 우리와 이야기하는 것에 넌덜머리가 난다는 듯 고개를 절레절레하더니 걸어가기 시작한다. 그러다 이내 걸음을 멈춘다. "저 위에서는 이 사건의 진상을 완전히 규명했다고 생각하고 있어." 그가 말한다. "체포된 피의자들을 기소할 증거가 충분하다고 판단하고 있지. 그런데 뭐하러 경찰견까지? 게다가 이렇게 악취가 진동하는 쓰레기장에서 개가 냄새나 제대로 맡을 수 있겠냐?"

쓰레기 더미 속에서는 교복 조각과 찢어진 아동화를 제외하고는 주목할 만한 것이 하나도 발견되지 않는다. 경찰은 발견한 것들이 실종된 아이들의 것인지 조사하기 위해 그것들을 증거물 봉투에 넣어 봉인한다. 나는 예전에 사모사가 나를 여기로 데려온 게 혹시 쓰레기 속에 무엇이 묻혀 있는지 사모사는 알았기 때문이 아닐까 하고 생각해본다. 어쩌면 경찰견이 할 수 없는 일을 사모사가 할 수 있을지도 모른다.

저녁이 되어 굴착기가 조용해지자, 아빠는 나를 집으로 데려가서는 샨티 아줌마에게 나를 잘 봐달라고 부탁한다. 그리고 금방 돌아오겠다고 말한다.

샨티 아줌마가 내 옆에 앉는다. 내가 어디로 가지 못하게 감시하려는 것 같다.

내가 갈 데가 어디 있다고. 나는 탐정이 아니다. 내가 탐정이었다면, 누가 루누 누나를 납치하도록 내버려두지 않았을 거다.

"네 누나, 잘 있어. 난 알아. 느낄 수 있어." 아줌마가 내게 말한다.

나는 아무것도 모르겠다. 아무것도 느끼지 못한다. 가끔은, 지금 같은 때는, 내 안의 모든 것이 마비가 된다. 심지어 두뇌조차도.

※

엄마가 일찍 집에 온다. 샨티 아줌마는 아빠가 어디 간다는 말도 없이 나갔다고 엄마에게 말한다. "통화했어." 엄마가 말한다. 엄마는 유령 시장에서 신선한 채소와 달걀을 사 왔다. 루누 누나는 육상 훈련을 시작할 때 엄마에게 달걀을 먹고 싶다고 말했지만, 엄마는 우리 집이 암바니 스가※* 같은 억만장자냐고, 어떻게 먹고 싶은 걸 다 먹고 사느냐고 말했었다. 그래놓고 누나가 없는 지금 달걀을 사 오다니. 나는 너무 화가 나지만 아무 말도 하지 않는다.

엄마가 보지 못하게 해서 텔레비전을 켜지 못하니, 집 안의 고요가 너무나 시끄럽게 느껴진다. 나는 교과서 페이지를 넘기면서, 파리와 파이즈가 오늘은 왜 나를 보러 오지 않았을까 궁금해한다. 파리 엄마는 딸에게 동네를 돌아다닐 땐 반드시 어른과 함께 다녀야 한다고 말했다. 파리가 오늘은 같이 다닐 어른을 찾지 못한 건지도 모른다. 파이즈는 아직 일하고 있을 것이다. 엄마의 칼이 탁탁 소리를 낸다. 기름이 지글지글 끓고, 커민 씨앗이 타닥타닥 소리를 내며 튀고, 양파가 갈색으로 변한다. 루누 누나가 요리할 때 나던 냄새가 집 안에 퍼진다.

나는 책 읽기를 포기하고, 침대에 배를 깔고 엎드린다. 주정뱅이 라루의 냄새가 나서 고개를 들어보니 아빠가 서 있다. 아빠가 비틀거리며 침대로 다가와 털썩 주저앉는다. 내 손을 깔고 앉을 뻔하지만 내가 잽싸게 손을 뺀다. 아빠는 자기도 눕게 나보고 옆으로 좀 비키라고 한다.

"이것 봐. 루누가 좋아하는 거 다 만들었어." 엄마가 말한다. 엄마는 아빠가 취했다는 사실을 알아차리지 못했나 보다. "스크램블드에그, 가지 토마토 카레, 그리고 로티."

엄마는 일어서서 문간에 선다. 언제라도 누나가 골목으로 뛰어 들어오기를 기다리는 것 같다. 나도 엄마와 함께 기다린다.

아빠는 잠이 든다. 음식이 식는다.

*   인도의 최고 부호 가문.

오늘은 루누 누나가…

…실종된 지 정확히 한 달이 되는 날이다. 누나의 옷은 발 받침대 위에서 아직도 누나를 기다리고 있다. 밤에 잘 때는 누나의 베개를 누나 자리에 놓고 자고, 우리 매트에서 누나 쪽으로는 굴러가지 않는다. 하지만 우리 집 밖에서는 세상이 변하고 있다. 파티마 아줌마와 다른 무슬림들은 강 건너 무슬림만 사는 동네로 이사했다. 어떤 힌두인들은 그곳을 '작은 파키스탄'이라고 부른다.

파이즈네 가족도 곧 그곳으로 이사를 간다. 오늘이 우리 동네에서의 마지막 날이다. 지금 파리와 나는 와지드 형과 파이즈가 짐을 싸는 걸 돕고 있다. 우리는 수업이 끝나자마자 바로 파이즈네 집으로 왔다. 파이즈의 엄마와 누나는 벌써 짐을 대부분 가지고 '작은 파키스탄'에 가 있다. 타리크 형은 이사를 도울 수가 없는데, 아직도 감옥에 있기 때문이다. 곧, 어쩌면 이번 주에 석방될 예정이지만 확실하지는 않다. 경찰이 무슨 일 하나를 하려면 100만 년은 걸리니까.

짐 싸기를 끝내자, 파이즈의 집이 전보다 커 보인다. 모든 물건과 사람들이 떠나고 없기 때문이다. 거미들이 버린 거미줄과 찬장 뒤에 켜켜이 쌓인 먼지가 눈에 띈다. 파리와 나는 비닐봉지에 싼 마지막 짐을 들고 나간다. 우리는 와지드 형이 부른 릭샤를 기다린다.

이웃집 아줌마 아저씨들과 아이들이 파이즈와 와지드 형이 떠나는 것을 보기 위해 골목으로 나온다. 나는 스웨터를 벗어 허리에 동여맨다. 루누 누나가 오늘 돌아온다면, 스모그가 거의 사라진 것을 보고 깜짝 놀랄 것이다. 날이 훨씬 더 따뜻해졌다. 2월치고는 너무 따뜻하다.

가끔은 누나가 없다는 사실을 잊는다. 경찰은 실종된 청소년 전원이 사망한 것으로 추정된다고 말하지만, 엄마는 누나가 '내일은' 돌아올 거라고 말한다. 며칠째 계속 그렇게 말하고 있다. 나는 엄마 말을 믿지 않는다.

"너한테 빌린 돈 안 갚았는데." 파리가 파이즈에게 말한다. 마치 다시는 파이즈를 보지 못할 것처럼.

"나중에 의사가 되면, 공짜로 치료해줘." 파이즈가 말한다. 얼굴과 두 손과 심지어 하얀 흉터마저도 고속도로에서 장미꽃을 판 뒤로 까맣게 변했다. "큰 차를 타고 가다가 교차로에서 날 보면, 속도를 줄이고 내 꽃을 전부 사줘. 나도 장사 빨리 끝내고 하루 잘 쉬어보게."

"설마 평생 장미꽃 장수로 살려는 건 아니지?" 파리가 묻는다. "이사 가면 근처 학교에 꼭 다녀."

내 가슴속에서 나비 100마리가 날개를 파닥이는 것 같은 느낌이 든다. 인생이란 무엇인가? 누군가가 어릴 때 죽는다면, 그 사람은 완전한 인생을 살다 간 걸까, 아니면 절반만 살다 간 걸까, 그것도 아니면 살았다고도 할 수 없는 걸까?

"야, 왜 이래?" 파이즈가 콧물을 흘리며 파리를 안으려고 하자, 파리가 밀어내며 말한다.

나는 파이즈를 끌어안는다. 잠시 후 파이즈는 골목 안을 돌아다니며 이웃들과 작별 인사를 한다.

"파이즈가 너희 둘과 헤어지게 돼서 너무 슬퍼한다." 와지드 형이 말한다. "하지만 여긴 우리에게 안전하지 않아. 어제도 공중화장실에서 누가 그러더라, 우리 무슬림이 카비르랑 카디파를 납치하고 물소 도사님을 죽였다고. 모든 비난을 힌디사마지 당에 돌리려고 그랬다고 말이야. 그런 소릴 매일 듣고 사는 건 정말 힘든 일이야. 그 사람들이 왜 아직도 우릴 비난하는지는 알라신만 아시겠지."

"그 사람들, 미쳐서 그래요." 파리가 말한다.

"그리고 타리크 형도, 일단 감옥에 있다 나오면 그게 영원히 지워지지 않는 오점이 될 거야. 같은 무슬림들 속에서 일자리를 찾는 게 훨씬 빠르겠지."

파리가 고개를 끄덕인다.

"너희 가족도 곧 떠날 거라며?" 와지드 형이 파리에게 묻는다. "넌 새 학교에 가서도 스타가 될 거야. 거기선 모든 학생이 컴퓨터 사용법을 배운다고 들었는데."

파리가 내 눈치를 살핀다. 내가 이런 이야기를 듣고 싶어 하지 않는다는 걸 잘 알고 있기 때문이다. "이번 학년 마치고 갈 거예요." 파리가 말한다. "아예 안 갈 수도 있고요."

릭샤가 도착한다. 와지드 형이 마지막 짐들을 릭샤에 싣는다. 릭샤꾼의 발은 깊게 갈라져 있고, 잿빛으로 피부가 죽은 부분이 군데군데 눈에 띈다. 목덜미는 땀으로 번들거린다.

파이즈가 우리에게 다시 달려온다. "조만간 학교에 한번 갈게." 파이즈가 말한다. "점심시간에. 점심 좀 얻어먹게."

"출석부에서 네 이름 지울 텐데." 파리가 말한다.

"바하두르도 아직 안 지웠어. 실종된 지 3개월이 됐는데도." 파이즈가 말한다. "1, 2년 지나야 내 차례가 될 거야."

"타리크 오빠가 석방되면 알려줘요." 파리가 와지드 형에게 말한다. "우리 엄마한테 전화해줘요. 엄마 전화번호는 파이즈가 알아요."

"인샬라*, 곧 그런 일이 일어나기를." 와지드 형이 말한다.

"타리크 형은 경찰에서 풀려나면 휴대폰은 쳐다도 안 볼 거야." 파이즈가 파리와 내게 말한다. "휴대폰과 관련된 일은 다시는 안 하려고 할 걸. 그러면 형 전화기는 내 게 될 테니까, 너희 엄마한테 전화할게." 파이즈의 눈이 내 얼굴에서 파리의 얼굴로 옮겨 간다. "너희 엄마한테도."

"불쌍한 타리크 오빠." 파리가 말한다. "타리크 오빠가 말했던 대로 경찰이 안찰의 휴대폰을 추적했더라면 그 바룬이라는 괴물이 잡혔을 거고, 그러면⋯⋯."

파리가 기침을 한다. 그 문장을 끝맺지 않는 편이 좋겠다는 사실을 깨달은 것이다.

"정령들의 신전에 사는 착한 정령들이 타리크 형을 지켜주고 있어." 와지드 형이 말한다. "자, 엄마한테 거기서 기도하라고 말씀드려."

"거기, 밖에서 보는 것처럼 그렇게 무섭지 않아." 파이즈가 부적을 꽉 쥐면서 말한다.

파이즈와 와지드 형이 릭샤에 올라탄다. "그 신전에 갈 거지?" 파이즈가 승객석에서 고개를 내밀고 나를 보며 묻는다.

나는 손을 흔들어 작별 인사를 한다.

릭샤꾼이 페달을 밟지만, 릭샤가 무거워서 출발하기까지 시간이 걸린다. 파리와 나, 그리고 골목 사람들은 릭샤가 힘겹게 굴러가는 것을 지켜본다.

---

* '신의 뜻이라면'이라는 의미로 이슬람교도들이 쓰는 관용구.

힌두인 가족이 파이즈의 집을 사서 이사 올 거라고 누군가가 말한다. 아이가 네 명이고 엄마, 아빠, 친할머니로 구성된 가족이라고 한다. 나는 그 아이들 중 누구와도 친구가 될 것 같지 않다. 그 아이들은 퍼플로터스 크림 비누가 뭔지도 모를 거다.

ぶ

나는 쓰레기장에 갈 거라고 파리에게 말한다. "엄마는 두 시간 뒤에나 집에 올 거거든."

"같이 가자." 파리가 말한다. 파리의 엄마도 지금 집에 없다.

우린 이제 어두워지면 밖에 나가지 않는다. 부모님께 걱정을 끼치고 싶지 않다. 부모님들은 우리를 쫓아다니는 일을 더는 하지 않는다. 바룬과 그의 아내와 주인 여자가 체포된 이후 납치 사건이 더 이상 일어나지 않기 때문인 것 같다.

"그 주인 여자가 결백하다고 생각해?" 벌써 여러 번 했던 이야기지만, 내가 파리에게 또 묻는다. "변호사가 보석을 신청했대."

"보석 허가 못 받을 거야." 파리가 말한다. "굉장히 큰 사건이고, 〈경찰 순찰대〉에도 나올 거거든."

나는 다시는 〈경찰 순찰대〉를 보지 않을 것이다. 거기서 납치되거나 살해된 사람들 이야기가 나오면, 누군가가 내 목을 조르는 것 같은 느낌이 들 것 같다. 살인 사건이 이제 내게는 이야기가 아니다. 미스터리가 아니다.

"골든게이트에서 일한 동네 아줌마들이 이제야 말하는데, 정치인들과 경찰 간부들이 밤에 그 주인 여자의 아파트를 수시로 드나들었대." 내가 말한다. "높은 사람들이 그 여자를 빼내줄 거야."

그 사건과 관련해 이해가 안 되는 일이 많다. 그래서 파리에게 자꾸 물어보는 거다. 보면 안 되지만 엄마가 퇴근하기 전에 몰래 보는 텔레비전 뉴스 속 취재기자들도 헷갈리는 것 같다. 기자들이 날마다 다른 이야기를 한다. 주인 여자의 아파트 가격도 날마다 변한다. 하루는 4000만 루피였다가 그다음 날엔 1억 2000만 루피였고, 이젠 "이 충격적인 사건으로 인해 골든게이트 아파트 가격이 폭락한 오늘은 거의 1000만에서 2000만 루피대로" 떨어졌다.

그 기자들에 따르면, 주인 여자와 관리인 바룬은 인신매매 및 신장 매매, 아동 포르노 제작과 유통을 주로 해온 조직의 일원이었다. 기자들은 바룬이 아동들을 학대하고 살해한 사이코패스라고 말한다. 바룬과 그의 아내가 인신매매를 위해 납치한 어린이들을 학대하고 살해했다는 것이다. 그러나 주인 여자는 죄가 없다고, 기자들은 입을 모아 말한다. 주인 여자는 정치인들의 보호를 받는 인사이며 단지 뒤에서 조종했을 뿐이라고 말한다.

뉴스 헤드라인은 끔찍하다. 자려고 누워서 눈을 감으면 그 문구들이 눈꺼풀 밑에서 네온사인처럼 반짝인다.

단독 취재! 공포의 펜트하우스, 그 내부를 공개한다!

빈민가 연쇄살인범, 잔혹 범행을 자백하다!

고급 펜트하우스 주인 무죄 주장

황금빛 외관 뒤에 숨은 진실, 장기 밀매 조직의 충격적인 범행

골든게이트에서 무슨 일이 있었나? 사건 진상 최초 공개!

골든게이트 식인종의 자백!

"그 아파트에서 무슨 일이 있었는지는 영원히 알 수 없을 거야. 경찰

이 너무 무능하니까." 파리가 내게 말한다. "바룬 쿠마르가 잡힌 건 너무 어리석었기 때문이야. 이유는 그것밖에 없어. 바룬이 카비르와 카디파를 납치하지 않았다면 동네 사람들은 계속 무슬림을 비난하고 있었을 걸? 폭동도 일어났을 테고."

"걔네들이 무슬림인 걸 몰랐겠지." 내가 말한다. "파이즈도 힌두인처럼 보이잖아, 안 그래?"

"그럼 그 바보는 도대체 왜 이사를 갔대?" 파리가 말한다.

우리는 쓰레기장에 도착한다. 굴착기는 오래전에 가고 없다. 한 아줌마가 양동이에 가득 든 채소 껍질과 생선 뼈를 쓰레기장에 쏟는다. 어디서 남자 목소리가 들린다. 안찰의 아빠다. 경찰이 안찰의 가방 조각과 안찰이 사라지던 날 입었던 옷을―파리의 메모에는 '노란색 쿠르타'라고 적혀 있었다―쓰레기장에서 찾아낸 후로, 안찰의 아빠는 계속 그곳을 지키고 있다.

"지금 내 딸 무덤에 쓰레기를 버리는 거요?" 안찰의 아빠가 아줌마에게 묻는다.

"그럼 어쩌란 말이에요?" 여자가 묻는다. "이걸 집 안에 계속 둬요, 그럼?" 여자가 빈 양동이를 흔들어 보인다.

"CBI가 당신 체포할 거야." 안찰의 아빠가 말한다. "증거를 훼손한다고."

"딸을 잃은 심정이 어떤지는 알겠지만, 그렇게 소리소리 지른다고 딸이 살아서 돌아오는 것도 아니잖아요."

파리와 나는 병 대장이 넝마주이 아이들과 이야기하는 것을 본다. 우리는 그들에게로 걸어가 어떻게 지내느냐고 묻는다. 바룬이 체포된 날, 바룬이 파란색 상자를 쓰레기 더미 속에 숨기는 걸 봤다고 우리에게 말해준 헬리콥터 소녀는 오늘은 금발에 옷은 하나도 걸치지 않은, 나무 막대기처럼 마른 분홍색 인형을 들고 있다.

넝마주이 대장이 내 어깨를 꽉 잡는다. 그의 팔뚝 문신 속의 앵무새가 나를 쩨려본다. "뉴스를 보다가 가끔은 차마 볼 수가 없어서 꺼버리기도 한단다. 그 짐승 새끼들이 우리 아이들에게 얼마나 끔찍한 짓을 저질렀는지 듣고 있으면 너무 충격적이라서."

"우리 이만 집에 갈게요." 파리가 넝마주이 대장의 말을 자른다.

"그래. 가봐야지, 그럼." 넝마주이 대장이 말한다. 헬리콥터 소녀가 인형을 내게 내민다. 내가 불쌍한가 보다.

"얘는 인형 안 갖고 놀아." 파리가 말한다.

"지금 벌어지고 있는 일을 이해하기 힘들 거야." 넝마주이 대장이 내게 말한다. "하지만 네가 누나를 떠올릴 때마다, 누나가 그 아파트에서 겪었을 끔찍한 고통과 공포를 떠올리지 않기 바란다. 누나의 제일 좋은 모습, 누나가 좋아하는 일을 하던 모습을 기억해. 비록 그게 티브이로 좋아하는 프로그램을 보는 것이었다고 해도 말이야."

"루누 누나는 티브이를 많이 안 봤어요." 내가 말한다.

"오늘이든 내일이든, 인간은 누구나 가까운 사람을 잃게 될 거다. 자기가 사랑하는 사람을." 넝마주이 대장이 말한다. "자기 삶을 통제할 수 있다고 생각하면서 늙어갈 수 있는 사람들은 운이 좋은 사람들이고. 하지만 그들조차도 어느 순간에는 깨닫게 될 거다. 모든 것이 불확실하고, 언젠가는 영원히 사라지게 된다는 걸. 우린 이 세상에서 한 점의 먼지에 불과해. 햇빛을 받으면 한순간 반짝이다가 곧 완전히 사라져버리는 먼지. 그런 사실을 받아들이는 방법을 배우도록 해라."

"그럴게요." 나는 병 대장의 말이 무슨 뜻인지 전혀 이해를 못 하면서도 대답은 한다.

나는 파리를 집까지 데려다준다. 파리네 동네 아줌마들이 파리에게 새 학교는 어떠냐고 묻는다. 파리는 강 건너 할머니 할아버지 집 근처에 있는 사립학교로 전학을 갔다. 전액 장학금을 받아서 수업료를 한 푼도 낼 필요가 없다. 사립학교 사람들은 우리 동네의 비극을 다룬 뉴스를 보고 파리의 사정을 안타까워했다. 파리는 엄마 아빠가 학교 근처에 직장을 잡은 다음 이사할 예정이라고 아줌마들에게 말한다.

파리의 이웃집 물통에는 '우리 아이들을 당장 풀어줘라'라고 적힌 전단지가 붙어 있다. 찬드니가 실종된 후 힌디사마지 당이 배포한 전단이다. 누군가가 바하두르의 사진에 콧수염을 그려놓았다. 경찰은 쇼핑몰 근처 배수관에서 바하두르의 신발을 건져 올렸다. 바하두르의 유골도 수습했다. 하지만 100퍼센트 확신하기 위해서는 DNA 검사를 거쳐야 한다고, 그들은 바하두르의 엄마에게 말했다. 경찰은 루누 누나와 관련해서는 머리띠밖에 찾아내지 못했다.

"더 놀다 가." 내가 간다고 말하자 파리가 붙잡는다. "엄마가 저녁으로 마기 국수 끓여줄 거야."

"저녁때까지 집에 가 있지 않으면 엄마가 싫어할 거야."

나는 고개를 숙이고 어딘가를 향해 빨리 걷는다. 집은 아니다. 아직 집에 가고 싶지는 않다. 하지만 내가 아무리 빨리 걸어도, 아줌마 아저씨들은 나를 붙들고 엄마 아빠에게 물어보지 못한 질문을 던진다. 아무래도 루누 누나처럼 뛰어다녀야 할까 보다. 그러면 이 사람들이 나를 잡을 수 없을 테니까.

"누나 소식은 들었니?" 한 아저씨가 내 길을 막고 묻는다.

"납치된 누나 말이야." 아저씨 옆에 선 아줌마가 내가 못 알아들었을까 봐 덧붙인다.

"경찰한테 연락 왔어? 찾았다고?" 목에 때가 꼬질꼬질하게 낀 여자아이가 묻는다.

"실종된 애들이 몇 명인지 경찰도 모른대." 아줌마가 아저씨에게 말한다. "일곱 명인지, 아니면 스무 명, 서른 명, 100명인지. 어쩌면 1,000명일 수도 있대."

"우리 동네에 애들이 그렇게 많다고?" 아저씨가 말한다.

"떠돌이 아이들하고 넝마주이 아이들도 유괴했다잖아."

"경찰이 DNA 검사를 하고 있어요." 내가 말한다.

"얼마나 오래 걸린대?" 때 많은 여자아이가 묻는다.

"몇 달." 내가 말한다. 사실은 나도 모른다. CBI가 오면 속도를 낼 것이다. 아니, 안 낼지도 모른다. 파리의 말이 맞는다고 생각한다. 골든게이트의 괴물들이 루누 누나에게 무슨 짓을 했는지 절대로 알아내지 못할 것이다.

어디선가 수다쟁이 아줌마 아저씨들이 더 쏟아져 나와 온갖 질문으로 내 발목을 잡으려 한다. 나는 사람들 속에서 겨우 빠져나와 바하두르의 집으로 달려간다. 우리처럼 슬픈 일을 겪고 있는 다른 가족들은 어떻게 지내는지 궁금하다. 정령이 몸에 들러붙어 있는 것을 막기 위해 어떤 특별한 행동을 하는지 알고 싶다.

샨티 아줌마는 자꾸, 이제는 내가 의젓한 남자가 되어 엄마 아빠를 보살펴야 한다고 말한다. 엄마가 걱정이다. 매일 밤 저녁을 먹을 때마다 엄마는 내 얼굴을 뚫어지게 본다. 내 안에서 루누 누나의 모습을 찾으려는 것 같다. 그러다 실망해서 고개를 돌리고 두 뺨으로 눈물을 흘려보낸다. 엄마가 너무 마르고 약해져서 어느 날 갑자기 쓰러져서 죽을까 봐 걱정이다. 그러면 아빠와 나만 남게 되는데, 아빠는 요즘 말을 거의 하지 않는다. 술 냄새를 풍기며 집에 돌아와 비틀거리며 침대로 가 쓰러진다. 제2의 주정뱅이 라루가 되어가고 있다.

바하두르의 집은 문이 잠겨 있지만, 그 앞에서 텔레비전 방송국 기자들이 쿼터를 인터뷰하고 있다. 쿼터는 늘 입던 검은 옷을 벗어 던지고 샛노란 셔츠에 카키색 바지를 입고 있다.

"이 지역 경찰이 도움을 거절했을 때, 이 사람들을 돕겠다고 나선 건 우리 당밖에 없었어요." 쿼터가 말한다. "우리가 이 지역사회를 책임지는 핵심 일꾼들이죠."

바룬의 정체를 촌장과 쿼터가 알고 있었는지 궁금하다. 주인 여자가 우리 동네에서 사라진 아이들 한 명당 얼마씩 배당금을 촌장에게 주었는지도 궁금하다. 샨티 아줌마 남편이 화장실 줄에서 앞에 서 있던 남자와 그런 이야기를 나누는 걸 들었다.

쿼터에게 돌을 던질까 하다가, 그를 화나게 하고 싶지 않아서 포기한다. 나를 납치하면 어떡하나? 그러면 엄마 아빠는 어떻게 될까? 돌을 던지는 대신 유령시장 쪽으로 걸음을 옮긴다. 사모사가 잘 있나 보고 나서 집으로 갈 생각이다.

❦

우리 집은 나쁜 꿈으로 가득 차 있다. 엄마는 나쁜 꿈을 꾸고 있고, 나도 나쁜 꿈을 꾸고 있다. 내 꿈에서 루누 누나는, 골든게이트 아파트의 발코니에서 커다란 날개를 활짝 펴고 날아오른다. 누나는 고대 신화에 나오는 거대한 새 자타유의 모습이지만, 상처 입고 피를 흘리고 있다. 엄마는 어떤 꿈을 꾸는지 내게 말해주지 않는다. 그러나 비명을 지르며 깨어나는 걸 보면 무서운 꿈인 것만은 확실하다.

차갑고 외로운 그림자가 내 머리 위를 지나가는 걸 느낀다. 새일까 봐, 누나일까 봐 걱정하면서 고개를 든다. 그러나 하늘은 비어 있다. 무언가가 내 다리를 간질인다. 사모사다. 나는 무릎을 꿇고 앉아 사모사의 귀를 긁어준다. 사모사는 혀를 내밀고 헥헥거린다. 웃고 있는 것 같다.

나는 먹을 것이 있나 주머니를 뒤지지만, 물론 비어 있다. 사모사가 내 다리에 코를 비벼댄다. 내가 자기에게 줄 만한 걸 아무것도 갖고 있지 않다는 건 신경 쓰지 않는다. 사모사는 나의 진정한 친구다. 파이즈는 나를 떠났고 파리도 곧 떠날 예정이지만, 사모사만은 영원히 내 곁을 떠나지 않을 거다.

나는 두타람 아저씨네 찻집에 간다. 아저씨는 바빠서 나와 이야기할 새가 없다.

나는 사모사에게 나와 함께 가자고 말하고, 우리 집을 향해 함께 걸어간다. 엄마 아빠에게 사모사를 키우자고 부탁해봐야겠다. 이유는 여러 가지다. 첫째, 사모사는 영리하다. 둘째, 사모사는 경찰견이다. 그것도 유능한 경찰견. 마지막으로, 사모사는 내가 납치당하게 놔두지 않을 것이다. 훌륭한 이유들이다.

"집까지 달리기하자." 내가 사모사에게 말한다.

사모사가 꼬리를 흔들면서 나를 쳐다본다.

"누가 빨리 달리나 시합하자고. 오케이?" 내가 사모사에게 말한다. "자, 준비. 시작!" 그러고 나서 미친 듯이 달린다. 심장이 터질 것 같고 사모사처럼 혀를 내민 채 헥헥거리지만, 문 앞에 도착하고 나서야 멈춰 선다. 그러고는 허리를 굽히고 두 손으로 무릎을 잡은 채로 숨을 몰아쉰다.

사모사가 어디쯤 오는지 확인하려고 뒤를 돌아본다. 사모사는 숨을 헐떡거리고 당황해하며 나를 향해 달려오고 있다. "내가 이겼다! 내가 이겼어!" 내가 소리친다. 그 소리에 놀라 근처에 있던 닭들과 염소들이 달아난다. 사모사가 내 손을 핥는다. 사모사는 패배를 시원하게 인정한다.

"내가 세상에서 가장 빠른 달리기 선수야." 내가 말한다.

"웃기고 있네." 루누 누나의 목소리가 들린다.

"맞다니까." 내가 말한다. 누나의 목소리가 내 머릿속에 아직 남아 있지만, 누나가 옆에 없다는 걸 깨닫는다. 나는 우리 집 문간에 앉는다. 사모사가 내 무릎에 머리를 기댄다. 털이 부드럽고 따뜻하다. 샨티 아줌마네 집에서 텔레비전 소리가 쩌렁쩌렁 울려 퍼진다. "슬럼가를 철거해야 할까요? 여러분의 의견을 알려주십시오. 여러분의 생각을……."

나는 하늘을 올려다본다. 오늘은 스모그가 아주 얇은 망사 커튼 같아서, 그 뒤에서 별이 반짝이는 것을 볼 수 있다. 마지막으로 별을 본 게 언제인지 기억도 나지 않는다.

"저것 봐." 내가 사모사에게 말한다. 그런데 별은 벌써 사라지고 없다. 어쩌면 애초에 없었는지도 모른다. 어쩌면 위성방송 안테나나 비행기였는지도 모른다. 그리고 어쩌면, 신들은 진짜로 있고 자기를 잘 보살펴주고 있으니까 걱정하지 말라고 말하는 루누 누나였을지도 모른다. 멘탈이 자기 소년들을 지켜보듯이 누나가 나를 지켜보고 있다. 분명히 느낄 수 있다.

그때 별이 다시 보인다. 나는 사모사에게 그 별을 가리켜 보인다. 저 별이 루누 누나가 내게 보내는 신호라고, 사모사에게 말한다. 그 신호는 아주 강력하다. 두꺼운 구름과 스모그와 심지어 엄마의 신들이 이 세계를 다음 세계와 분리하기 위해 쌓아놓은 장벽까지 꿰뚫을 만큼, 강력하다.

작가의 말

나는 1997년부터 2008년까지 인도에서 기자로 일하면서 교육에 관한 기사와 특집 기사를 많이 썼다. 날마다 학교 교장 선생님들과 대학 총장들과 교사들과 정부 공무원들, 그리고 물론 가장 중요한 구성원인 학생들을 만나 교육 현장의 이야기를 직접 들었다. 나는 그리 넉넉지 못한 가정에서 자랐기 때문에, 내가 하고 싶은 것을 추구할 기회가 제한되어 있었다고 믿었다. 그러나 기자로서 다른 학생들의 사정을 살펴보고서야, 극빈 가정에서 자란 청소년들에게는 내게 주어졌던 그 제한된 기회조차도 허락되지 않는다는 것을 알 수 있었다. 나는 넝마주이로 일하거나 거리에서 구걸하는 아이들, 어려운 가정 형편 때문에 학교도 가지 못하고 독학이라도 하려고 애쓰는 아이들, 종교적 폭력에 희생되어 학교를 떠나야 했던 아이들을 만나 인터뷰했다. 그러나 그 아이들 대다수에게서 피해자의 모습은 찾아볼 수 없었다. 내 질문을 들으면서도 까불거릴 정도로 유쾌했고, 한시도 가만있지 못하고 몸을 들썩거렸다. 내가 기사에서 불가피하게 지적했듯이, 한 사회를 이루는 우리와 우리가 선택한 정부들은 그 아이들을 버렸다. 그러나 단어 수와 마감 시한이라는 제약 속에서 쓰는 글로는 그 아이들의 유머와 신랄함과 에너지를 온전히 전달할 수 없었다.

당시 나는 전국의 빈곤 가정 어린이들이 실종되는 사례가 많다는 것을 알게 되었다. 지금도 인도에서는 하루에 180명이나 되는 어린이가 실종되고 있다. 이런 실종 사건은 유괴범이 체포되거나, 혹은 잔혹한 범행이 세간에 알려져야만 비로소 뉴스에 나온다. 나는 어린이들과 그들이 가진 꿈에 관해 줄곧 인터뷰해왔기 때문에 실종 사건과 관련해서도 내 관심사는 당연히 사라진 어린이들이었지만, 어느 뉴스와 기사에서도 그것은 찾아볼 수 없었다. 언론은 범인들에게만 관심을 쏟았다. 하지만 이 문제를 더 조사하기 전에, 나는 내가 나고 자란 조국 인도를 떠나게 되었다.

내가 쓰지 못했던 실종된 어린이들과 그 가족의 이야기는 늘 나를 따라다녔다. 런던에서 문예 창작 수업을 듣게 된 나는 첫 과제로 그 아이들에 대해 쓰려고 했으나 실패했다. 사회의 주변부로 밀려난 취약계층을 소설로 묘사하는 것이 지닐 수 있는 윤리적인 문제들이 걱정되었다. 나는 주위에서 목격한 불평등을 축소하고 싶지는 않았다. 하지만 끔찍한 비극에 관한 이야기는, 취약계층의 문제와 자주 동일시되는 인도인들의 정서와 가난에 대한 진부한 서술에 머물 위험이 있었다.

2016년 겨울, 나는 마침내 여러 해 동안 묵혀두었던 이야기로 돌아갔다. 그 이야기로 돌아간 것은 부분적으로는 영국의 브렉시트와 도널드 트럼프의 미국 대통령 당선, 그리고 인도를 비롯한 여러 국가에서 목격되고 있는 극우 세력의 집권 현상 때문이었다. 세계가 '아웃사이더'나 '소수자'로 인식되는 사람들, 또한 영국에 정착한 이민자로서 내가 속해 있던 집단의 사람들을 벼랑 끝으로 내몰고 있다는 사실이 감지되었다. 나는 내가 인터뷰했던 아이들과, 자기들을 의도적으로 무시해온 사회에서 살아남겠다던 그 아이들의 결단력을 떠올렸다. 그래서 그들의 관점으로 세상에 이야기를 들려주어야겠다고 결심했다. 아홉 살의 자이가 이 소설로 들어가는 나의 길이 되었다. 나는 내가 쓴 기사들이 담지 못했던 그 아이들의 회복력과 유쾌함과 당당함을 자이와 친구들을 통해 그려내려고 노력했다.

이 소설의 집필을 시작할 무렵, 내 삶은 예상치 못했던 변화를 맞았다. 내가 평생 존경했고, 가장 친절한 사람이었으며, 돈 없는 환자들을 무료로 치료해주는 의사였던 삼촌이 돌아가셨다. 나보다 여섯 살 어린 여동생은 4기 암 선고를 받았다. 자이와 친구들이 직면한 문제들이, 간접적으로나마 갑자기 나와 내 가족의 문제가 된 것이다. 인간은 불확실성을 지닌 채 어떻게 하루를 살아가는가? 아무런 희망이 없다는 말을 들었을 때 어떻게 희망을 찾는가? 여덟 살밖에 되지 않은 내 조카는 어떡하란 말인가? 어린아이에게 죽음을 어떻게 설명할까? 이런 문제들은 다른 사람들과는, 심지어 가장 가까운 친구와도 토론할 수 없는 것들이었다. 그래서 나는 이 책의 등장인물들에게 눈을 돌리고 그들의 행동에서 답을 찾으려고 노력했다.

내 개인적인 경험이 직업적인 경험만큼이나 이 책에 많이 녹아들어 있지만, 이 소설은 내 이야기가 아니며 내 이야기를 쓰려고 했던 것도 아니라는 사실을 강조하고 싶다. 하지만 나는 우리가 슬픔과 혼란을 이해하기 위해 만들어낸 이야기를, 이 책에서 자이와 다른 사람들이 하는 이야기를 잘 알고 있었다. 그리고 그런 이야기가 우리에게 위로를 주기도 하고 우리를 실망시키기도 한다는 사실 또한 잘 알고 있었다. 이러한 인식이 나와 내 등장인물들 사이의 오랜 간극을 지워주었다. 궁극적으로 《보라선 열차와 사라진 아이들》은 그 아이들에 관한, 오직 그 아이들만을 위한 이야기다. 나는 그 아이들이 통계수치로 전락할 수 있다는 생각에 맞서기 위해서 이 소설을 썼다. 숫자 뒤에 숨겨진 그 아이들의 얼굴을 기억하기 위해서 이 책을 썼다.

마지막으로 한마디 더. '작가의 말'을 쓰고 있는 지금, 2019년 9월, 인도에서는 유괴범들에 관한 소문과 SNS에 퍼진 '가짜뉴스'를 보고 흥분한 군중이 범인으로 의심받는 사람들에게 린치를 가하는 불안한 현상이 잇달아 나타나고 있다. 피해자 대다수는 가난하고 소외된 사회계층에 속하는 무고한 사람들, 그 지역에서 아웃사이더로 인식되는 사람들, 혹은 장애를 가진 사람들이다. 이 현상은 소수자들, 특히 무슬림에 대한 군중의 분노와 불신의 분위기가 확산되는 가운데 나타나고 있다. 이와 같은 상황에 본질적으로 존재하는 모순을 무시할 수는 없다. 인도의 어린이들은 날마다 실종되고 있으며 인신매매라는 범죄가 인도에서는 아직도 큰 주목을 받지 못하지만, 소문과 가짜뉴스만을 믿고 권력자들이 부추기는 '다른' 이들에 대한 두려움에 자극을 받아 자경단원으로 나서는 사람들이 많아지고 있다.

희망은 빈곤층 어린이들과 함께하는 자선단체 활동의 형태로 나타난다. 이런 단체들에 관심이 있는 사람들은 다음의 단체를 찾아보기 바란다. 프라담(pratham.org.uk), 차일드라인(childlineindia.org.in), 살람발락트러스트(salaambaalaktrust.com), HAQ: 아동권리증진센터(haqcrc.org), 인터내셔널저스티스미션(ijm.org/india), 고란보세그램비카슈켄드라(ggbk.in), MV재단(mvfindia.in).

감사의 말

인도에서 기자 생활을 하는 동안 나는 자이네 동네와 같은 빈민가를 자주 방문했다. 나를 흔쾌히 집에 초대해 자신들의 이야기를 들려준 그곳 주민들에게 깊이 감사드린다. 그들의 친절함과 관대함이 없었다면, 아마 나는 이 소설을 쓸 수 없었을 것이다. 또한 내게 통찰력을 준 다음 책들에 대해서도 고마운 마음을 갖고 있다. 아요나 다타의《불법의 도시—델리의 불법 거주 공간과 법, 그리고 성The Illegal City: Space, Law and Gender in a Delhi Squatter Settlement》(2012), 가우탐 반의《공공의 이익을 위해—현대 델리에서의 퇴거, 시민권과 불평등In the Public's Interest: Evictions, Citizenship and Inequality in Contemporary Delhi》(2016), 칼랴니 메논센과 가우탐 반이 공동 집필한《지도에서 지워지다—델리에서의 퇴거 명령과 재정착 정책에서 살아남기and Swept Off the Map: Surviving Eviction and Resettlement in Delhi》(2008). 이 소설에 정보와 영감을 준 도서와 기사의 목록은 내 홈페이지(deepa-anappara.com)에 올려놓았다.

　나는 유능하고 관대한 에이전트, 피터 스트라우스와 매튜 터너와 함께 일하고 있는 것을 행운이라고 생각한다. 그들은 출판 과정 전반에 걸쳐 위트와 따뜻한 배려로 나를 이끌어주었다. 편집자로서 의견과 유머는 물론, 내 예민하고 신경질적인 질문에도 굴하지 않는 용기를 보여준 맷에게 특별히 감사의 마음을 전한다. 또한 RCW의 해외저작권 팀에도 감사를 전한다. 스테판 에드워즈, 로렌스 라루약스, 트리스탄 켄드릭, 카타리나 볼크메르, 길 콜러리지와 다른 모든 팀원들에게 고마움을 전한다.

샤토앤드와인더스의 클라라 파머와 랜덤하우스의 카이틀린 맥케나보다 더 열정적이고 세심한 편집자를 만날 수는 없을 것이다. 자이와 친구들을 따뜻하게 안아주고 최고의 감수성과 통찰력 있는 편집 실력을 보여준 두 사람에게 감사의 말을 전한다. 빈티지의 모든 직원에게, 특히 인내심을 가지고 나를 도와준 샬럿 험프리와, 수전 딘, 루시 쿠트베르손 트위그스와 애나 레드먼 아일워드에게 감사한다. 교열 담당자인 데이빗 밀너와 교정 담당 존 개릿에게도 고마운 마음이다. 또한 랜덤하우스 뉴욕의 엠마 카루소, 그렉 몰리카, 에번 캠필드, 마리아 브랙켈, 멀리사 샌포드, 케이티 털과 다른 모든 직원들에게도 감사의 말을 전한다. 따뜻한 지지와 격려를 아끼지 않은 고故 수전 카밀에게 특별히 감사드린다.

인도의 펭귄랜덤하우스 직원들, 특히 마나시 수브라마니암과 군잔 알라와트에게도 감사드린다.

너무나 고통스러웠던 시기에 내가 미치지 않고 견딜 수 있게끔 도와준 내 친구들에게도 사랑과 감사의 마음을 전한다. 이 소설에 관해 꼼꼼히 메모해서 의견을 말해주었고 지난 20년 동안 한결같은 친절함을 보여준 로리 스리바스타바, 예리한 통찰력으로 조언을 아끼지 않았으며 델리에 갈 때마다 내게 묵을 곳을 마련해주었던 리니타 나이크, 지혜와 날카로운 비평과 유쾌한 대화로 나를 도와준 태이무어 숨로, 피드백과 함께 관대함을 보여준 크리스티엔 팻지어터에게 감사를 표한다. 해리엇 타이스와 아바니 샤, 로리 파워에게도 고마움을 전한다.

이스트앵글리아 대학교에서는 이 소설의 첫 장章을 읽고 피드백을 해준 조 던스론 및 앤드루 코웬과 워크숍 팀들, 그리고 길스 포든에게 고마움을 전한다.

《보라선 열차와 사라진 아이들》을 쓰면서, 집필 중인 첫 작품을 대상으로 하는 문학상을 수상하며 큰 격려를 받았다. 브리드포트 페기채프먼−앤드루스 상과 루시케번디시 소설상, 데버라로저스 재단 문학상의 기획자들, 독자들, 심사위원들에게 감사의 마음을 전한다.

한없는 지지를 보내준 유안 소니크로프트에게 고맙다. 처음부터 내 곁에 있어준 사람들, 앨리슨 번즈와 엠마 클레어 스위니, 에밀리 페더에게 특별한 감사의 말씀을 드린다. 에섹스의 여러 도서관과 대영 도서관에도 감사한 마음이다.

내 가족에게도 고마움을 전한다. 이야기와 격려와 열정으로 나를 이끌어준 샤일레시 나이르에게 감사와 사랑을 전한다.

마지막으로, 이 소설에 혹시라도 불완전하거나 잘못된 부분이 있다면 그것은 온전히 나의 책임임을 밝혀둔다.

옮긴이의 말

《보라선 열차와 사라진 아이들》의 번역을 위해 출판사에서 보내준 원서의 표지에서 흥미로운 문구가 눈에 띄었다. 내가 번역한《속죄》의 저자 이언 매큐언이 이 작품을 "뛰어난 데뷔작"이라고 칭찬했다는 것과, 이 작품의 앞부분이 루시케번디시 소설상과 브리드포트 페기채프먼-앤드루스 상, 데버라로저스 재단 문학상을 수상했다는 설명이었다. 인간의 폭력성을 날카롭고도 지적인 문체로 풀어내는 것은 물론, 화난 소녀가 갈대를 후려치는 행동 하나를 가지고 두 쪽을 넘게 써 내려가는 작가가 뛰어난 작품이라고 찬사를 보낸 소설이라니, 놀랍고도 살짝 긴장이 되었다. 또한 작품의 맛보기 정도인 처음 50페이지만 가지고도 신인 작가들의 데뷔작에 주는 상을 여러 개 탔다니, 도대체 얼마나 흡인력이 있는 작품인지 몹시 궁금했다.

그러다 올해 봄에 들려온《보라선 열차와 사라진 아이들》의 에드거 상 수상 소식은 내게 놀라움과 기쁨의 충격을 주었다. 미국 추리 작가 협회가 에드거 앨런 포를 기념하여 제정한 에드거 상을 수상했다는 것은, 이 작품이 명실공히 한 해 최고의 추리소설이라고 인정을 받은 것이나 다름없다. 영국의 대학에서 박사 과정을 밟고 있는 인도 출신의 여성 작가가 낸 데뷔작이 어떤 작품이기에 이른바 순수문학계와 장르문학계가 입을 모아 단연코 최고의 작품이라고 인정하는 것일까? 내가 번역하면서 느낀 이 작품의 매력은 간결하고 담백한 문체로 빚어낸 가슴 뭉클한 삶과 죽음 그리고 사랑과 우정의 이야기, 작가의 직간접적 경험에서 우러나온 통렬한 문제의식, 마지막으로 어린이 탐정단의 빛나는 활약으로 풀어내는 미스터리가 주는 재미였다.

《보라선 열차와 사라진 아이들》은 재미있는 추리소설이다. 인도의 대도시 주변 슬럼가에 사는 아홉 살 어린이 자이가 친구 파리, 파이즈와 함께 동네에서 일어난 연쇄 실종 사건을 수사하는 본격 탐정소설이다. 자이와 친구들은 어느 날 갑자기 사라진 같은 반 친구 바하두르를 시작으로 같은 동네에 사는 어린이와 청소년이 연달아 실종되자, 자기들이 탐정이 되어 사라진 친구들 찾기에 나선다. 사라진 친구들의 가족들을 조사해 실종의 동기를 추측해보고, 보라선 전철을 타고 도시의 기차역에 가서 사라진 친구들을 찾아보기도 하는가 하면, 동네 곳곳을 돌아다니며 조금이라도 단서가 될 만한 게 있는지 찾으려 애쓴다. 실종 후 48시간이 지나기 전에 찾지 못하면 위험하다는 것까지 알고 신속하게 수사를 해나가는 이 어린이들의 태도는 자못 진지하고 당당하다. 어른들은 간과하고 지나가는 것도 눈여겨보고, 단서들의 연결 고리를 찾아 범인을 유추해 끝내 찾아내는 실력이 여느 성인 수사관들 못지않다. 사건을 인지하고 탐문하고 단서를 찾고 추리를 하고 증거를 확보해서 범인을 찾아내는 것이 추리소설의 기본 뼈대임을 생각하면, 자이와 친구들의 활약상은 그 자체로 대단히 스릴 넘치는 추리물이다.

《보라선 열차와 사라진 아이들》은 가슴 뭉클한 성장소설이기도 하다. 소설 대부분의 장면에서 아홉 살 자이의 관점으로 이야기가 전개되

다 보니 문장이 간결하고 군더더기가 없다. 화려한 미사여구나 장면 묘사, 자아성찰의 긴 독백이 없다. 단순하고 짧은 문장으로 친구들과 누나가 사라진 일을, 사라진 자식을 찾으려고 울며불며 다니는 부모를, 이웃과 함께 슬퍼하고 서로 돕는 동네 사람들을, 강자에겐 약하고 약자에겐 강하게 구는 오만한 경찰을, 자기보다 약하고 종교가 다른 이웃을 범인으로 몰아가며 배척하는 동네 사람들의 이기심을, 정의를 위해 공분하다가도 눈앞의 이익에 눈이 멀어 폭도로 변하는 사람들의 이중성을 담담하게 서술한다. 삶의 다양한 모습과 갑자기 찾아오는 죽음, 가족의 죽음을 맞는 슬픔과 분노가 너무나 실감 나게 느껴진다. 친구가 사라졌다고 찾으러 나서는 어린이들, 종교가 다르다는 이유로 배척당하는 친구를 안타까워하고 나름의 방식으로 위로하는 어린이들의 모습에서 '아, 우정이란 저런 거지' 하고 생각하기도 한다. 그리고 그 모든 일을 겪으면서 마음이 한층 성숙해진 자이를 보며 가슴이 뭉클해지는 것을 느낀다. 독자에게 공감과 감동을 절대 강요하지 않는데도 공감이 되고 감동이 되는 놀라운 이야기다.

《보라선 열차와 사라진 아이들》은 작가의 문제의식과 선한 마음이 잘 드러나는 작품이다. 인도뿐만 아니라 세계 어디에서나 일어나는 어린이 납치와 인신매매, 살인 등의 범죄는 물론이고 약자와 소수자에 대한 배척과 폭력에 관한 작가의 예리한 문제의식이 잘 드러나 있으며, 힘든 환경에서도 유쾌하고 당찬 아이들의 모습을 통해 희망을 이야기하고 있다. 이 책을 쓴 디파 아나파라는 '작가의 말'에서 "아이들의 유쾌함과 신랄함과 에너지를 마감 기한에 쫓기는 기사에서는 온전히 표현할 수 없어서, 그리고 그 아이들이 통계 수치로 전락하는 것을 막기 위해서 이 이야기를 썼다"고 밝혔다. 이 책을 읽은 독자들은 작가가 의도한 모든 것을 작품에서 이루었다는 걸 분명히 느낄 수 있을 것이다.

《보라선 열차와 사라진 아이들》을 번역하면서 가장 신경 쓰고 공을 들였던 건, 어린아이의 간결하고 소박한 문체를 해치지 않고 최대한 자연스럽게 우리말로 옮기는 것이었다. 내가 느꼈던 가슴 뭉클한 감동을 독자들도 과연 느낄 수 있을까 두려움과 걱정이 크다. 모쪼록 이 소설을 읽는 독자들 모두 책장이 술술 넘어가는 경험을 하길 바라며, 혹시 그렇지 않은 부분이 있다면 작가가 아닌 옮긴이의 부족함 때문임을 밝히면서 미리 사과의 말씀을 드리고 싶다.

2021년 10월
한정아

보라선 열차와 사라진 아이들

초판 1쇄 발행 2021년 11월 19일
초판 3쇄 발행 2022년 5월 13일

지은이 디파 아나파라
옮긴이 한정아
펴낸이 신경렬

책임편집 최장욱
기획편집부 최혜빈
마케팅 박수진
디자인 박현경
경영기획 김정숙 김태희
제작 유수경

표지 본문 디자인 정은경디자인

펴낸곳 ㈜더난콘텐츠그룹
출판등록 2011년 6월 2일 제2011-000158호
주소 04043 서울시 마포구 양화로12길 16, 7층(서교동, 더난빌딩)
전화 (02)325-2525 | **팩스** (02)325-9007
이메일 longest@thenanbiz.com | **홈페이지** www.thenanbiz.com

ISBN 979-11-5879-175-9 03840